履单

FULFILLMENT

Winning and Losing
in One-Click America

单

无所不有 与 一无所有

[美]亚历克·麦吉利斯　著

曾楚媛　译

文匯出版社

新经典文化股份有限公司
www.readinglife.com
出 品

纪念唐纳德·麦吉利斯

我的第一位编辑

我待在入口附近，处理被推进来的货物，一边听着动静，一边打盹儿。我正慢慢消解在这空洞之中。

——鲁道夫·沃利策，《诺格》（*Nog*）

目 录

引言　地下室

　　赫克托·托雷斯被妻子要求搬去地下室住。[1]他其实什么错也没有,更别说婚内出轨。他不过是没找对工作。

　　说起来啼笑皆非,要不是妻子催得紧,赫克托也不会接下这份活。大衰退❶期间,赫克托失去了年薪17万美元的技术产业工作,打那时起,他待业了整整11年。50多岁,被一向青睐年轻活力的行业舍弃,人在低谷,赫克托意气消沉,沮丧抑郁。一家人靠着妻子劳拉销售医疗诊断设备培训课程的收入过活。2006年,因无力负担每月5 500美元按揭,赫克托一家逃离了旧金山湾区,迁往科罗拉多州丹佛城郊,房子面积不比以往。

　　后来,劳拉对失业已久的丈夫发出最后通牒——他要是还找不着工作,就得走人。于是他回到加州投奔自己的家人。赫克托

---

❶ 大衰退(Great Recession),2007年美国次贷危机引起全球范围的经济衰退,被普遍认定为自大萧条(1929年至1933年)以来最严重的经济和金融危机。——本书脚注均为编译者所加

来自移民家庭，数十年前从中美洲来到加州。住在旧金山远郊的姐姐收留了他。要是他打算出门，那么晚上 8:30 前必须得回来，不然会打扰到姐夫休息。姐夫每天清晨 4:30 就得起床，在破晓前驱车赶往硅谷，像其他 12 万湾区打工族那样，每天花费 3 个多小时在通勤上。

这样过了 5 个月，劳拉给丈夫找了一个台阶：家可以回，但他得找到工作。赫克托最后确实找到了一份工作，不过那已经是 2019 年的 6 月，半年以后的事情了。有那么一次，他开车经过一间仓库，看到招聘告示就停车问了问，他们让他第二天来报到。

赫克托每周干 4 个通宵，排班通常是从前一天晚上 7:15 到第二天早上 7:15。他在仓库内四处奔忙——给出库的拖车装车，往货盘上卸货，然后分拣信封和包裹，这意味着，整个夜班他都要站在传送带前（仓库里一把椅子都没有），每小时将数百件货物从一条传送带搬上另一条，还得小心摆放，让带条码的那一面朝上，好给机器扫码。

一大堆箱子等着搬，有些重达 50 磅 ❶——重量倒是其次，真正的问题是，在搬起箱子之前，光凭大小其实没法判断是轻是重。这种无法预料的情况对身心而言是持续的挑战。有一段时间，赫克托戴起了护腰，但戴上又会热得受不了，像被架在火上烤。肘部也突然患上肌腱炎。每次轮班，往往要走超过 12 英里 ❷ 的路——智能手环是这么说的——他想手环一定是坏了，自己买了新的计步器戴上，结果读数没差别。上班前涂抹局部止痛膏，工作时服用布洛芬，回家后站在冰袋上、冷敷手肘、再用泻盐泡脚。鞋要

---

❶ 1 磅约等于 453.6 克。

❷ 1 英里约等于 1.6 公里。

常换，以分散足底承受的压力。赫克托每小时能挣 15.6 美元，与供职于技术产业时相比只有区区五分之一，当然，比起待业要好太多了。

仓库位于丹佛以北 16 英里的桑顿，2018 年才投入使用。克林特·奥特里是仓库总经理，他是在公司干了 7 年的老人了，协助在全美开辟了不少其他设施。[2] 他甚至参与过无线电波背心的测试工作，仓库中有负责搬运大件货物的"驱动单元"（drive unit）机器人，当工人不得不走进它们的路径时，身上的背心可以让这些完全自动化的"同事"留神。有一次，桑顿仓库举办了一场大型开放日活动，在讲解过程中，这位总经理称："我们的关键任务，就是以最快速度和最高物流性价比的方式将产品送到顾客手中。"

自 2020 年 3 月中旬以来，随着新冠肺炎防控封锁措施落地，和全美各地的情况一样，桑顿仓库业务总量攀升。数以百万计的美国人觉得只有待在家中线上购物，才能保障安全，订单于是陡增，达到节假日水平。赫克托上班刚满 9 个月，而当初一起参加入职培训的 20 个人里也只剩下他了——其他人要么没法适应工作节奏，要么受了工伤，要么受伤后用完了请假理由，然后被裁。现在，订单剧增带来的压力，加上疫情下对仓库内近距离接触的担忧，让人员流动更加频繁。工人数量在减少，留下的人就得承担更多压力。公司要求赫克托加班——每周干 5 天，每天 12 小时。工作时间变长了，休息天数又少了，赫克托的肌腱炎越发严重起来。

他得知了跟他接触密切、每天共事的工友的境况——公司什么也没说，是从其他工友那听来的。从某一天开始，那个 40 多岁的同事就没再来上班，赫克托还以为他跟那些离职员工一样，毕竟太多人就这么走掉了。但之后有人说，这个同事其实感染了病毒，并且病得很严重。赫克托把这些话都告诉了妻子，劳拉很担心家人的健康会因此受到威胁，尤其担心她那年迈的母亲，老人家和他们住在一起，常年受到肺阻塞的折磨。于是，劳拉让丈夫搬去地下室。地下室没怎么装修，不过他们给赫克托放了一张床，配备了小冰箱、微波炉，还有咖啡机。要用卫生间，他就得偷偷摸摸上楼。

让劳拉恼火的是，这一切都是他们自己弄清楚的，公司什么都没通知赫克托。公司也没有告知如何应对传染风险。也没有能咨询的公共服务热线。劳拉尝试在网上查找公司应对这一状况的指示，唯一能找到的，只有公司网页上吹嘘的作为一家企业为应对新冠危机所做的各项事迹。"他们可能真的做了不少，"她说，但是公司"一路走来每一步都靠员工获利，却没有给予他们和他们的家人应有的保护"。

她不由得有些后悔，当初不应催促赫克托赶紧去那里上班。"他们自称是一家科技公司，可实际上就是个血汗工厂，"劳拉说，"这家公司掌控了我们的经济和国家。"

如所有严重危机那般，2020年新冠全球大流行暴露了每一个受冲击国家的弱点。就美国而言，弱点是国内不同地域与社群间的极端不平等。疫情袭来时，这个国家的上层地区首先受到冲击——它们是高度繁荣的都会区，与自家后院的那些破落地区关系不大，与世界上其他发达区域联系则更为紧密——像是西雅图、波士顿、旧金山和曼哈顿。然而，不过数周，病毒开始向不那么富裕的地区蔓延，仿佛受到归家本能的精确指引，直冲这个国家最为脆弱的软肋，造成最大程度的伤害。比如在纽约北部最贫穷的布朗克斯区，新冠确诊病例的死亡率是城里其他区域的 2 倍。[3]
新冠病毒还席卷了皇后区中部那些窄小拥挤的租屋，那里挤满了
来自孟加拉国和哥伦比亚的出租车司机和餐馆服务员，以及他们
的一大家子；当地一家医院要求一名新近丧母的男孩支付母亲的
火化费用，而男孩的父亲正躺在重症监护室里，不大可能熬过去。[4]
又比如密歇根州底特律，那儿的死亡人数超过了西雅图、旧金山
和奥斯汀三地之和；再如总人口数仅为 9 万的佐治亚州小城奥尔
巴尼，数周之内，一场葬礼引发的传染造成 60 余人死亡。"就像
炸弹一样，"县里的法医说，"（那场葬礼）之后的每一天都有人离
世。"[5]

　　应该不会有人对冲击的差异性感到惊讶，无论你到哪里，都
会发现差距一年比一年更为明显。从西弗吉尼亚州山区开车前往
华盛顿特区都会圈，或者从弗吉尼亚州西部与马里兰州西部山区
出发也一样。前一分钟，你还身处人烟稀少、受阿片类药物祸害
的小镇，除了无所不在的连锁"一元店"就再没别的商铺。差不
多一小时后，汽车驶上十车道州际公路，进入华盛顿广阔的远郊，
缓慢经过玻璃与混凝土组成的方形建筑物，看着上面难以理解的
企业名缩写，你正穿过国内最富裕的一批市县。

　　又或者从华盛顿搭火车，不到一个小时就能到巴尔的摩，从聚
集着财富与年轻奋斗者的城市来到一片虚无之地，气压骤降让人眩
晕。走出堂皇的学院派风格❶火车站，来到广场或市区主干道，周
围安静得过分。两个街区外的加油站，光天化日，一名白人女性

---

❶　学院派风格，又名布杂艺术（Beaux-Arts）风格，新古典主义建筑晚期流派，流行
　　于 19 世纪末和 20 世纪初，参考古希腊、古罗马建筑风格，强调宏伟、对称、秩序性，
　　多用于大型纪念建筑。

和一名黑人男性坐在自动取款机门前的地上，从手背上吸着什么。

落差无处不在。一边是蓬勃的波士顿，另一边是衰落的工业城市劳伦斯、福尔里弗，还有斯普林菲尔德。一边是纽约，另一边是在它北方挣扎的姐妹雪城、罗切斯特和水牛城。一边是俄亥俄州府哥伦布，另一边是更小的城市阿克伦、代顿和托莱多，一直到奇利科西、曼斯菲尔德和曾斯维尔，距离不断拉开。还有上南方的淑女城市纳什维尔，和她那潦倒的穷亲戚孟菲斯。

这个国家向来存在地域贫富差异，但是现在，鸿沟日渐扩大，无以复加。从 19 世纪最后几十年到 20 世纪前 80 年，美国逐渐成为地球上最富裕、最强大的国家，国内较贫穷的地区也在逐步追赶那些较繁荣的地区。可是，自 1980 年起，这种趋同现象发生了倒退。[6] 在当年，基本上全美各地区平均收入都在全国平均收入左右 20% 的范围内——纽约和华盛顿都会区除外，两地平均收入高于这一范围，收入低于该范围的也仅有南部和西南部乡村。而到了 2013 年，从波士顿到华盛顿特区的几乎整个东北走廊以及加州北部海岸，收入水平都超过全国平均值 20% 以上。最惊人的是，内陆有一大片地区收入低于全国平均值的 80%——不仅是南部和西南部乡村，还包括大部分中西部和大平原地区。至于在 1980 年便已富裕的地区，现在则刷新了纪录。[7]1980 年，华盛顿地区的收入水平比国内其他地区高四分之一。到 2015 年年中，差距已经拉大到 2 倍以上。

然而，尽管地区间鸿沟日益扩大，却没有得到太多关注。围绕不平等的争辩把关注点放在个人收入方面——即 1% 最高收入人群和 99% 底层收入人群间的差距，或者类似的对比——而不去关注整个国家不平等的地域图景。即使地区问题得到关注，它们通常也会被描述为城乡差异——当然，这一点并没有错：乡村美国如今正陷于危机之中。但是，城市与城市之间也存在差异——少数大都市赢家通吃，更多城市作为对手被远远甩在后头。大衰退的头 6 年，大都市就业增长率几乎是小城市的 2 倍之多，收入增速也比小城市快 50%。[8] 几个世代以前，城市繁荣是遍布全国的现象：20 世纪 60 年代，收入中位数最高的 25 个城市包括俄亥俄州的克利夫兰、威斯康星州的密尔沃基、艾奥瓦州的得梅因，还有伊利诺伊州的罗克福德。[9] 如今，几乎所有富庶的城市都在沿海地区。自 1970 年起，最大型城市的薪资增长比其他城市高出差不多 20%。[10] 到 2019 年，超过 70% 的风险投资流向加利福尼亚、纽约和马萨诸塞三州。[11] 社会学家罗伯特·曼杜卡写道："一小撮都市圈聚集着人类史上空前的财富，而更多数的城市却眼睁睁看着就业岗位凭空消失，经济基础收缩。"[12]

地区间不平等在扩大，它的后果也随之扩大。首先是政治成本。落后地区的选民心怀怨愤，他们被投机主义候选人和愤世嫉俗的电视媒体吸引，容易受到种族主义者和本土主义者的煽动。经济衰退并未吓退种族主义和仇外心理，反而武装了这种情绪。在不仅基于人口、更基于区域来分配权力的美国政治体系中，这种忿恨举足轻重,在参议院❶中尤其如此。随着地区衰退和空心化，掉队地区积蓄着巨大的影响力，想要表达它们的痛苦。

可是，伤害并不到此为止。地区间不平等使得这个国家的一部分人和另外一部分人无法相互理解——正当一些地区深受止痛药物之害，另一些地区却被精英大学入学名额丑闻搅得浑浊不堪。

---

❶ 与基于人口数分配议席的众议院不同，各州在参议院中的代表人数均为两人。

这种迥异的情形让全国性项目难以落实——在一部分地区，住房危机表现为房屋荒废和年久失修；而在另外一些地区，支付能力和中产阶层化 ❶，才是问题所在。

地区间不平等还进一步推动地区内不平等的恶化。繁荣越是集中在某几个特定的城市，它便越是集中在这些城市的特定区域里，加剧长久以来的失衡状况，把出路较少的弱势群体赶到一边。在旧金山这样的城市里，一份午餐沙拉售价 24 美元，一居室公寓平均月租金是 3 600 美元，而无家可归者就在同一地区的人行道旁便溺；[13] 高薪的技术产业员工搭乘班车，前往城郊的企业园区，而低收入工人却住在 200 平方英尺 ❷ 的 "微型公寓"，或是与人共享卫生间的宿舍型住所，又或者天还未亮就从斯托克顿那么远的地方赶来上班——这些反乌托邦元素既是地方层面不平等的特征，也是国家层面不平等的体现。

日益深化的财富不均，正让两种地区的生活都变得越发困难，整个国家也因此失衡。

出于对这种新现实的担忧，经济学家和社会学家开始尝试分辨它的缘由。某种程度上可以说，地区间不平等就是收入不平等的必然结果：截至 2018 年，自人口普查开始追踪这个数据以来，过去 50 年间收入不平等本身变得愈加严重——以致穆迪投资者服务公司发出警告，称收入不平等可能威胁美国的信用报告，还会 "对经济增长及其可持续性造成负面影响"。当富人愈发富有，他们常

---

❶ 中产阶层化（gentrification），又译绅士化，指富裕居民与企业涌入改变社区特征的过程。

❷ 1 英尺约等于 0.3 米；1 平方英尺约等于 0.09 平方米。

住的地方也会愈发富庶。[14]

不过当然还有其他因素。比如技术经济在本质上更鼓励人才集聚。另外，就业本身也自带变动的特性：如果不打算在一家公司工作到老，你会选择去同类型企业雇主数量更多的地方。随着双收入家庭的兴起，人们更加希望伴侣二人都可以在落脚地实现个人抱负。

还有社会动力学的因素。在美国，最成功的那部分人正寻觅彼此，在原本安逸的生活基础上互相惠及，其程度也前所未有。甚至在城市内部，富人更倾向于和同类人群一起生活——从1980年到2010年，居住在富裕街区而非混合街区的上层收入家庭，占比已经翻倍。[15]与此同时，再往下看，在掉队地区，经济衰退加重社会纽带磨损和传统家庭崩塌，当地人迁移到机会更多的地方的可能性减少。假若你是一名单亲妈妈，哪怕你觉得足以负担得起繁华大城市的租金，你也很难离开那些帮你照顾孩子的亲戚。

有估算数据显示，在财富日益聚集于特定地区的同时，全美各经济部门——有四分之三的产业——正越来越集中在少数特定公司手中。[16]随着联邦政府降低对企业整合的反对力度，这一趋势已持续数十年之久，并通过各种方式引起区域性失衡。航空公司合并导致小城市航空业务缩减，使其更难吸引商机。农业部门合并意味着，实际在乡村和小城镇生产农产品的人，从食品消费中最终获得的收益减少。银行、保险等行业的合并，则让许多中小型城市失去了原先设立在本地的企业总部，也挥别了曾因此获得的经济和社会效益。[17]

简而言之，过去分散于大大小小、成百上千家公司的商业活动，无论是媒体、零售业还是金融业，正日益被少数几家巨头掌控。

因此，曾经分布在全国各地的利润收益和经济增长机会，正日渐流向这些优势公司大本营的所在地。"赢家通吃"的经济造就了"赢家通吃"的地区。

论述地区不平等和经济集聚的文献鲜有交集。但在现实中，二者密不可分。在思考这种相互交错关系的过程中，我逐渐清楚地意识到，以亚马逊作为案例是讲述这个故事最自然的方式之一，它在这场零和游戏中扮演着超乎寻常的角色。本书并不致力于细致审视这家公司本身——那是其他研究要讨论的问题——而是要深入观察隐没在亚马逊日益拉长的阴影下的美国。

亚马逊是理解美国及其当前转变的理想框架，这是因为它代表了诸多当代力量，并帮助解释了它们是如何运作的。其一是极端的财富不均，体现在公司创始人的巨额私人财富和大多数员工相形见绌的收入间的差距上。其二是大多数员工的工作性质：工种基础，状态孤立，位置偏远，工作时长与安排往往并不稳定。其三是公司对民选政府产生的深远影响力，无论是在地方，还是在华盛顿——它已渗透到国家首都的权力结构之中。其四是其助长的公民结构的瓦解——它破坏了面对面商业活动和无数社区的税收基础。最后，通过颠覆我们的消费方式——颠覆我们满足（fulfill）自己的各种途径——亚马逊从最基础的层面重铸了日常生活。

亚马逊远远不是地区差异的唯一推手。它的对手，同为科技巨头的谷歌和脸书，将全国大部分数字化广告收益吸进湾区，在此过程中还掏空了地方新闻行业；在一大票其他产业里，总部位于纽约、波士顿等大城的私募公司，则从散落在全国各中小城市的企业身上榨取丰厚的利润，随后再压缩它们的薪资水平，或者干脆让它们关张。

但亚马逊远比其他公司更适合作为终极透镜，用以观察美国的分化，因为它无处不在，但又形态各异。早先，亚马逊有望成为一股均衡的力量，将其最初的商品——图书——销往全国任一个角落，就像当年的西尔斯百货邮购目录一样。随着时间的推移，随着其令人叹为观止的扩张，这家公司将整个国家分门别类，切割出一个个不同的地区，为每一处指定级别、收入和用途。被改变的不只是国家的景观本身，还有美国机遇的整个前景——摆在人们面前的选项，他们所能渴望实现的梦想。

与任何其他科技巨头相比，亚马逊在新冠疫情中更为泰然自若，它的主导地位甚至更为稳固。对数以千万计的美国人来说，它在过去四分之一个世纪里所引领的消费模式，已经从便利变为必需——如今，这种消费模式在官方的推动下变得不可或缺。当一众规模较小的竞争对手正让员工放长假或经历裁员，正准备申请破产、关门大吉，亚马逊却源源不断地招募成千上万的员工，以履行在美国人生活中扮演新角色的责任。在员工健康风险不断增加的同时，造成他们过劳的一键下单式购物也滋生出更多隐忧。当亚马逊不断扩张，因其助力而生出的种种裂隙，也在日益扩大。

第一章　社区：超繁荣都市

西雅图

　　在加利福尼亚州，退伍军人在大学中无法如州内居民那样享有学费优惠，但在华盛顿州可以。条件直截了当。于是，在一片苜蓿地里为海军安全组执行多年窃听任务后，1971 年从湾区退役的米洛·杜克选择前往西雅图，打算在华盛顿大学念一个海洋学学位。学术热情持续了整整一学期，直到微分方程拦住了他的去路。他以前在内布拉斯加大学读历史学本科时，也曾遭受相同的挫折。米洛觉得这一回可以拿下微分方程，但没能成功。

　　他选择了另一条职业道路。部队的官僚体制让米洛有过不愉快的经历，于是他投身志愿工作，帮助福利待遇不佳的退伍军人争取"遣散待遇升级"。没过多久，米洛成了实际上的律师助理，在一家致力于相同目标的机构工作，该机构有联邦项目的资助。他和妻子早年在内布拉斯加一所院校相识。在西雅图的沃灵福德社区，夫妻二人租下一间月租金 150 美元的公寓，后来又搬到附近一间更宽敞的公寓，月租 210 美元。米洛认为，拿到法律学位会让自己的工作更有效率，于是在 1975 年，他入读华盛顿大学法学院。可是，两年以后，卡特总统签署了针对逃避兵役者的特赦令，其副作用让米洛·杜克所任职的这类机构失去资助。机构解散，不过米洛还是在 1978 年读完法学院，在公设辩护人办公室短暂工作一段时间后，他加入市中心一家大型刑事辩护律所。

这时，他和妻子已经育有两个孩子，他还开始涉猎艺术创作。在读法学院期间，夫妻二人搬到了华盛顿湖畔马德罗纳社区的一个嬉皮士公社，位置就在传统的非裔中央区东面。米洛夫妻住的房子属于一名公社成员，以前买它的时候花了 5 000 美元。1978 年，夫妻二人花费 5 万美元购置了属于自己的寓所。可是，米洛对律所这份工作的幻灭感与日渐增，他更沉浸于艺术创作。当他提起自己的意向时，一位律所合作人的妻子半开玩笑地提议，他要是真那么想搞艺术，完全可以像那个制作花卉木刻版画的家伙一样，在派克农贸市场出售自己的作品，似乎所里每个律师家中浴室都挂着这么一幅画。

1980 年，米洛的律所接下一桩敲诈勒索案件，代理 26 名被告，他们受雇于卡尔博内家族。这是个大案子，米洛被告知，在该案中第九巡回上诉法院头一回援引了反有组织犯罪法案（RICO）。某一天，米洛和十几名律师一道，在一间大会议室里讨论这桩案件。他突然意识到，就在几个月间，他从为穷人服务的公辩律师变成了黑手党成员代理人。米洛心想，我到底在做什么呢？第二天他便递上辞呈，就此成了派克市场里的一名艺术家。半年后，他和妻子分道扬镳，给自己留了 200 美元，把余下的钱和房子都留给前妻，然后在派克市场的新社区中安顿下来。

初来乍到，米洛被分配到最不讨喜的地点之一：市场北端最边上用厚板子铺成的摊位，基本上就是人行道的边角位置，这里工作日租金是 3 美元，周末则需缴纳 5 美元；在降水频繁的西雅图，在这样的位置摆摊是要淋雨的。不过，就在米洛开张的第一天，他碰巧遇到附近几位艺术家，他们从彼此眼中看到了相同的信念——"将艺术带给大众是我们的共享理念。"他后来这么说。不久后，他们协力在这几块木板上搭建起一个公共棚区。这是件一举两得的事，既能蔽雨，还能让摊位看上去像是一个画廊，这样一来，过路行人当真停下脚步、驻足观赏作品的可能性便会增加。他们甚至给自己取了个凯鲁亚克式的名字，叫"达摩机师"（Dharmic Engineers），灵感来自梵文 *dharma*，意思是"托举者或支持者"。互相支持，这是他们彼此协作的最现实的目的。

后来，回首过往，米洛·杜克认为自己在三个不同的西雅图待过，而那年引他走上艺术之路的，是三者中的第一个。这个版本的西雅图是一座相对较小的城市，人口总数不到 50 万，比圣路易斯和堪萨斯城大不了多少。这座城市的经济尚由波音公司、造船厂和港口主导。它从 1851 年方才发展起来，最初是一个自然资源前哨。最早的一批居民乘坐近海纵帆船到达此地，建造木屋，计划开垦农田，但他们最终意识到，为旧金山的码头贡献木材是更划算的买卖。很快，一位叫亨利·耶斯勒的俄亥俄商人来到西雅图，在皮吉特湾建起一间锯木厂。

繁荣随铁路而至。1883 年，北太平洋铁路通到了塔科马；又过了 10 年，大北方铁路连通西雅图。19 世纪 80 年代，西雅图的人口增长了 10 倍以上，总数超过 4 万。19 世纪 90 年代末的育空淘金热为这座年轻的城市进一步注入财富的养分，探矿者将之视为补给站点。1916 年，威廉·波音在联合湖与人合作制造了他的第一艘水上飞机。随后数十年间，这座城市差不多在耶斯勒与波音设定好的道路上成长起来。虽然 20 世纪 70 年代的西雅图并不是一座工业城镇，它与曾是工业城镇的那些地方相比也没富裕多少：1978 年，西雅图城区的人均收入比克利夫兰、匹兹堡和密尔沃基勉强高那么一点。"这里仍然带着新领地中原始定居点的痕迹。"在描绘那个时代的西雅图给他留下的第一印象时，英国作家乔纳森·拉班如是说。[1]

事实上，20 世纪 70 年代初，波音曾解雇上万名工人，因此有这么一块经典的广告牌，上面写着："最后一个离开西雅图的人，不要忘了关灯。"《经济学人》曾报道，当时，这座城市"变成了一个大型当铺，家家户户抛售必需品外的一切东西，换取购买食物和支付房租的钱"。[2] 作家查尔斯·丹布罗西奥成长于 70 年代的西雅图，在他的记忆中，那个年代的西雅图缺乏活力，但别有一番阴郁的魅力。"那时候埃利奥特湾图书公司有家开在地下室的书店，用砖墙隔了起来。你可以大大方方地在那里消磨时光；喝完咖啡就到前台续上一杯；你就在那里看看书。"他后来写道，"彼时，西雅图似乎沉溺在一种独有的昏迷感之中，当夜幕降临，整座城市陷入沉睡，无比静谧，偶尔能听到一声犬吠，一声车响，一扇门关上的声音，诸如此类——除此以外，便是无边无际且毫无必要的空无。无尽的空无。"[3]

埃利奥特湾书店正是"达摩机师"的艺术家每周聚会、谈论艺术的地方。碰面结束后，米洛·杜克会乘渡轮回到皮吉特湾的瓦雄岛，他住在一辆巴士上。离开家的第一天，他在阿拉斯加路高架桥底下将就了一夜，不过，他很快便在岛上找到了落脚处，一位朋友在这里有一座农舍，乐意让大家在那驻扎。另外一位朋友的旧巴士因为停在路边一直收到罚单，米洛便建议把车停在岛上。米洛在这辆规模小一些的巴士里生活了一段时间，一年后，他升级了住所，购置了一辆老旧长途大巴。"生活成本还过得去，"后来，他开玩笑道，"我是'小房子运动'❶的先锋呢。"

对帕特里内尔·斯塔滕来说，长途大巴是她踏入西雅图的起点，而非终点。

她的旅程始于得克萨斯州的迦太基，在三天半的旅途中，她一直忍着没去上厕所。她只能坐在大巴尾部，旁边就是脏兮兮的厕所，但她不被允许使用，这趟穿越得州的大巴，沿途停靠的补给站里也没有对她开放的厕所。她能使用的厕所在漆黑的道路尽头，刚满 20 岁的姑娘并不想独自走这种路。于是她一直憋着，限制液体摄入，这样会好受一些，哪怕大巴最终驶出实行吉姆·克劳法❷的得州，驶入了大西部，她还是一直憋着。⁴抵达西雅图的时候，她身体的各项系统已经是一团糟。"你看上去不太舒服。"她的姐姐说完后带她去看了医生，医生对帕特里内尔的脱水状况感到震惊。"我真不知道你怎么坚持得了四天。"他说。

那是在 1964 年。帕特里内尔的父亲是牧师，母亲是教师，一家人在迦太基城外拥有 35 英亩❸地。但是，在浓重的种族偏见氛

---

❶ 小房子运动（tiny house movement），2014 年前后，在不愿背负沉重房贷的欧美年轻群体间，兴起了一股缩减居住空间、乐享简约的风潮，提倡"少花钱、多生活"。

❷ 吉姆·克劳法（Jim Crow laws），指 1876 年至 1965 年间美国南部各州以及边境各州对有色人种实行种族隔离制度的法律。"吉姆·克劳"在当时指代非裔，出自 1832 年音乐剧《蹦跳的吉姆·克劳》。

❸ 1 英亩约等于 4 046.9 平方米。

围笼罩下,东得州的环境毫不宽松,哪怕是上层非裔美国人也一样。帕特的姐姐安娜·劳拉跟随丈夫,定居在后者的军队驻地西雅图;另一个姐姐奥拉·李也随安娜来到西雅图。帕特在休斯敦附近的黑人院校普雷里维尤农工大学念了几年书,随后也决定要去西雅图——姐姐奥拉和丈夫离了婚,帕特打算去帮她看孩子。

三姐妹的旅程是大迁徙❶的典型例证,经过数十年的酝酿,这场运动抵达了美国最北部与最西部的各大城市——20 世纪 30 年代末,西雅图的非裔人口还不到 4 000。小规模人口带来了某种程度的例外主义:从一开始,黑人男性就得以畅通无阻地参与投票,黑人女性则在 1883 年后获得投票权——与此同时,长期面临蓄意歧视的华裔或美洲原住民少数群体,却未被给予这般程度的宽容。"由于西雅图黑人总数较少,"历史学家昆塔德·泰勒记录道,"白人主导的西雅图沉浸在一种对非裔美国人的种族宽容之中,当这座城市的黑人和白人将这种情况与蔓延全国的种族隔离主义政策相较时,他们都会得出这样一个结论:西雅图从根本上就是自由与平等并济的所在。"[5]

到 1950 年,这座城市的黑人数量一跃超过 15 000,超过了庞大的亚裔群体。这轮增长的到来,与第二次世界大战,以及波音公司与造船厂生产力需求剧增相关。在随后 30 年间,黑人人口持续增长——他们可以在这里找到工作,与此同时,正当民权斗争在南方遍地开花之际,这里更有远离纷争的吸引力。

但气氛也并没有帕特·斯塔滕期望的那般融洽。初来乍到,她随姐姐奥拉·李住在伦顿——西雅图东南城郊的工人阶层聚集

---

❶ 大迁徙(Great Migration),又称"北上大迁徙"或"黑人大迁徙",指 1916 年至 1970 年间约 600 万非裔美国人从南部各州乡村地区迁往北方的大规模人口迁徙。

区。参观市中心时，她发现目光所及之处并没有几个黑人。她看到一位黑人清洁工，上前攀谈。

"你们都在哪儿呢？"她问。

他明白"你们"指的是谁。"噢，有一个地方叫中央区"，他回答，"我们在中央区。"

早先，西雅图总数不多的黑人居住在两片区域。[6]一处聚集地是滨水的耶斯勒大街到杰克逊街一带，遍布酒吧和妓院；这里是流动人员的栖息地，多是搬运工和船员，在种族歧视充斥造船业与码头工人工会的彼时，二者是非裔美国人可以应聘的主要职业。另一个聚集地是东麦迪逊街外树木繁盛的那一片地，第二位踏上西雅图的非裔美国人威廉·格罗斯在此购置了12英亩的农场，许多更为稳定的黑人家庭也随之在此定居。

随着时间的流逝，两片聚集地融合成一个倒写的L字型区域。这便是中央区。这种融合并非完全自然的过程。禁止向黑人提供销售服务的种族规约在其他社区激增，那些想要租房的黑人会发现，无论何时申请，都找不到空置的公寓。如此，他们只能选择中央区。到1960年，西雅图黑人人口激增超过70%的10年后，在26 901名黑人居民中，有三分之一居住在仅占4个人口普查区 ❶ 的中央区。[7]

帕特·斯塔滕会去城里的真葡萄树传教士浸礼会教堂做礼拜，就是在那儿，帕特的美貌吸引了本尼·赖特——她大大的笑靥有一种聪颖的魅力。本尼一家早些时候从阿肯色州来到北方。和帕特约会6个月后，本尼向她求婚。两人在中央区北角的东丹尼街租了

---

❶ 人口普查区(census tract)，指为实施人口普查而划分的区域，并非行政单位。1960年，西雅图市约划分了121片人口普查区。

一间公寓，后来，夫妻俩开始寻觅待售的房屋。房地产经纪只带他们看中央区的房子，帕特感到困惑。"我无法相信，"她后来说，"我生活在北方的'南方'之地，我只能在这里买到房子。"他们最后在中央区东角相中一套三室一厅的整洁砖房，售价 17 000 美元。

本尼·赖特后来成了加菲尔德高中的一名历史教师，这是中央区一所以黑人为主的学校。帕特在银行找到一份夜班校对员的工作，审核支票。1968 年，自由银行（Liberty Bank）在中央区中心位置开业，这是密西西比以西首家由黑人开办的银行。凭借着审核支票的工作经历，帕特成了这家银行的柜台出纳。到那时，她认识了中央区的所有人，或者说差不多是这么回事，她也很喜欢人们排着长队只为见上她一面的感觉。

不过也会出现一些例外状况。有时候会有人走进来，说上诸如"哦，有个老黑在这上班呢！"之类的话。

帕特·赖特❶ 则会瞪着大眼睛回应："什么鬼……有谁看到老黑了吗？这边有老黑吗？他们长什么样子啊？"

和米洛·杜克一样，帕特·赖特开始发挥自己的艺术才能，她天生就有一把洪亮的嗓子，很小的时候就在父亲的教会里唱歌，在少年唱诗班中领唱，后来还在高中组了一个名叫 Jivettes 的三重唱。事实证明，西雅图是黑人音乐的麦加。20 世纪 30 年代，爵士俱乐部沿着杰克逊街和邻近红灯区的几个街区遍地开花 8：黑与棕、贝森街、黑麋鹿和乌班吉。贝西伯爵、路易斯·阿姆斯特朗、凯伯·卡洛威和艾灵顿公爵结束上城场馆的演出后，也许会来这一带的俱乐部坐一坐；要是上城住宅区的酒店拒绝接待，他

---

❶ 帕特·赖特即帕特里内尔·斯塔滕，赖特为婚后姓氏。

们可能会在黑人开的"金色西部"酒店待上一晚。这里的深夜俱乐部——比如摇椅、汉密尔顿、刚果俱乐部——也能吸引白人顾客前来：1949 年以前，华盛顿州禁止出售杯装烈性酒，但警察为了收取回扣，对黑人俱乐部"网开一面"，允许出售"调酒伴侣"——供那些自带酒水的主顾使用的玻璃杯、冰块和调酒器。40 年代，战争给工厂、造船厂和军事基地带来大量人口，西雅图的爵士俱乐部得以加快增长。

在新一波人潮中，有 16 岁的欧内斯廷·安德森和她的家人，她在 1944 年从得州来到西雅图，很快就在杰克逊街上表演；还有 1943 年到达的昆西·琼斯一家，昆西当时 10 岁，父亲在皮吉特湾海军造船厂找到工作；还有 1940 年到达的艾尔·亨德里克斯，他在西雅图结识并娶了露西尔·杰特，生下约翰尼·艾伦·亨德里克斯，几年后替他改名为詹姆斯·马歇尔·亨德里克斯。❶

1970 年，帕特·赖特在吉米的葬礼上献唱。她组建了一支叫"帕特里内尔的灵感七人组"（Inspirational Seven）的福音合唱团。她与棕黑唱片公司（Sepia Records）合作，推出了一首名为《我让如此美好的他离去 / 小小情事》（"I Let a Good Man Go/Little Love Affair"）的单曲。她开始在俱乐部里演唱——不单在西雅图，还有南边俄勒冈州的波特兰，那里的演出酬劳更高些。

本尼不乐意帕特到其他城市的俱乐部演出。多年以后，帕特也会坚持说自己同样不乐意出城表演。"见不到你我不开心。"她

---

❶ 欧内斯廷·安德森，爵士和布鲁斯歌手、四次获得格莱美奖提名。昆西·琼斯，唱片制作人、作曲家，被《时代》杂志评为 20 世纪最有影响力的爵士音乐家之一。詹姆斯·马歇尔·亨德里克斯，通常被称为吉米·亨德里克斯，他被认为是摇滚音乐史上最伟大的电吉他手之一。

说。1970 年，她听说中央区以南的富兰克林高中需要她的加入。这所学校的黑人学生比例有了可观的上升，音乐主任便邀请帕特来组建一个福音合唱团。学生们反响热烈，然而不久后，大获成功的合唱团便被击碎。邀请帕特的那名主任表示，合唱团如今模糊了教会与世俗的界限。就这样，在 1973 年，帕特将合唱团从学校搬到了十九街上的锡安山浸礼会教堂，有不少学生追随她，通常他们更年幼的兄弟姐妹也会加入——只要他们愿意努力达到帕特严苛的要求。合唱团也因此成了社区里的固定团队，名字叫"全然经验福音合唱团"（Total Experience Gospel Choir）。

到了这个时候，从前的爵士俱乐部开始走向没落。毒品和街头犯罪在西雅图泛滥成灾，和其他城市无甚差别。但是，中央区看起来只是变得更强大了。这里经常举办街区派对。要是哪个邻居生病了，能感觉到整个社区都会帮忙照顾。"你应该看看我们为生病的邻居做了多少食物。"帕特说。有时回家晚了，从自己车里走出来的时候，她也感觉很安全，因为她知道朋友们会从各自家中留心她的情况。街坊们都是她的朋友。"我们是那种会隔着篱笆冲对方喊话的关系。"她说。

1978 年到 1979 年那个冬天，两名年轻男子从新墨西哥州阿尔伯克基北上。他们开的汽车不同，行驶路线也不一样，两人的旅程之间有一个月的时间差。第一位年轻人是保罗·艾伦，开着法拉利蒙扎，装备防滑链，翻过犹他州和爱达荷州的冰山，车载电台放着地风火乐队的歌。第二位年轻人是比尔·盖茨，开着保时捷，明目张胆地超速，同一架警用飞机给他开了两张罚单。[9]

不过，殊途同归说的正是这两位：他们的目的地都是西雅图，两人长大的地方；他们上的是同一所精英私校湖滨中学，也都曾成功黑进学校当时还很初级的计算机系统。高中毕业后，他们都去了波士顿——盖茨到哈佛念书，而艾伦从华盛顿州立大学退学后，去了霍尼韦尔公司上班。1975 年，两人来到阿尔伯克基，有家叫"微型仪器和遥测系统"（MITS）的小公司开在这里。公司坐落在购物街上，夹在一家按摩店和一家自助洗衣店中间，开发了一台名为"牵牛星"（Altair）的简易电脑，使用英特尔 8080 芯片。艾伦和盖茨证明了 BASIC 语言❶ 在这台电脑上的使用价值。在阿尔伯克基，他们创立了一家叫"微软"（Micro-Soft）的公司。

两年后，他们逐渐厌倦了高地沙漠的景致，也对将编程的才学困在新墨西哥州感到烦躁。艾伦建议将当时仅有 13 人的微软公司搬到西雅图。他想念他的家乡——那里的松树，那里的水，还有舒爽的空气。他提出，对公司来说，西雅图的气候实际上很理想。"雨天是一个加分项，"他后来写道，"这会让程序员专心。"[10]

盖茨对西雅图倒没那么热衷。[11]另外一个显而易见的选项是硅谷，由于斯坦福大学持有大量不动产，加上冷战时期的国防经费，硅谷那时已经是微型计算的中心。另一方面，西雅图在技术上并没有什么吸引力。所以，艾伦需要花点力气去说服盖茨。最后他采取了一个必胜的策略：他知道盖茨一家十分亲近，于是让盖茨的父母去做工作。最终，盖茨向艾伦妥协。那么就是西雅图了。

盖茨在位于贝尔维尤的老国家银行大厦第 8 层租下办公室，贝尔维尤和西雅图两城隔着华盛顿湖相望。由于申不上贷款，盖茨和艾伦兑现了部分定期存款，为新办公室购入了全新电脑系统。

---

❶ BASIC，全称是初学者的全方位符式指令代码（Beginner's All-purpose Symbolic Instruction Code），一种设计给初学者使用的编程语言。

公司的电话号码最末几位是 8080，和几年前他们证明自身价值的英特尔芯片序号一样。[12] 这个愉快的巧合之所以能实现，很可能是因为盖茨的母亲当时是太平洋西北贝尔电话公司的董事会成员。

在西雅图落脚后，微软公司（Microsoft，这时已经去掉了中间的连字符）不久便拿下大单：国际商业机器公司（IBM）交给微软一项任务，让他们负责开发进军个人电脑市场的操作系统。艾伦和盖茨连哄带骗地从一名西雅图程序员手中取得操作系统的雏形，调整后开发出微软磁盘操作系统（MS-DOS）。到 1981 年，公司已有了上百名雇员，还搬进华盛顿湖岸一处更大的办公空间，毗邻最受欢迎的快餐店"汉堡大师"。微软招揽刚刚从大学毕业的年轻程序员，因为他们还没被其他雇主"污染"。"毕竟我们寻找的是最闪亮的明日之星。"艾伦回忆道。如他们所期望的那样，西雅图确实比阿尔伯克基更具吸引力，尽管有些被相中的候选雇员选择了去硅谷。[13]

到 1982 年末，微软的收益翻了一番，高达 3 400 万美元，这时候已有 200 名雇员。不过公司还是很有活力。下班后，大家会去乌有酒馆玩桌上足球。到了周末，艾伦的副手鲍勃·奥里尔会在家中举办排球和烧烤派对，公司的首位雇员马克·麦克唐纳会调制代基里鸡尾酒。

艾伦在位于萨马米什湖畔的房子举办了一场万圣节派对，据艾伦说，盖茨把屋里的楼梯扶手当滑梯，从二楼一直滑到厨房。他会以最快的速度助跑，然后跃上栏杆，滑到楼下的木地板上。"[14]

微软落脚后的西雅图是米洛·杜克生活过的第二个西雅图。多了一点科技，一切都变得高级了一些，但姑且还能应付。

米洛创作的超现实主义作品在派克市场行情寡淡，为了谋生，他开始为"达摩机师"里其他成员担任类似经纪人的角色。他还开始参加科幻大会，那里的人似乎挺喜欢他的作品。在 1982 年一场集会中，他遇到了温迪·迪斯，她来自密苏里州圣路易斯，是个小有名气的图书插画家，还会自己写一些诗歌和小说。两人最后结为连理，但那是 10 年以后的事情了。米洛在大巴上住到 1989 年，之后他开始在开拓者广场那儿的一个房间过夜，那是"达摩机师"里几位艺术家共用的工作室。开拓者广场是海滨历史景点，耶斯勒曾经的木材码头所在地，再过几年，它会成为颓废音乐的基地。这间工作室在华盛顿鞋业公司双子大楼的其中一座里，没有窗户，因为靠近一栋冷库而常年凉爽，月租金 80 美元。米洛还和两名合伙人在附近开了一家画廊。对他来说，1991 年夏天的回忆，满是在消防通道上听音乐、抽大麻的夜晚。"那时候，我感觉置身世界的中央。"他说。

这样的时刻并不长久。画廊的一名合伙人，他的一位朋友，在 38 岁那年因为一种罕见的癌症离开了人世。画廊不得不被出售。米洛从工作室搬了出去，和其他艺术家朋友住在罗斯福区六十五街上一座摇摇欲坠的房子里，房子背后有一片灰尘密布的空旷场地。房东是出了名的恶劣。如果保险丝烧了，房东会往配电箱塞上一枚 25 美分的铜币来代替。

在那里过了两年，温迪成了米洛的救星，她在一家高级日本艺术画廊拥有固定工作。两人搬到菲尼岭区的公屋，到了 1996 年算是有了独立的住所：他们在格林湖以南的谭哥镇租下一间小屋。房子一楼有 800 平方英尺，400 平方英尺的二楼是温迪的工作室，800 平方英尺的下沉式花园则是米洛的工作室。他的一个儿子后来把车库改成工作坊，加工金属、维修机车。女房东每月向米洛一家收取 1 000 美元，租金多年未变。她是一名学校行政人员，嫁给了波音公司的一位主管，两人很高兴把房子租给艺术家。

米洛在工作室开办艺术学校时，房东夫妻感受到更强烈的愉悦。米洛很偶然地接触到教学这件事——1998 年，他和温迪在酒吧看到一份别人落下的课程目录，于是去城里的现实主义艺术学院学油画，这所学院备受推崇，严格遵循传统做派。一个学期过去，学院询问米洛，是否愿意自己给学生上这门课。不久后，他把授课地点改到自己的住所。他甚至给房子冠上了正式的法语名：一间画室（atelier）。

在帕特·赖特看来，第二个西雅图也不错。

华盛顿湖对岸兴起的科技革命尚未触及中央区，但邻近地区已经发生了变化。到目前为止，变化大体上值得庆祝，它由内而外，自发形成：西雅图的黑人开始逐渐向外迁移。

过程经年累月。1957 年，州议会通过一项住房歧视禁令，但两年后，金县 ❶ 高等法院一位法官驳回了该禁令，认为尽管对潜在住户和买家的偏见很是可悲，但"法院裁定，私人房产所有者保有选择交易对象的完整自由"。[15]

20 世纪 60 年代初，不同种族的改革派持续施压，在西雅图争取"开放房屋"条例。西雅图市议会——直到 1967 年才迎来首位黑人议员——拒绝立法，转而在 1964 年发起公投。《阿尔戈斯周报》（Argus）刊登了一封针针对此议案的抗议信，表达了反对派的看法："突然之间，房屋所有者被要求……为了所谓的'开放房

---

❶ 金县（King County）是华盛顿州下辖的二级行政区，县府在西雅图。

屋'……放弃部分所得。除了可能会帮到那些被压迫的……黑鬼之外，选民们从这种退让中一无所获。"[16]

1964 年 3 月 10 日，就在《民权法案》(Civil Rights Act) 在华盛顿特区通过的三个月前，"开放房屋"条例在公投中遭到抵制，反对者的数量是支持者的两倍多，在自诩最进步的城市，超过 11 万名选民选择维护以种族为基础的歧视权。这恰恰说明，哪怕是西雅图，也还有很长一段路要走。[17]

改革派没有灰心，转而通过自愿方式来推动壁垒的瓦解。他们在中央区之外寻找好心人，这些人不理会立法结果，推动所在社区向外开放。他们还为有搬家计划的黑人家庭提供"公平住房清单服务"。在中央区本身，这些努力也并非毫无争议——昆塔德·泰勒引述了中央区商人活动家凯韦·布雷的话，他把那些找寻出路的黑人唤作"为追求更高社会地位而脱离自己人的人"。[18]在迁入地区，改革派的努力同样遭到抵制。在西雅图南边的肯特郊区，两个黑人家庭的新房遭到枪击。

尽管如此，向外流动依然平稳持续。1970 年，西雅图都会区 42 000 名非裔美国人中，仅有 9% 居住在城外。至 1980 年，这个比例翻了不止一番，占 58 000 名非裔美国人中的 20%。而到了 1990 年，在 81 000 名非裔美国人中，比例已超三分之一。

黑人不仅向市郊迁移，还搬到城里其他逐渐变得友好的区域。到 1980 年，中央区不再是大多数西雅图黑人居民的聚集地。[19]

帕特·赖特觉得，这段时间代表了某种折中。居民们不再为蜗居在城市一角而备感拘束。不过，还是有足够的黑人留守在这个角落，足以维持社区身份认同的关键比例。

在身份认同这件事上，帕特·赖特给予的比接受的要更多。

她在第十四大道开了一家叫"福音胜地"（Gospel Showplace）的唱片行，在这里，你可以找到"全然经验福音合唱团"在礼拜日演唱的歌曲，还有基督教图书和相关物品。而且，帕特的合唱团成绩斐然。"很多在这里出生长大的孩子，他们很难搞懂我坚持要他们去学的风格，不过一旦学明白了，没人能和他们相比。"帕特回忆道。[20]20 世纪 70 年代中期，合唱团开始稳步上升，在越来越厉害的场合演出——比如说西雅图中心的食乐园商场，比如说歌剧院，还有为未来第一夫人罗莎琳·卡特准备的竞选集会。合唱团第一次去外地演出，是在亚基马和斯波坎，对那些从未离开过西雅图的年轻人来说，那就是另外一个世界，与此同时，合唱团也在备战 1979 年全国巡演，这场长达 3 周的演出辗转纽约、华盛顿、费城、圣路易斯、芝加哥等地。

也是在那一年，合唱团肆意的热情引发争议，几位锡安山教会的牧师感到难堪，于是合唱团转移到西雅图南部另外一个教会。"音乐太大声，可就不妙了。"帕特喜欢这么说。[21]锡安山教会的正式遣散函声明，合唱团的"成长速度"已经"超过"了教会本身——这点令人存疑，毕竟锡安山教会是城里最大的教会之一。很难不觉察出这单纯是出于嫉妒——帕特·赖特打造的合唱团并非比教会还要庞大，但其光芒让后者相形见绌。

巡演的雄心与日俱增。合唱团搭乘两辆灰狗巴士，两个孩子挤一个座位，穿过南方腹地去巡演：巴哈马群岛——夏威夷——墨西哥——萨尔瓦多——尼加拉瓜。帕特的弟弟格雷戈里会随团出行，他是合唱团的鼓手；有时候本尼也会跟去，负责拍照，用镜头捕捉妻子如鱼得水的画面——帕特穿着浴袍，在汽车旅馆的阳台上滑步曼舞，还有帕特为合唱团领唱三部合唱《向远方去》

（"Going Up Yonder"）、《噢快乐时光》（"Oh Happy Day"）和《当战火停歇》（"When the Battle is Over"）。也有不如意的时候：他们抵达盐湖城时，团里的孩子在大巴上听见路人说："黑鬼进城啦！"帕特把大巴上的孩子都召集起来，安抚他们："我们代表上帝。我们准备演出，不会去给他们找乐子。我们来祈祷。我们会胜利。"[22] 然后她走到另一辆大巴上，跟车上的孩子讲了同样的话。

在西雅图，合唱团曾演出为柬埔寨难民筹款，在国际电工兄弟会大厅参加"支持工人娱乐演出"，还在圣诞期间为兰斯顿·休斯的《黑色的诞生》（*Black Nativity*）演出，年年如此，成了传统。合唱团成长为富有凝聚力的整体，甚至是家一般的存在：有一回帕特顺路送一个女孩回她的领养家庭，这家人没有开门，于是，帕特邀请女孩在自己和本尼的家中住下，只要她愿意，住多久都没问题；女孩确实留了下来。后来，女孩在密歇根大学获得了语言病理学博士学位。

到了 20 世纪 90 年代初，早先一批合唱团成员纷纷长大，或是去念大学，或是离开了，与此同时，合唱团越来越难招揽新的孩子来代替原来的成员——谁知道是因为帕特严苛的名声，还是因为教会与教会音乐渐行渐远呢。为了维持成员数量，合唱团只能招收成年人。他们购置了一辆 60 年代的巡演大巴，帕特的儿子帕特里克被任命为助理主管。他们甚至去了俄罗斯和澳大利亚。可是，这项事业的步伐和规模让帕特筋疲力尽。她宣布，合唱团将取消现有模式。精挑细选后，成员从 32 人减至半数。1993 年，老合唱团举办了最后一场演唱会。

1994 年春，也就是半年后，纽约投资银行德劭公司的一名副总裁来到加州圣克鲁兹，30 岁的他怀揣父母支持的 10 万美元，为自己筹建中的新公司探访适宜的地点。杰夫·贝索斯的想法非常简单：通过万维网这个全新的用户友好型网络界面，利用其飞速增长的活跃度，向消费者出售商品。"大部分成功企业家开创公司，都是出于对意欲进军的行业的热情，"理查德·勃兰特在他2011 年的著作中如此形容贝索斯的公司，"而贝索斯只是单纯对互联网发展能使人致富这个事实感兴趣，他自己也想分一杯羹。"[23]贝索斯不太确定自己要卖什么，他罗列了 20 件候选商品，包括办公用品、电脑软件、服装和音乐。最后他决定售卖图书，主要是因为不重样的图书如此之多，可以说无穷无尽，而且与其他商品相比，线上书店具有实体书店无可比拟的优势。

他抵达坐落在旧金山以南 70 英里的太平洋沿岸城市圣克鲁兹，向两位经验丰富的电脑程序员推销自己的点子。[24] 他说服了其中一个叫谢尔·卡潘的人。两人一同在这座邻近硅谷的原生态海滨城市，寻找合适的办公场所。

不过还有一个问题。1992 年，美国联邦最高法院仍然支持1967 年的一项裁定，禁止各州要求商家代收消费税，除非商家在该州内开展实体业务。要是贝索斯把公司开在加州，那么他就得向这个全美第一大州的所有顾客加收消费税。这就会抵消公司在加州广阔市场中与传统零售商相比的一项关键优势：在传统零售模式中，加征消费税提高了商品成本，线上零售商则可以节省该部分成本。[25] 贝索斯才不愿意割舍掉这项巨大优势，如果公司设在相对较小的州，就只需向很小一部分顾客征收消费税。多年后，他曾半开玩笑地说起，为了尽可能避税，当时他甚至考虑把公司总部设在加州一处印第安人保留地。[26]

他将目光投向西雅图。与比尔·盖茨或者保罗·艾伦不同的是，他和西雅图之间没有丝毫联系——他在阿尔伯克基、休斯敦和迈阿密长大，在普林斯顿上大学。不过，新公司的一位初始投资者尼克·哈瑙尔住在西雅图，并大力推荐这座城市。[27] 如乔纳森·拉班在早几年前抵达西雅图时写道的那样，这里有一种"令人振奋的可能性"："哪怕开局已久，人们也能够在这片尚待开发的土地上谋生——你可能像传统移民那样，来自无名之地，在这里开起店来，成为暴发户（alrightnik）。"[28]

西雅图足够大，它拥有一座大型机场，这构成了在全国范围内运输图书的前提条件。俄勒冈州的罗斯堡拥有全美最大的图书配送仓库，距离西雅图只有 6 小时车程。

还有其他考虑。贝索斯知道，公司的成功得靠招揽许多程序员。硅谷是挖掘这方面人才的最佳地点，不过西雅图也是差强人意的备选方案。华盛顿大学的计算机科学系产出大量毕业生。更重要的是，微软的存在吸引了一小部分小型公司来到这片区域。这是一个"因微软而出现的人才资源池"，贝索斯在 2018 年这样解释选择西雅图的原因。[29]

多年以后，高科技时代经济发展的决定性规则将被概括如下：赢家通吃，富者愈富。互联网本应让我们随心所欲地选择生活和工作的地点，不管在天南或是海北，都能相互连通。互联网本应把我们从格子间和办公园区中解放出来，将机遇撒播到全国各地。

然而，事实恰恰相反。科技行业的企业家很快发现，选址变得前所未有地重要。正确的地理位置帮助公司与相似企业形成集聚，更容易吸引雇员——不仅能从对街的公司挖角，行业中心的声誉还会吸引闻声而至的新人才。在雇员流动性很强的科技行业，当前一份工作保不住时，能够就近获得另一份体面工作，这样的地方是符合情理的选择。因此人们愿意到行业中心工作，反过来，这又能吸引更多雇主入驻。

集聚不仅事关人力资源，对创新这项技术精髓也很重要。在某种意义上，这句话总是对的：历史就是对的城市与对的人融合交汇，推动世界向前发展的故事，不管是古代的雅典，文艺复兴时期的佛罗伦萨，还是工业时代的格拉斯哥，皆是如此。"城市实际上是刺激与整合物质和社会之间持续的正反馈动态的机器，二者以乘数级相互增进。"理论物理学家杰弗里·韦斯特在其论述城市与公司增长的专著中说道。[30]

但是，新近的数字化经济有些不一样，它运用了这一动力机制，将其作用放大了 3 倍。在工业时代，机器进步比较可能发生在某个工业中心，该项进步随后能够扩散至任何拥有自然资源、人力资源和交通连接的地点。当亨利·贝塞麦成功发明转炉炼钢法，任何拥有充足资本、能够获得煤炭与铁矿石的人都可以设立自己的工厂。他们也确实在宾夕法尼亚州的布拉多克、西弗吉尼亚州的威尔顿、俄亥俄州的扬斯敦以及印第安纳州的加里设立了工厂。

对科技经济来说却并非如此。丰硕的奖励有赖于创新本身，它能凭借极少的附加资本产生超比例的回报。一旦设计出一款绝妙的新软件，你几乎可以零成本量产——既不需要煤炭，也不需要铁矿。一切取决于是否拥有能够实现原初突破的头脑。"才干前所未有地决定着经济价值，"加州大学伯克利分校经济学家恩里科·莫雷蒂写道，"在 20 世纪，竞争等于物质资本的积累。而今天，竞争意味着吸引最佳人力资源。"[31]至为重要的是，哪怕集聚的成本愈发高昂，这句话仍然适用。如此形成的反馈回路大行其道，分散至低成本地区的市场再平衡机制被击碎了。

1994 年，贝索斯和妻子麦肯齐刚来到这座城市时，这种变化对西雅图的意味尚未明晰。两人在贝尔维尤租下月租 890 美元的房子，特地选了栋带车库的（不过车库被改成了娱乐室），这样贝索斯就可以在日后采用"车库创业"的神话。在车库办公几个月后，贝索斯在西雅图市中心以南的工业区找到了一间带地下室的办公室。[32]

到这时，公司有了名字。最初是 Cadabra.com，还考虑过 Awake.com、Browse.com、Bookmall.com、Aard.com 和 Relentless.com，最后贝索斯才选定 Amazon.com。"亚马逊河不仅是世界第一大河，而且，它比排名第二的河流要大许多倍，"在布拉德·斯通 2014 年关于亚马逊的书中，贝索斯如此答道，"所有河流都无法同亚马逊媲美。"[33]

多年后，查尔斯·丹布罗西奥，这位用文字铭记 70 年代西雅图的作家，几乎认不出这座城市。

"在我心中，这座城市仍旧木讷且昏暗，这是我愿称为'家'的地方，我作为失败与缄默的囚徒对它心怀忠诚，而今一种陌生的错位感油然升起，因为今日的西雅图已然成为许多人寻觅的瓦尔哈拉❶。"他写道，"我困惑于她被视作经济、风景与文化的希望。隔了区区一代，子侄辈便已成长在令人向往之地，不由地令我心生一丝震惊。"[34]

诚然，"失败"无疑是陌生的概念，这座城市不但胜利连连，更是频频超出预期。二十余年间变化如此之大，再难找到另一座

---

❶ 瓦尔哈拉，或译英灵殿，北欧神话中的天堂，是战士灵魂的归宿。

能与之相比的现代美国主要城市。大衰退以来的十年内，西雅图新增22万个岗位。有超过20家《财富》五百强企业决定在此设立工程或研发部门，包括硅谷巨头脸书、谷歌和苹果。

到了2018年，西雅图都会区人均收入已增长至近75 000美元，比几十年前收入持平的密尔沃基、克利夫兰和匹兹堡等城市高出约25%。另一方面，财富增长的分布并不平均：昔日，这座城市以中产阶层的规模著称，鲜见极度贫困或极端富有；到2016年，其收入不平等程度之高已与旧金山不相上下。单看2016年，前20%的西雅图家庭平均年收入激增40 000美元以上，达到318 000美元；而他们的收入占全城总收入的53%。[35]

到2018年，在各房屋类型统计中，西雅图家庭用房售价中位数高达754 000美元，高于除旧金山湾区外的全国所有其他地区。[36]在3年间，足以承担购房花费中位数的薪资水平从88 000美元增至134 000美元。2010年之前，西雅图房租水平与全国平均值持平，其后在5年内增长了57%，越过2 000美元大关，是全国其余地区的3倍以上。

结果，西雅图成了一座养家难度与日俱增的城市：少子化程度仅次于旧金山，拥有孩子的家庭不足五分之一。[37]尽管如此，城市人口仍在不断增长：截至2015年，它是人口增长速度最快的大城市，绝大多数新增人口属于受过高等教育且薪资较高的年轻群体。据估计，截至2018年，每周有50名软件开发人员迁入西雅图。[38]

不过，以上数据并不足以凸显其变化程度。透过这些数字无法看到市中心密密麻麻的塔吊森林——2019年，西雅图市内共有58台塔吊，比全美任何一个城市都要多。[39]这座曾以法兰绒和垃圾摇滚闻名的城市里，处处可见新贵们的炫富行为：缓缓驶过西雅图国会山和贝尔敦的特斯拉汽车；兜圈接送网约车乘客的黑色雪佛兰萨博班；650美元一双拖鞋的古驰店[40]；供应"百万富翁菜单"的天台酒吧，一杯马丁尼售价200美元[41]；高达41层，由玻璃方块堆叠而成的天枢城大厦（Nexus tower），顶部面积3 000平方英尺的高层公寓售价500万美元；徽章大楼（Insignia towers）出售的"云霄私宅"，自带室内泳池、桑拿房和影音放映室。

数据也无法反映新增人口对当地文化带来的影响。在贝尔维尤，人们频繁出入崭新豪华住宅塔楼里的预约制品酒室；或者在洋气的巴拉德区"巫师俱乐部"购买专属魔杖——"量身定制，按照出生日期选材，魔杖工匠提供12种魔法精华任您挑选。"[42]这座城市里的孩子不多，但拥有足够可支配收入、足以实现童年梦想的成年人却有不少。

众多企业一同铸造了西雅图的"超繁荣"景象，比如星巴克、诺德斯特龙百货和仍在华盛顿湖对岸茁壮成长的微软。但有一家公司的力量最为强大。如今，有45 000人在西雅图市区的亚马逊公司工作，城郊还有8 000人。他们的人均年薪达15万美元，此外还拥有价值甚高的期权——公司以此激励员工的忠诚度。[43]21世纪的第二个十年，亚马逊提供了全西雅图30%的新增岗位。[44]公司占据了西雅图五分之一的办公空间——比全美任何一座城市里的任何一家公司占比都要高，超过本地紧随其后的40家最大企业面积之和；在西雅图–塔科马国际机场，达美航空和阿拉斯加航空为亚马逊员工增设了特别登机通道。

2007年，亚马逊宣布合并办公区，在市中心以北的南联合湖区域设立单一园区。[45]早些年，这个地方曾是大型锯木厂所在地。

进入 20 世纪 90 年代，这里是由仓库和汽车修理场组成的轻工业区，还曾开过一家叫"百美三丑"的脱衣舞俱乐部。90 年代曾有再开发方案，计划将该地改建为以大型中央公园为中心的住宅与办公区。微软联合创始人保罗·艾伦当时曾依据方案大量买入地块，最终买下 60 多英亩，但方案最终没有通过。

而亚马逊则请艾伦将该地块改建为总面积超过 170 万平方英尺的公司总部。艾伦超额完成了这一目标。亚马逊在西雅图占地面积超过 800 万平方英尺，其中大部分坐落在南联合湖及其周边，总计 35 栋楼，构成了全美最大的城市园区。亚马逊园区如同一张由中等高度的办公方块组成的网格——就像是用玻璃、不锈钢和铝材制成的俄罗斯方块，表层涂上铁锈红以达到工业时代的红砖感。基思·哈里斯，当地的一位工程师及批判理论家，将其称作"新现代主义高科技街区"。[46] 为了区分这些大同小异的办公楼，亚马逊人给它们各自起了内部名称。比如说鲁弗斯楼（公司头两名员工的威尔士柯基犬的名字），道森楼（取自公司早期一间仓库所在街道），还有菲欧娜楼（Kindle 阅读器差点要叫这个名字）。

亚马逊允许员工带狗上班，超过 6 000 人登记在册，因此，人行道上总能看到遛狗的员工，他们佩戴着蓝牙耳机和蓝色工牌、背着饰有公司微笑商标的背包。在其中一座楼里，视野开阔的 17 层平台被设计成拥有人造草坪和黄色消防栓的狗公园。另一座楼的一层则设有烹制狗粮的小型食堂。

在园区一条主要通道，有工作人员向所有路过的行人派发免费香蕉。整个园区共有 24 家咖啡店。亚马逊自己也在这里开了家店，员工购物时无须支付——摄像头会记录所购买的商品，直接从信用卡上划账。距离园区一个街区的地方，有一家大得多的商场，属于一家拥有近 500 门店的高端连锁超市 ❶，现在连锁超市也归亚马逊了。

酒吧和餐馆逐渐入驻，几乎专为亚马逊员工服务。在工作日的晚上，穿着薄外套的男士们在勇马酒馆（Brave Horse Tavern）玩一种推圆盘游戏。6 月的一个周三，一名绿发女侍者为一名 40 来岁、身穿抓绒拉链夹克衫的男士和他的父母斟香槟，三人静静地刷着手机，就这样坐了一个小时。酒馆外面，一条狗被拴在邮筒上，等候着自己的主人。

还有就是亚马逊生态球。公司在 5 年内建造了 3 个相互连通的巨型球体建筑。它们位于园区最靠市中心的那一角，横跨半个城市街区，由 620 吨钢铁和 2 643 格玻璃板组成。球体内部高达 90 英尺的开放式阶梯连接着不同平台。生态球里有一间咖啡馆，甜甜圈一个卖 4.25 美元；还有被称作"树屋"的会议室；甚至还有真人大小的鸟巢，作为隐蔽的头脑风暴空间——它们都被类似热带雨林的环境包围着，这里大约有 4 万多株植物，分属 400 多个品种，它们来自世界各地，有厄瓜多尔的凤梨和花烛，玻利维亚的喜林芋，还有东南亚的卷柏。这里长着 40 余棵树，其中一棵垂叶榕（昵称叫"露比"）高 50 英尺、重 3.6 万磅，为了把它移进来，不得不拆开一格玻璃板。亚马逊生态球总共可同时容纳 1 000 人。

公司负责园艺服务的资深经理告诉一位记者，生态球可以帮助员工"找到内心热爱生物的天性，真正地与自然相呼应。"

2018 年初，生态球启动那天，亚马逊员工齐聚一堂，人人热情高涨。公司创始人站在中央，身后饰有亚马逊微笑标志的幕墙

---

❶ 指专门销售有机食品的全食超市（Whole Foods）。

绿意盎然。点燃众人情绪的亮灯时刻到了。

"Alexa，启动生态球。"他说。[47]

"好的，杰夫。"Alexa 智能语音助手答道。

这就是米洛·杜克所知的第三个西雅图，对他和帕特·赖特来说，也是最后一个。

第二章 纸板：向下流动的美国中部

俄亥俄州代顿

托德和萨拉告诉孩子们，他们一家正在露营。可以肯定，这是个奇怪的营地。首先，你要在前厅的安保人员那里做好登记，接着，前台几位女士中的一个会招手让你进去，她们都脾气暴躁又看透一切。几名女子因为无法无天，被赶下了宿舍的小床，只能躺在走廊右侧。要不是看在外面气温只有零下10摄氏度，她们早就被扫地出门了。唯一能让人稍微把这里和露营联想到一块儿的，是楼下的医药室，"房客"的药品都存放于此。可是营地不会出现这样的药品袋——大号自封袋里面药盒塞得鼓鼓囊囊，标签磨损得难以辨认，药品早就过了有效期。营地辅导员也不会像这里的人员那样随意地分发物品——就么递过袋子，也不管是什么药，不管吃了没吃。对他们来说，有更大的麻烦要处理。

比如说避免杰里迈亚身上的悲剧再次发生，去年，15周大的婴儿杰里迈亚死在了这家收容所。又比如说大腹便便的高个子蓝眼睛妮科尔，她大概又开始嗑药了。志愿者不足，令人发愁，6名带薪员工每天要准备 1200 份餐，供应这里的 270 名妇女儿童以及另一家收容所内的 225 名男子。男子收容所位于葛底斯堡大道上一处旧看守所。

不，俄亥俄州代顿的圣文森特·德·保罗妇女与家庭收容所可不是露营地，但托德和萨拉家两个稍大的孩子——5 岁的艾萨克和 4 岁的贾兹琳——并没有怀疑父母的话。也许是出于某种超自然的判断力，两个孩子意识到，住在现在这个地方，他们的父母，尤其是妈妈萨拉，过得并不容易。又或者是因为孩子们实际上从来没有参与过任何露营活动，也就无从得知二者的区别。比方说，他们不知道在真正的营地，不会像现在这样，好几十个人窝在休息室，双目无神、下巴微张，整日在电视机前观看访谈类和游戏竞赛节目——这当中有许多人精神不太正常，有一些坐着轮椅。他们也不知道，参加露营活动时，人们并不需要在每晚进入宿舍以前，被安保人员搜查全身和随身物品。

除了周末，庇护所里的其他孩子每日在门外排队等候校车，圣文森特收容所很早以前就是校车路线的必经站点了。但从几周之前，也就是 1 月初来到这里之后，萨拉还没有给儿子艾萨克注册学校，很显然，她不愿接受自己和孩子要在收容所待上好一段时间的事实。填资料时，她给艾萨克写的是接受"家庭学校教育"，也就是说，艾萨克不去上学，而是和母亲、妹妹，还有 8 个月大的小弟尼古拉斯在一起。他们待在收容所的家庭休息室，虽然这里没有佝偻着背看电视的人，但也远非一个惬意的地方。房间墙上有一台电视，两边是被涂上消防车那种红色的生锈储物柜。休息室里还有一个小房间，从其规模和墙内窗口的设计来看，也许曾经是某间警察局里的审讯室。不过这里被改造成"图书室"，摆着几架子书、几箱子玩具，还有一块附带塑料字母片的磁力板。艾萨克（Izacc）在板子上拼出自己的名字，坚持不懈地告诉那些怀疑的人，他名字里有个 z 而不是 s，就像妹妹贾兹琳（Jazzlynn）的名字，中间肯定是两个 z：父亲托德以前是个爵士舞发烧友（这在俄亥俄西南并不常见），女儿的名字正是致敬了这份热情。

图书室贴着禁止带出书本和玩具的标识。这是堂屋里孩子们肆无忌惮地追逐打闹的原因之一，收容所里有种无人管控的混乱气息，在任何大家不打算常驻的地方，人们都会默默接受某种程度上的喧闹。不过，许多人会在收容所待上相当长一段时间。

萨拉感到困惑，这样的吵闹别说一个星期，她连一个小时都忍受不了。为了确保一切都在控制之中，也为了不让自己相对安静的孩子们显得过分奇怪，她也非常关注别人家的小孩，他们跟萨拉家的孩子不太一样。一方面，其他母亲似乎不太介意收容所里的失序状况，另一方面，其他孩子几乎都有着黑色皮肤。皮肤白皙得近乎透明的萨拉坚持头一个事实才是最困扰她的——她还得照看别人的小孩，仿佛自家三个孩子还不够她忙活似的。

她多么希望托德可以搭把手，但出于几个原因，托德只能偶尔过来这里。其一，这家收容所对"妇女与家庭"的界定有些误导人。实际上，只有单亲父亲能够待在这里。尽管托德和萨拉一家有孩子，但正因这个家庭有母亲也有父亲，他们不能一起留在这里。于是，萨拉和孩子们住在家庭收容所，托德则住在 5 英里以外位于旧看守所的男子收容所。他刚入住不久，那里的一位住客就因为刺伤另一位住客被逮捕了。托德和萨拉把被迫分开居住的打击看作是之前在社会福利部门遭受的不公平对待的延续，那时他们被该机构工作人员告知，由于托德仍在工作，他们家不能拿那么多免费食品券，也不符合住房与育儿补贴的申请条件。

工作也是托德很少到家庭收容所帮萨拉看孩子的原因。他有一份全职工作，就像他成年后的大部分时间那样。可看看现在的处境，这更让他和萨拉感到离奇。尽管肯定不是唯一的缘由，但托德微薄的收入让他们沦落到了收容所。

但托德仍有一份工作。他过去干过许多不同的活。现在，他是一名纸板工人。

人们对美国中西部后工业衰退的解读，与对沿海城市中产阶层化的思考很相似，往往没有将议题置于恰当的范围和背景下。远远看去，我们所感受到的是中西部地区残酷无情、浑然一体的颓败之势。透过特写镜头，却能发现这当中的不同层次与起伏。拨开宿命的意味，就可以分辨出是哪些特定的决策、哪些政治和经济行为体应当为衰退负责。

斯沃洛斯一家历尽艰辛，但直到小布什政府末期，一切才真正变得支离破碎。对整个代顿而言也是如此。确实，代顿早就挥别了往昔的光荣岁月。19 世纪与 20 世纪之交，莱特兄弟奥维尔和威尔伯在代顿制造"范克里夫"与"圣克莱尔"自行车，随后于此追逐飞行的梦想,同时代的发明家——现在人们会称其为"革新者"——让代顿的人均专利数高于全国任何其他城市。现在人们会说代顿是"那个年代的硅谷"，叫人难以置信。19 世纪 70 年代末，酒馆老板詹姆斯·里蒂想出了用机械收银机防止酒保偷钱的点子。[1] 约翰·帕特森将这项创意推向全国，造出国家收银机（National Cash Register），他还有一句充满巧思的押韵广告词："国家收银机丝毫不贵，挽回您损失绝不浪费。"[2]帕特森是个真正的怪咖：他穿着用台球桌绒面布制成的贴身衣物，睡觉时把头垂在床沿以免吸入呼出的空气。还有，他发现大量食用香辛料的保加利亚人牙齿都很健康，于是命令手下给工人采购了 4 000 磅辣椒。尽管如此特立独行，帕特森确实发明了现代美国商业所倚仗的一些工具：例如训练有素的销售人员、销售区域、销售指标，甚至还有要命的年会。

众多发明家中有一位名叫查尔斯·凯特林，他不仅把机械收银机改进为电子收银机，还陆续创造了许许多多发明：电动起动机、含铅汽油、氟利昂制冷剂、汽车彩绘等等。凯特林十分看重创新，甚至从自己的寿险里拿出 160 万美元，把受益方定为"汽车研发"。[3]

甚至连造成上百人死亡的 1913 年大迈阿密河洪灾，也没有挫败这座城市。三年后，肯塔基州黑人奴隶的儿子、诗人保罗·劳伦斯·邓巴写道：

> 对家乡的爱慕
> 是人心所知的最高热情！
> 沧海桑田，
> 潮汐涨落，
> 这种感情亘古不变。
> 为了我们国家的荣耀，
> 为了我们国家的福利，
> 让我们都怀着崇敬之心
> 献出一切努力。
> 而我们的城市，我们要辜负她吗？

或是抛弃她的荣光事业？

不——我们以忠诚致以欢呼

以公正的法律致以崇敬。

她将永远召唤我们的责任，

因为她正闪耀——如同最明亮的宝石

有史以来最美丽的装饰

嵌于亲爱的俄亥俄王冠上。

尽管嘲弄吧，这座城市自有其不可否认的宏伟庄严。那是在第三国民银行，用进口大理石和红木制品装饰的大厅里，顾客们在铜制柜台前办理业务。⁴ 那是在比特摩尔和阿冈昆酒店 ❶，命名者将愿景刻在名字上，并且当之无愧。那是在艾尔德和约翰斯顿（后改名为艾尔德－比尔曼）那样的大型百货公司，更有甚者还有拔地而起 9 层高的赖克百货，它一度在体育用品部门出售哈雷机车，还提供免费退换和送货到家服务，如此一来，家庭主妇们在莫德·穆勒茶室歇脚时，便无须提着重重的购物袋了。

城市的人口峰值差不多出现在 1960 年，那时，南方移民如浪潮涌来，不仅受益于密西西比和阿拉巴马的黑人大迁徙，还有来自肯塔基和田纳西的乡下白人。相似的是，移民们都出身低微。他们为了同一个原因——为这里的公司工作——来到代顿，数十年前革新者的创造发明正投入生产。例如国家收银机公司（简称 The Cash），还有凯特林与他人一同创办的德科公司（Delco，全

---

❶ 比特摩尔庄园（Biltmore Estate）是一处法国文艺复兴式私人庄园，修建于 1889 年至 1895 年期间。阿冈昆（Algonquin）是最大的北美原住民部落之一，现主要居于加拿大魁北克；亦可指代当地同名森林公园。

称为"代顿工程实验室公司"）。

　　当然，不是所有新来的人都受到公平对待。20 世纪 60 年代，"白人出逃"现象在代顿这样的地方非常明显。数十年前，城里由德裔和波兰裔巧手建造的豪宅内居住着成千上万的白人，家家户户都有门廊。而今他们举家迁往城郊，住进不起眼的平房，直接的好处是离阿拉巴马和密西西比移民聚居的西代顿远远的。移民并非自愿选择聚在西代顿，这不过是基于一种共识：他们不应该住在河的东岸，也即市中心开始的地方；也不能考虑沃尔夫溪以北，因为那里属于当地犹太人社区。另一个心照不宣的共识是，黑人移民后代只能在邓巴中学上学，这所学校以上文提到的那位感情丰沛的诗人命名，他因患上肺结核而英年早逝。多年以来，这些无形的界线一直存在。20 世纪 60 年代，一些黑人小孩曾受到警察的训斥，而他们不过是从西边跨过沃尔夫溪，想看看停在那里的一辆消防车，对他们来说，那是难以抗拒的奇观。[5]

　　与中西部许多其他城市的情形类似，代顿人从移民入侵的蔓延中感受到威胁时，他们便开始逃离。白人工薪阶层逃往胡伯高地和西卡罗尔顿，还有迈阿密斯堡和费尔伯恩；条件更好的白人迁至森特维尔和奥克伍德，还有凯特林和比弗克里克。到 1990 年，代顿流失了四分之一以上人口。留下来的 18.2 万人当中有 7.2 万黑人，占当地总人口的 40%。现在，代顿空了出来，他们可以从西边搬进城里去了。

　　尽管人口总量有所下降，但尚未跌破临界点。不像那些早已失去活力的煤钢城镇，代顿还是一座汽车城，仅次于底特律。直到 20 世纪 90 年代，美国依然在制造各式各样的汽车：大型车、SUV 和卡车大量消耗了克林顿任期年间价格低廉的汽油。

通用汽车在代顿市郊的莫瑞恩地区建厂，这里还有与通用关系密切的汽车零部件巨头德尔福，这家企业的前身是发明家凯特林一手创立的德科公司。此外还有十多个工厂聚集在周边。这里有安迅公司 **❶**，20 世纪 90 年代，这家公司除了收银机，还生产自动柜员机（ATM）和条码扫描器。在城市边缘是赖特·帕特森空军基地，1995 年，正是在这里，塞尔维亚人不情愿地签署了《代顿协议》**❷**。当地为之自豪的独立乐队"随声而动"（Guided by Voices）也诞生于此，当乐队主唱罗伯特·波拉德在 1996 年唱着下面的歌词时，远方的歌迷还不能理解他在传达些什么：

> 难道活在此刻还不算精彩？
>
> 在草莓色的费城大道
>
> 农产品都腐坏而无人将被忘怀
>
> 孩童在洒水器旁玩耍　瘾君子于街角幻享繁华
>
> 油炸食品的香气　与热烈的焦油追逐游戏
>
> 嘿哥们　在草莓色的费城大道
>
> 1995 年一个烟雾弥漫的日子里
>
> 你无须出走远方　就能拥抱完整的自己

1995 年，托德·斯沃洛斯 5 岁，一家人住在代顿以西 30 英里、毗邻印第安纳州边界的拉肯格林湖社区。成年后，回想起自己成

---

❶　即上文的国家收银机公司，1974 年更名为 NCR Corporation，"安迅"为该公司在华注册名。

❷　《代顿协议》（Dayton Accords），1995 年，南斯拉夫联盟、克罗地亚和波黑三国领导人在代顿签署和平协议，终止了长达三年八个月的波黑战争。

长于"封闭式社区"的经历,托德很是诧异,尽管这个"封闭式社区"的意涵与平常所指有所不同。拉肯格林湖是一个 2 英里长的人工湖，托德幼时居住的同名社区绕湖而建。实际上，拉肯格林湖社区确实有好几个大门，但斯沃洛斯家可不是什么大别墅，不过是一座建于 1977 年的朴素黄砖房，售价不到 9 万美元。但是，封闭式社区始终是封闭式社区，而且你很难羡慕托德能够这么说：他并不是要用这件事来自吹自擂，而是以此反衬自己后来所走的下坡路。

在拉肯格林湖社区的生活远远算不上完美。托德的母亲脾气不太好，而且很乐意用体罚的手段来修理早慧（会玩给年龄大得多的孩子准备的拼图）却又过分多动的儿子。"因为工作的缘故，父亲经常不沾家,而我母亲什么都得管。我那个时候是个捣蛋鬼，"托德回忆道，"有些惩罚挺过火的。但我并不介意。"不过，至少那时候经济稳定。托德的父亲，也就是老托德·斯沃洛斯，是一家小型货运公司的老板，拥有 10 辆卡车。这家小公司是代顿汽车产业大机器的一根轮轴，负责通过 75 号州际公路把德科公司和其他供应商生产的零部件运往托莱多、底特律和弗林特。斯沃洛斯货运公司反映了供应链的繁荣：小城镇的制造商支撑起大城市和大公司的成功，同时也仰仗着后者，如此以往，跨越整个地区构造出一张密集的共生网络。

也正是在这个过程中，汽车产业和网络逐步走向衰落，一去不返。当时，人们很自然地将矛头指向北美自由贸易协定（NAFTA）和墨西哥人。人们确信，不应该让大量零部件生产和组装经由 75 号公路一路南下，转移到墨西哥的蒙特雷、塞拉亚和阿瓜斯卡连特斯。后来，经济学家告发了另一个关键肇事者：自中国在 2001 年加入世界贸易组织以来，美国制造业岗位的加速流失对代顿等地造成了尤为猛烈的冲击。2016 年，麻省理工学院经济学家大卫·奥特尔和同事在一篇论文中得出结论：自 1999 年到 2011 年，来自中国的竞争让美国失去了近乎百万个制造业岗位，如果加上供应商和其他相关产业的岗位损失，这个数字则高达 240 万。"贸易调整是一个漫长的过程，而且……在一国内部，贸易调整带来的并非分散的成本，其中相当重的一部分仅由贸易相关的地方市场承担。"奥特尔等人写道。[6] 换一种说法就是，如果代顿这样的地方觉得华盛顿和纽约不关心他们的境况，那必然事出有因。

这些学术评估是后来才发表的。当时的代顿人只知道，他们的大机器转不动了。德尔福零部件工厂纷纷关门，十年间，公司雇用的本地劳动力从 10 000 人降至 800 人。2008 年 10 月 3 日，代顿迎来致命一击，通用汽车宣布关闭莫瑞恩工厂，虽说此前这个位于代顿南边的工厂已经削减了班次，但当时起码还有约 2 400 人在那里制造 SUV。

代顿失去的不仅是汽车产业岗位。作为这座城市最后一家《财富》五百强企业，安迅公司从詹姆斯·里蒂的小酒馆一路走来，如今却释放出糟糕的信号。公司当时的新任首席执行官比尔·努蒂以"家庭事务"为由，不愿屈尊从纽约搬到代顿，本地人对此的理解是，努蒂的夫人对俄亥俄州代顿百般嫌弃。[7] 总之，从 2001 年到 2008 年，从代顿至其东北方小城斯普林菲尔德，整个代顿都会区，总共失去了 3.2 万个岗位，占劳动力总量的 7.5%。而且，几乎全部岗位（2.7 万个）都来自制造业。在不到一届总统任期之内，制造业部门中每 3 个本地岗位中就有 1 个消失。全州范围内，十年间大量制造业工厂关停，以至于俄亥俄州工业用电量下滑了四分之一以上。[8]

就这样，斯沃洛斯货运有限公司失去了客户，骤然划下了句点：2009 年 3 月 2 日，贝拉克·奥巴马就任美国总统 6 周后，老托德在俄亥俄州南方地区联邦法院申请破产。这 6 周时间内，美国每周流失的岗位数量达到 70 万个。托德的祖父失去了通用汽车的养老金，祖母 70 多岁高龄还得去做家庭护理员。

3 个月后，安迅公司宣布将总部将迁往亚特兰大城郊，同时带走代顿余下的 1 200 个工作岗位。"我们很难招到愿意在代顿生活和工作的员工。"首席执行官努蒂解释自己不愿搬到这座城市的原因，以免招致怀疑。十年间，代顿失去了 2.5 万名居民，常住人口下滑至 14.1 万人，还不到巅峰时的一半。同一时期，代顿以及整个蒙哥马利县的薪资收入总额损失达 30 亿美元，是俄亥俄州所有大型县区中收入下滑最为严重的一个。[9]

老托德当时还要处理另外一件诉讼：他与妻子的离婚案。后来，托德把父母的分开归因于他家货运公司的倒闭，同时也认为二人离婚加速了公司关门，因为离婚协议分走了老托德相当的积蓄。

老托德搬到了代顿附近的布鲁克维尔，住在一个拖车公园里。托德的母亲则搬到了拉肯格林附近托德上高中的小镇伊顿，在那里做计算机维修人员。

那个时候，托德还是十几岁的孩子。"有那么三年，我在爸妈之间来回奔走，我再也受不了那样的生活了，"他说，"循环往复，来来回回，我看着父亲挣扎，回头又看到我母亲煎熬，因为他们不再相互扶持。"在这个跌至谷底的地方，他开始独自闯荡。

　　昔日，代顿曾被鼓吹城市的人视为创新典范。那时大家会说："代顿——航空的诞生之所，电动起动机的发源地。"而今，人们谈论代顿与其他制造业中心距离有多么近。近年来，当地机场流失大量航班，不过，这座城市仍然位处70号和75号两条州际公路的连接点，且在一日车程内可以到达国内三分之一人口所在的地区，这在人口过十万的美国城市中并不常见。今天人们会说："代顿——离你心之所向最近的地方！"这座早期硅谷将自己重塑为"物流产业"中心：从宝洁公司的日化产品到嚼嚼网❶的邮寄狗粮，代顿运输、包装、分拣一切。当地商会成立了代顿地区物流协会。甚至还开始主办名为"西南俄亥俄物流大会"的活动。而从制造业中心转型为包装运输基地，需要纸板。

　　纸板工人对"纸板"这个叫法不太乐意。它应该被称为"瓦楞纸"。任何用厚重的纸浆做成的破玩意都是纸板——从技术上来说，纸牌和贺卡才是纸板。但瓦楞纸可不一般。它由三张硬纸板构成，两边平整，中间卷曲，用糨糊粘在一起。瓦楞纸很牢固，这意味着能在上面印刷，因而它是产品展示和运输的理想选材。而在后大衰退时期的代顿，运输的需求蒸蒸日上。

　　托德·斯沃洛斯花了好些年才搞明白这一切，好些年之后他才成了一名纸板工人。

　　才十几岁的时候，他便开始负责父亲公司的货运调派。15岁时，他开始在温蒂汉堡店打工。17岁那年，托德从高中退学，因为他把另一个孩子打进了医院，法官险些打算用成年人的身份给他定重罪。他靠加入就业团，逃过了牢狱之灾，就业团是为16至

---

❶　嚼嚼网（Chewy），美国最大的宠物用品电商平台。

24 岁问题青少年设立的联邦项目。他被分配到肯塔基州摩根菲尔德的克莱门特就业中心，摩根菲尔德是个有 3 000 人的小镇，与印第安纳州的埃文斯维尔之间隔着俄亥俄河。后来他用"没有铁窗的监狱"来形容这个地方：他就这样被困在就业中心，哪儿也不能去。要是表现不错，他可以每周乘大巴去沃尔玛超市一趟，说不定还能看场电影。托德拿到了高中同等学力证书，想试试看能不能参加就业团的计算机编程项目，但由于名额不足，他退求其次，报名了"预备军事"项目，获得一份设备现场维修工作。

他原计划在一年工作合同到期后去参军。然而，他后来说，对破产后陷入人生低谷的父亲尽孝的念头，让他决定回归俄亥俄。"我父亲是我的英雄，你理解吧？我一直都向他看齐。我是他唯一的儿子。他做的一切都是为了我和我姐姐，"他说，"而且我目睹了他的抑郁，他的斗志被摧毁，这加重了我的担忧，你明白吗？"

有一段时间，他在派克电器公司（Parker）的工厂里做管材接头，派克是少数几家还留在伊顿的制造商之一，方便的是，工厂离托德母亲家只有几个街区，他就住在那里。可是后来他和一个朋友开始嗑止痛药，在那个十年的早些时候，各大制药企业开始大力推广这类药品。就是些药片，看上去没什么大不了，但有一天他们被母亲逮了个正着，然后就被赶出了家门。

于是他去了哥伦布市，住在姐姐家里，在多纳托斯比萨店找了一份工作。半年后，19 岁的他晋升为领班，管理 8 名员工，他们大多比他年纪大，这件事在多年以后仍然让他引以为傲。"大家都来请示我的感觉太棒了。"他回忆道。

这是托德·斯沃洛斯头一遭从工作中获得满足感，也远非最后一遭，不过其他人一般从别处获得类似的满足感，况且这些工作并没有让他施展自己天生的聪明才智。不知何故,拉肯格林湖中产阶层田园诗生活的崩塌,让托德接受了工作至上、工作即救赎的伦理准则。在他周围,失业工龄男性比例上升速度前所未有,但托德绝不是其中一分子。"我从来没见过我爸妈有哪一天不工作。从来没有这种事——自我懂事以来,他们非常努力地奋斗,为了让我和姐姐不用过他们那样的生活,"他说,"后来,当我成年了,比起他们成长和工作时,一切都还要难上百倍。"年岁渐长,随着被救赎的需求愈发紧迫,托德越来越严紧地坚守着他的工作伦理。

他给父亲再婚妻子的儿子在赛百味餐厅找了一份工作,然后互相交换餐食,这样一来,多纳托斯的员工不用天天吃比萨,赛百味的员工也可以从顿顿三明治中出来换换口味。两个年轻人搬到了一块。但是后来继子丢了工作,二人又回到托德父亲那里,住在拖车公园。

托德认识了一名来自米德尔敦的女孩,米德尔敦在代顿和辛辛那提之间,托德搬去同住,还尝试在当地的俄亥俄迈阿密大学念书。他通过了预备课程,但是在第一个学期就对大学失去了兴趣,或者说,比起上课,他对女朋友更感兴趣。他同时做两份兼职,在每天开业前给 D 船长的海鲜厨房(Captain D's)帮忙,在打烊后去达美乐比萨做工。后来他和女孩分手——"我们有了不同的人生方向"——开始在米德尔敦的威廉姆斯堡街的公寓独居,这是他住的第一个公寓。

正是在这里,托德遇见了萨拉·兰德斯。萨拉是位美丽的金发女郎,与他年龄相仿,正好也住在这个公寓;同样,她也来自一个破碎的家庭。实际上,到目前为止,托德的人生道路似乎比她要顺畅一些。萨拉也曾拥有一个经济稳定的家庭,父亲从事建筑制造行业，母亲是米德尔敦的大型钢铁厂员工，这家工厂由AK 钢铁（AK Steel）控股。但萨拉的父亲在她 8 岁那年搬走，一路向北去了加拿大，组建了新家庭。多年以来，这件事深深塑造着萨拉的生活，引导她做了许多人也许会三思的决定。萨拉 11 岁那年，母亲受了严重的工伤——她一只手臂还在机器里做清洁工序时，有人发动了机器，她带着残疾，离开了工厂。

萨拉的母亲交了一个新的长期男友，是个吸食海洛因的瘾君子。母亲喜欢参加派对，把萨拉和萨拉的妹妹丢给临时保姆是家常便饭。大概在萨拉十一二岁的时候，母亲把她交给一个邻居照看，邻居的丈夫强暴了她。

这件事发生后，萨拉的父亲回来看她，不过后来又回了加拿大。直到 10 年后，父亲才再度回归俄亥俄，回到萨拉的生活中。被侵犯之后，萨拉得了非常严重的抑郁症，医生们给她开了五花八门的药。她不喜欢这些药，她更喜欢酒精，整个青少年时期都在酗酒。

她和一个墨西哥移民生了三个孩子，这个男人在美国的合法身份，一定程度上得归功于两人的关系。他从事景观美化工作，收入颇丰，但对萨拉不怎么样。相比之下，托德对她以及三个和自己没有血缘关系的小孩都很好。"他就这么闯入了我的生活。"萨拉说。

托德和萨拉搬到了一起。他找了一份挨家挨户推销柯比牌（Kirby）真空吸尘器的工作，年轻小伙西装革履，以额外赠送地毯清洁剂样品作为好处，向半信半疑的老人家兜售要价 1 200 美元的吸尘器，他私下觉得它的成本在 400 美元。虽然不常奏效，但当有人上套时，分销商会先拿走大部分抽成，那个把托德和其他推销员载到各处的厢式货车司机也要拿走一部分，托德能拿到最后 200 美元，那就是他的酬劳。"这份工可不好干。"他说。

两人在一起后不久，萨拉怀孕了，他们却在这时候分了手。一部分原因是萨拉的母亲看不起她未来外孙的父亲——"她说的那些话让我感到崩溃。"托德后来说。还有部分原因是，根据诊所估算的孕期，托德对孩子的父亲是他还是萨拉的前男友抱有疑问。

二人算是撕破了脸，他决定有多远走多远，最后，托德动身去往得克萨斯州的圣安吉洛，住在朋友家。自 2011 年年末，他在那里待了 16 个月，刚开始在劳氏连锁超市当收银员，后来又加了第二份工，在利乐（PAK）公司的冷冻食品仓库当叉车司机。这两份工算是托德到那时为止干过最好的工作了——"我当时真的觉得终于找到了自己的使命。"他再次在专心的体力劳动中找到了意义。然而，2013 年年初，基因检测结果证明那家诊所估算的孕期并不准确，托德的确是孩子的亲生父亲，这时艾萨克已经 1 岁大了。

到这时，萨拉之前的三个孩子已经跟了生父。最近这次怀孕相当残酷——她患上了妊娠剧吐——就是说，在怀孕期间会持续呕吐——还得了妊娠期糖尿病，按照医嘱需要卧床休息。于是，她失去了原本在护理机构以及麦当劳的工作，也失去了车子和房子。在这样的状态之下，萨拉最终同意了头三个孩子生父的要求，虽然理论上两人共享监护权，但孩子们由他们的父亲及其家人照料，这样会过得好一些。

她把托德移出脸书的黑名单。托德给她打了电话。她第一句话是："所以，你什么时候回家？"

于是托德回到俄亥俄州，和萨拉重归于好，见到了自己的儿子。他那种身为勤恳劳动者的自我认知，如今有了更为传统意义上的激励：他会像拉肯格林湖那段宁静岁月里的父亲那样养家糊口。"父亲把我养大，让我衣食无忧，"他说，"我建了一个家，就要养活这个家。"但是这个家并不以婚姻为中心——两人决定绕开这种制度。越来越多的白人工薪阶层正逐渐做出同样的选择，仅仅 10 年，美国 44 岁以下成年人结婚率下降了 10%，跌到 50%。[10] 但托德无法再回到拉肯格林湖的日子了，斯沃洛斯货运有限公司也只存在于回忆中。原本到这个时候，他应该已经是一名货运司机，或是调度员，又或是经理。公司本来大概会改名为"斯沃洛斯父子货运"吧……

回到现实，托德在代顿一家为特斯拉汽车提供零部件的焊接车间找到了工作。这是他与代顿的光辉往昔最为接近的一次，虽然他只是个临时工，每小时挣 11.85 美元。工作合同到期后，他开始在家得宝家居连锁店的园艺中心兼职，当年父亲一边在这里打工，一边继续回学校念书。这份工作养活不了托德和萨拉一家，这时他们又有了女儿贾兹琳，于是，托德也开始考虑重返学校。

2014 年，他在代顿当地的辛克莱社区学院注册入学，加入了救护员（EMT）培训项目。他完成了几门课，但课时数未能满足证书要求。可是，托德要怎么做到满足课程要求的同时，还有足够时间赚钱养家呢？而且萨拉的状况不允许她工作，但由于另一半在工作，她又没资格申请任何育儿津贴。到 2015 年年中，托德渐渐放弃了学院这条路，他回到了代顿西边、拉肯格林湖附近的伊顿，找到一份时薪不足 10 美元的工作，成了领先汽车配件（Advanced Auto Parts）的夜班经理。

那是 2015 年的夏天。在奥巴马任期内，托德先后做过的工作如下：

克莱门特就业中心设备维护（摩根菲尔德）

派克工厂管材接头（伊顿）

多纳托斯比萨店（哥伦布）

D 船长的海鲜厨房（米德尔敦）

达美乐比萨店（米德尔敦）

柯比吸尘器公司（米德尔敦）

劳氏生鲜超市（圣安吉洛）

思乐达工厂铸铁焊条（代顿）

家得宝家居（米德尔敦）

领先汽车配件（伊顿）

而他们的下一个孩子即将出生——两人没弄明白到底怎么回事，因为萨拉明明打过避孕针，但孩子还是来了。

直到 20 世纪 80 年代中期，代顿才设立了第一家流浪者收容所。收容所位于消防站内，仅能容纳 25 人。2005 年，圣文森特·德·保罗慈善会在代顿市中心以南的阿普尔大街设立了同名妇女与家庭收容所。

收容所占据的庞大建筑曾经是艾尔德－比尔曼百货的仓库，在被陈列到法院大楼广场的百货旗舰店之前，所有女装和西装都被收纳在此。2002 年，比尔曼百货旗舰店倒闭，对代顿市中心造成了决定性的冲击。如今，市中心人行道和铺面空无一人，仿佛在嘲笑格格不入的宽广大街和陶瓦外墙。

时间来到 2018 年。阿普尔大街昔日的百货仓库现在容纳了

212 张小床，外加厨房和休息室。这里依然存放着一些衣服：在底层车库，志愿者将获得的捐赠衣物分类。收容所的居民可以优先挑选这些衣物，他们想要哪件都可以。过后，余下的衣物会在楼外的二手商店出售。

2007 年，远在葛底斯堡大道上的男子收容所投入运作，所在地曾是看守所，如今周围还留存着一些管教机构，一边是州妇女监狱，一边是关押即将刑满释放的男性的看守所。对负责管理两家收容所的圣文森特·德·保罗慈善会的员工而言，看守所再利用并不是什么好选择。但是，慈善会只有 250 万预算，每天要收容大约 500 人，而看守所旧址可以免费使用。虽说对市中心的流浪汉来说，收容所的位置并不方便，乘公交车过去要 30 分钟；但对那些即将刑满释放的男性来说，这里再便捷不过。有时候，你能看到刑满释放者穿过一条马路，从现看守所走进前看守所。收容所墙上的带刺铁丝网注视着这一切。

托德并未陷入葛底斯堡大道监狱 - 收容所的循环中。不过，他也跟法律有过几次磕碰，至于是环境导致，还是托德性格使然，取决于你怎么看待这回事。

18 岁那年，托德被控犯有盗窃罪，原因是他从一位女士的随身小包中偷走了钱包——他后来形容，这是自己在惊慌失措之下，为了帮助父亲走出破产困境而做出的无意识举动。一年后，大麻抽过头的托德和几个朋友走进沃尔玛，拿了一箱零食，在去收银台之前他打开了一罐雀巢巧克力牛奶，他付了其他食物的费用，但忘了巧克力牛奶。托德被判轻盗窃罪，罚款 190 美元。

不久后有一次，他还住在哥伦布时，在参加完密歇根大学 - 俄亥俄州立大学橄榄球对抗赛的赛后派对后，托德乘别人的车回家。警察出现了，他们示意车辆停到路边，给司机开了酒驾罚单。托德只能下车步行回去，警察从后面拦住他，认定副驾驶座下的一包白色粉末属于他，他之前正坐在副驾驶座上。托德发誓那绝不属于他，"毒品"其实也是假货。于是他的犯罪记录中有了这么一条："持有伪造毒品"供认不讳，罚款 150 美元。

此外，2013 年 5 月，托德被以"扰乱社会治安"为由起诉。按照他本人的说法，当时萨拉怀着贾兹琳，他被激情冲昏头脑，在二人的福特水星汽车里对萨拉抱头狂吻，车子停在温蒂汉堡店的驾车取餐通道上。他说，目击者误会他在掐萨拉的脖子。警方报告当中有如下陈述："斯沃洛斯先生解释，他和（萨拉）胡闹惯了，而且，当时他确实把双手放在她脖子周围，不过从未扣紧她的脖子"，"艾萨克斯警官与兰德斯女士谈话，兰德斯女士声明，她与斯沃洛斯先生不过是在胡闹，他是不会伤害她的"。托德因为这事被拘捕；萨拉则收到一张家庭暴力信息登记表。

2016 年 3 月 12 日，在俄亥俄州总统初选前那个周六，唐纳德·特朗普抵达代顿，更准确地说，他去的是万达利亚的机场。万达利亚位于代顿北部，曾是一家德尔福汽车零部件工厂所在地，如今工厂已经关闭。前一天，特朗普原定于芝加哥举行的竞选集会受到广泛抗议被迫取消，因分歧而产生的不和似乎随着他一路东行，弥漫在机场周围平坦空旷的集会场地。距离他抵达还有几个小时，拥护者已挤满出入通道，抗议一方也早早来到现场。一块标语牌上是大写的"俄州没有憎恨"。另一块上写着"请特朗普走人，让代顿再次伟大"。还有一块写着"代顿宁愿接受一百个难民，也不要一个特朗普"。

机库内则洋溢着欢乐的气氛。这位候选人的硬汉风歌单（滚石乐队、比利·乔尔、帕瓦罗蒂）在循环播放。这里聚集了戴高尔夫鸭舌帽的丈夫们，以及他们做了美甲的妻子们。大学兄弟会成员也来了。最显眼的，是许多带着成年或快成年的儿子一块来的父亲。

上一刻，飞机还没有出现，现在它到了。仿佛是摇滚演出响起了第一声鼓点，人群开始向前涌动。特朗普从停机库一角现身，走上演讲台。

"俄亥俄，"他说，"我爱俄亥俄。"

几分钟以后，他似乎忘了自己身在何方——"北美自贸协定毁了新英格兰 ❶。"他说道——但是群众好像并不在意这个失误。"你们年复一年地斗争，一直没能完全从这种破坏中恢复过来，不过只要我当选了，你们就能如愿以偿。北美自贸协定，在我看来，那些支持北美自贸协定的人——克林顿签署了这个协定——但是它彻底摧毁了很多州。它从头到尾地摧毁了那些州。它完全摧毁了新英格兰。一年年过去，你看那些工厂，它们变成了老年公寓。这都很棒，但是我们需要工作。各位，我们需要工作。我们再也无法拥有曾经属于我们的工作了。我们的工作溜走了，去了中国，去了日本，去了墨西哥。我们的工作流向越南。我们正在失去工作，我们正在失去我们的基石，我们正在失去我们的制造业，我们正在失去一切。我们正在失去每一件事物，不管它是什么。"

代顿及周边地区一度是那些清醒冷静的共和党人的堡垒。[11]出身代顿北部小镇的乡村律师比尔·麦卡洛克，成为共和党议员

---

❶ 新英格兰地区位于美国本土东北角，包括缅因州、佛蒙特州、新罕布什尔州、马萨诸塞州、康涅狄格州和罗得岛州。俄亥俄州并不属于新英格兰。

后在众议院领导推动了《民权法案》的通过。代表代顿十余年的共和党议员查尔斯·惠伦曾于州议会起草俄亥俄州《公平住房法》，写过一本有关《民权法案》立法历程的著作，并且声言反对越南战争。

可是，麦卡洛克和惠伦的时代早已远去。白人外迁为大代顿地区创造了全新的政治领地。远郊为意识形态上的保守派所占据，他们由纽特·金里奇、杰瑞·法威尔和格罗弗·诺奎斯特一手造就。❶不断萎缩的城市内部则由黑人和白人都市职业精英主导，尽管二者彼此疏远，却能在民主党的自由主义优越感中找到共通点：他们支持公民权利、支持难民、支持社会安全网。在远郊保守派和城市自由派之间，在不断走向衰落的工薪阶层近郊，以及诸如伊顿和米德尔敦等同样走向衰落的周边城镇里，是那些因为这种分层而无家可归的人，他们曾经是民主党人，又或者是前民主党人的后代，他们既对城里的自由主义联盟感到陌生，也对远郊别墅里的保守派感到疏离。

现在，这批投票者找到了归属。2016 年 3 月 15 日，在俄亥俄州党内初选中，特朗普输给了该州时任州长约翰·卡西奇。不过，特朗普在代顿所属的蒙哥马利县赢得了该州十个大县中的最好成绩，在那些最为绝望的选区拿到了大量选票，不仅如此，他在蒙哥马利县赢得的票数，还多于在该州赢得民主党党内初选的希拉里·克林顿——这可了不得，自 1988 年以来，蒙哥马利县从未倒向共和党。

---

❶ 纽特·金里奇，美国共和党政治人物，1994 年至 1998 年担任众议院议长，以保守主义著称。杰瑞·法威尔，美国著名牧师、保守派评论员。格罗弗·诺奎斯特，美国共和党保守派政治家，减税倡导者。

2016 年 9 月 13 日，托德和萨拉以及孩子们一同庆祝他的 26 岁生日。第二天，在二人于伊顿主街租住的双层公寓中，托德和萨拉发生争吵，因为托德逮到萨拉给另一个男人发信息。"我男朋友和我吵架，他揪住我的帽衫抓着我，掐我的脖子，然后拽住我的马尾辫把我摔在地板上。"萨拉在她递交给警方的陈述中如是写道。她告诉警方，出于防卫，她向托德挥了几拳。她的膝盖有一处小割伤。她又添了一句："他希望我们离开，无缘无故地吵了起来。"

警察在沃尔玛超市找到托德，逮捕了他，然后将他带到普雷布尔县看守所。在法庭表格上，他列出了自己的财产：

支票账户、储蓄账户、货币市场账户：0

股票、债券、存单：0

其他流动资产或手头现金：0

他声明自己的收入为：领先汽车配件时薪 9.93 美元。此外，他补充道，他还领取医疗补助和食品券。他列出了自己和萨拉的开支：房租 550 美元，食物支出 600 美元，电话费 70 美元，交通和油费 180 美元，水电费 25 美元。

托德在看守所待了两周。他的罪名从家庭暴力减轻为扰乱社会治安。但法官给他下达了临时保护禁令，禁止他与萨拉接触，为期 90 天。托德还需支付 190 美元的法庭费用，可以按月支付，每个月缴纳 25 美元。雪上加霜的是，等托德从看守所出来，领先汽车配件的饭碗也丢了。

这件案子暴露了围绕家庭暴力产生的典型难题。数据指出，暴力在低收入家庭中更为普遍。施虐者需要承担其行为的后果，但主要的追索途径，即让其服刑，往往会导致失业，加剧经济压力。而在某些情况下，失业和经济压力正是最初引发施虐行为的部分原因。"主要依靠逮捕和起诉，这使得亲密伴侣间暴力的状况进一步恶化，通常它与贫困密切相关，"马里兰大学法律教授利·古德马克写道，"低收入女性成为受害者的概率更高。有前科的人很难找到工作，也很难保住工作。"古德马克教授注意到，儿童时期有体罚经历是家庭施虐者的另一个共同特征；托德的经历与这一点相吻合。"创伤是影响因素之一，"古德马克教授指出，"虐待、忽视或目击暴力行为等童年经历，会影响人们是否将暴力带进自己的家庭。"她的结论是，入狱的经历往往不能达到意想的效果，这种情况并不令人意外。"监禁带来创伤，有的人做出了暴力行为，我们把他们安置在那些让他们更可能目睹或经历暴力的地方，然后把他们送回自己的社区和关系当中去，这就是我们实施的惩罚。"[12]

托德丢掉了工作，不过他出狱时正好撞上一件大事，就是2016年美国大选。他曾两度投票支持贝拉克·奥巴马，但现在接受了特朗普的话。这个拥有私人飞机的人说要带来繁荣，对一个在一系列时薪不超过11美元的岗位上工作了10年的人来说，承诺十分诱人。"他是个生意人，"托德后来说道，"这个人生意做得如鱼得水，有上百亿身家，有成百上千门生意在运营。他拥有这么多生意，于是我告诉自己，'这个男人会改变这个国家'。"

托德把票投给了特朗普，在奥巴马以2%的优势赢得俄亥俄州支持的4年之后，特朗普以8%的优势拿下了该州。"当时我迫不及待地想要给特朗普投票。"托德说，他提起自己彼时的想法，就好像是在引述他人："他将带来工作。他将让经济复苏，回到我父母亲仍在工作时的样子。"

特朗普成了总统，而托德·斯沃洛斯成了纸板工人。

刘易斯堡包装公司坐落在同名小镇上，从代顿往西行驶一小时即可到达，与伊顿相距十多英里。这家公司隶属于跨国造纸和包装公司普拉特实业，后者由一名澳大利亚亿万富翁控股，在美国拥有 4 000 名员工。刘易斯堡包装公司旁边就有一家普拉特造纸厂：磨好的纸浆直接被制成瓦楞纸板，然后在包装公司做成纸箱。

托德喜欢这份跟纸板打交道的工作。他享受独自完成任务的感觉，在这个过程中，他一次又一次地感受到自给自足的能力。一台大机器前面放着一个装满瓦楞纸板的托板。纸板的宽度从 1 到 7 英尺不等。接着你把机器程序设置成这种特定纸板对应的任务，例如印刷、压痕、折叠、粘贴。纸板被投入机器入料口后，会被空气吸力压住，螺栓负责压痕，滚轮负责折叠，挤压机则完成黏合的步骤。然后你把它取出，和其他美观整齐的成品叠在一起，送上打包机，确认它们被打包好。之后，新的订单到来，你去重新设置机器，调节皮带，确认折叠数目的设定没有出错。要是你没把机器的设定弄对，出来的成品就会有问题，而且总有各种方法能出岔子。

这是个苦力活，比为特斯拉汽车制造零部件时看到的那些活还要艰苦。"要是你毫无心理预期地走进来，这里的景象可能会吓到一般人。"他毫不虚张声势地说。车间平均每小时制造 6 000 至 10 000 个纸箱。有次他们接到金霸王电池的订单，花了好几天做好 10 万个纸箱。

一开始，托德只是流动工人：他在 6 台机器之间移动，正式工需要喘口气的时候，他就去替他们一会。他的起薪是每小时 12 美元，比他从前拿过的时薪都要高。而他的生活比从前任何时候都更为支离破碎。

随着为期 90 天的临时保护令画下句点，从某种意义来说，托德和萨拉还在一起。然而，2017 年 1 月末，在托德成为纸板工人几周以后，他发现萨拉不再把他列为"工作与家庭服务"计划中的家庭成员受益人。天还没亮，他上完了夜班，在返回伊顿之前，托德喝了点啤酒。

萨拉在递交警方的书面陈述中描述了接下来发生的事："今天早上大约 7 点 30 分，托德走进屋里，又吼又叫地把我从睡梦中吵醒。我们的争吵升级，他掐我的脖子，朝我的下巴打了两拳，当时尼古拉斯在我的怀里。"

警方没有找到托德。3 天以后，法庭开具了一份新的保护令，禁止托德与他的家人有任何接触。当天夜里，萨拉回到家，发现公寓被洗劫一空，一些枕头及内衣被剪开了。很快，托德前往警察局，告知警方他是在获悉新的保护令之前进的家门。尽管如此，他还是因为违反该禁令被逮捕。

一周后，他再次填写 4 个月以前填过的表格。他的财产仍然为 0。刘易斯堡包装公司每个月支付他 1800 美元薪水。跟上次一样，他列出了家庭成员，包括萨拉、艾萨克、贾兹琳和尼古拉斯，宣示自己和他们的关系，而现在他恰恰不被允许见他们。

他不承认自己有罪，继续在刘易斯堡包装公司上班。他满心期待在这里工作满 4 个月那天的到来，那时他就能转为正式的固定员工，而不是公司临时雇用的合同工。他将升级为资深操作员助理，从完全做苦力转向更多机器设定任务。每小时的薪水将涨至 14 美元，他就能够给萨拉和孩子们更多的钱，在萨拉和法院面前为争取一家团聚打下基础。

当托德又一次搞砸的时候，他其实已经收到了转正文件。那是个周一，他被一个懒懒散散、遇事抱怨的年轻人搞得很心烦，于是放下狠话说："你别像个婊子一样犯贱。"他拖长了发音，没有直接说出"婊"字。那名年轻工友马上向人力资源主管举报了托德，主管叫托德过去，通知他将被停职。但考虑到托德正处在临时工和正式员工之间的过渡期，这个问题花了几天时间才解决。

也是在同一周，过渡期的托德刚结束了当天 12 小时的通宵工作——常规的 10 小时加上他主动加班的 2 小时——黎明时分，在开车回伊顿的路上，一头鹿从沟里跳了出来。他想起父亲总是这么告诉他：加速开过去，这样和鹿相撞的概率就会降低。于是他踩下了油门踏板。鹿被撞死了。在撞击中，他因旧患变得虚弱的脚受了三处伤。他驾驶的车，一辆没上保险的黑色 1993 年产福特维多利亚皇冠，也被撞毁。

对代顿而言，2017 年上半年同样是一场噩梦。好几年来，蒙哥马利县一直是阿片类药物泛滥的重地，专家将原因归结为两点，一是该县处在主要高速公路交汇点的位置（作为物流中心意味着同时也是走私中心），二是当地经济崩溃的程度（丢掉饭碗的制造业工人不单单心情沮丧，而且身上的各种伤病为他们获取止痛药处方提供了正当理由；而制药公司在整个俄亥俄州南部大量营销推广这些药片）。

可是，从前一年冬天到 2017 年春，随着芬太尼和药效更猛的卡芬太尼药物在当地销售份额猛增，代顿的恶化情况出现了前所未有的螺旋式上升。[13] 从 1 月到 5 月，蒙哥马利县共有 365 人死于药物过量，几乎和 2016 年全年数据持平。这里的验尸官（他的员工也为其他县做尸检）因为担心停尸房空间不足，于是制定了紧急状态计划：询问各个殡仪馆是否愿意接收放不下的遗体，甚至让那些为"大规模伤亡事件"准备的冷藏卡车也开过来。

车子没了，托德没办法去刘易斯堡包装公司上班，况且他这份工作本来就因为即将到来的停职处在不稳定的状态，他失去了做纸板箱的工作。因为脚痛，医生给他开了扑热息痛的处方。

自从早年碰过药物，他就一直在抵制阿片类药物的诱惑，大麻和啤酒基本上就能满足他的需求。而现在，在俄亥俄州西南部，阿片类药物的诱惑越来越强烈。然而，一周又一周过去，原本应该每天吃两三片药的托德逐渐发觉自己需要多吃几片。"我发现，服药越久，我需要吃的药越多，"他后来说，"我不断感到自己需要兴奋，需要释放那些幽灵般的痛楚，其实它们早就消失了。"然后，当他吃完为期 90 天的疗程，药物的戒断反应很残酷。他变成了一头困兽，无法进食，夜间盗汗。他开始吸食大麻、服用他从别人那里拿到的其他药物，来获取替代感。"我身处一片黑暗之中，"他后来回忆道，"有一段时间，我放弃过自己。"

针对 1 月末闯进萨拉公寓并违反保护令的指控，托德不断向法院申请推迟听证。在伊顿，他为萨拉和孩子们找到另外一间公寓，自从托德失去了制造纸板箱的工作，萨拉和孩子们因为没能交上房租，被从原来的公寓赶了出去。8 月初，托德和萨拉短暂地复合过一段时间，后来又起了争吵。她狠狠地动手打了他。他没有报警，但是当他沿着街道步行去往母亲家——那是他现在住的地方——警察看到他手臂上的血迹，就此询问他。然后，如后来关于此次事件的记录所示，警方前往萨拉所在的公寓逮捕了她，萨拉因为轻度伤害人身在看守所待了一晚。

她和孩子一同离开伊顿，搬到米德尔敦，和母亲以及她的男友同住。托德搬进了萨拉离开后空置的公寓，但很快就被一名警察叫醒了，被告知他待在萨拉的公寓里违反了保护令，尽管萨拉已经不住这儿了。不久之后，警方再次指控他违反保护令，因为他给萨拉打了两个电话，发过一条短信。被捕后，托德又一次填写表格，依旧是 0 资产。如今刘易斯堡包装公司的工作也没了，收入也是 0。然后，在地址栏上，他写下了"受公民保护令所限，我无家可归"。

这一回，出狱之后，仿佛为了更好地遵守这份禁令，托德开始同另外一个女人交往。他有时候会去她那里住，有时候待在他父亲的移动拖车里。他在布鲁克维尔一家比萨店上班。

到 2017 年下半年，代顿出现转机。带有阁楼的 loft 公寓和自酿啤酒馆在市中心逐渐多了起来——尽管这座城市经历了种种挣扎，它那昔日的辉煌仍然残存一丝余晖，这是这个国家里许多小型后工业城市无可比拟的。死亡率有所下降。有传言说，毒贩们降低了芬太尼的纯度，不然顾客们要被赶尽杀绝了。在代顿以南的莫瑞恩，昔日的通用汽车厂旧址如今被福耀公司的厂房占据，这家来自中国的汽车玻璃制造商正不断地招聘工人。这里时薪 13 美元，远远低于过去通用汽车厂的时薪，而且据联邦检查员报告，该厂存在严重的安全违规行为，老板强烈抵制工会化的努力，但工厂的出现至少是件好事。

又有传言称，另外一名大雇主将进军俄亥俄州西南部。考虑到物流产业在代顿地区逐渐形成的主导优势，比起任何别的企业，这家公司最为依赖包装、分拣和运输，它的到来是自然而然的事。2005 年，亚马逊首次推出 Prime 会员服务——支付 79 美元，即可享受全年无限次两日达包邮到家配送服务，那时它在全美只有零零散散不到 10 个仓库。到 2017 年，亚马逊在全美拥有超过 100 个仓库。现在，它需要进一步提升仓储能力，因为它包揽了全美约 40% 的电子商务零售业务，而排名在它之后的 9 家竞争对手，销售额加起来才到亚马逊的一半。[14] 同时，为了履行对付费会员做出的两日达配送承诺，亚马逊需要让自家的履单中心（Fulfillment Center）分布到全国各地。亚马逊付费会员超过 8 000 万人，这个数字几乎等同于 2014 年中期选举的投票总人数。

多年来，亚马逊一直对俄亥俄敬而远之，这里是美国人口最多的七个大州之一，为了避免征收因当地可观的购买力所产生的消费税，亚马逊从未在此建立仓库。不过，对俄亥俄和其他曾经躲开的州，亚马逊终究打起了新算盘。它在这几个州积累了庞大的客户基础，部分原因在于，相对于传统商家，亚马逊拥有免于缴纳消费税的竞争优势。而今，客户规模已经足够庞大，大到足以做出进军这几个州设仓库的决定，以履行两日达配送承诺。这意味着亚马逊必须征收消费税，不过只用征收一部分——除了在几个州以外，亚马逊仍然无须对占其销售总量一半的第三方卖家征收该税，各州损失的税收数以亿计。[15]

在当地给出大幅减税的优惠条件下，进军俄亥俄变得更为诱人。对一家凭借电商模式来避税的公司来说，向一个因此被它掠夺了财富的州申请税收抵免，需要一些胆量；然而亚马逊并不缺乏胆量。2015 年，亚马逊首次向俄亥俄州发展服务局以及俄亥俄州创造就业组织宣传自己的计划：在哥伦布市周边，270 号环城州际公路附近建设两个仓库。创造就业组织于 2001 由时任州长约翰·卡西奇创立，是一家私立非营利组织，主要为创造就业提供助推动力。根据一项统计，该组织成立不久后每年对外发放 30 亿美元补贴。[16] 亚马逊找到托尼·博埃托，10 年前，他曾担任俄亥俄州"资深税收激励专家"，正是做公关的合适人选。

俄亥俄州发展服务局前身是一所更大的州级官方机构，该机构多年来负责监管州内经济发展，而今只由寥寥数人组成。真正掌握决定权的，是他们隔壁的那座办公塔楼，也就是创造就业组织的所在。该组织中的数十人商讨出税收激励的协议，由于它不是真正的政府机构，并不受透明公开原则的约束。每个月，一个名为"俄亥俄税收抵免委员会"的机构会批准由创造就业组织完成协商的激励措施。创造就业组织所在楼层往上两层，就是委员会召开会议的地方，这些会议理论上应该公开，实际上却是保密的。周一会议的议程在前一个周五下午发布。要进入该楼层，访客必须通过两道安检程序。有一次，一名首次来访的客人询问相关信息，前台的工作人员甚至不知道会议在哪里举行。

倒不是说我们作为公民有什么重要理由非得参加这些会议，实际上它们就像神秘兄弟会组织的集会，照本宣科又令人费解。会议室内，5 名由州长和州议会任命的委员在前排桌子后落座。创造就业组织的工作人员和寻求税收抵免的企业代表面向委员会，在椅子上就座。房间里充满了同事间交流的嗡嗡声，似乎每个人都相互认识，实际上大多数人确实如此。当委员会主席宣布会议开始，各企业代表和创造就业组织的工作人员便挨个陈述税收激励政策，每人的发言都遵循同样的公式：先是承诺该企业将创造或保留若干个工作岗位，然后发出该企业同时还在考虑甲州和乙州的威胁，因此需要获得税收抵免来换取其在俄亥俄州落户的承诺。随后，委员会提出一些敷衍了事的问题，然后投票。表决结果几乎总是一致赞成——连续 4 年，委员会全票通过了超过 700 项税收补贴决议，无一反对票。[17] 会议通常在半个小时内结束。

2015 年 7 月 27 日，委员会同样全票通过亚马逊申请的税收减免。这家公司承诺，新仓库将为俄亥俄带来 2 000 个全职岗位，以及 6 000 万美元的雇员收入。一名创造就业组织工作人员向委员会指出，俄亥俄州正"与数个中西部州争夺两个物流中心"。亚马逊公司多年来一直躲开俄亥俄，如果想要亚马逊落成这两个仓库，该州需要为其提供为期 15 年、共计 1 700 万美元的税收减免。此外，亚马逊还将从由创造就业组织垄断的州际酒类盈利中获得 150 万的现金补助。

委员会以 4 票同意、0 票反对通过决议。艾米特·凯利是委员会成员之一，她在一家名叫弗罗斯特·布朗·托德的律所工作，因存在利益冲突回避本次投票。这家律所的一名律师为几个谋求亚马逊投资机会的城镇担任法务总监或助理法务总监；律所中的其他一些律师则在劳动法领域代表亚马逊抵制工会。

亚马逊所谓的"仓库选址未定"的说法不怎么真诚。一旦委员会批准了税收减免，亚马逊立刻迅速行动起来。2015 年 12 月初，博埃托代表亚马逊向发展服务局和创造就业组织的工作人员发送了一封电子邮件，以确认仓库相关协议的细节。到该年年底，这份协议已完全敲定。

"节日愉快！"俄亥俄州发展服务局的顾问艾瑞克·林德纳写道。[18]

"希望你们度过一个美好的假期，"博埃托回复，"我们期待在2016年和接下来的时间与你们合作。"

2016 年年底，年轻的瑞安·威尔逊——曾参与处理亚马逊税收抵免申请的创造就业组织员工——跳槽到了亚马逊，加入了谈判桌上的另一方：他现在的工作，是从像他刚刚离职的那种政府机构获得税收抵免。

2017 年，亚马逊将目光投向代顿地区。尘埃落定，现在，这个曾经引领创新的城市，将要为 2 000 英里外的创新中心引领配送服务。

亚马逊代顿仓库选址在该城以南半小时车程的一片农田，紧靠通往辛辛那提的 75 号州际公路，附近是由商场、赌场和县看守所改建而成的庞大物流园区。到 2017 年，这里入驻了家得宝、草针家居、舒达床垫等公司的仓库。这正是亚马逊所需要的，而且位置正合适——在该州六大城市中的两个城市之间，临近全美最大的货运公路之一。当年的斯沃洛斯货运公司，正是通过 75 号公路将当地产的汽车零部件运往其他地方，现在，这条公路将带来的更多是在世界另一端生产的货物，它们将在当地包装、分拣。

然而，明明是"追求者"的亚马逊又一次扮演了不情不愿的"被追求者"。这一回，它要求俄亥俄州和门罗当地提供税收激励。由于亚马逊不希望在达成协议前引起公众注意，坚持完全保密，当地官员便只用"卢克斯项目"（Project Lux）来称呼该计划，但之后他们发现别的地方已经用这个名字来称呼另一个亚马逊计划，于是改称为"大老爹项目"（Project Big Daddy）。[19]

门罗当地官员非常担心激怒亚马逊，因此在谈判前甚至对雇用的律所——哥伦布市的布里克和埃克勒律师事务所——隐瞒了对方的身份。"布里克律所不知道你的客户是谁,"门罗负责该项目的主要官员珍妮弗·帕特森在 2017 年 8 月向亚马逊的律师保证,"在这件事上本镇万分谨慎。"[20] 几个月以后,帕特森告诉布里克律所一名律师,有位县里的官员因为某次会议要求她提供这个项目的相关信息,"我故意没有创建包含他需要的所有数据的公开文件,但是如果他想要更详细的数字的话,可参照下面的电子邮件(一个笑脸表情)"。

该项目的公布过程继续体现了透明度的缺失。帕特森给两位亚马逊高管写了一封邮件,向他们保证,当地电视台记者杰伊·沃伦报道中提到的那句关于项目的无害评论并非出自对她的采访。"我们将继续贯彻不回电话或邮件的做法,"她在给二人的邮件里写道,"杰伊真的就是在市政大楼停车场把我逮了个正着,我跟他说无可奉告,然后他又从今天的会议里挖到了这些东西。我还是坚持无可奉告。明天我会穿公共服务的 T 恤和牛仔裤,不会有人再找到我的。"

亚马逊在这项协议中要求俄亥俄州为它提供为期 10 年、约 380 万美元的税收减免,除此以外还要求在 15 年内免除 100% 的地方财产税。大方的可不止门罗一地。仅仅 2017 年,亚马逊就获得了超过 1 亿美元的税收补贴,用以在全美各地开设物流中心;在过去 10 年中,亚马逊获得的补贴金额超过 10 亿美元。这家公司有一个部门专门负责领取补贴,他们管它叫"经济发展"办公室。

随着 2017 年走向尾声,代顿的暗涌稍稍退去,托德·斯沃洛斯也走向了上坡路。10 月初,他终于迎来了开庭的日子。托德承认在 1 月份实施家庭暴力，检方则撤回了危害儿童和违反保护令的指控。他被判处 1 年缓刑，共需支付 270 美元的法庭费用。

他戒掉了药瘾，离开了另一个女人。然后，他和萨拉开始讨论复合的事。

萨拉的朋友和亲戚都感到不可思议。她试过跟他们解释。托德终于准备接受愤怒管理咨询，这是新缓刑的条件之一。而萨拉在母亲的公寓已待不下去了，她和孩子们没办法挤在只有一间卧室、一间浴室和一个小客厅的空间里，就算她没在母亲与新任丈夫争吵时给母亲帮腔也不行。"她不喜欢我介入他们俩之间的事情。"萨拉说。

不过，20 年前父亲的离去及其造成的后果才最让萨拉忧心。她迫切希望她的孩子——至少后面这三个——能在完整无缺的家庭中成长，拥有一个不缺席的父亲。她相信，虽然发生了这么多事情，孩子的父亲也常常屈服于丑恶的冲动，她还是对他寄予希望，因为他正尽其所能地来养活这个家庭。"你要知道，我爱他。我不希望孩子们踏上我走过的路，"她说，"你无法控制你爱上谁，无法控制心之所向。而且你永远不会忘记要有梦想。每个人都有改变的机会。我已经有过一个破碎的家庭了。我不想再有第二个。"

那么只剩下两个问题了：一是保护令，二是他们租不起房子。

托德想到了一个解决的办法。他听说流浪者收容所跟教堂一样，是"安全的避风港"。他的解读是，这意味着在收容所里他不会因为和家人在一起而被逮捕。当然，收容所还是免费的。他为自己想到这个计划感到一丝自豪，不过他也知道这很丢人。"我不想让家人过这种生活，"他说，"我从小到大没有担惊受怕过，因为我的父母都可以工作，而且他们也都在工作。我们住在体面的社区里，我上的也是优秀的学校。我是——我是在为我的孩子担心，不是担心我自己。"但他至少设法让这个家庭能够重新团聚。他知道自己对家人陷入低谷负有很大责任，但他对新接触的愤怒管理咨询寄予很大的期望，他以一种皈依新事业的坚定态度谈到这件事："我每周参加一次咨询，我非得去咨询不可。"

萨拉对收容所的想法心存疑虑。被问及进入收容所一周后的情况时，萨拉开始流泪。宿舍里太冷了，头三个晚上她根本无法入睡。"我们从来没有经历过这样的处境。"尽管在儿时经历过性侵、尽管失去了三个孩子的监护权、尽管要和一个被控家暴的人生活在一起，但眼下的经历似乎正式宣告了萨拉短暂的人生跌入了最低谷。自 1975 年以来，全美生活在深度贫困中的家庭，即低于贫困标准一半的家庭，比例翻了一番。萨拉一家现在也名列其中了。

收容所间的性别隔离也是问题。但根据托德对"避风港"理论的宽泛解释，加上收容所工作人员对限制令闭一只眼，他和家人可以在白天小聚一会。当然，得在他不用上班的时候。因为他马上要开始另一份新工作。

2011 年至 2016 年间，电商业务翻了一番，规模达到 3 500 亿美元。不算汽车和汽油，千禧年仅占总零售额 1% 的电商销售额飙升至 17%。于是对纸箱的需求愈加旺盛：网店和邮购商店，每消费 1 美元所使用的纸箱数量为实体店的 7 倍，占据了全部零售业一半的纸箱运输量，共消耗约 400 亿平方英尺材料。[21]2014 年，美国的箱用纸板年产量已超过 3 500 万吨，在 2017 年年底，该数字仍在稳步增长：与 2016 年 12 月份比较，同比增幅为 3.6%。在其他货运主力（如新闻用纸）衰落之际，牛皮纸（用于制造纸板）铁路运输量飙升，继而与其他货物一道为落后的火车货运提供了新动力。

因此，尽管托德的犯罪记录比几年前又添上了几笔，2018年1月，他还是毫不意外地找到了一份工作，回归纸板行业。不过这次不是在刘易斯堡包装公司，而是在代顿一家更小的公司，名叫"迈阿密谷包装解决方案"。他很期待回到他自认能够胜任的工作岗位上。美中不足的是，公司告诉他临时工时薪只有10美元，比俄亥俄州8.3美元的最低工资标准高不了多少，这意味着，他在27岁这年的收入跟他10年前在比萨店打工时相差无几。在这一点上，他并不是特例：从全美范围来看，考虑通货膨胀后，最贫穷的10%人口如今每小时的收入只比40年前高4%。美国有三分之一的工作时薪低于15美元；经通货膨胀调整后，收入阶梯的下半部分人群，其财富比30年前有所减少。同样经通货膨胀调整后，没有大学学位的美国男性收入远远低于50年前的水平。[22]

托德在某个周五开始了新工作。他暂时还没看出他们的客户是谁。在刘易斯堡公司，他们接到过洗护品牌BBW、斯米诺伏特加和摩根船长朗姆酒的订单。但是他们目前为止最大的客户是亚马逊，这位俄亥俄州的新来客。

亚马逊每年从刘易斯堡包装公司的母公司普拉特实业购买14万吨纸板，而普拉特不过是亚马逊众多供应商之一，而且亚马逊对纸板需求的增长丝毫没有放缓的迹象。"平平无奇的瓦楞纸箱正面临着一个激动人心的时代。"澳大利亚亿万富翁安东尼·普拉特说道，他是这家以其名字命名的公司的所有者。亚马逊拉动了纸板行业的强劲增长，以至于普拉特实业正在代顿以北50英里的地方建造一家巨型造纸厂来生产包装用纸板——普拉特后来在《华盛顿邮报》的整版广告中吹嘘道，这是"自特朗普总统当选以来，宣告并建造的最大工厂"，这段话甚至吸引了特朗普本人来参观新工厂。

在迈阿密谷第一个完整工作周之前的那个周末，托德在家庭收容所与萨拉和孩子们一起待了很久。如同往常一样，他是唯一从男子收容所过来的父亲。他还想办法留下来一块吃了周日的晚餐：意大利面，桃子罐头做配菜。他仿佛是在自己的家里吃着自己的食物那般主持着餐桌。他催促拖着睡袋来吃饭的贾兹琳吃她盘子里的食物。"你是不饿呢，还是觉得冷呢？"他问道。

然后到了返回男子收容所的时间。翌日，他将乘两趟公共汽车前往纸板厂工作，6英里的路程要花45分钟。他还不确定在第一份工资到账前，要怎么支付车费。

载他的人把他送到曾经是看守所的男子收容所门前。安保人员手持安检棒，在大门另一侧等候。

第三章　安全：一国首都的财富

华盛顿特区

希尔顿酒店宴会厅内尚空无一人，大厅外围，也只有在大碗里拌着沙拉的服务员。其他服务员会把拌好的沙拉端到大桌上，分装到将近 1 500 个盘子里。搅拌勺在一个个大碗中翻腾着，金属和金属相互碰撞，富有节奏，犹如音乐。

领班是个身材魁梧、肤色苍白的年轻男子，最多 30 出头。下午 6 点过后不久，他迈着大步走到宴会厅夹层，朝楼下喊道："兄弟们，沙拉该做好了！请回厨房听简报！""兄弟们"——服务员大多是女性——赶忙完成各自手头的工作。

宴会厅是每年一度的白宫记者晚宴的举办地。通常，华盛顿特区经济俱乐部会在比希尔顿宴会厅更小一些的场地举行晚宴。但是这一次，俱乐部邀请来的嘉宾史无前例。他们曾经邀请过比尔·盖茨、沃伦·巴菲特，还有众议院议长——但都不能与这位来宾相提并论。他要求配备更严密的安保，现场于是多了一堆佩戴无线耳机的男人。为了彰显来宾的荣耀，俱乐部安排了空军护旗仪仗队的全套表演。比起经济俱乐部惯常所见，这名来宾将吸引更多参会人员。对俱乐部主席大卫·鲁宾斯坦来说，能请到他，是极大的盛事。

在领导华盛顿特区经济俱乐部的 10 年中，鲁宾斯坦成功让它恢复了往昔的活力。在他任内，俱乐部每年的活动总量增加了一倍，会员总数得以扩张，他还彻底改变了晚宴的形式。过去，在用餐结束、讨论完俱乐部的琐碎事务后，当晚的主要来宾上台致辞。但有些发言很是无聊。于是，鲁宾斯坦决定改由他亲自上台采访当天的来宾。鉴于他曾经十分腼腆，几乎不在会议上发言，他在访谈方面的能力着实令人惊讶。作为采访者，他的直言不讳让他成为最理想的捧哏，得以提出直接和私人的问题，要是同样的问题从某个更圆滑的对话者口中说出，可能会让人觉得隐私受到了窥探。

说实话，鲁宾斯坦特立独行的个人魅力，并非俱乐部在华盛顿受到追捧的唯一原因。自 1986 年成立以来，俱乐部便是商业精英的聚集之地，他们推动并左右着这座城市。在鲁宾斯坦接手之后的 10 年里，这支精英队伍的规模出现了显著扩张。这近乎反常，因为他接手的 2008 年正值全球金融风暴，对美国其他地区的商界人士来说，这个时机可不妙。

但华盛顿自然与美国其他地区不同，它在大衰退中过得顺风顺水。如果非要说的话，这场危机对这座城市而言是一种福音——联邦政府数以十亿计的经济刺激资金中，有不少留在了这个地区，被联邦官僚机构以及无数承包商瓜分。近年来，这些承包商在环城公路周围兴起，美国政府越来越多地委托它们来监管政府

项目，以换取可观的分成。[1] 房地产市场崩溃期间，北弗吉尼亚 ❶
几处近郊的房价却在持续上涨：费尔法克斯县新起的一座公寓大
楼，名字便叫"繁荣公寓"。在 1975 年，华盛顿仅拥有 4 家《财
富》五百强公司；到 2010 年，该地区榜上有名的公司已达 17 家。
2012 年，按照家庭收入中位数排名，全美前 10 的县中有 7 个位
于华盛顿地区。[2]

　　繁荣在特区本身最为明显。2011 年，开发商开始打造占地 10
英亩、耗资 7 亿美元的特区城市中心，这个由卡塔尔投资的住房
购物综合体在几年后开业，爱马仕、宝格丽、路易·威登、迪奥
等品牌奢侈品应有尽有。华盛顿曾经寒酸、过时，现在你却可以
在这里买到售价 41 000 美元的古驰鳄鱼皮手提包。特区中顶级私
立学校的学费攀升至 40 000 美元，学生开的车是路虎揽胜、雷克
萨斯和奔驰；女孩们赠送古驰人字拖和飞人乔丹篮球鞋以求与班
里的体育明星交好。[3]

　　在城里某位初来乍到者身上，这种魅力氛围尤其展露无遗。
当选总统贝拉克·奥巴马入住宾夕法尼亚大道 1600 号 ❷ 的消息，
为整座城市带来一阵新风。为了加入新政府班子，奥巴马竞选团
队蜂拥而至，入住肖社区（Shaw）、布鲁明代尔和 U 街走廊的公寓，
这一带曾是黑人工薪阶级的家园。爱德华·琼斯 ❸ 笔下的土地被
改造成多为白人的奋斗者游乐场，它的历史被用作营销的噱头：
你可以到以马文·盖伊的名字命名的马文餐厅用餐，不过这里的

---

❶　北弗吉尼亚（Northern Virginia）是对弗吉尼亚州北部一些县和独立市的称呼，此
　　地紧邻华盛顿特区，是弗吉尼亚州人口最多和收入最高的地区。

❷　指白宫。

❸　爱德华·琼斯，美国非裔小说家，成长于华盛顿特区，小说作品《迷失在城市》
　　呈现了大迁徙期间移居华盛顿的非裔工人阶级的生活面貌。

消费更接近比利时的水平 ❶；你可以在兰斯顿·休斯 ❷ 大楼购入一间 50 万美元的共管公寓，也可以在艾灵顿 ❸ 租下月租 2 000 美元的一居室。

可以肯定，这是令人尴尬的转变。以美国其他地方为视角来看华盛顿不断膨胀的繁荣，也同样尴尬。作为联邦政府行政区，美国的首都被有意设计成与众不同的所在，建国者的初衷是让它保持适度的影响力。而如今，这个地区的与众不同之处却呈现在与当初的构想截然不同的方面：一是它纯粹的财富，二是它被隔绝在美国其他地区所经历的冲击之外。虽然在全球金融危机发生后这一例外状态才最为明显，但其实早已积累多年。

华盛顿的巨富时代始于国会就饥饿问题举行的听证会。

格里·卡西迪来自纽约，他的家人住在布鲁克林和皇后区，他是这个贫困家族里第一个上大学的人。从维拉诺瓦大学和康奈尔大学法学院毕业后，他成了一名法律援助律师，曾代理过南佛罗里达的移民工人。在他的设想中，这是一份短暂的过渡性工作，可以借此通往报酬更丰润的律师生涯，并获得在成长过程中他的家庭所缺乏的经济保障。卡西迪的大学好友兼伴郎告诉罗伯特·凯泽："他想成为富人。"在 2009 年出版的《该死的这么多钱》(*So Damn Much Money*) 中，凯泽讲述了华盛顿游说的历史。[4]

正是在南佛罗里达，卡西迪遇见了南达科他州自由派参议员乔治·麦戈文，当时，麦戈文为了推行一场全新的全国性反饥饿

---

❶ 马文·盖伊，美国著名歌手，曾因债务和精神危机前去比利时小镇过简朴的生活。
❷ 兰斯顿·休斯，美国非裔诗人、小说家、剧作家。
❸ 得名自出生于华盛顿特区的非裔爵士音乐家艾灵顿公爵。

运动来到这里。由于一系列事件的发酵，饥饿问题在美国被推上风口浪尖：1967 年，前司法部长罗伯特·肯尼迪与一名参议员高调前往密西西比州克利夫兰，看望形容憔悴的孩子们；一年后，哥伦比亚广播公司（CBS）新闻台播出特别节目《美国的饥饿》（*Hunger in America*）；一份名为《饥饿美国》（*Hunger USA*）的报告揭示那些与饥饿相关的非显性疾病同样存在于美国，而此前人们认为它们只存在于第三世界。

1968 年，美国国会设立营养和人类需求特别委员会，由乔治·麦戈文担任主席，因而也常被称为"麦戈文委员会"。这个由两党重量级参议员组成的委员会前往各个贫困地区，并于 1969 年 3 月到达佛罗里达州的伊莫卡利。伊莫卡利是移民工人的营地，在那里，年轻的格里·卡西迪见到了麦戈文。没过多久，卡西迪便凭借口才成了麦戈文委员会在华盛顿的一名工作人员。1975 年，他决定与委员会中一位更资深的同事肯尼思·施洛斯伯格联手，利用他们在华盛顿的关系创办一家公司。

华盛顿的游说史与美利坚合众国的历史一样悠久。纽约商人曾在 1789 年第一届美国国会阻止一项关税法案的出台。"向政府请愿伸冤的权利"与言论自由、宗教自由和集会自由的权利一道被写入了美国宪法第一修正案。随着时间的推移，请愿的积极性经历了涨与落。在 19 世纪，说客被称为"代理人"，在美国南北战争期间和结束后的几年里，他们尤为活跃，代理人甚至常常能够代表铁路公司直接收买参议员。在新政期间，他们再次活跃起来，代理受到新法规威胁的大企业。

但是，直到 20 世纪 70 年代初，游说行业尚未在华盛顿特区站稳脚跟。当时还没有出现游说公司，不过已经有一些律师事务所以"法律代表"为幌子，为客户四处游说。卡西迪在麦戈文委员会的同事施洛斯伯格，成长于马萨诸塞州一个殡仪馆业主家庭，和大部分人一样，他对游说较为审慎，更倾向于使用"顾问"头衔。依照施洛斯伯格的设想，他可以运用自己在食品问题上的专业知识，为农业部或者国际发展署等机构提供建议。施洛斯伯格在国会山的房子成了办公室，而公司名"施洛斯伯格－卡西迪事务所"没有加上"法律"二字。[5]

问题是，没人需要施洛斯伯格的顾问服务，游说服务才是需求所在。[6]公司的第一笔业务来自急于向联邦食品援助项目出售产品的客户，在尼克松总统的领导下，这个项目得到了极大的扩展。加州一家食品公司想要获得联邦学校午餐计划提供的20万美元原料款项，他们支付了1万美元的佣金作为回报；家乐氏公司希望自家的麦片能进入学校食堂，为此支付了5 000美元赞助费；美国牲畜和肉类委员会支付了2.5万美元，以得到国会营养政策如何影响养牛业的报告；美赞臣公司支付了1万美元，以深入了解新母婴食品计划，结果该计划购买了大量美赞臣婴儿配方奶粉。很快，品食乐、纳贝斯克食品、通用磨坊纷纷敲响了事务所的大门。就这样，围绕"扶贫战争"计划，施洛斯伯格和卡西迪替各个企业游说，并且用挣来的钱在朗方广场置办了一个面积不大却十分体面的办公室。

这对伙伴的真正突破来自于另一个领域，那就是高等教育。[7]塔夫茨大学一直处于波士顿地区其他更大型高校的阴影之下，新任校长、营养学家让·迈耶急于提高这所大学的知名度。1976年，迈耶向施洛斯伯格和卡西迪寻求帮助，希望为塔夫茨大学争取资金以建立新"国家营养中心"。接下来两年里，卡西迪二人通过自己的人脉，以每月 1 万美元的报酬，为塔夫茨大学争取到了 2 000 万美元的国会拨款用以建设该中心，除此之外，他们还为中心争取到了 700 万美元的运营经费。

对国会来说，为了某个特定目的向单一大学拨款，是件非比寻常的事情。更不寻常之处在于，这项拨款由说客穿针引线。将为特定受益方谋取拨款的手段深深植入立法系统中——这种新型拨款的手法是否由卡西迪二人发明可能尚有争论。但毫无疑问是，通过为客户赢得专款，他们创造了一项极为有利可图的新业务。施洛斯伯格说："我们的技术专门服务于那些在其他情况下永远不会想到他们能拿下这些项目的人。"[8] 很快，他们又为塔夫茨大学新设立的兽医学院争取到 1 000 万美元，并为其外交学院争取到与乔治城大学共享的 1 900 万美元建设资金。事务所还迎来了专为大学争取研究经费的第三位成员。"施洛斯伯格和卡西迪，"罗伯特·凯泽写道，"他们碰巧发现了一种新业务——通过为付费客户从联邦财政部提款从而获取财富。"[9]

正当卡西迪等人开拓新边疆之际，华盛顿的游说行业也在拓展另一条战线。20 世纪 70 年代初，"伟大社会"构想兴起，在尼克松任期内，联邦机构和法规维持着数量激增的态势，国家环境保护局（EPA）以及职业安全与健康管理局（OSHA）的设立最为典型。商界警铃大作，他们害怕遇上拉尔夫·纳德那样的人，纳德之所以出名，靠的是就汽车安全问题抨击制造商。这样的恐惧在刘易斯·鲍威尔 1971 年的备忘中有具体体现，鲍威尔是弗吉尼亚州一名企业律师，后来被提名为美国最高法院大法官。"美国的经济体系正受到广泛的攻击，"鲍威尔写道，"企业必须吸取教训……政治权力是必要的；必须努力培养这种权力；在必要之时，必须积极和坚决地使用这种权力——要抛掉尴尬和扭捏这类美国商界的典型特征。"

作为对"水门事件"的回应，行动派民主党人在1974年美国大选中掌控了国会，商界所感知到的威胁随之增加。"危险骤然升级，"宝洁公司华盛顿办公室的布赖斯·哈洛后来这样回忆，"我们得阻止那一届国会把商界揉成一团，然后丢进垃圾桶里。"[10]

大企业听从了这一呼吁。[11]财大气粗的他们资助了传统基金会（Heritage Foundation）等新一批保守主义智库。企业纷纷加入游说团体，美国商会成员数量在1974年到1980年间翻了一番，作为坚定保守派的美国独立企业联合会的规模也在20世纪70年代膨胀了一倍。1968年，在华盛顿设有"公共事务办公室"的公司仅有100家；10年后，该数字已经超过500。在华盛顿拥有注册说客的公司，数量从1971年的175家增长到1982年的2500家。在解释1972年美国制造商协会从纽约搬到华盛顿的原因时，协会负责人说道："企业间的相互关系，不再像企业与政府间的相互关系那么重要了。"

对影响力的新追求不可避免地介入了政治竞选。1976年到1980年间，企业政治行动委员会的数量增加了4倍以上。（讽刺的是，"水门事件"后的改革刺激了政治行动委员会的发展，因其限制个人捐款数额，多个捐助者合作捐款的模式于是大行其道。）20世纪70年代初，在国会竞选中，有组织的劳工政治行动委员会提供的资金比商业政治行动委员会更多。但到了70年代末，工会已远远落后，在所有政治行动委员会提供的资金中，工会提供的不到总额的四分之一。

由政治行动委员会献金激增引发的新浪潮，在1978年那场令人震惊的立法失败中扮演了重要角色。该法案原本将降低工人组织动员的难度，工会方面一直坚信，在民主党控制白宫和国会的情况下，法案将顺利通过。除此之外，伴随电视广告的蓬勃发展，政治行动委员会的献金使得竞选成本异常膨胀。在"水门事件"后的 1974 年美国大选中，参众两院竞选开支总额为 7 700 万美元。到 1982 年，不到 10 年之后，两院竞选总开支翻了两番，达到 3.43 亿美元。[12]

虽然企业政治行动委员会的献金浪潮由右派发起，但这并没有阻止卡西迪这位前麦戈文委员会成员参与其中。总部设在马萨诸塞州的优鲜沛食品公司是施洛斯伯格 – 卡西迪事务所的大客户之一。尽管蔓越莓汁含糖量很高，这家公司却一直在争取将这种饮料纳入校园午餐计划。在格里·卡西迪的帮助下，优鲜沛公司建立了自己的政治行动委员会；公司应该支持哪些国会议员，卡西迪也给出了建议。

而施洛斯伯格，卡西迪的搭档，越发对这样的事情感到厌恶，不过在接下来几年里，他继续在矛盾的心理下享受着这份工作带来的财富果实。1984 年，卡西迪和施洛斯伯格各自的年收入已达 50 万美元——比 10 年前两人在国会山时高出 10 多倍。[13] 他们在麦克莱恩置有房产，那里是北弗吉尼亚波托马克河畔城郊的高档住宅区。卡西迪开奔驰；施洛斯伯格开捷豹，还建了个网球场。"我还是个孩子的时候，就有一个梦想，想要拥有自己的网球场，"施洛斯伯格说，"于是我为之努力奋斗。"[14]

9 年前，事务所从施洛斯伯格家的地下室起步；到 1984 年末，他决定离开公司。"原先这份工作大部分时候非常有趣，可后来就不是这样了。"他说道。[15] 为华盛顿展示了获取财富的全新方式，并将这座城市的财富水平推升到一个新层次之后，这家公司更名为"卡西迪事务所"。公司激励了无数模仿者——华盛顿的专款，以及为获得专款而支付的 5 位数月薪，引得无数人趋之若鹜。但卡西迪事务所依旧鹤立鸡群：接下来几年里，它一直是世界游说之都最大的游说公司。

卡西迪二人为华盛顿的游说行业打开了局面。而将行业规模推上全新维度，则要等到它被应用到另外一种产业上。这就是高级金融业，而大卫·鲁宾斯坦在其中居功至伟。

乍看之下，鲁宾斯坦并不像那种混迹利润丰厚的华盛顿战场的人，更别说主宰这个战场了。鲁宾斯坦在巴尔的摩西北部一套两居室的联排住宅中长大。父亲在邮局工作，负责分拣邮件；母亲是家庭主妇，期盼儿子能够成为牙医。11 岁时，鲁宾斯坦深受约翰·肯尼迪"要问你能为国家做什么"的就职号召激励。后来，巴尔的摩市第一位黑人市长库尔特·施莫克回忆起他印象中的鲁宾斯坦：高中时，"他非常、非常安静，喜欢谈论政府和政治，但不太喜欢聊商业"。[16]

鲁宾斯坦获得了杜克大学的奖学金，大学毕业后，他在芝加哥大学法学院深造，然后在纽约一家律师事务所工作了两年。在这之后，对政府着迷的他进了国会山——理所当然的"归宿"。他的工作是法律顾问，在宪法修正案委员会服务印第安纳州民主党参议员伯奇·贝赫，这在国会山算得上是最乏味的职务了。一年后，作为一名年轻的理想主义者，他跳槽到了吉米·卡特的竞选团队。

卡特成功当选，而鲁宾斯坦得到了一份重要工作：他成了卡特的国内政策顾问斯图尔特·艾森斯塔特的副手。鲁宾斯坦帮助卡特撰写备忘录，为他准备新闻发布会，并负责起草国情咨文。他工作到很晚，靠自动售货机里的零食充饥。他并不在会议上发言，而是在其他人回家后、自己下班前，把写好的备忘录放在所有文件最上方，这就是他表达观点的方式。"确实，大卫并未展露他的魅力，"艾森斯塔特后来说，"他所拥有的，是绝顶的才智、高度的奉献精神和对公共服务的投入。"[17]

然而，卡特后来在竞选连任时输给了罗纳德·里根。在时年31岁的大卫·鲁宾斯坦眼中，这不仅是全国性政治转变的标志，也是对他个人在公共服务中的理想主义的非难。"我曾试图为国家尽一份力，但没能成功。"多年后他说道。[18]他要尝试一条新道路，他要朝着身边另一个越发蓬勃的华盛顿去闯荡。

鲁宾斯坦注意到，他在白宫的许多朋友在生意方面都很顺利。他后来说："我认为自己的智商也很高。但那些我觉得不怎么聪明的人，挣的钱却比我多得多。"[19]

有一个想法让他尤为在意。纽约和波士顿出现了很多"杠杆收购公司"，贝恩资本就是一个例子：这家公司通过举债的方式来收购其他公司，利用裁员和提高效率来改善被收购公司的经营状况，再将其出售以获取利润——这就是后来所谓的"私募股权"。而与此同时在华盛顿，卡西迪事务所这类公司的游说活动也在激增。

但那时还没有人把这两项有利可图的事业拴在一起。不过，假如你建立的杠杆收购公司，合伙人与政府官员关系密切，又对受监管行业了如指掌，那会是怎样的景象？80年代初，还是消费电子行业说客的加里·夏皮罗 ❶，和鲁宾斯坦同去日本旅行，从他那里听到了这个想法。"他想的是将资本与政治上有门路的人结合起来，这些人能打通全世界的电话。我们感到好笑，敷衍地说'啊，对对对。'" 20

1987 年年末，鲁宾斯坦创办了凯雷集团。合伙人中有两位来自总部位于华盛顿的万豪国际，还有一位来自 MCI 电信 ❷。公司名取自纽约的凯雷酒店，足以让人联想到金融之都的贵气。不过，正如鲁宾斯坦所料，凯雷集团很快就只与华盛顿打交道了。弗雷德·马利克是共和党的一名资深捐客，1988 年，其于 1972 年在劳工统计局为尼克松总统制作的一份犹太人名单暴露，他被迫辞去老布什总统竞选经理的职务。马利克加入了凯雷集团，还带来了里根政府的最后一任国防部长弗兰克·卡鲁奇。在卡鲁奇的帮助下，凯雷集团成功收购国防咨询公司 BDM，该公司为福特宇航（Ford Aerospace）服务。这次收购为之后的多次军工复合体投资开了个头。7 年后，在将 BDM 的业务扩展至沙特阿拉伯后，凯雷出售了这家咨询公司，获利 650%。

还有另外两名老布什政府时期的高官追随卡鲁奇的脚步加入了凯雷公司，他们分别是老布什的预算局局长理查德·达曼和国务卿詹姆斯·贝克三世。20 世纪 90 年代末，老布什本人还亲自参与并帮助凯雷集团赢得对一家韩国大型银行的竞标战。此时，鲁宾斯坦已与这位前总统私交甚笃：2000 年，鲁宾斯坦和家人陪同芭芭拉·布什和她的孙子孙女参加狩猎活动。同年，他偕妻子

❶ 加里·夏皮罗，美国消费技术协会主席。

❷ MCI 电信，原名 Microwave Communications, Inc.，总部位于华盛顿特区，曾一度是美国第二大长途电话服务商，1998 年被世通电信并购。

参加了芭芭拉·布什在肯纳邦克波特❶举行的 75 岁生日会。

鲁宾斯坦后来形容他超越了政治，他说："我既不向政治家捐钱来介入政治，也不以民主党或共和党人的身份来活动。现在，我只把自己看作一个美国人。"[21]

2001 年 9 月 11 日上午 9 点 37 分，美国航空公司 AA77 号班机从华盛顿杜勒斯国际机场起飞，这趟飞往洛杉矶的航班冲入了五角大楼西翼。除机上 64 人外，此次坠机还造成了 125 人死亡。这本可能是美国本土遭受的最致命的一桩恐怖袭击——伤亡人数甚至超过了 1995 年俄克拉何马城爆炸案❷——但当天上午在纽约发生的更为致命、更引人注目的袭击事件转移了人们的视线。进一步掩盖五角大楼遇难者的，是美国军方固有的自由裁量权。事件中有 7 名受害者来自美国国防情报局（DIA），此外还包括涉密程度不等的合同雇员。在纽约，表达纪念之情的"归零地"由一所博物馆和两个大型倒影池组成，而在五角大楼，只能在其西侧看到一排排长凳，充当风格极简的纪念物。

另一个原因让五角大楼袭击事件给华盛顿带去的影响变得复杂。这个在游说行业推动下本就趋于繁荣的大都会，将在"9·11"事件后兴起的国家安全行业的帮助下，迈上全新的财富水平。未能在袭击前做出预警，使美国政府饱受羞辱，作为回应，政府为监测下一次袭击调拨了数十亿美元。而这些支出大部分被华盛顿吸纳。

---

❶ 美国缅因州海滨小镇，因布什总统家族在海边的别墅闻名，接待过多国领导人。

❷ 1995 年 4 月 19 日，俄克拉何马城中心的艾尔弗雷德·默拉联邦大楼遭遇炸弹袭击，共有 168 人死亡、688 人受伤。

　　袭击发生后的 10 年间，华盛顿地区建造了 33 座为最高机密情报工作设计的联邦机构建筑群，总面积加起来几乎相当于三座五角大楼。[22] 到 2009 年，美国情报部门预算已增至 750 亿美元，相当于袭击发生时的 2.5 倍。而这些开支大部分被用于总部设在华盛顿的政府机构巨头。例如位于五角大楼的美国国防情报局，其雇员数从 2002 年的 7 500 人增加到 2011 年的 16 500 人。窃听全世界的美国国家安全局（NSA）总部设在马里兰州郊区米德堡，在上述同一时期，该局预算增加了一倍。美国政府从无到有地创立了国土安全部，在这个乔治·奥威尔式的新部门下设有 22 个机构，其总部设在俯瞰华盛顿的前圣伊丽莎白精神病院旧址之上，规划总造价为 34 亿美元。

　　不过，大部分支出散落在外，被嗅到商机且跃跃欲试的私人合同雇员瓜分。据《华盛顿邮报》报道，在 2011 年获得最高机密许可的 85.4 万人中，有 26.5 万为合同员工，而非联邦政府雇员。中情局（CIA）雇用了来自 100 多家公司的大约 1 万名合同雇员，超过该机构员工总数的三分之一。国土安全部合同雇员人数与联邦雇员相差无几。奥巴马政府首任国防部长罗伯特·盖茨向《邮报》承认，他甚至不清楚自己办公室里有多少名合同雇员。尽管合同雇员比普通联邦雇员成本高出许多，他们的队伍仍然不断壮大。

　　许多合同雇员为洛克希德·马丁公司、通用动力公司和雷神公司等军工巨头工作，这些公司以 1.5 万美元的签约奖金和宝马汽车为筹码，争夺那些拥有令人羡慕的安全许可等级的工作申请者。负责建立和管理国土安全局办公室的通用动力公司，其收入在 2000 年至 2009 年期间增长了 3 倍以上，逼近 320 亿美元，员工队伍则多了 1 倍，超过 9 万人。

此外还有无数私人雇员在为少有人知的小规模公司工作，这些"国土安全企业"在华盛顿地区遍地开花。它们的名字含义模糊，像是 SGIS、Abraxas 和 Carah-soft。它们的创始人怀着投机心理在卧室或书房里成立了这些公司。它们以最快的速度成长，吸收纳税人的大量资金——到 2010 年，美国政府在合同雇员方面的支出翻了一番，达到 800 亿美元。[23] 随着合同雇员大军的快速增长，对协助拿到合同的人脉的需求也在增加：从 2000 年到 2011 年，花在华盛顿说客身上的钱增加了 1 倍以上，高达 33 亿美元。新的国土安全一体化产业非但没有取代这座城市的游说行业，反而加速了它的增长。

新产业还在改变华盛顿地区的面貌。在弗吉尼亚州麦克莱恩，有一座名为"自由十字路口"的巨大建筑群，在这里，武装警卫和液压钢铁屏障守卫着国家情报总监办公室（ODNI）和国家反恐中心（NCTC）总部。经过特意设计，看起来像是仓库的建筑，实际上有防窃听的房间可供租用。郊区的农田里突然建起了没有窗户的大型建筑物，它们没有任何标识，连谷歌地图也无法识别。一辆辆面包车在二级公路上飞驰，它们穿过购物广场的地段，开展反间谍跟踪目标训练。这片新开拓地域上的"居民"用专属的语言交流——他们或是比较各家的敏感信息隔离设施（SCIF）的大小，或者偷偷谈论特殊访问权限（SAP）的话题；下班后，当他们在苹果蜂或者奇利斯餐厅被人问到在哪工作时，他们会含糊地回答，"军方"。[24]

最重要的是，随之而来的巨大增长，重塑了整个华盛顿地区。本世纪头十年，华盛顿市区房地产价格的增长超过任何其他城市，比纽约、旧金山和洛杉矶都要高。受这个行业吸引，一个新兴阶层入驻了华盛顿——比起政府，他们对技术更感兴趣；比起权力，利润对他们更有驱动力。根据一个研究小组的估计，2008 年至 2012 年期间，该地区可投资资产过百万的高净值家庭的数量增加了 30%，达到 16.6 万户；而同一时期，全美大部分地区仍在努力从大衰退中恢复过来。[25]

在泰森角购物中心有一家阿斯顿·马丁车行，而这个地区有 500 多人开着定制的詹姆斯·邦德同款座驾，其售价约为 28 万美元。华盛顿的餐厅首度获得了米其林一星的美誉；在一家名为"羽毛"（Plume）的高档餐厅里，侍者推着装有气泡果汁的酒水推车向客人走来，为孩子们推荐配餐饮料（比如 25 号特酿，混合了黑刺李、野樱莓、梨子和醋栗，装在迷你香槟酒杯中，售价 12 美元）。[26] 在波托马克河弗吉尼亚州一侧的大瀑布城，某个家庭仿照凡尔赛宫建造了一座 25 424 平方英尺的豪宅。[27]

人们也许会抱有这样一种预期：新兴国土安全行业的繁荣，会令在以往的国防产业中表现出色的本地公司凯雷集团受益。然而，大卫·鲁宾斯坦与合伙人把"9·11"袭击事件看作让凯雷集团从华盛顿的游说领域走向多元化的信号，因为袭击事件让他们看起来成功得太过头了。好巧不巧，在袭击发生当天举行的凯雷集团董事会议上，其中一位列席者名叫沙菲克·本·拉登，枝繁叶茂的本·拉登家族向凯雷旗下的基金注资了 200 万美元。察觉到政治风险的凯雷集团业务变得多元化起来，例如唐恩都乐食品、赫兹汽车租赁和养老院连锁公司 HCR ManorCare。

向多元化调整的步伐并未损害公司的利益底线。2012 年，凯雷集团在首次公开发行股票时披露，鲁宾斯坦和联合创始人丹尼尔·达尼埃洛以及威廉·康韦前一年共获得 1.4 亿美元的报酬，同时他们通过凯雷基金运作的投资也获利颇丰：仅鲁宾斯坦一人就收获 5 700 万美元。

媒体随着财富一道，纷纷涌向华盛顿。纸媒在全美大大小小的城市中迅速走向衰落，它们的商业模式被三重打击摧毁：首先是一家叫"克雷格列表"（Craigslist）的公司，它向人们免费提供传统媒体的一项主要产品（即分类广告）；随后，另一家公司（亚马逊）让大量百货公司关门，而百货公司曾大量购买让报业生存的印刷广告；再有就是两家大赚特赚的公司（谷歌和脸书），它们的数字广告已经取代失落的印刷广告。从 2005 年到 2015 年，每 4 名记者中便有 1 人失业，以全美来统计的话，共有 12 000 人丢了工作。市政议会、学校董事会和重大审判鲜见报端，或者根本没人在意；也没有媒体针对州和地方公职候选人做背景调查。

与此同时，华盛顿的记者数量却增加了 1 倍。与以地区为报道范围相较，以全国为报道范围的数字新闻更轻松，因为可以保证，首都故事的全国点击率肯定比某个中型城市或州首府的报道多得多；而且，如果华府之外确实发生了真正引人注目的事，你可以简单地做些改写——用新媒体的行话来说，就是"整合"素材，然后在自家网站上收获流量。同时，那些愿意花更多钱通过游说者和行业协会来影响华盛顿的众多利益集团，也会愿意多花钱去了解自己的游说成果；如此一来，华盛顿行业出版物的大量增加就说得通了，其中一些出版物甚至能够凭借内幕消息，收取高达 8 000 美元的订阅费。[28]

华盛顿媒体市场的扩大至少带来了一个好处：起码一部分在其他地方丢了饭碗的记者能够在首都找到工作，在离开追踪报道多年的城镇后，他们坐在配备了双屏显示器（更有利于"整合"报道）的华盛顿办公桌前，或成为追逐国会山议员的记者大军的一员，尽管这并非所有记者的选择。2008 年和 2009 年，经济崩溃及衰退造成冲击之际，这种集中程度也付出了切实的代价：如此多的记者驻扎在繁荣的华盛顿，而不是圣路易斯、水牛城和坦帕，意味着更多的国家媒体在形势最为和缓的地方生活和工作，这样一来，华府之外发生的种种很容易被错过，而人们也将误解这个国家的真实状况。

杰伊·卡尼本人并没有参与这场地方出走运动。多年以前，他就被职业生涯的幸运之神眷顾，甫一入行就进入了全国性报道的赛道。杰伊在北弗吉尼亚长大，就读于新泽西州的劳伦斯维尔中学，那是美国最古老的私立学校之一；后来他在耶鲁上了大学。毕业后，他于 1987 年就职于《迈阿密先驱报》（*Miami Herald*）——当年全美国最优秀的都市报之一；两年内，他跳槽到《时代》杂志，在 25 岁之前就成了迈阿密分社社长。随后，他前往苏联报道其解体，他大学时学的俄语派上了用场。在莫斯科，他初次遇到未来的妻子——来自美国广播公司（ABC）的克莱尔·希普曼，完成任务归国后，乔伊被提拔为驻白宫记者。2005 年，他晋升为《时代》杂志华盛顿分社社长。在为庆祝他升迁所举办的宴会上，时任纽约市长迈克尔·布隆伯格坚持让大家为他举杯。

2009 年，卡尼对脱离现实的媒体工作感到厌倦。他发现媒体对奥巴马竞选的追捧有点过头，于是，他的下一步行动格外出人意料：他加入了奥巴马政府，担任时任副总统乔·拜登的发言人。2011 年 1 月，他被提拔到台前，接任白宫新闻秘书一职。

虽然卡尼前二十几年扮演的角色都站在新闻秘书对面，但《纽约时报》指出，他为这个职位带去了一项关键素质：卡尼"在有权力的人面前总是显得很自在"。[29] 没过多久，他就通过老套的幽默和无休止的反驳玩转了这份工作。到 2013 年，一家网站统计了卡尼近万次拒绝回答提问时说过的话，其中包括"我会把你介绍给其他人"（1 383 次）、"我不打算告诉你"（939 次）以及"我不会随便猜测"（525 次）。[30]

人们开始把他当作"明星"，一些文章会嘲讽他的胡子和眼镜，《华盛顿妈妈》（Washington Mom）杂志上甚至有则正儿八经的"名人简介"。在杂志照片中，妻子克莱尔和他带着两个孩子，在拥有 5 间卧室、价值 200 万美元的家中摆好各种姿势——举行一场模拟新闻发布会、搭建叠叠乐积木塔、穿着睡衣翻动煎蛋，然后再配上一句句时髦标题。

2014 年 5 月，卡尼宣布他将离开白宫，"以便把更多时间留给家人"。奥巴马政府的前任班子面前出现了一条新的道路，或者说，新瓶装上了旧酒。

从一开始，华盛顿的旋转门就在不断转动，不过在这里进进出出的通常是华尔街的人。亚历山大·汉密尔顿在任职于大陆会议后成立了纽约银行，之后又转身一变当上了财政部长。长期以来，共和党被视为华盛顿与金融业的纽带，人们称它为"生意人的党派"但在第二次世界大战期间，民主党人也被吸纳入内，两党商界人士都被送进政府。赫伯特·雷曼是一名自由派民主党人，也是家族企业雷曼兄弟的合伙人之一；在主持国务院对外救济工作之前，他曾在富兰克林·罗斯福之后继任纽约州州长一职，之后又于参议院任职。共和党人罗伯特·洛维特曾是投资银行布朗兄弟哈里曼公司的一名高管，后来他担任过乔治·马歇尔将军的副手，在哈里·杜鲁门手下出任国防部长，并协助创建了北大西洋公约组织（NATO）和美国中央情报局。洛维特属于一个常被称为"智者"的外交政策官员小圈子，这个称呼反映了那个时代的人对华尔街与华盛顿间的交互所抱有的正面观感。

战后，经济繁荣加上新政期间建立起来的国家监管（regulatory state）不断增强，华尔街和华盛顿间的流动有所加速。约翰·肯尼迪总统任命前投资银行家克拉伦斯·道格拉斯·狄龙为财政部长。林登·约翰逊的财政部长亨利·福勒被高盛银行招募。对于共和党来说，这种旋转变得顺理成章：美林证券首席执行官唐纳德·里根成了罗纳德·里根的财政部长，得克萨斯州参议员菲尔·格拉姆被任命为瑞银集团投资银行部门副主席，小布什任命高盛首席执行官亨利·保尔森为财政部长——鲜有人站出来反对。

然而，到了20世纪90年代，民主党方面的旋转门运作变得更具辐射性，由于北美自由贸易协定、福利改革和资本利得税削减都是在克林顿总统任期内通过的，面对指控他们忘本的言辞，民主党领导人变得敏感起来。1995年，克林顿任命前高盛主管罗伯特·鲁宾为财政部长，后来他又在花旗集团赚了1.26亿美元。鲁宾引发的争议非常大，以至于自由派圈子用"鲁宾化"（Rubinite）一词表达公开反对。鲁宾财长一职的继任者劳伦斯·萨默斯挫败了监管金融衍生品的尝试，并推动废除了将商业银行和投资银行严格划分开来的《格拉斯－斯蒂格尔法案》（Glass-Stegall Act）。

这些促进了华尔街发展的行动，牵连出日后的金融崩溃。而华尔街民主党人的声誉在奥巴马政府时期更加令人失望，那些对此次崩溃负有最大责任的银行家未被追责。旋转门继续运转——

摩根士丹利高管汤姆·奈德斯成了希拉里在国务院的副手；奥巴马的预算局局长彼得·欧尔萨格离任前往花旗集团，并把该公司的杰克·卢送往白宫接替自己，卢后来还在奥巴马政府担任财长；奥巴马的首任财长蒂姆·盖特纳在卸任后加入了私募公司华平投资。然而，这种运转如今似乎变得神秘起来。

不必沾染华尔街的污名，离职后的政府高官仍能有另一番天地任其作为，美事一桩。多年以来，科技行业一直与华盛顿保持距离，在前者眼中，华盛顿索然无味，那里只有步履蹒跚的官僚和政治家，这群人搞不清楚服务器和路由器的区别，而且将互联网描述为"一连串的管道"。这种傲慢的态度多少有点过分，尤其是考虑到联邦投资在近年来对科技行业的大力推动。随着科技行业向前发展，即便是硅谷最傲慢的自由意志论者❶也需要放下身段，与"陈腐"的华盛顿打交道，这在所难免。比如说，你得阻止针对企业的反垄断控告，1998年微软就被司法部盯上了。或者你得阻止某些恼人的规定对在线平台收集大量个人数据的事指手画脚。你还需要阻止政府取缔藏匿巨额利润的海外避税天堂。

于是，新客户敲开了卡西迪事务所及其竞争对手的大门。2002年，谷歌在说客身上的花费不到5万美元；到2015年，谷歌在一个季度内为游说支出了500万美元，一跃成为美国第三大企业游说者。在科技公司扩大自身影响力的同时，它们自然而然地把手伸向旋转门。脸书雇了小布什的前副幕僚长乔尔·卡普兰。谷歌雇用了众议院前共和党女议员苏珊·莫利纳里。（有400多名前国会议员受到雇用以充当政治说客，比起此前在国会领到

❶ 一般而言，美国的自由意志论者（libertarian）信奉自由放任的资本主义，倡导小政府、反对福利国家。

的 17.4 万美元的工资，他们如今的收入涨了 10 倍之多。1970 年，仅有 3% 的国会议员在离任后成为说客；30 年后，该数字已超过 40%。）[31]

不过，招募民主党前高官最为轻松。至少从 20 世纪 90 年代初起，科技行业便开始向自由主义倾斜，当时克林顿和"技术狂人"阿尔·戈尔等民主党人认识到未来的发展方向，并帮助硅谷脱离共和党自由意志论的亲商派（惠普公司联合创始人大卫·帕卡德曾在尼克松的共和党政府担任国防部副部长）。[32] 科技行业仍然对民主党在监管和税收方面的倾向保持警惕，但同性婚姻和移民等社会问题令他们完全投向该党。奥巴马本人在 2013 年访问田纳西州查塔努加市一个仓库时，就曾对亚马逊大加赞赏："亚马逊是说明一切皆有可能的绝妙示例，"他说，"我看到这个惊人的地方没有任何纰漏。你们打包好这些包裹。从狗粮、Kindle 阅读器到剃须刀，这里应有尽有。一旦包装好，它们就会被送到客户手中。"

奥巴马政府官员可以跳槽到硅谷并将之视为迈向未来、走向时髦开明运动的行为，与在华尔街公然套现的同行相比，高下立判。

稳定流动就此发端。大卫·普洛夫曾运用其战略才能帮助奥巴马赢得 2008 年大选，随后加入优步。奥巴马的国家环境保护局局长丽莎·杰克逊则选择加入苹果公司。

2015 年 2 月，离开白宫不到一年后，杰伊·卡尼加入了亚马逊。

2016 年 10 月 21 日，杰夫·贝索斯用 2 300 万美元现金买下一套房产，刷新华盛顿最高销售价格纪录。这套房产实际上由两座相邻建筑组成，在 20 世纪初分别由不同建筑师设计，其中一位是约翰·罗素·波普，他同时还是杰斐逊纪念堂的设计者。直到最近，S 街西北 2320-2330 号一直是美国纺织博物馆所在地；现在，它将变成杰夫·贝索斯的第四套房产，这还不是他最后一套——几年后，他将以 1.65 亿美元买下大卫·格芬 ❶ 在比弗利山庄的一套房产，创下加州房地产销售纪录。

贝索斯在华盛顿待的时间越来越长——乘坐价值 6 600 万美元的湾流 G650 私人飞机，贝索斯一年要去十趟华盛顿，下榻杰斐逊酒店、瑞吉酒店，或者四季酒店。他成了某种意义上的特区社交达人，人们在亚马逊总部反而不怎么能见到他，这让在西雅图的人感到好笑。在华盛顿，他在热闹的餐厅召集聚会，像是米兰小馆、外交官法餐厅、米尼巴尔餐厅，还有菲奥拉·马雷海鲜餐厅。这些聚会甚至令华盛顿特区的传奇社交教母萨利·奎恩印象深刻，萨利是《华盛顿邮报》前总编辑本·布拉德利的妻子。"没有人想离开聚会回家，"她谈到某次长达 4 小时的聚会时说，"相当震撼。"[33]

贝索斯还买下了当地报纸。2013 年，格雷厄姆家族被新闻业的动荡压得喘不过气，于是打算出售该家族已持有 80 年的《华盛顿邮报》。在投资银行艾伦公司于爱达荷州太阳谷举办的年度传媒峰会上，唐·格雷厄姆与贝索斯会面并商谈收购事项。4 周后，双方宣布以 2.5 亿美元达成交易，而在当时，这笔钱还不到贝索斯预估净资产的 1%。

完成收购之后，这位《邮报》新老板又花了不少钱：扩招新闻编辑室工作人员，升级网站，还有翻新俯瞰富兰克林广场的那些闪闪发亮的新办公室。这笔投资不但让经历裁员后留下的数百

---

❶ 大卫·格芬，美国娱乐业商业家、制片人，梦工厂电影公司联合创始人。

名员工松了一口气，而且还推动了新闻事业的发展。

与此同时，这笔投资也大大提升了贝索斯在华盛顿的形象，而其公司在当地的利益需求正迅速增长。从 2012 年到 2017 年，亚马逊在游说方面的支出增加了 5 倍；及至 2018，在所有科技公司中，亚马逊在华盛顿拥有最大的游说办公室，团队由 28 人组成，还签约了华盛顿地区另外 10 多家公司的 100 多名说客。[34] 亚马逊游说团队里有 4 名前国会议员。曾任司法部副部长的杰米·戈雷利克加入了亚马逊公司董事会，作为一名合群的华盛顿圈内人士，她曾在 4 年内从抵押贷款机构房利美处获得了超过 2 500 万美元，并在墨西哥湾漏油事件中受聘代表英国石油公司（BP）应对相关调查。

相较其他科技公司，亚马逊游说了更多的联邦机构。[35] 它为消费税问题游说，至今尚未对平台中大多数第三方卖家开展税务评估，而第三方销售现在占据亚马逊美国零售业务的一半以上。亚马逊游说反对关于无人机的规定，因为它希望使用无人机来配送包裹。它游说邮政部门维持给予它的折扣运送费率。它游说争取政府采购订单，希望成为所有联邦采购的一站式供应商。它游说反对任何对该公司发起反垄断调查的努力。

现在，贝索斯拥有了报道华盛顿商业影响和政治关系的主要报业机构。他将继承格雷厄姆家族的事业，不仅为《邮报》提供资金，还要效仿凯瑟琳·格雷厄姆，举办沙龙，将华盛顿官方机构吸引到他的屋檐之下。

这正是贝索斯购置这套房产的目的。贝索斯聘请明星建筑师安基·巴恩斯担任总规划师，重新装修这套占地 2.7 万平方英尺的房产，翻新总价为 1 300 万美元。依照《信息自由法》的规定，《华盛顿人》杂志（*The Washingtonian*）获得并公布了这份翻新计划，在报道中将其称为"法老式工程"。[36]

计划显示，这处房产包含 191 道门（包括定制的桃花芯木门及青铜门）、25 个卫生间、11 间卧室、5 个客厅或休息室、5 道楼梯、3 间厨房、2 个图书室或书房、2 间健身房、2 座升降电梯、287 个喷雾灭火器和 1 006 个照明装置。由波普设计的那一座建筑将被用作家庭住所，设有 1 间品酒室、1 个威士忌酒窖、1 间彩绘石膏吊顶的休息室、2 个更衣室（各带 1 处壁炉），还有一些名叫"奥斯曼""花园"和"地堡"之类的卧室。

另一座建筑将用来招待客人，前庭以 36 英尺长的长廊为主干，通向以大理石板铺就的楼梯。宴会厅占地近 1500 平方英尺，爱奥尼亚式立柱从地板延伸向天花板，配有石灰岩壁炉，上方铁栏杆后面则是个带阳台的走廊。客人可以在屋外的碎石路上漫步，周边是新种下的树木、两座喷泉、一个花架，还有一个以灰泥和黄铜打造的煤气灯凉亭。"这是座非常大的房子，"《华盛顿邮报》时任执行主编马蒂·巴伦说道，"我希望贝索斯在那里为我们举办一场派对。"[37]

这座房子——这两座房子——位于卡洛拉马区，华盛顿最尊贵的地区之一。它们的一旁是伍德罗·威尔逊故居，另一旁是缅甸大使馆，对面则是巴基斯坦大使官邸。随着贝索斯和其他几位人物的到来，这个高档社区迈向了一个新高度。在离开白宫后，奥巴马夫妇决定租住在这里。在贝索斯房子的拐角处，还住着另一对著名夫妇，贾里德·库什纳和伊万卡·特朗普，他们跟随伊万卡当选的父亲搬到了这座城市。

选举给这座城市带来了阴霾，城中几乎所有人都把选票投给了特朗普的对手。但对华盛顿不断上升的繁荣景象而言，这场选举几乎没有造成任何影响。新总统发誓要增加军费开支，这意味着环城公路两旁所有的承包商都有油水可赚。新一届政府还意味着游说产业多出了新一条业务线，为那些与特朗普有关系的人敞开了门路。到 2017 年，花在联邦政府层面的年度游说总支出超过 33 亿美元，是 2000 年的 2 倍以上。

新进城的说客中有一人名叫布莱恩·巴拉德。多年来，他一直在佛罗里达州建设他的游说帝国。1986 年，25 岁的巴拉德成了当时共和党州长候选人鲍勃·马丁内斯的出行助理，他为马丁内斯提公文包，给他拿健怡可乐，但这位职场新手并未掩饰自己的实力。党内初选时，马丁内斯与对手一道在州内飞来飞去，这名对手名叫汤姆·加拉格尔，一直在说他的竞选团队在种种事情上如何胜过马丁内斯。"汤姆，我有一个疑问，"巴拉德回应，"要是你真那么聪明，你的团队又那么棒，为什么我们老是让你输得屁滚尿流？"[38] 选举结束后，马丁内斯任命巴拉德为日常事务主管，年薪 6.8 万美元。巴拉德用这份工资为自己买了一辆银色宝马汽车。[39]

30 岁之前，巴拉德就被提升为州长办公室主任。他身着有玩具士兵图案的背带裤。[40] 他娶了该州前州务卿和州总检察长的女儿。他阅读《交易的艺术》(*The Art of the Deal*)，并写信给特朗普告诉他有多喜欢这本书。特朗普用花哨的信纸给他回复。"我在给他的回信中对他说，'要是你在佛罗里达州碰到任何问题，请别犹豫，给我打电话就行'。"巴拉德说。[41]

1990 年，在马丁内斯失去连任机会后，巴拉德开始在"私营部门"执业。1996 年，当共和党人 122 年来首次赢得佛罗里达州众议院控制权时，有共和党人脉的说客大受欢迎。两年后杰布·布什当选为州长时，需求量进一步扩大。美国电话电报公司（AT&T）、保德信金融、纽约洋基队、医院、高科技公司、赛马场等客户蜂拥而至，来到巴拉德门前。巴拉德在塔拉哈西地区拥有两处房产，价值均超过 130 万美元。

他为此努力工作：早上 6 点上班，经常工作到晚上 9 点。"如果你擅长做这件事，你就会给自己施加压力，"他说，"别人给你大笔报酬，是冲着你为他们的问题辩护并最终取胜而来的。"当时他不过 37 岁。[42]

到 2016 年，巴拉德在佛罗里达州 7 座城市设有办事处。他精通选举，可以说是恰到好处。他最初支持杰布·布什，杰布当上州长对巴拉德在塔拉哈西的游说事业大有助益。但随着杰布的竞选活动画下句点，巴拉德逐步向另一名佛罗里达州共和党人马尔科·卢比奥靠拢。当卢比奥的政治前程也日渐凋零时，巴拉德马不停蹄地转而支持唐纳德·特朗普。毕竟，早在 20 世纪 80 年代，特朗普就给他寄过那封手写的回信，况且特朗普名下的机构在过去几年中向他支付了 46 万美元服务费，其中大部分与特朗普的海湖庄园❶有关。巴拉德为特朗普的竞选活动筹集了 1 600 万美元；甚至在与特朗普签约之前，巴拉德就帮了他一个大忙，给他送去巴拉德合伙人公司最优秀的说客之一苏西·怀尔斯，在后者的帮助下，特朗普在佛罗里达州击败了希拉里。

巴拉德并非出于意识形态才亲近特朗普的，作为从业多年的

---

❶ 海湖庄园（Mar-a-Lago），位于佛罗里达州棕榈滩，特朗普于 1985 年购得此地，当选总统后多次在此会见外国宾客。

说客，巴拉德向来保持中立态度，包括在环境问题上。相反，这种亲近基于巴拉德愿意忽略不体面之处，而一些建制派共和党人正是因为无法做到这点才疏远特朗普。"很多人都不愿意穿特朗普的竞选服装，"他说，"好吧，他是我们的提名人，坦率地讲，我觉得他是个令人难以置信的好人。"[43]

随着特朗普入主白宫，巴拉德意识到自己面临的重要机会。他在佛罗里达州建立的游说帝国已经碰到了天花板。现在是时候走向全国了。

2017 年 2 月初，特朗普就职两周后，巴拉德合伙人公司在白宫三个街区外富丽堂皇的霍默大厦开设了一间办事处。加入这家办事处的，有刚参加完佛罗里达州竞选活动的怀尔斯；有特朗普过渡团队的一名工作人员；还有前驻委内瑞拉大使奥托·赖克，这位前大使曾被美国审计总署发现参与支持尼加拉瓜反政府武装的"违禁秘密宣传活动"。在办事处前厅，银色字体标出的公司名牌与常见的青灰色墙壁相映成趣。在散发出柑橘、丁香和茉莉味的安提卡香氛旁，摆放着多本《经济学人》和《大西洋月刊》。

依照华盛顿的标准，这是个仅有 6 名说客的小型办事处。但是客户们却对它趋之若鹜，迫切希望接近新总统，而这座城市的许多其他公司过去从来没有正眼瞧过他。到 2018 年 5 月，办事处运营不到一年内，巴拉德就获得了超过 1 300 万美元的游说费用，按收入计算名列第 11 大游说业务公司。[44]

公司的新名单中有几家引人注目的客户。美国最大的营利性监狱运营商之一 GEO 集团与巴拉德签订合约，每年支付 60 万美元，3 个月后，该集团签下了一份 11 亿美元的合同，负责运营得克萨斯州一座移民拘留机构。

在土耳其大使馆外的小型骚乱中，土耳其总统埃尔多安的警卫痛打了和平抗议者，而就在几天以前，该国与巴拉德合伙人公司签订合约，每年向其支付 150 万美元。

亚马逊则以每年 28 万美元的佣金与巴拉德签约。

华盛顿希尔顿酒店宴会厅终于准备就绪，但在为贵宾预留的大厅区域事情还没完。记者或是其他资格尚浅的人被屏风阻隔了视线。在这些万里挑一的贵宾当中，有后来成为说客的民主党前参议院领袖汤姆·达施勒；有华盛顿圈内新闻从业者迈克·艾伦；有《华盛顿邮报》前出版人凯瑟琳·韦茅斯，正是她的家族将该报纸出售给了今晚的主宾；此外还有缪里尔·鲍泽，贝索斯名下最大房产所在市的市长。当晚出席的还有来自世界各地的 17 位大使；还有美国邮政总局局长，他负责监管折扣运送业务，亚马逊对此十分依赖；以及联邦总务管理局局长，他负责监管联邦采购业务，而亚马逊争取到的份额正越来越大。

在众位贵宾面前，大卫·鲁宾斯坦拿起话筒，正式欢迎今晚的来客。这个时刻酝酿已久——买下报纸、翻新豪宅、影响力大增后，杰夫·贝索斯在华盛顿正式亮相——终于到来。

"如大家所知，本场活动吸引了整个华盛顿和全国的高度关注，引来大量媒体和摄像机等等，"鲁宾斯坦说，"我认为这完全是因为，我们荣幸地邀请到了杰夫·贝索斯作为我们的特别嘉宾。"

贵宾们报以掌声，进入宴会厅。军事警卫在旁待命。

插曲一　9 号卸货区

宾夕法尼亚州卡莱尔镇

据乔迪·罗兹两个儿子之中的一位后来向宾州警方提供的描述，2014 年 5 月 31 日周六晚，乔迪和他一起在家看电视。当晚 9 点 30 分，乔迪上床睡觉，并在次日早上 5 点 20 分起床，以准时赶到位于艾伦路的仓库上班，她的班次是每周日到周三的早上 7 点 30 分到下午 6 点。

罗兹 52 岁，从乳腺癌中幸存下来，在占地 83.3 万平方英尺的亚马逊卡莱尔仓库工作了大约 3 年，鉴于那里较高的员工流动率，罗兹算得上是位老员工了。跟这个仓库 690 名员工中的许多人一样，刚开始她也是 260 名临时工之一，通过一家名为"SMX 员工管理"的大型人力承包商来到这里。作为 SMX 旗下的临时工，如果你在这个仓库里工作满 280 个小时，而且出勤率高又没有收到过书面警告，那么，这意味着你有机会收到亚马逊的正式工资单，罗兹便是这样成功"转正"的。SMX 的工人佩戴白色身份徽章。当他们升级为仓库正式员工时，便会得到一枚蓝色的。

罗兹现在是一名货盘搬运工，她负责用动力工业叉车（PIT）运送入库物流货盘，每个班组由六七人组成。PIT 是一种为仓库需求设计的叉车，像皮卡一样拖着一个货叉。罗兹操作的 PIT 是一辆科朗 PC4500，操作员需要站在 34 英寸❶ 宽的平台上，通过舵柄控制前进和倒车。由于车上既没有脚刹也没有手刹，操作员必须向后拉动操作杆来减速或停车。一辆 PIT 可以在操作者不给油门的情况下漂移相当长的距离——可达 30 英尺。一个 53.5 英寸高的后隔板将操作员所在空间与 8 英尺的货叉分隔开来。在这个仓库内，PIT 的运行速度被设置为"龟速"，"兔速"被禁用。

2009 年 7 月，美国职业安全与健康管理局发布了一份涉及站立式叉车"撞梁危害"的公告。这份指南警告："站立式叉车操作员在仓库中面临一项潜在碰撞危害，可能发生在驾驶叉车拖运货物经过货架或类似障碍物时。风险在于，货架的水平横梁或类似障碍物可能会进入操作者所在的区域，这种情况被称为'撞梁'（under-ride）。"该公告称，过去 15 年，全美至少有 9 名工人在驾驶反向站立式叉车时死亡，3 人重伤。

尽管前一晚早早入睡，当天早上的乔迪·罗兹仍明显感到疲惫。后来她儿子向州警方提到，这可能与她正经历的抑郁症以及睡眠质量不佳有关。乔迪的丈夫不到一年前去世了。她还为身陷囹圄的弟弟担心；两个月前，50 岁的布莱恩·希彭斯蒂尔被判谋杀未遂，当时，在卡莱尔镇西北大街和 C 街的拐角，布莱恩坐在皮卡内用一支栓动步枪向已与他分居的妻子的男友开火。

---

❶ 1 英寸等于 2.54 厘米。

不管是什么原因导致了罗兹当天早晨的状态，在她周围工作的几个人都注意到，她看上去似乎很疲惫。中午 11 点 30 分，一名工友询问她是否还好。"是的，我很好。"她回答。不久后，有人问她是否想要喝点水。她拒绝了。另一名工友后来说："当时她看起来很累，但有谁不累呢。"12 点 30 分，午休时间，罗兹给儿子打了电话，在通话中提到大家一直在提醒她保持清醒。

没过多久，罗兹的无精打采引起了上司的注意。PIT 司机的平均交货率是每小时 13 个货盘。但在她当班的几个小时中，罗兹平均每小时只运了 11 个。经理让一名头衔为"流程助理"的主管将交货差额告知罗兹本人。流程助理在罗兹午休回来后提醒了她。这名助理回想起来，罗兹推说出货工人动作太慢，让她的速度也跟着变慢。助理后来还告诉州警方，罗兹与其谈话时"看起来是正常的"。

在存放狗粮的货盘附近，是 630 号过道的 9 号卸货区。下午刚过 2 点 30 分不久，罗兹在这个区域卸完一批货，然后驾驶空车返回。当她到达 P1E630A240 仓位时，叉车突然偏离原定方向，猛地向右转，撞上了货架。

撞击力度很大，把存放在底层的货物——2 台牧田切割机和 8 个箱子——推到了货架另一侧的过道上。在这种力度之下，乔迪·罗兹的脖子被夹在了叉车后隔板和离地 49 英寸的货架钢梁之间。

其他人很快留意到工友被困。有人喊她的名字，但没有回应。人们叫喊起来，寻求援助。第一批到达现场的人看到乔迪·罗兹的头弯向一侧，双眼睁开，双手紧紧地抓住叉车的舵柄。在控制装置附近，有一台手持式扫描仪，还有一个装着动物饼干的透明塑料袋。工友们试图将罗兹的叉车掉个头，但没有成功。

在按下紧急刹车后，他们终于把叉车向后推了 6 英寸，足以让卡住的乔迪·罗兹脱身。身穿牛仔裤、灰毛衣和黄色安全背心的她侧身倒了下来，一位工友用手臂接住了身高 5.6 英尺、体重 140 磅的她，以免她倒在地上。

她的皮肤发青，嘴唇上还粘着动物饼干的碎屑。她的脉搏很微弱，但已经没了呼吸。几位工友注意到，她的下巴上有一块瘀青，应该是脑袋撞到钢架上导致的；一位工友认为她的脊椎骨折了。

一位带着无线电的工友呼叫了公司驻场医疗队。可是医疗队周日下午不上班。于是，在下午 2 点 42 分，他们叫了救护车。一名身穿匹兹堡钢人队紧身球衣的工友试图给乔迪做心肺复苏，但没有成功。有人赶来，对她使用自动体外除颤器，这番尝试也没有产生任何效果。一群关切的工人围在她身边，但是一名经理命令他们回去继续工作。有人在 630 号和相邻的 625 号过道上拉起红色胶带，禁止人们进入。

坎伯兰县古德威尔（Goodwill）紧急医疗服务机构的急救人员赶来，也尝试用除颤器救活罗兹。大约下午 3 点 20 分，罗兹被送往 1 英里外的卡莱尔地区医疗中心。当天下午 3 点 55 分，罗兹被宣告死亡。

6 个多小时后，也就是晚上刚过 10 点的时候，亚马逊公司一名叫格雷格·威廉姆斯的地区安全经理给职业安全与健康管理局的 1-800 服务专线留了一通语音电话，报告在宾夕法尼亚州卡莱尔镇艾伦路 675 号发生了一起致死事件。

"事件简述如下，"威廉姆斯说，"该名员工被发现在一辆 PIT 叉车内失去意识。同事们将其从设备中移出，并检查其生命体征，对其实施心肺复苏后呼叫了救护车。急救人员赶来，并于 3 点 20 分将该名员工带走。"他并未提到罗兹撞上货架，或者她的脖子被钉在钢架上，也没有提到她下巴上的瘀青。威廉姆斯说："目前，我们认为该事件与工作无关。"

第二天早上，职业安全与健康管理局哈里斯堡办事处的主管凯文·克利普指派一名员工与该仓库的现场安全经理戴安娜·威廉姆斯（和刚刚提到的另一位威廉姆斯并非亲戚）联系，以收集更多信息。根据前一晚收到的留言，这是一起与工作无关的死亡事件。这名职业安全与健康管理局员工再次询问，亚马逊是否确认乔迪·罗兹为自然死亡。戴安娜·威廉姆斯给出肯定的回复，公司确信这一点，因为"没有任何血迹或其他东西。"

又过了一天，职业安全与健康管理局哈里斯堡办事处联系了坎伯兰县验尸官，得知罗兹的死亡原因实际上是"货盘卡车事故造成的多重创伤"，包括"肠道出血""肝脏撕裂"和"心脏挫伤"。

办事处旋即于当天展开调查。在关于此次事件的一份报告的开头，该机构概括性地描述了该死亡事故发生地点的企业性质。

"该公司在全国范围内设有仓储及物流中心，在国内外销售和配送零售商品。"报告指出，"该企业总部位于华盛顿州西雅图。该机构经营跨州商务活动。"

第四章　尊严：工作的蜕变

巴尔的摩

　　小威廉·肯尼思·博达尼想上厕所。他已经 69 岁了，比年轻人去得更频繁，用时也更长。可是，不算用餐时间，在 10 小时的轮班中，他只拥有 20 分钟"休息时间"，然而光是跨过占地 22 英亩的仓库，就可能需要花掉他一半的时间。要是超过了规定的 20 分钟，工人就会被扣分，还有可能面临被扣工资或被解雇的风险。所以他只能尽量憋着。

　　他是一名叉车司机。他的工作是从卡车上卸货，然后运到仓库。主管会密切追踪司机卸完一卡车的货需要花多长时间。他们应当在 15 或 20 分钟内卸完一辆卡车。而通常一辆 52 英尺长的拖车至少装载 20 个货盘。司机会直接把叉车开上卡车，用货叉提起货盘，每次一到两个。有时货物很松散，需要有人把它们码在货盘上，才能搬运。有时货盘装得太高，一直到拖车顶部，那么就需要有人在你开动时固定它们以防掉落。

通常这里的运作流程是，先由叉车司机把货物运进来，然后由负责"水蜘蛛作业"❶的员工把它们分配到相应的工作站，由负责堆放的工人把货物存放到被称为"豆荚"的高高堆起的黄色货架上。橙色的机器人最终会把"豆荚"送到负责人工分拣的工人手中，后者会把它们送往包装和运送环节。最近，在节假日等特别繁忙的时候，为了满足消费者需求，亚马逊开始将需求量大的货物直接搬到通往包装区的传送带上，即时进出。刀具、盘子、亚马逊 Echo 智能音箱、变形金刚模型、笔记本电脑、iPad 平板。"你得机灵，"博达尼说，"你在给流水线提供货物。你给拖车卸货，他们需要你卸下的东西，你必须把它们及时送到流水线上。"

他在这里工作了 3 年。早在 10 多年前，他就从上一份工作退休了，原本除了在朋友的摩托车修理行做做副业外，他并没有打算再出来工作。他患有哮喘、石棉沉滞症、肺气肿、肺阻塞和创伤后遗症。但由于前任雇主破产，博达尼每月的养老金从 3 000 美元降到 1 600 美元，与此同时，他的健康状况以及妻子的糖尿病导致的支出也在增加，再加上他们住的小房子年久失修，因此，2015 年这家仓库开业以后，他申请来这工作。

起初仓库并没有雇用他，他觉得这是年龄歧视，威胁要将对方告上法庭，于是他被雇用了。有意思的是，公司发现他工作能力非常出色，现在便让他来培训叉车司机。你会看到这么一个奇怪的画面：这个身材超重、年近 70 的老人，指导着一众年轻男女，他们大多才二三十岁。但比尔·博达尼❷——他在以前那份

❶ "水蜘蛛"（water spider）指在流程作业中确保将材料供应到所需地方的员工，因其常在各工序间游走，故得名。
❷ 英语国家中，常以"比尔"作为小名称呼正式名为"威廉"的人。

工作中一直被人喊作"博"（Bo）——知道如何操作叉车，事实上，他知道如何操作比叉车复杂得多的各种设备和机器。有 30 年时间，他都在从事比现在这份工作要求和风险都更高、但收入也更丰润的职业。

过去那份工作似乎是个截然不同的世界，尽管他脚下踩着的是同一片土地。这片土地所经历的翻天覆地的转变，同样见于全美任何工作场所。过去一个世纪以来美国劳工的故事全都汇聚在这一片土地上，它就是麻雀角（Sparrows Point）。

看到"麻雀角"几个字，也许你会产生美好的联想，但其实这个地名并非出自同名鸟类。它来自英国殖民者托马斯·斯帕罗（Thomas Sparrow），1652 年，巴尔的摩勋爵把这里的大部分土地授予斯帕罗。[1] 麻雀角是个方形半岛，长宽约为 1.5 英里，从帕塔普斯科河口半岛向外延伸，切萨皮克湾在此转入巴尔的摩内港。麻雀角位于霍华德堡西面，靠近 1812 年战争中 4 500 名英国士兵的登陆点；它还在麦克亨利堡的视线范围内，当年，美军的大炮曾在弗朗西斯·斯科特·基 ❶ 的见证下挡住了英国海军的进攻。不过。麻雀角此前曾是一片沼泽和农田，直到在 1887 年被弗雷德里克·伍德看中。

伍德是宾夕法尼亚钢铁公司 ❷ 的工程师，当时正在找一处方便连通宾州斯蒂尔顿工厂的港口，工厂在麻雀角北面，相距 90 英里。

---

❶ 弗朗西斯·斯科特·基是美国律师、作家，1814 年他在巴尔的摩目睹美军英勇抵抗英军，在看到国旗遭到炮击后仍屹立不倒后深受感动，于是写下几句诗歌，即后来的美国国歌歌词。

❷ 宾夕法尼亚钢铁公司（Pennsylvania Steel Company），以下简称宾钢。

英国发明家亨利·贝塞麦带来了技术进步，而巨头公司则为了在全国范围内铺设铁轨相互竞争；对钢轨的贪婪需求，刺激了钢铁制造业蓬勃发展，一路向西，从宾夕法尼亚迈向芝加哥。制造钢铁需要煤、石灰石和铁矿石。阿巴拉契亚山脉拥有丰富的煤炭资源，宾夕法尼亚州则贮备了丰富的石灰石。铁矿石则是另外一回事。美国已知的最大铁矿石矿藏位于密歇根上半岛；矿石可以通过五大湖区被运送到中西部钢铁厂，但要将其运到宾夕法尼亚州东部却很艰难。

不过在1882年，年仅25岁的伍德在古巴勘探时发现了深层铁矿，这对美国东部来说是一件幸事。[2] 宾钢总裁卢瑟·本特和一位汽船船东一道说服了古巴的西班牙统治者，允许他们在20年内开采铁矿，并且免收特许费。那么现在的唯一所需，便是运输铁矿的港口。1887年，还不到30岁的伍德选定了麻雀角，随后，宾钢仅仅花了57 900美元，就从5名地主手中买下了半岛的大部分土地。

短短几周之内，工人就在这里建起一座砖厂，每天能迅速产出30 000块砖，来建造所需设施以及一座长900英尺的码头，之后又在上面铺设了轨道。[3] 麻雀角不仅要充作港口——它还要将进口铁矿石炼成生铁，然后走铁路运往北边的斯蒂尔顿。第一列机车于同年7月中旬到达，公司商店在8月份开业，炼铁高炉在10月份奠基。人们排干沼泽地，用牡蛎壳来做填料。接下来两年中，为了建造庞大的新工厂，每天都有15吨物料通过铁路和驳船运到麻雀角。伍德的哥哥鲁弗斯负责规划城镇，以容纳工厂所需的劳工大军。在马里兰州府安纳波利斯，宾钢通过游说以确保其在新领地上的领主地位，免去公司注册方面的麻烦，排除工厂所在地巴尔的摩县城郊民选政府的影响。麻雀角将成为一座终极的公司城镇。

1890 年 5 月 30 日，工厂已为开业庆典做好准备。[4] 贵宾从华盛顿、巴尔的摩和费城乘坐火车抵达麻雀角。宾钢用电梯将他们送上一座高炉顶部的装料平台。在 85 英尺高的地方，他们目不转睛地看着 200 英尺外工人往另一座高炉送入热风，火光冲天而起。

他们的敬畏之心得到了回报，招待午餐有蟹肉开胃菜、海龟汤和整只春鸡，餐后，大家抽着雪茄，举杯同庆。马克·罗伊特在其关于麻雀角历史的权威著述中，引用了巴尔的摩枢机主教詹姆斯·吉本斯的话，这位主教称赞道，卢瑟·本特的新工程是解决"劳动力大难题"的良方。吉本斯说："我一直在为工人说好话。今天在诸位资本家面前，我觉得，如果说有人有能力解决这个大难题，那就是今天在这里主持工作的、我们的这位朋友。他建起这些伟大的熔炉，产出巨大的红利，以满足资本家的需求；他将建设舒适的家园，支付不菲的薪资，为工人带去欢乐。最大的赢利是双赢。"

巴尔的摩市长约翰·戴维森眼里也只有愉快的共生关系。"你们的繁荣就是我们的繁荣，"他对本特说道，"你们的利益就是我们的利益。"

这位资本家确实对麻雀角的产出感到满意。很快就可以看出，配备上将生铁炼成钢的贝塞麦转化器，麻雀角便足以容纳完整的炼钢厂。弗雷德里克·伍德成功突破技术瓶颈，设计出一条复合生产线，整个美国无出其右。[5]

盛大的午餐会过去 3 年后，麻雀角贝塞麦工厂每天可以生产 300 吨钢。[6] 到这时，工厂有了自己的造船厂。到 1900 年，有 3 000

人在麻雀角工作,有 3 500 人住在这里。[7]到 1906 年,麻雀角工厂年产钢量足够铺设从纽约一直到加州首府萨克拉门托的双轨铁路。[8]

但我们不太清楚这些工厂是否给工人带去了欢乐。弗雷德里克·伍德给手下的工人制定了一份残忍的工作时间表:首先,他们要上一周日班,每天 10 到 11 小时,接着是一周夜班,每晚 13 到 14 小时;周日是日夜班交接日,在这一天,轮到上夜班的工人要连轴工作 24 小时。直到下一周,工人才能休息 1 天,同时另一个班组要连续工作 24 小时。[9]

劳作强度残酷,但 1895 年宾钢只给工人开 1.1 美元的日薪。[10]全年只放两次假,圣诞节和国庆日(7 月 4 日),这两天还都是无薪假期。[11]哪怕除了这两个假期外工人一年到头都在工作,年收入也不到 400 美元。罗伊特指出,他们的收入水平远远低于美国劳工局判定的"美式生活标准",当时一个五口之家每年需要花费五六百美元。

对于类似的抱怨,公司则辩称自己至少为员工提供了"补贴性住房"。在炼铁高炉逆风方向走半英里,便能看到鲁弗斯·伍德设计的麻雀角定居点,它被汉弗莱溪一分为二,如同简练齐整的网格一般,一目了然地按照等级排列。[12]经理和工头住在 B 街和 C 街的大房子里,屋内有汽暖和电灯——甚至每周有一天家里能通电,而这一天成了主妇的"熨烫日"。

熟手技工大部分是英裔和德裔,当中许多人从宾夕法尼亚州和俄亥俄州的钢铁城镇迁移至此,住在用煤油灯照明的 E 街和 F 街上的普通排屋和村舍。拖家带口的东欧和南欧新移民被安排在溪边的棚屋里,如果孤身一人,就会被安置到高炉后方的简陋棚户区。但弗雷德里克·伍德并不关心这些移民,他打心眼里觉得这些人不可靠。

在为工厂卖力的非技术性劳工中，他最看好黑人男子。[13] 这里所指的并非来自巴尔的摩的黑人，到 1890 年，巴尔的摩已有 67 000 名非裔美国人。他们不好操控。[14] 更受欢迎的是自南方来的年富力强的弗吉尼亚黑人男子，公司往当地派遣了招募人员。黛博拉·鲁达西耶是钢铁工人的女儿，在为她于 2010 年出版的关于麻雀角的书收集素材时，一名南卡罗来纳州工人的儿子告诉她："城里的黑人可能会直接说他们不打算做这份工。但如果你从南方来，就不会这么干。"如果这些黑人男子拖家带口一路北上，他们会住在汉弗莱溪北侧简陋的松木板复式楼里，位于 I 街和 J 街，这两条街靠一座人行桥与镇上其他地方连通。单身汉就住进棚户区。《巴尔的摩太阳报》（ The Baltimore Sun ）1906 年的一篇文章惊叹于宾钢井井有条的安排：在麻雀角，"种族问题……通过将黑人安置在溪流宽阔水域远处另一头，与白人分隔开来……得到了实际解决"。[15]

鲁弗斯·伍德的其余设想，与精心设计的分隔式网格社区一同成长。公司商店被扩建为大型商业综合体，其中设有一个吸烟者专用厅。[16] 还有男女服装店以及百货商店，在这里，你能买到面粉、糖、锅碗瓢盆、家具、木柴、煤炭和五金器具，还有售价 5 美分的水果馅饼。[17] 公司自己烤面包、自己种蔬菜，养了 150 头奶牛，还饲养肉牛以供宰杀（每周 20 头），甚至还自行调配汽油。公司每日配送牛奶，每周都会有装载面包、肉类和农产品的车绕着麻雀角跑上几趟。溪间设有售卖糖果的船屋。[18] 还有一家附属于旅馆的餐厅，暑假期间，接受工程培训的学生会住在旅馆里。

镇上有两所学校（一所白人学校、一所黑人学校），建起了梅森－迪克逊线 ❶ 以南的第一所幼儿园 [19]，六座教堂（四座白人教堂、两座黑人教堂），一家铁匠与马车铺，一座船舶修理厂，还有一家叫吕克昂的电影院，其地下室可以供人打鸭式保龄球 ❷；沿着 A 街还开设了一家海水浴场。麻雀角为女孩们提供了马里兰州首套家庭教育课程，以便"年轻女士不会在家政细节方面出现失误"；她们在一间样板房中接受培训。[20] 麻雀角高中开办于 1910 年，1922年建成的学校大楼带有城堡般的尖顶和塔楼。

镇上缺少的其实是酒吧；当时，麻雀角方圆 1.5 英里内禁止售卖含酒精饮料。事实上，工人们会坐上火车到麻雀角边界之外，前往那里兴起的众多小酒馆喝上一顿。[21]

又有谁会责怪他们呢——他们的工作不仅繁重，而且危险重重。鲁达西耶在书中揭露了工人所面临的危险程度。[22]1910 年，仅在 6 个月之内，当地就发生了 10 起死亡事故，这还不是全部；还有 3 起导致工人身体部分伤残的事故，304 起"严重事故"，以及 1 421 起"轻微事故"。在公司眼里，这些事故无须放在心上，只是微不足道的生意损失：罗伊特转述了 1902 年从麻雀角医院发来的一份"事故费用账单"，该年 2 336 起事故平均"每起事故总费用"仅为 3.91 美元。账单还列出了 150 美元的"义肢、义眼等"费用，以及 638.5 美元葬礼费用。[23] 由于死亡事故过于寻常，公

---

❶ 梅森－迪克逊线（Mason-Dixon Line）是宾夕法尼亚州和马里兰州的分界线，也是南北战争之前美国的南北区域分界线，名称得自 18 世纪英国测量学家查尔斯·梅森和杰里迈亚·迪克逊，二人共同勘定该地理分界线。

❷ 与常规保龄球相比，鸭式保龄球体积较小，该运动源于 20 世纪初的巴尔的摩。

司甚至配置了一辆被唤作"多洛雷丝"❶的有轨电车，专门用于将死者送去市里的墓地。[24]

罗伊特指出，这样的条件——繁重的劳动、几乎没有休息，而工资却很低——"只在没有工会的情况下才行得通"。同样意识到这一点，公司尽其所能地保持这种不受干扰的氛围。[25]伍德要求工人签署一份"雇用就业条件"，把"煽动"和"不服从命令"列为解雇理由。工人还面临失去住所的威胁：只有获得工头签字，他们才能在镇上申请住房。当斯蒂尔顿的工人罢工无果时，伍德吹嘘道，麻雀角是个没有工会污点的"开放商业区"。1891年，巴尔的摩一份劳工报在关于麻雀角工厂的头条文章中宣称："踏入这家工厂，你就放弃了希望。"

值得注意的是，伍德兄弟反工会的家长制度，与随后的状况比起来还是要好上一些。1916年，宾钢被伯利恒钢铁（Bethlehem Steel）收购，后者是宾钢在州内的长期竞争对手，总部位于利哈伊河谷伯利恒镇，故因此得名。在查尔斯·施瓦布（与同名同姓的知名证券经纪人并非同一人）的领导下，通过为第一次世界大战欧洲战场提供战争机器，伯利恒公司实现迅速扩张。[26]美国在一战初期保持中立，限制对协约国军售，伯利恒公司设法避开了这一影响——在此期间，该公司仅次于杜邦，是协约国第二大签约方。1916年年底的四个月内，法国、英国和德国损失了上百万士兵，伯利恒公司则向英国和法国出售了价值超过2 300万美元的武器。

在施瓦布的指导下，麻雀角迅速扩张，在这场有利可图的新

---

❶ 多洛雷丝（Dolores）源自拉丁文 *dolor*，意为悲伤、痛苦，作为常见姓名则源自西班牙语中对圣母玛利亚的称呼 *Nuestra Señora de los Dolores*（我们的悲伤圣母）。

事业中贡献了自己的一分力量。[27] 伯利恒钢铁买下半岛剩下的 533 英亩土地，并用钢桩和填料将半岛向外扩展了 100 英亩。1917 年 7 月，美国参战 3 个月后，该厂建起了第一台薄板和马口铁机，这是匹兹堡以东唯一一台实现完全一体化生产的马口铁机器。造船厂业务量剧增，超越了东海岸那些附近缺少钢铁厂的竞争对手。数以千计的工人被招募至此，每日用工人数均值增至 3 倍，达到 12 500 人。

1918 年的停战对企业来说是不利的消息，伯利恒却把握住了新市场。[28]1920 年，汽车制造商计划生产 200 多万辆汽车，需要大量钢铁原材料。此时罐头产品业正蓬勃发展，食品制造商也需要马口铁来生产。到 20 世纪 20 年代中期，麻雀角工厂年均马口铁产量足够包装约 20 亿个罐头。这条新业务线为工厂带来数以百计的女工，被称为"马口铁检查员"的她们站在长桌前，逐一检查这些金属片是否带有缺陷。[29] 在这个十年内，麻雀角还为大型项目提供钢材：他们为哈得孙河下的霍兰隧道提供铸铁管部件，为连接费城和新泽西州卡姆登的本杰明·富兰克林大桥提供钢板和大梁，几年后还为加州金门大桥提供钢板和其他上部结构。工人队伍越发壮大，于是，在麻雀角北边出现了一个叫邓多克的全新小镇，以及邻近的黑人飞地特纳站。[30]

至 20 世纪 20 年代，按资产排名，伯利恒钢铁已成为美国第三大公司，仅次于美国钢铁公司（US Steel）和新泽西标准石油公司。不过在这巨额增长之中，只有微不足道的份额用以支付工人的劳动报酬——多年前在宾钢那场盛大的开幕式上，枢机主教吉本斯曾大力吹捧这份工作的好处。比起伍德掌管的那些年，工人的报酬确有增长，但幅度微乎其微：1925 年，一名普通工人每年能挣 2000 美元，换算成今天的货币不到 3 万美元。[31] 季节性失业是家常便饭。联邦政府曾向伯利恒施压，要求其在战争期间改善工人待遇，否则就有可能失去政府合同，但施瓦布发起"员工代表计划"以规避这一报复，在该项计划下，建起了一个受管理层控制的内部机构。"我们建立自己的工会，"他宣布，"我不允许自己沦落到让工人对管理层发号施令的地步。"[32]

施瓦布开创了后来主导 21 世纪美国的"首席执行官"模式。他敦促人们狂热追求成功。"如果你注定贪婪，那就做一个贪婪工作的人，"他在 1917 年的一本操作小手册中写道，"我还没听过谁因为加班而遭遇不幸。我倒是知道很多因为不好好工作而招致不幸的反例……比起身体受到伤害，更严重的是缓慢而无情的枯萎，它会带来停滞、远离进步，最终铸成失败。"[33] 他蔑视冗长的会议；他在伯利恒的午餐会上雷厉风行地制定决策。他不鼓励各种类型的公民参与，比如在当地银行董事会任职、参与当地政治等种种会使人从公司事务中分心的活动。"永远多生产"是其门徒尤金·格雷斯设计的口号。[34]

不但如此，施瓦布还确保他和其他管理层同事都能获得过分丰润的收益。他为管理层分配了数百万美元奖金——伯利恒钢铁公司高管们的收入居全国之首。罗伊特估计，仅一战期间，施瓦布就从他持有的伯利恒股份中赚取了 2 100 万美元，换算一下，接近如今的 4 亿美元。[35] 这些财富转化为豪宅，施瓦布位于纽约河滨大道上的房屋足足跨越一个街区。[36] 这栋楼一度是纽约最大的私人住宅，共有 75 个房间，处处布置着艺术大家的画作，还有一间可容纳 250 人的餐厅。除此以外，他在宾夕法尼亚州还有一座占地 1 000 英亩、由 18 栋建筑组成的庄园，需要 70 名全职员工负责打理，庄园内还原了一座他曾在诺曼底见到过的农庄。

到 20 世纪 20 年代末，已经有 4 000 多人安家在麻雀角镇，弗朗西斯·博达尼便住在这里。[37]20 年代早期，他从意大利西西里来到美国，一开始在纽约落脚，后来搬到巴尔的摩。没能当上鞋匠，于是他来到伯利恒钢铁厂，成了一名高炉工人。他在镇子北边租下一栋房子，那里一些最底层的白人工人被安排住在离黑人家庭不远的地方。一战接近尾声之际，汉弗莱溪已经被填上，取而代之的是几个运动场，但黑人仍然聚居在 I 街和 J 街，习惯用"越过小溪"来表示到镇上白人区那一头去。[38]

这时是 1929 年，可不是什么起家的好年份。与几乎所有其他行业相比，钢铁行业在大萧条中承受了最为严重的打击：1932 年年初，美国共有 50 万名钢铁工人，每 10 人中有 9 个人要么被解雇，要么工作时长被削减。[39]全美钢铁工人平均周工资从 32.6 美元骤降至 13.2 美元。麻雀角工厂工人总数减少了三分之一，剩下的几乎都是兼职；到 1932 年年底，工厂只剩下 3 500 个日常岗位。工人在附近的田地里觅食求生。施瓦布的下属们推迟驱逐无力支付房租的家庭，并免除了他们在公司商店欠下的债务。

在此之前，麻雀角比较偏向共和党。但在 1932 年 11 月，该地大幅向民主党倾斜，与巴尔的摩其他工人阶级选区一同把选票投给了富兰克林·罗斯福。[40]罗斯福和劳工部长弗朗西斯·珀金斯（第一位在内阁任职的女性）把拯救钢铁业视为政府的首要任务，并且认为稳定工资对恢复消费需求至关重要。[41]罗斯福政府紧急中止了反垄断法的实施，主持了一个全行业委员会以确定全国最低工资标准。新设立的美国公共工程管理局投入 5 100 万美元用以购买钢轨和铁路紧固件。珀金斯到访麻雀角时，坚持与当地工人会面。

几年内，罗斯福政府的诸般关照帮助稳定了钢铁行业，也给行业霸主带来了不利影响：该届政府明确鼓励钢铁工人组织工会的尝试。约翰·刘易斯，这位眉头紧锁的美国矿工联合会（UMWA）领导人，将组织钢铁工人工会视为自己的使命。[42] 他在1936年指出，这个行业"在过去35年中连维持最低限度生计的工资都未向广大工人支付过，更别提让他们维持体面的基本生活工资了"。现在是时候决定"这个国家的劳动人口是否有决定其命运的发言权，或者说，他们是否要为一个金融和经济的独裁政权充当包身工，这个独裁政权无耻地剥削我们的自然资源，贬低自由民族的灵魂，并摧毁我们的自豪感"。

一年后，新成立的钢铁工人工会取得了一项突破性进展，它与美国钢铁公司签订了一份合同。[43] 与其说这个巨头是被珀金斯关于雇员购买力的理论说服了，不如说它是折服于来自英国的需求，彼时，英国正在整备军队以应对纳粹的威胁，要求该公司避免劳资纠纷，以保证生产。

但此时已经成为全美第二大钢铁制造商的伯利恒公司，成了更难攻克的目标。[44] 该公司仍坚持其构想的内部员工代表计划，声称有不少于97%的工人最近投票赞成该计划。为了转移刘易斯手下工会组织者的注意力，伯利恒将工资水平与美国钢铁公司拉平，并掀起一股反工会宣传浪潮。一份宣言警告说，"过去我们不需要外人，现在也没有发生什么事让他们变得必要"。公司用几车厢的机枪、冲锋枪、军用步枪、霰弹枪、手枪和左轮武装公司警队，还购买了比全国任何执法机构都要多的催泪瓦斯。

工会组织者仍旧不顾一切地坚持行动。在巴尔的摩东南的海兰敦，他们聚在一家小酒馆举行秘密会议。[45]他们抓住人们对伯利恒公司难以捉摸的工资奖励制度的不满加以利用：在这种制度下，一些工人的工资比其他人的工资低得多；再加上伯利恒公司正无情地转型为一家自动化程度更高的新工厂，这种过渡意味着他们需要的人手更少了。工会组织者还积极拉拢工厂里的黑人劳工。[46]在其他行业和其他城镇，工会中的歧视常常使黑人成为罢工的破坏者。组织者明白，这一点对他们在巴尔的摩的事业十分致命，因为这里有很多黑人劳工——实际上接近该厂工人总数的三分之一，是阿拉巴马州伯明翰以外美国最大的黑人钢铁工人聚集地。组织者挨家挨户走访黑人社区，还在黑人教堂里宣讲；在麻雀角北部的白人工薪阶层小镇邓多克，支持工会的白人和黑人劳工一同参与游行。

最终推动当地工会建立的，却是即将到来的第二次世界大战。[47]1939年，美国国家劳工关系委员会裁定伯利恒公司长期实施反工会恐吓战略，下令废除其虚假的内部计划。更大的压力来自别处，罗斯福想要将美国打造成"民主国家的军火库"，对伯利恒而言，与之相关的巨额合同不容有失。1941年9月25日，珍珠港事件前两个多月，一场工会投票终于举行。近11 000名工人投了赞成票，占总票数的68.7%。该厂6 500名黑人工人中约有6 000人参与，绝大多数投了赞成票。

这么一来，这里成了一家完全工会化的工厂，它将从这次战时扩张中获得非同寻常的收益，比它在第一次世界大战期间的收获更为丰厚。[48]平炉取代了贝塞麦转炉，制钢炉的占地扩大到100英亩。在接下来几年里，造船厂建造了上百艘船，而公司在港口另一侧开设的费尔菲尔德战时紧急造船厂，则从零开始扩招了超过 45 000 名工人，下水 500 多艘船，其中大部分是外形丑陋但极为实用的货运自由轮（Liberty ship）。[49]

对于麻雀角的人们来说，战争为工作赋予了新目标，但其实在许多人看来，这份在他人眼里艰苦的工作本来就比看上去更有价值。[50]迈克·霍华德这样向马克·罗伊特描述他在平炉中的工作："我感觉很不错。正值壮年的时候，体力劳动是一种挑战，要是你在和其他人一起工作时胜过别人，就会产生一种自豪感。"霍华德觉得，"受到残酷对待的工作"和"具有挑战性的工作"是有区别的。"平炉里的工作必须处理各种问题，涉及冶金、铁匠和判断。这些人可不是一群醉醺醺的摔跤手，他们很聪明，必须在瞬间做出决定。这份工作中有很多让人保持警惕的挑战。"

换句话说，炼钢是一种具备"艺术性"的工作。[51]宾夕法尼亚州记者约翰·施特罗迈尔在 1986 年出版了一本讲述该公司发展历史的书，他来自伯利恒镇——这家公司的名字正来源于此。书中写道："他们会告诉你，任何有能力的人都可以挥舞镐头，开采煤炭。机器人可以装配汽车。但是，要想把成堆的红土和废料变成熔化的金属，将它们浇筑、轧制并锻打成各种形状，用来支撑人类文明的主要框架，这需要非同寻常的天赋、强壮的身体和无畏的头脑。"

到了 1942 年年初，伯利恒钢铁已经是全美最大的战争承包商。罗伊特提供了一些令人吃惊的数据：1940 年至 1945 年间，该公司生产的装甲板和火炮锻件占美国海军所需总量的三分之一。[52]公司销售总额从 1935 年不到 2 亿美元，飙升至 1945 年超过 13 亿美元。"当希特勒挑战这样的产业时，他挑起了一场自己无法忍受的金属雨。"这是《巴尔的摩太阳报》为一幅幅充满深意的照片所写的图注，照片里是摄影师奥布里·博丁拍摄的 1944 年的麻雀角。[53]

由于全球的竞争对手都陷在战后的废墟中，美国这时的钢铁产量几乎占到世界总产量的三分之二。钢铁，这个在帮助美国赢得战争上比其他任何行业贡献都要多的行业，正在接近巅峰。同样达到顶点的，还有在相同原因下发生转变的整个地区，包括伯利恒公司所在的城镇，以及麻雀角周边与其命运紧密相连的那些城市。1945 年 5 月 14 日，纳粹投降一周后，巴尔的摩市长西奥多·麦凯尔丁授予尤金·格雷斯荣誉市民称号，格雷斯在 1939 年施瓦布去世后接管伯利恒公司。[54] 麦凯尔丁写道："坐落在麻雀角的伯利恒钢铁厂，在本地建设了大型永久设施、雇用本地劳动力、采购本地产品，令巴尔的摩尤为自豪。"

战后繁荣为麻雀角送去更多工作机会，比起为自由轮货船和战斗机制造钢铁时还要多。大约有 85% 制成品需要用到钢铁，尤其是闪闪发亮的新汽车——1946 年，底特律对平轧钢的需求激增 55%。[55] 在几英里之外，位于布罗宁高速公路旁的通用汽车厂便是麻雀角的客户之一。[56]

为了增加产能，伯利恒钢铁公司向半岛投入了大量资金。[57] 为了满足对铁矿石的贪婪需求，伯利恒的船只现在甚至远航到智利和委内瑞拉。[58] 到 1953 年，伯利恒钢铁产量高于快速重建中的整个德国的产量，美国钢铁总产量则比世界其他国家加起来还要多。[59] 1949 年，当准备成为废料打包员的阿瑟·沃格尔来到麻雀角时，他大为震撼。"当我走进工厂，看到那么大的规模——我实际上被吓到了，"他后来说，"我环顾四周，心想：'就是这里了。'"[60]

　　归功于麻雀角工会，这时候工人可以从这种繁荣中分到可观的一部分。1946 年，该工会已成为全美最大的产业工会，钢铁工人举行了一场全国性罢工，之后他们的时薪增加了 18.5%。[61] 商业说客们对这样的成果感到震惊，一年后，在他们的推动下，美国国会推翻了杜鲁门总统的否决，通过了反工会的《塔夫特 – 哈特利法案》，该法案后来成为劳工组织的心头大患。

　　1955 年，通过定期合同谈判，钢铁工人工资平均增长了 15%。在全国蓝领工人中，钢铁工人还首先获得了私营企业养老金。[62]1959 年，随着艾森豪威尔总统颁布行政命令，一场全国性罢工在持续 116 天后终于结束，这次罢工又令工人工资提高了 8%，并实现了工人医疗和福利的全覆盖。[63]

　　但工会的收获远不止于此。随着工人越来越多地参与到工厂管理，比起早期状况，麻雀角的灾难性危险有所减少。[64] 一种无形的变化也在悄然发生。"男人自身之所以想加入工会，"80 年代一名退休员工告诉罗伊特，"是想让大家尊重他们的资历和能力，并且不让老板的宠儿和马屁精分到最好的工作。我们拿到更多的钱，这当然是个重要原因；但我们也获得了更多尊重，这才是头等大事。"

　　1955 年工资大涨过后，到了 1956 年，伯利恒钢铁授权在全公司范围内投入 3 亿美元用于扩张，这将使麻雀角的产量提高近 30%，年钢产量达到 800 多万吨（或者每分钟 16 吨）；这次扩张还增加了 3 000 名工人，工人总数由此接近 3 万。"我们对需求很看好。"公司董事长格雷斯说，他还宣称麻雀角贡献了"地球上最为壮观的一场演出"。[65]

　　这一点值得商榷。但到 1958 年为止，在很大程度上他的话并不假：麻雀角已超过位于印第安纳州加里的美国钢铁公司工厂，成为世界第一大钢铁厂。

怎么去描述此刻麻雀角的规模呢？从帕塔普斯科河对岸望去，麻雀角上空出现了一道真真切切的"天际线"，那是一排排径直延伸的烟囱，有 20 多层楼那么高。[66] 从上往下看，屋顶和烟囱如同雨林中树冠组成的华盖一般密集——半岛上密密麻麻，有 1 700 座建筑和 45 英里铺面公路，还有 100 多英里轨道，供 60 多辆机车和 3 400 辆轨道车使用。每一天，为了冷却机器，麻雀角要消耗 5.4 亿加仑❶海水、1 500 万加仑淡水，以及 1 亿加仑工业用水——工业用水是个很巧妙的用词，实际上它指的是那些被重新利用、仍然带有尿骚味的废水。[67] 麻雀角每天还要消耗 11 000 多吨煤，并且通过长度合 10 000 英里的线路，消耗掉全国五百分之一的电力。这里有一支由 110 人组成的消防队，还有一个 196 人的警察局，警力在马里兰州仅次于巴尔的摩，他们在全国规模第一的麻雀角靶场练习射击。[68] 麻雀角还拥有自己的看守所。尽管很少用上县里提供的服务，麻雀角每年仍缴纳 200 万美元的地方税，换算成今天的货币有 1 700 多万美元。[69] 伯利恒喜欢用高薪吸引年轻人，直接在各个高中毕业典礼上摆好招聘桌——告别课堂的毕业生可以直接走上工作岗位。[70]

这就是小比尔·博达尼成长的环境。他的祖父弗朗西斯经历了大萧条和战争的动荡，并从炼钢炉的那头搬到了铸造厂附近。弗朗西斯和妻子育有六个孩子。二战期间，排行老三的威廉从麻雀角高中毕业，成了运输部门的卡车司机，在这片占地 3 000 英

---

❶ 1 加仑约等于 3.8 升。

亩的土地上负责拖运推土机和其他大型设备。

小比尔生于 1949 年。住房非常紧张，在他出生后的头几年，一家人住在祖父的房子里，后来才在附近拥有了一座自己的房子。这是个田园诗般的成长之地。那时，大街上种了一行又一行的树木。每年的重头戏是感恩节的"钢铁杯"橄榄球赛，由麻雀角高中队对阵邓多克高中队，赛事的前一天还会举办一场游行。巴尔的摩的 26 号"红火箭"有轨电车会驶入镇子中心。不远处是麻雀角乡村俱乐部，里头有一个高尔夫球场、一个小艇码头、一个游泳池，还有一家附带舞池的会所。

麻雀角北边也形成了一个商业集群——这里有一家杂货店、一间舞厅、一家黑人经营的台球馆、一家理发店、一个快餐吧台，还有一家小吃店，孩子们可以在那儿帮忙洗碗来换取冰激凌。[71]黑人可以自由地在南边购物——只是他们不能坐在餐厅里或快餐吧台前进食（仅限外带），也不能够上吕克昂看电影（他们在黑人卫理公会教堂看电影）。[72]在麻雀角的黑人学校，学生只能上到七年级。1939 年，巴尔的摩县同意支付费用，把黑人学生送到市里上高中，前提是他们必须通过一项考试；1948 年，该县在临近的特纳站建起一所黑人高中。[73]在白人和黑人都参与的橄榄球比赛中，有时会出现种族歧视相关的纠纷。[74]"然后我们就不得不一路打回 J 街，"老罗伊·温斯顿·克拉格威回忆道，"然而，当下一周到来，我们又会回到白人那边，再一次加入触身式橄榄球比赛。"

在黑人居民对麻雀角的描述中，时而闪过因吉姆·克劳法而产生的苦闷。在描述中也能体会到他们对北边黑人团结一心的怀念，在那里，看顾小孩就是大伙的事，毕竟基本上这里的男孩大概率会娶对面街的女孩。[75] 路易斯·迪格斯说："每个人家里都有个园子，大家会互相分享他们的收获。"弗洛伦斯·帕克斯说："麻雀角的生活美极了。"安妮亚·露丝·伦道夫回忆："你永远不必锁门，在任何事情上都可以倚仗自己的邻居。"西奥多·帕特森说："我们互相照顾。我们共享生活。"罗伊·克拉格维评价："我们的社区联系如此紧密，简直让人不可思议。"夏洛特·卡格·哈维则说："每个人都有充足的食物，有漂亮的衣服穿，品行良好，没人酗酒。"在冬天的早晨，夏洛特会看她父亲在小溪上滑冰，"他是那么优雅"。

有一种东西是这里所有人共享的——从 B 街的经理到 J 街为经理夫人服务的妇女——他们都呼吸着同样的空气。每天结束前，人们都得去洗澡，因为锻炉一开动，红色的碎屑就会从空中纷纷飘落。[76] 切萨皮克湾其他地方的天空可能是蓝色的，但麻雀角的天空却"被灰红色覆盖，很像水手号拍摄的火星天空"，《巴尔的摩新闻美国人报》（Baltimore News-American）记者马克·鲍登后来如此描述。当学校打开窗户时，纸张会被灰尘染成红色。当地人把这种碎屑称为"金粉"，它们象征着繁荣。[77]

毫不奇怪，很多孩子都患上了哮喘病，小比尔·博达尼就是其中之一。在他 12 岁时，家人搬到了城里，一方面是为了让他的兄弟姐妹免于这种命运，另一方面是因为此时麻雀角镇正为了仍不断扩张的工程腾出空间。[78]

博达尼家族搬回城里是逆流而上的举动。二战期间，巴尔的摩人口急剧膨胀，1950 年美国每十年一轮的全国人口普查显示，巴尔的摩居民人数达到了有史以来最高的 94.9 万人。巴尔的摩是当时美国第 6 大城市，排在华盛顿、波士顿、旧金山和休斯敦之前。不过，即使在人口巅峰时期，在人们逃往郊区的持续外流中，衰落也悄然而至。人们为了更大的房子、更大的草坪而离开城市，但同时，逃离（被黑人占据的）城市也是举家搬迁的原因。哪怕是在二战后期工人大量涌入之前的 1940 年，巴尔的摩也是全美十大城市之中黑人比例最高的，总数占全市人口的五分之一，高达16.8 万人。起初，黑人受到限制，只能在巴尔的摩东西两侧生活，住在拥挤不堪的房子里，因此当他们开始寻求更人道的居住条件时，这样的做法引发了极大的震惊。首先出现的是阻止他们搬到白人多数街区的歧视性条例，然后是银行和监管机构设下的红线。然而，到了 20 世纪 40 年代末，随着大迁徙运动到来，不断发展的贫民区愈加拥挤，原本歧视性的地域划分已经无力抵挡变化的态势。于是，相对富裕的那一批黑人——他们的家庭成员在类似伯利恒这样的公司拥有一份受工会保障的工作——大胆地踏入了新社区。

就这样，白人出逃现象并不意外。埃德蒙森村原本是巴尔的摩西南部一个拥有 30 000 人口的德裔天主教社区，从 20 世纪 50 年代末到 60 年代初，这里基本上从完全的白人社区变成了黑人社区。[79] 格温斯瀑布小学坐落在巴尔的摩西边的一个犹太人区里，在 1954 年布朗诉托皮卡教育局案裁定学校隔离制度违宪之前，这是一所全白人学校。巴尔的摩官员遵从了裁决，当年 9 月开学时，学校的黑人学生比例已达 44.5%。2 年后，该校黑人学生比例达93%——在 3 年内，它几乎完全转型。[80]

小比尔·博达尼就读于巴尔的摩东南部的新学校帕特森高中，这位少年当时对这一切变化基本上没什么感觉，因为他所在地区的白人工薪阶层本就比其他地方更多。虽然患有哮喘，他几乎参加了所有可以参与的运动：橄榄球、棒球、长曲棍球、游泳队。高中暑假，他会去布罗宁公路旁的通用汽车厂打工，给雪佛兰舍韦勒汽车装保险杠。

毕业后，麻雀角有更高薪的工作向他招手。伯利恒钢铁正在招募工人，身为公司员工直系亲属，再加上是"意大利之子"❶成员，双重身份让他在应聘中获得优势。1967 年，小比尔被聘为机械维修工。他的父亲老比尔·博达尼当时在机车维修部门工作，有时候两人的工资支票会被弄混。人们叫他父亲"博"，他成了"小博"。

小博当时差不多到了服兵役的年纪，于是他应征入伍，加入了海军。他在军队待了 6 年——有 2 年在海军建设营，在一位叫约翰·克里的年轻中尉手下服役；有 4 年在海豹突击队，去过一些地方出任务，几十年以后他仍不愿透露具体地点。休假期间，他会马上回家，在麻雀角工厂待上几周或者几个月。

1975 年，服役期满，他被诊断患有相当严重的创伤后应激障碍（PTSD）。麻雀角的工作仍然在等着他，但这里已不复当年，巴尔的摩也已面目全非。

1967 年，刚进工厂的小博犯了个错误，他进错了厕所。"喔！"有人冲他喊道。"你不能进这间，看一下标志好吗。"

在麻雀角，卫生间仍然遵循种族隔离规则。[81] 更衣室、食堂和饮水处也是如此。工作安排也是隔离的：大多数黑人仍然作为普工被雇用，时薪不超过 2 美元，而且会被分配一些最危险的工作，即所谓的"热公牛作业"，例如操作炼焦炉，在夏天必须穿上隔热

---

❶ 美国规模最大、历史最悠久的意大利裔移民兄弟会组织，由意大利政府出资支持。

衣以防被高温烫伤；还要服用盐片，以补充随汗水大量流失的盐分；或者负责给刚从轧机出炉还热得发红的钢缆贴上标签。[82] 倒也有突破：许多黑人员工开始担任起重机操作员。[83] 不过，在一个 300 多人的班组里，只有 1 名黑人电工。[84]

就伯利恒公司公然的种族歧视行为，工会多多少少向管理层提出过质疑。1949 年，工会因公司拒绝提拔黑人熟练修理工查理·帕里什为该厂首席技师而诉诸仲裁——伯利恒提拔了一名比帕里什少 9 年工龄的白人男子。[85] 工会律师指出："帕里什先生拥有 22 年工龄，你们把帕里什先生以及整个（黑人）群体孤立起来，没有给他们应得的晋升机会。"一位工厂主管回应道："我们已经把他分配到他能力所及的岗位上了。"

最后，在 1966 年，两名工人走进种族平等大会（Congress of Racial Equality）巴尔的摩东部办公室，提交了一份关于麻雀角歧视状况猖獗的投诉。[86] 大会指派两名白人志愿者开展调查，随后派了 4 辆巴士的工人到伯利恒公司总部抗议，接着又派出代表团前往华盛顿美国劳工部，他们在那里指出：根据林登·约翰逊总统 1964 年签署的一项行政命令，由于其歧视性的做法，伯利恒钢铁应面临失去联邦合同的风险——包括那些与新打响的越南战争相关的合同。

这种施压在一定程度上起了作用。[87]1967 年，美国政府命令公司实施一系列改革措施，否则就有可能失去联邦合同。接下来几年中，伯利恒工厂的黑人工头数量达到了 100 人，黑人工人也开始加入工艺学徒计划。1974 年 1 月，在黑人工人的领导与年轻白人工人（其中许多刚从越南战场回国）的支持下，工人们举行了一次未经工会批准的罢工行动，他们在炼焦区的工作条件因此获得改善。

最后，同年晚些时候，针对伯利恒钢铁等公司所面临的歧视诉讼，美国司法部通过了一项全行业和解❶，根据该法令，各公司同意采用新的资历规则，转进新班组的人可以把在原班组的工龄计入既有资历，这样一来，黑人便更容易获得晋升。[88]诉讼案的和解部分还要求就所受到的歧视赔偿所有少数族裔工人。不过赔款数目微不足道，每人大约能拿到 600 美元，许多人拒绝接受。

当然还是有许多阻力。[89]法令宣布之后，工厂里出现了当地三 K 党分会的传单。有个敢于秘密培训该部门第一个黑人学徒的白人电工，在午餐盒里发现了人类粪便。但随着时间的推移，新的现实逐渐稳固，这给巴尔的摩黑人带去巨大的推动力。即使只是普通工人，伯利恒钢铁的黑人员工也享有其他地方的工人所缺乏的安稳。"我们这里的黑人可能没有得到最高层级的工作，但起码很稳定，"西奥多·帕特森说，"过去在麻雀角没有福利可言。"[90]现在，他们有机会进入技术行业和收入更高的行列，可以借此实现真正的向上流动。

1965 年，18 岁的詹姆斯·德雷顿刚进初轧厂房的劳工组，当时他每小时能挣 2.3 美元。他追随父亲的脚步来到麻雀角工厂，老德雷顿是一名参加过二战和朝鲜战争的老兵。这时，工厂还在使用种族隔离的更衣室。但改革一点一点地扎下了根。德雷顿目睹了许多白人同事从嗤之以鼻到后来的逐渐适应。（新的资历规则对一些年长的白人工人也有利，他们因技术进步而被赶出了技术行业，并被转移到新的班组，新规则并没有什么坏处。）"他们最

---

❶ 和解令（Consent Decree），指命令当事人同意采取某种措施与诉讼人达成和解，以换取诉讼中止。

终明白了，"德雷顿说，"我想他们明白了，这就是未来的发展方向。他们不得不安下心来接受这个想法。"[91]

德雷顿成了第一批黑人起重机操作员。此后在工厂中担任其他职务时，他作为普工的工龄被计入资历，如此一来，他就比后辈享有更多权威。随着收入水平稳步攀升，他在 20 世纪 90 年代退休前，年薪达到 4 万多美元。他在西巴尔的摩一个不错的地段买下一栋房子，5 个孩子都上了大学，其中一个儿子后来成了黑人律师组织"全国律师协会"的负责人。

"我属于中产阶层。"德雷顿说。

不过，德雷顿是赶上了好时候。詹姆斯·德雷顿和厂里其余数千名黑人工人刚站稳脚跟，麻雀角的世界便开始瓦解。

早在繁荣时期，警告信号就已出现，但是当时骄傲自满的伯利恒不愿探索新的经营模式，也不愿为市场的转变做准备。除了在 1909 年推出对摩天大楼具有关键意义的宽幅高楼梁之外，伯利恒几乎没有任何创新。[92]20 世纪 20 年代，相对较小的钢铁制造商阿姆科（Armco）提议分享其突破性的宽钢压制技术，但伯利恒拒绝了。在研究和开发方面，伯利恒的支出少得惊人，比起自由思想派，公司更喜欢招揽直性子的职员。（在 20 世纪 40 年代的全盛时期，公司强调他喜欢招"体格强健"的工人。）[93] 后来，在 50 年代末的扩张行动中，伯利恒坚持沿用几十年前定下的配置，建造了世界上最大的、长达两个足球场的露天平炉，而没有尝试欧洲人开发的更高效的技术，比如碱性氧气转炉，该技术可以在 45 分钟内实现平炉 6 至 8 小时的产量。

1957 年，在伯利恒第二任首席执行官尤金·格雷斯中风后，公司陷入一种昏昏沉沉的可怕状态：虽然格雷斯已经把业务移交给他选定的继任者，他仍然坚持主持会议，有时会直接在会议上打起瞌睡。董事会将在沉默中干坐一个小时，等他醒来继续开会。[94]

钢铁行业整体上抱有这种傲慢的态度。伯利恒钢铁公司、美国钢铁公司和较小的行业巨头们绕过反垄断规则，推动钢铁价格上涨，在那些油水满满的年月里，钢价涨幅轻轻松松地超过工会合同下工人工资的增长。没用在给工人涨工资上，那么这些钱去了哪里呢？在伯利恒，这些财富被用于野蛮的工厂扩张——再就是转化为高管们的薪酬和福利。几十年来，该公司董事会没有任何外来人员加入，伯利恒高管的乡村俱乐部耗资巨万，会所用水晶吊灯装饰，种满木兰花的露台连接着三池游泳场和室内泳池休息室，还有一座高管专用的壁球馆。1956 年，尤金·格雷斯成了全美收入最高的首席执行官；3 年后，美国收入最高的 10 位执行官中有 7 位在伯利恒。该公司一名法务人员告诉来自伯利恒镇的记者施特罗迈尔："当时伯利恒拥有这样一种名声，人们都说这个公司的走廊上堆满了黄金，当你被雇用后，他们会给你一把镐来开采这些金子。"[95]

这种过度的自豪感对后起的竞争对手来说是个诱人的奋斗目标。[96] 铝制造商生产出成本更低的啤酒罐；塑料和混凝土也作为各种产品的替代材料加入竞争行列。美国南部和西部的小型工厂利用非工会劳动力的优势，以更低的成本在电炉中用废料制造小型钢铁产品。欧洲人，还有特别是日本人，开始挑战美国的老牌巨头，他们的价格更具竞争力，这不仅得益于较低的劳动力成本，而且得益于巨头们不屑一顾的那些创新技术——结果日本产的钢条价格比他们便宜 15%，钢板和钢卷每吨便宜 60 美元。

美国钢铁进口量从 1960 年的 330 万吨猛增至 1978 年的 2 110
万吨，到 1978 年年底更是超过了美国钢铁公司的年产量。[97]同年
年底，麻雀角工厂的产钢量相比巅峰期下降了 200 万吨，跌幅达
到 20%。造船业的情况也好不到哪里去——阿拉伯国家实行的石
油禁运摧毁了产能过剩的油轮业务；到 1978 年，船厂就业人数已
不到 4 000 人，只有高峰期的一半，而麻雀角工厂的总人数已降
至 20 000 以下。伯利恒公司最终被迫考虑改善烟囱、排污管道状
况，修建人工湖，以降低因污染产生的部分代价：每天有 6.4 亿加
仑废水排出，其中夹杂着腐蚀性酸洗液、油类、焦油化学品以及铅、
铜、镍等重金属。[98]昔日麻雀角的居民毫不费力就能从海湾水域
舀起一桶螃蟹，现如今家里人甚至不允许年轻的黛博拉·鲁达西
耶把脚指头伸进去沾一沾。[99]

与此同时，麻雀角镇完全消失了。1973 年，最后的痕迹也被
清除，为那座近 300 英尺高的 L 型高炉腾出了空间。[100]

在隔壁的城市里，如出一辙的命运转折也在上演。几十年前
巴尔的摩悄然兴起的白人外逃，此时已如火如荼。如果说早些时
候远离新邻居的行为很是可耻，那合理化新一轮逃离则容易多了。
在小马丁·路德·金遇刺后的几天内，一场暴乱夺去了 6 条生命，
导致 5 000 多人被捕；海洛因的地位越来越稳固，犯罪和毒品问题
丛生，当地还出现了程度前所未见的去工业化。20 世纪 70 年代，
巴尔的摩总人口减少了 11.9 万，无论从绝对值还是从比例上看，
都是最大的一次下降。几乎所有人口流失都来自白人居民。1970
年，白人在巴尔的摩占多数。经过十年的出逃，白人比例跌破一半，
可能将跌至不到三分之一。

麻雀角还是可以找到活计的，而且，要说小博热爱他的工作，这话并没有夸大其词，尽管他在麻雀角的 30 年中大部分时间都是普工。1967 年，在他参加工作时，他的工友大多是黑人。随着工会等改革的启动，这些工人里有一部分实现了晋升。小博仍留在普工层级中，他被安排从一种工种换到另一种。这意味着他长期处在基层岗位，也意味着他各种活都做了个遍，所有东西也都看了个遍。钢铁厂所有工作流程，几乎没有他没碰过的。

他从机械维修工转为机车维修师，负责修理运送钢锭到各个精轧车间的窄轨列车。

后来，他被调到 68 英寸带钢热轧机车间，负责打捆。从生产线上下来的钢卷呈樱桃红色，他得给它们套上金属带并捆紧，同时确保自己不要抬头，要是抬头了，热量窜入工厂配置的塑料面罩，脖子会马上出现三级烧伤。一轮班次中就得消耗一打面罩。

小博从热轧机车间被调到运输部门，他父亲仍然在那里工作。他有时候会遇到父亲，父亲会取笑他的长发。"这是我女儿。"他跟其他伙计开玩笑道。小博负责驾驶自卸卡车，运送平炉里的"沉淀粉尘"，这种红色粉尘很可能就是让他在小时候患上哮喘的元凶。

他清理热轧机的炉渣。炉子关掉后，你得穿着 1.5 英寸厚的木鞋进去，半套在自己的鞋子上，以免被炉渣的热力所伤；然后用手提钻打碎炉渣，其他人会用独轮车把碎渣运出去。严峻的高温之下，不得不轮流工作——每人干 45 分钟，然后下来休息 45 分钟。里面有时甚至热到木鞋都会冒烟的程度。

小博还做过清理烟道的工作，这些小隧道位于三号和四号平炉地下 100 英尺处。它们大约有六七英尺长，三英尺宽，他带着手提钻进去清理尘土，合同工则开着玩具一般大小的推土机将尘土运走，然后会有其他人装车，再有一人用起重机把它拉上去。假若在这些隧道中发生塌方，后果不堪设想。

他在光整机车间干过，处理被大家称为"死机"的状况，这种情况下所有东西都卡住了，必须用钳子把金属扯出来，让机器重新开动。在他 32 岁那年，有一天他走在光整机的安全通道上，一根 4 英寸宽的蒸汽管爆裂，甩下来正好抽中他的嘴巴，把他高高抛向空中，摔到光整机另一头。牙齿被砸碎，下巴 8 处骨折。他花了 3 万多美元看牙科，公司承担了全部 8 次手术费用；为了学习如何重新正常说话，他还接受了多年的语言康复治疗。

他还在砖头部门工作过，就是进入高炉，把破损的砖头敲出来，扔到较低的位置让推土机清走，让砌砖工人补好炉子，然后给铺好的砖头喷上 6 英寸的石棉。处理粗糙的砖头会让工人的手指上出现一些小坑，每当出汗时，会有灼烧感。他被要求戴上一个小小的防尘面具，扛着 4 英寸宽的消防水管去喷洒石棉，在高炉里面连续待上 8 小时。

第一次换班出来时，小博的衣服上沾满了石棉，他摘下口罩，指着自己的衣服问另一个人："我怎么处理这些东西？"

被问到的人拿起一根空气管，将小博身上的石棉吹掉，这样一来，他就呼吸到了本应由小小的防尘面罩阻挡一整天的东西。

"面具会帮上大忙。"小博说。

"啊，不算什么。"那人说。

小比尔·博达尼在 20 世纪 90 年代被诊断出患有石棉沉滞症，他是约 9 000 名获得赔偿的原告之一，拿他本人来说，多年来共获得的赔偿款共计约 2.5 万美元。

他还做过 68 英寸热轧机的焊工助手，和他的岳父共事。他在四号明炉和碱性氧气转炉（公司在 1965 年终于安装了两台碱性氧气转炉）上工作，把一袋袋化学品扔进铸锭模具，以防模具被炸毁。他在浸泡坑里工作，清理烟道孔。他在板材部门给拖拉机装货。他还当过吊车操作员。

他在碱性氧气转炉车间当过渣罐搬运工，把巨大的渣罐运到街对面，然后它们会被倒在一个坑里。他在高炉中做槽车工——当熔化的钢水下来时，他必须让它流向轨道车，拉起闸门将其引入渣罐，轨道车会把渣罐带到高处另一个槽里，然后在热金属出来时放下闸门，将其引入子车，这些巨大的载具看上去有点像一个个膨胀的热狗。

有一回，当他在碱性氧气转炉工作时，一名起重机操作员把钢桶翻过头了，钢水倾泻而出，温控员没能脱身。等到小博拿着消防水管向他跑来，只能眼睁睁看着他的身体被冲得支离破碎。

生意越发不景气，这样的恐怖事件就越发平常。仅在 1978 年和 1979 年的 18 个月内，麻雀角就发生了 12 起致命事故。[101] 这让人想起工厂早期的情况，当时的工人缺乏工会的保护。现在，公司将死亡事故归咎于工会，指责是因为工会推动的资历改革让许多缺乏经验的工人得到了岗位。也许是吧，但不断老化的设备和公司图省事的做法更可能是一切的罪魁祸首。

到 20 世纪 90 年代中期，伯利恒公司大幅度收缩，并且将很多工作外包给工会以外的合同工人，导致代表所有"热端"（即负责实际炼钢而不是精加工工序的）工人的 2610 工会 ❶ 会员人数，从 14 年前的 11 393 人骤降到 1995 年的 2 286 人。[102] 工人数目削

---

❶　全称为美国当地钢铁工人联合会 2610。

减真正开始于 20 世纪 80 年代初，当时公司关闭了钢管厂、棒材线材厂以及钉子厂，3 000 多名工人无限期停工。[103] 工会在 1983 年和 1986 年同意就工资做出重大让步，但钢铁行业的国际竞争依然愈加激烈[104]：到 1988 年，美国钢产量已降至全球总量的 15%。[105]

多年以后，有分析报告指出工会和工人如何作为同谋推动了自身的消亡。公司无力负担工人的合同收益——这里不仅仅指工资，还有养老金和退休人员的医疗保险等福利，以及延长的假期，等级较高的工人还享有每 5 年 13 周的假期。[106] 他们坚持合同中的"遵循旧例"条款，他们在 20 世纪 50 年代争取到这一条，以保护会员免受工厂自动化变革的影响，但是这么一来，公司便无法以最有效率的方式分配工人岗位。[107] 工会经常为那些懒惰或不劳而获的工人打掩护，例如那些躲在卡车驾驶室里打盹的人。

上述所有情况都属实。但同样属实的是，就放纵或疏忽而言，工会在任何方面都比不上伯利恒的高层管理部门。到 1980 年，老高管享有 7 周假期；白领员工拥有 12 天带薪假期，包括联合国日和一天的浮动假期。他们雇用保安队和司机，由公司埋单。在这里，官僚主义的膨胀和权力扩张可与任何政府机构相媲美：在 1980 年之前的四分之一个世纪里，公司副总裁及以上职位总数增加了一倍，而且，如约翰·施特罗迈尔书中所言，"每一位副总裁都要求配备各自的助理总裁、总裁助理、经理、助理经理和秘书"。[108]1980 年，公司在博卡拉顿为新任董事长举办了一场庆祝派对，邀请了所有经理及其妻子到场，总共到场 500 人；随后，他们将即将离任的和即将上任的两位董事长与他们的妻子送上公司的喷气式飞机，安排了一场环球旅行，在新加坡、开罗和伦敦都有逗留。[109] 在新任董事长的主持下，公司亏损了 20 亿美元，但他在 6 年后离任时给自己加薪 11%，还批准了全部 13 位副总裁各 100 万美元的解聘方案。[110] 一位副总裁甚至用公司的飞机送孩子去上大学，还飞去纽约州北部的胜地度假。[111]

普通员工非但对这种过分的行为视而不见，还将之视为楷模。前工会代表莱恩·辛德尔认为："这是一种糟透了的企业文化，源头就是公司高层。"[112]

衰退对工人的士气产生了实质性影响。毒品和酒精一直潜伏在工厂周围——常常能看见工人们下了夜班后去邓多克的酒吧，例如米奇酒吧，大麻更是无处不在。[113] 到这时，越来越多的工人开始尝试更带劲的东西——海洛因之外，还有可卡因，一些年轻的工人甚至直接在工厂里贩卖后者给年长的工人。[114]

小比尔·博达尼没有受到这种腐化现象的影响。他曾经是一名球队成员，从字面上看是这样；他在采购部门的棒球队打了几年球。他在工会中也很活跃——先是担任谈判代表，后来加入了工人赔偿委员会。

最终，他在 1998 年得到了自己最喜欢的一份工作。为了应对工人数量的下降，公司创建了一支新的"多元工种"团队，起名"顶级工队"。这标志着公司进入不景气时期，但对小博来说，被选入团队是一种涅槃，是对他多才多艺的肯定。如果他们需要电工，他就是电工。如果他们需要更换连铸机线路，他也可以。他帮助公司建造了价值 3 亿美元的新冷轧机，规模相当于 8 个沃尔玛超市，公司终于在 2000 年启动该生产线——工人们此前已经催促好多年了。

冷轧机启用后不到一年，2001 年 10 月 15 日，伯利恒申请了破产保护。

大约一年后，当小博在为连铸机更换输出辊道时，起重机电缆断裂，他未能及时脱身，腿被夹在两条巨大的辊道之间。他痛苦地喊叫起来，工友们从工厂另一端跑过来。他被救伤直升机送走，并被告知他永远都走不了路了。

不过在经过两年的手术、金属棒置入治疗和物理治疗后，小博又能下地了。但他在麻雀角的工作生涯已经画下句点，他带着残疾退休了。

你可能会猜想，他应该顺势接受这个让他喘息的机会。他当时 50 多岁了，在麻雀角这些年，他失去了牙齿，患上石棉沉滞症，现在还差点失去双腿。因为在 20 年前的事故里伤到了嘴，他到现在还在接受语言康复治疗，有些词还是没法说清。在公司破产谈判期间，工厂也再无欢乐可言。作为遣散费用，高管们将一次性获得 2.5 倍工资，那位在公司宣布破产前只任职了 16 个月的首席执行官能拿到 250 万美元；这些事让工人们感到痛苦。

但小博仍不想离开。"我本来打算永远待在那儿的，"他多年后说道，"我想都没有想过退休的事，因为我热爱那份工作。我不在乎它有多脏、多危险，我会受多少伤。我就是喜欢它。"

因伤退休前，他每小时挣 35 美元，每次发工资时还有几百美元的奖金。根据轮换情况，几年来，他至少得过 7 周假期。在经历了 20 年白班 – 晚班 – 通宵夜班的轮班后，他才只用上白班。但这并不是支撑他的原因，他喜欢这份工作本身，喜欢这份工作的全部。甚至可以说，他认为这份工作成就（fulfill）了他。

"我喜欢这些人，"他说，"他们让我感到快乐。黑人也好，白人也罢，我们是个大家庭。不管是不是刚认识不久，他们会接纳你。他们互相照应。每个人都知道钢厂的工作很危险。不管我受了多大的伤，或者事情有多糟糕，总是会有光明的一面。因为有这些人陪着你。"

　　跟许多垂死的事物一样，麻雀角的消亡来得不爽快也不利落，仿佛是一场被虚假的希冀拉长的戏剧，只是在拖延不可避免的结局。2003 年，华尔街金融家威尔伯·罗斯 ❶ 的国际钢铁集团将申请破产保护的伯利恒纳入囊中——结果，退休员工的健康福利被取消，短缺 40 多亿美元的养老基金被推给养老金福利担保公司 ❷，导致小比尔·博达尼和其余数千名工人每月退休金被大幅削减。

　　18 个月后，罗斯将他名下的公司——包括麻雀角工厂在内——打包卖给了印度亿万富翁拉克希米·米塔尔名下的一家公司，赚了 3 亿美元。安赛乐米塔尔集团 ❸ 则在 2008 年将麻雀角卖给了俄罗斯的谢韦尔钢铁 ❹，后者又在 2011 年将其出售给纽约的一家投资基金公司融科集团，融科将其与另外两家工厂合并，重组为 R.G. 钢铁公司。

　　一年后的 2012 年 5 月，R.G. 钢铁公司宣布破产。麻雀角工厂被卖给了一家资产清算公司。6 月 15 日上午 7 点 21 分，最后一根钢筋通过了那台 68 英寸带钢热轧机。弗雷德里克·伍德建立麻雀角工厂的 125 年后，这里只剩下 2 000 名工人；麻雀角正式关停。

---

❶ 罗斯后来在特朗普政府任期内担任美国商务部长。

❷ 美国根据《1974 年雇员退休收入保障法案》设立了由政府直接管理的养老金福利担保公司（PBGC），但该公司当时入不敷出。

❸ 安赛乐米塔尔（ArcelorMittal），全球钢铁巨头。集团在 2002 年 2 月，由欧洲三大钢铁制造商法国 Usinor、卢森堡 Arbed 和西班牙 Aceralia 以换股方式合并而成。

❹ 谢韦尔钢铁（Severstal），俄罗斯大型钢铁公司，也是第一家收购美国钢铁资产的俄罗斯公司。

虽然麻雀角苟延残喘了那么久，许多人仍然对这个结局毫无准备。当然，那些当权者会出手干预，不会让它真正地终结。当然，也有人会把热轧机看作一种可以抵债的资产。"最震惊的是，居然没有人想要那台机器。"[115]工会代表辛德尔说道，"在传统的认知中，原本来说，水会永远守护我们。因为我们在水边。"但最终，水变成了又一个负担：正是麻雀角可以向遥远海外市场发货的邻水位置，让其在面对国际竞争时尤为脆弱。同时，邻水意味着必须承担数十年来水体污染带来的高昂代价。

在长达十年的衰亡中，清算责任的情绪愈演愈烈，凝结的怨恨在整个帕塔普斯科河口都能感受到。自 20 世纪 60 年代以来，半岛的政治倾向一再右转，此时这种转变的速度加快了。可以归咎的目标清单很长。日本人、中国人、德国人。还有美国进出口银行，因为它用美国纳税人的钱去资助发展中国家的工厂。还有历任没有对外国政府补贴下的廉价进口产品采取行动的美国总统，民主党还是共和党都一样。再就是环保主义者。还有那些无所作为又贪婪不已的公司。"今天，我只想去怨恨，"在写给麻雀角的挽歌中，曾经在该厂打工的克里斯·麦克拉里翁写道，"我想去怨恨那些把你从我身边带走，从我们身边带走，让你死去的人。我想去怨恨那些没有为你站出来的人，那些没有为你的存活而把自己投入到疯狂的自我牺牲中的人。"[116]

当麻雀角在做最后的挣扎时，巴尔的摩大部分其他工业遗产也在不断画上句号。2005 年，通用汽车公司关闭了布罗宁公路旁的工厂，20 世纪 60 年代，那里生产雪佛兰舍韦勒型号汽车，晚些时候，仍有 2 500 名工人在该厂制造 GMC 旅行汽车和雪佛兰星旅面包车。

到 2012 年，巴尔的摩总人口已下降到 62.1 万人，名列全国第 26 位，而在半个世纪前它曾位居全国第 6。这座城市仍然拥有一定的经济资产——例如港口，可以用来处理运往欧洲的煤炭和从德国运来的汽车；例如约翰斯·霍普金斯大学（JHU）打造的生物医学帝国；巴尔的摩位于东北走廊，这使它避免了圣路易斯、水牛城、克利夫兰和底特律等后工业城市面临的地理隔绝。

但巴尔的摩的地理位置也为它带来了一些不光彩的对比，尤其是与南方城市相比。及至 1980 年，巴尔的摩人口仍比华盛顿多 15 万，而华盛顿直到 1950 年才位列美国十大城市。20 世纪 90 年代初，两座城市同样经历了可怕的暴力事件。到 2010 年，华盛顿的凶杀率仅为巴尔的摩的一半多一点。在接下来几年里，华盛顿的人口将超过巴尔的摩，迅速增长到 70 万以上。

2015 年，一位名叫弗雷迪·格雷的年轻黑人男子在被警察拘留期间受伤死亡，巴尔的摩因此爆发抗议和骚乱。在事件发生几个月前，也就是同年 1 月，拆除承包商将 94 捆炸药插入麻雀角工厂剩下的最大机器结构中，也就是该公司于 1978 年耗资 2 亿美元建造的 32 层高的 L 型炼钢炉。行动细节保密，以免引起当地人的不满，在这场内爆的轰鸣声传遍帕塔普斯科河口时，人们才终于得知真相。"这座城市曾攀上山巅，而今却全然衰落，"巴尔的摩县社区学院退休劳工研究教授比尔·巴里告诉《太阳报》，"没什么可以取代它。"[117]

同年 9 月，巴尔的摩都会区的高层民选官员聚集在布罗宁公路通用汽车厂原址。[118] 现在，在这个曾经有成千上万名男女组装过 GMC 旅行汽车和雪佛兰星旅面包车的地方，伫立着一座巨大的仓库。仓库占地 100 多万平方英尺，相当于 18 个足球场，是一座方方正正的浅灰色建筑，墙壁空白，长将近三分之一英里，周围有 1 900 个停车位。仓库侧面大大的黑字写着：

亚马逊履单中心

这几个字让人眼前一亮。从某种意义上说，这只是个商业用语。在这个大型封闭建筑中，工人和机器人从货架上挑拣货物，然后由工人打包、装运。公司把这样的一级仓库称为"履单中心"。毕竟，它们是履行并完成客户订单的地方。除此之外还有规模较小和数量相对较少的"分拣中心"，负责分拣已装配好并贴上地址的包裹，以便完成特定区域内的配送任务。

但是，用黑色大字贴在公司名称旁边的 Fulfillment 这个词，似乎是为了让人联想到比这栋建筑的功用更广阔的东西。它向所有路过的人宣传公司的承诺，那些想买些什么但仍在观望的人，现在知道这些东西将从何处被送到自己手中。

显然，这个词包含的承诺不太适用于将在里面工作的人。曾经，在通用汽车工厂上班的工人平均时薪为 27 美元，还有丰厚的福利。十年后，亚马逊给同一地点的工作人员支付 12 或 13 美元的时薪，福利也更薄。可这并没有阻止地方和州政府领导给在此开设仓库的亚马逊提供高达 4 300 万美元的激励。[119]

布罗宁中心是亚马逊在巴尔的摩地区开设的首家履单中心，于 2015 年年初开业，当政府官员同聚一堂参加盛大的开幕式时，中心已经招募到 3 000 名工人。官员一个接一个地站起来发言，不仅赞扬亚马逊入驻巴尔的摩，还谈到这件事会如何改善他们的生活。[120]

来自巴尔的摩县的民主党国会议员杜奇·鲁佩斯贝格说："我再也不用换掉汗衫，外出购买除臭剂了。"

巴尔的摩市长斯蒂芬妮·罗林斯－布莱克说："你们非常值得信赖，因为你们保证了我下单的润肤霜能及时送到我手中。"

在占地 100 万平方英尺的大厅里，矮矮胖胖、大小如沙发脚凳的橙色机器人，在一个围起来的区域内嗡嗡作响，它们给工人送来一摞又一摞货架，工人则从这些货架上分拣购物订单：亚马逊设计了几十间这样的仓库，机器人替代了手持扫描仪在过道里来回拣货的工人。这些机器人由波士顿地区的基瓦系统公司(Kiva Systems) 制造，2012 年，亚马逊以 7.75 亿美元价格收购了这家公司，以防竞争对手使用该技术。

机器人把货架取来；人类员工则负责从货架上取走货物。减重保健品、篮球、李斯德林漱口水、电钻、旋转球玩具……

在基瓦机器人出现之前，人工履单拣货员的速度大概是每小时 100 件左右。有了基瓦机器人取来货架，拣货员的速度有望达到每小时三四百件。他们再也不用无休止地在廊道中来回走动，以前这些"亚马逊僵尸"（Amazombie）每晚都要泡脚舒缓，还得服用亚马逊自动售货机里提供的镇痛药，但现在他们不得不面对固定岗位的单调性。[121] 他们面前的屏幕上闪烁着下一个待取的物品，以及该物品所在的位置；在一些仓库里，有些仓位甚至会发出亮光，拣货员都无法从这一场小小的"寻宝"游戏中获得满足。《纽约时报》商业记者诺姆·沙伊贝尔指出，与其说机器人取代了工人，不如说它们让工人愈加机器化。[122] 自动化可以解放我们，让我们以更有成效的方式去思考——或者，在我们提到的这种情况下，它可以将思考从我们的行动中完全清除掉。

蒸汽和喷雾拖把、烘焙用具套装、记忆海绵枕头、婴儿背带、蜂蜜原浆、老鼠药……

仓库内有1 400万件货物；这里设有14英里长、每分钟可运行600英尺的传送带；还有4万个黄色塑料"提包"，将物品运到传送带上包装。每分钟可以打包好100个包裹，每小时就是6 000个。包裹沿着传送带飞驰而下，到达分拣区，然后由小推杆——有人管它叫小推脚——踢上驶向目的地的货车。如果包裹排列得不够整齐，无法被扫描器读取并送上正确的货车，包裹就会从传送带上被踢开，重新兜个圈子。

尽管这一切看起来天衣无缝，但公司仍在想方设法杜绝偷懒。首先，亚马逊设计的腕带获得两项专利，可以跟踪工人的一举一动，甚至能在检测到偏离任务时振动提示。[123]

在大楼外，换班时的效率就没那么如意了，数百辆汽车等着进出停车场。巴尔的摩曾打算修建一条新的轨道交通路线，从西巴尔的摩一直延伸到距离仓库一英里以内的地方，余下的里程可以由班车补上，但在弗雷迪·格雷之死引发抗议活动之后几个月，马里兰州州长拉里·霍根终止了该项目，退回了8亿美元的联邦资金，并将原本的州政府拨款转移给了郊区的高速公路项目。作为替代方案，亚马逊开通了往返市中心的班车服务，政府资助的巴尔的摩发展公司为此提供了10万美元。[124]

2016年，小比尔·博达尼来到布罗宁公路仓库。他一开始在维修部门工作，不过在几个月以后转为驾驶叉车。在50年前装配舍韦勒汽车的同一地点，如今的他正在给卡车卸货，大部分货物由外国制造。

仓库里还有几位伯利恒钢铁厂的老员工，但小比尔是目前为止最年长的一位。年轻工友管他叫"老爹"或"老头"。

有一段时间，他被安排负责晚上 11 点到早上 7 点的夜班。他的生物钟很难适应，不过也有一个好处。"上夜班嘛，他们对你的要求不像日班那样多，"他说，"白天的时候，你周围全是上级。"你甚至可以在厕所里多待一会。

最终他还是被分配回日班，公司需要他在那个时间段培训司机。你不得不多留心主管，你不得不留心摄像头，你不得不留心算法。公司设有一个自动化系统，通过生产力、脱离任务的时间来跟踪业绩；如果业绩落后，系统就会给你打上待解雇的标签。也就是说，你可能会被算法给炒了。[125] 在 2017 年和 2018 年间的 13 个月里，该仓库大约有 300 人因为工作效率低下被解雇。在一封为某次解雇辩护的书面材料中，代表该公司的一名律师写道："亚马逊的系统跟踪每个同事的生产率，并自动生成与质量或生产率相关的任何警告或解雇通知，无须主管人员输入。"

一开始，小比尔·博达尼每小时大约挣 12 美元。全国范围内，因亚马逊工资和工作条件引发的骚动越来越大。最臭名昭著的一起事件于 2011 年发生在宾夕法尼亚州阿伦敦附近的一个仓库内，亚马逊派驻医务人员在仓库外治疗因高温晕倒的工人，却不愿意花钱给他们开空调。亚马逊仓库时薪中位数仅 13 美元左右，折合每年 2.8 万美元——如此之低，甚至在其工人规模激增时，拉低了全国仓库工人的平均工资水平。

经济学家怀疑这是"买方垄断"，意思是一种商品只有一个买家，对应只有一个卖家的"卖方垄断"。在我们讨论的这种情况里，劳动力是商品：亚马逊的规模越大、它在当地劳动力市场的主导地位越高，面临的雇用竞争就越少，需要付出的雇用花费也就越低。近至 2012 年，亚马逊在全球仅有 8.8 万名员工。但在 21 世纪 10 年代剩下的时间里，其规模以惊人的速度增长，成为仅次于沃尔玛的美国第二大私营行业雇主，买方垄断的前景有可能真的会实现。至 2019 年年底，亚马逊在全球拥有超过 75 万名员工，仅在美国就有 40 万，其中绝大部分任职于公司 200 多家履单中心、分拣中心和其他配送设施。仅在 2017 年，该公司就在全球范围内增加了 13 万名员工；在 2019 年夏天，亚马逊雇用了 9.7 万人，这个数字几乎相当于谷歌公司的员工总数。这一切还是在 2020 年春季之前，随着全球新冠大流行的到来，亚马逊迎来了招聘狂潮。

仓储和配送曾经被看作是技术含量较高的工作：一个人每小时可以赚 20 美元以上，而且可以做好几年。[126] 在亚马逊，仓储配送工作的临时性较强。工人往往比较年轻，流动性非常高。季节性劳动力往往如字面所示般短暂，举一个例子的话，为应付假日订单高峰，亚马逊部署了"露营者大军"计划，招募那些住在房车里在全国流动的退休老人。[127]

各种各样的不稳定却给公司带来了很大的好处：工人在建立起纽带前就离职，使得扑灭仓库工人组织工会的工作变得轻而易举。阻碍工人团结来的，还有仓库本身的"原子化"。在一家亚马逊仓库工作后，记者埃米莉·根德斯伯格指出，仓库的布局和算法似乎有意将员工相互隔开。[128] 在工会组织工作设法获得支持的地方，公司部署了屡试不爽的应对措施——雇用专门阻挠工会的律师事务所、煽动对工会贪腐现象的恐惧，这类策略曾令工会仅能代表全国 6% 的私企劳动力。[129]

不到几年，布罗宁公路仓库显然已经无法满足该地区的所有需求，不仅是巴尔的摩地区，还包括快速增长的更为广阔的华盛顿周边市场。

公司四处寻觅仓库选址，2017 年，它找上了麻雀角。

2014 年，麻雀角所在半岛被一个财团接管，开发商和房地产投资人正准备将其改造为物流中心。[130] 在拍卖会上，财团以 7 200 万美元的价格获得了 3 100 多英亩的海滨土地、一个深水港，以及 100 英里的铁路，这笔钱还不到麻雀角最近一次出售成交价的十分之一；财团还承诺会再花 4 800 万美元治理污染，麻雀角很可能是全国 47 000 个超级基金治理场地❶中的规模最大的那个。[131]

现如今，这里有一个联邦快递仓库、一个安德玛运动用品仓库、一家汽车托运公司，还有裴顿食品的谷物储存设施。开发商将从巴尔的摩县获得 7 800 万美元的资金，用于修路、建设供水及排污管道，这是该县历史上最大的援助计划。另外，还有 2 000 万美元的联邦资金，用于港口现代化建设。

作为整改的一部分，麻雀角被重新命名，现在，它叫"大西洋贸易角"（Tradepoint Atlantic）。亚马逊本身为新仓库取得了 1 900 万美元的州与地方税收优惠。新仓库几乎和布罗宁公路仓库一样大——占地 85.5 万平方英尺，拥有长达 11 英里的传送带。

公司在 2018 年 8 月开始发出新仓库招人的消息。它在该地区

---

❶ 1980 年，受"纽约州拉夫运河污染事件"影响，美国联邦政府颁布"超级基金法案"，以应对全国城市重度污染场地的修复治理。其中，美国环保署直接负责治理国家级重度污染场地，并且政府会提供"应对危险物质超级信托基金"作为支持，该类场地通常被简称为"超级基金场地"。

举行了 8 场招聘活动。申请人首先得填写一份在线申请，还要完成一份线上技能评估。

"因为客户指望着我们，亚马逊的员工需要以出色的职业道德和积极的态度迎接所有挑战，"申请人被告知，"用我们的创始人杰夫·贝索斯的话说，我们的方法是：'努力工作。认真玩耍。创造历史。'"[132]

在亚马逊员工虚拟工作试验的第一个模块中，申请人必须将不同大小的箱子堆放到卡车上。在第二个模块中，他们必须从货架上挑选货物来完成订单，与时间赛跑，同时注意尽量不混淆长长的标签号码。在第三个模块中，他们必须按照类型将某些货物放到特定位置上，给接收的货物归类。

然后，申请者会被要求参加其中一场招聘活动。2018 年 9 月最后一个周五，十多名申请人来到邓多克镇索勒斯角多功能中心，这里距离空置的前钢铁工人工会只有几英里路程。巴尔的摩县劳动力发展办公室的代表，以及一些穿着亚马逊 T 恤的年轻女士，在大楼的小型体育馆内接待了申请人。这些穿 T 恤的人并非亚马逊员工，而是隶属于一家名为"职业操守"（Integrity）的临时人员招聘公司。她们让申请人在折叠椅上坐下。

最后，一名来自职业操守公司的女士站起来，手里拿着一台笔记本电脑，走到坐在椅子上的申请人面前。她告诉申请人，他们马上要去另一个房间做药检，他们将同时测验。

她说："你们将作为一个大家庭参加药检，因为我们工作时也是一个大家庭。"

她告诉他们，从现在开始，嘴里什么都不能有——不能有口香糖，不能有任何东西。

然后，引导姗姗来迟："祝贺你们。你们正在迈出成为亚马逊人的第一步。"

这份工作需要举起重达 49 磅的物品，她说。

这份工作涉及分拣和包装你能想到的一切，从糖果到皮划艇。

这份工作没有着装规定，可以穿任何想穿的衣服。但衣服上不能有 PG 级或以上等级的标语。❶

如果你不好动，这工作可能不适合你。但一旦开始工作，你的身体就会适应它。

这些都是体力活，所以穿太精致的鞋子是行不通的。

她在笔记本电脑上播放了一段视频，在一排人面前走来走去，让每个人都能看到。视频展示了他们将要做的工作。有分拣员、包装员、标签员和装载员。她说："这就是亚马逊订单到达你们家的履单流程。"

他们将得到每小时 13.75 美元的报酬。如果头 30 天都准时上班，将有 1% 的加薪。如果团队达到绩效目标，他们会再得到 1% 加薪。她说："这 2% 很有用，如果你家有等着花钱的孩子就更是如此。"

就这样，整个介绍结束了。很难想象还能有比这更匿名和临时的工作宣讲活动。曾经，那些前往麻雀角工作的年轻人，他们通过密集的关系网进入工厂——高中毕业典礼上的招聘台、工会大厅、由父亲或叔叔介绍给新同事。"伙计们，你们认识加里，对吧？"现在，在走廊的墙上，有一张印着 AMAZON 的纸，还有一个指向折叠椅和职业操守承包公司的箭头。这个活动更像是属

---

❶ 在电影分级中，PG 级指"建议在父母陪同下观看"，有些画面可能让儿童产生不适感。

于某个资金不足的政府动议，丝毫不像是进入全球最成功企业之一的时刻。

申请人等着被叫到另一个房间。一名留着山羊胡子的 45 岁白人男子在给他 28 岁的女友打视频电话。他一直在当保安，时薪刚刚超过 10 美元。他需要赚更多钱，因为他最近买了辆新车。他在美元树折扣店（Dollar Tree）认识了女朋友，她此前一直在那里工作。现在她在弗吉尼亚比奇一家唐恩都乐快餐店工作，她在那还有些法律问题要处理。

"我正在接受入职指导。"他告诉她。

"哦，你成功了！你拿到工作了！那可真是太棒了！"她的话在场所有人都听到了。

最后，申请者进到一个房间，那里以前是教室，在那里排队等待拍摄工作证上的大头照，然后再做药检。做药检时，他们四人一组站在桌子旁，另一位来自职业操守公司的女士将带有吸收垫的小塑料棒递给他们，让他们放入口中。他们站了 5 分钟，紧闭的嘴里含着检测棒，就像小孩子吃棒棒糖。时间到了，他们把检测棒丢进密封并贴有标签的塑料袋里，然后离开。

几天后，通过药检的申请者收到一封电子邮件："祝贺你获得亚马逊服务有限责任公司聘用。"在点击接受聘用之前，他们必须签署一份协议，承诺永远不透露任何有关仓库工作的信息："在就业期间和此后的任何时候，除非出于本单位相关业务之要求，雇员将对所有机密信息严格保密，在没有亚马逊授权人员事先书面批准的情况下，不得获取、使用、公布、披露或交流任何机密信息。"

亚马逊以机场代号来命名履单中心。位于布罗宁公路的第一个巴尔的摩仓库以巴尔的摩机场命名，叫 BWI2。❶ 麻雀角仓库被命名为 DCA1，以华盛顿里根国家机场命名，❷ 因为华盛顿本地没有仓库，这个名字仍然可用。华盛顿可不是一个适合建仓库的城市。

启动 DCA1 仓库的众人中有小比尔·博达尼，他接受了公司为工人提供的转职机会。你或许以为，看到此地变得面目全非会让他痛苦，不愿意每天都来找不痛快。但这恰恰是他转到新仓库的原因，这样他可以在工作的麻木中体验那种感觉——"那是回家的感觉，"他说，"身处那里的感觉就够了。在那里，我度过了生命中的大部分时间。这是种回到家的感觉。开始很痛苦，但之后感觉很好，你明白吧。"

去麻雀角需要经过弗朗西斯·斯科特·基大桥，从桥上望去，可以看到过往的一切都已消失殆尽——昔日巨大的产业工程以及整个城镇，他和父亲都在此长大成人，如今在广阔的潮水之上，一切都被抹去了——有时，他会流下眼泪。

他会向一起工作的年轻人讲述他们到来之前发生过的故事。他说，这里曾经是 68 英寸热轧机的位置，这边是马口铁厂，那边是钢管轧机。

入职新仓库有一个短板：新仓库的上司对他的要求比布罗宁公路仓库的上司更高。在麻雀角仓库上班后，小博现在的时薪勉强超过他最后几年在同一个地方工作时的三分之一，还不算那时候的奖金。他没有加入工会，事实上，经理们警告他和同事不要

---

❶ 巴尔的摩华盛顿国际机场（Baltimore-Washington International Thurgood Marshall Airport），三字代码为 BWI。

❷ 华盛顿罗纳德·里根国家机场（Ronald Reagan Washington National Airport），通常简称为里根国家机场，其三字代码为 DCA。

找什么工会代表，不然就等着失业。

一个多世纪以前，弗雷德里克·伍德曾让工人签字同意将"煽动"作为解雇理由。在此后的几十年里，为了更好的报酬和更安全的工作条件，工人们努力争取组织起来的权利，并且获得了成功。几十年来，他们享受到了比往昔更高的报酬和更安全的环境，获得了作为中产阶层来养家糊口的体面，拥有了以近乎平等的身份为工作谈判的尊严。

而现在，一切又回到了最初的起点。尤金·格雷斯"永远多生产"的口号，可能同样适用于现在这家伫立在热轧机位置上的巨大仓库。1907 年，在参观钢铁王国之后，记者赫伯特·卡森这样写道："公众很少就钢铁厂相关的危险发表意见，原因是很少有行业外的人通过亲身经历来了解真实状况。"[133] 仓库的危险性较小，但它的不透明性与钢铁厂如出一辙。仓库掩盖了一切，也打消了消费者的好奇心。

卡车一辆接一辆开进来。摄像机和监工在点数。

小博感受到来自膀胱的压力。但他已经用完了分配的休息时间。他想憋住，他做到了。

但有时候真的憋不住，他就找一个安静的角落，把叉车停在那里，给自己打个掩护。

第五章 服务：争夺地方业务

得克萨斯州埃尔帕索

特蕾莎·冈达拉的父亲埃德蒙多·罗哈斯在埃尔帕索南部经营一家小杂货店。杂货店靠近美墨边境，对许多从南边来的偷渡客来说，这里自然成了入境美国的第一站。罗哈斯先生在杂货店里安装了两台洗衣机、两台烘衣机，还有三个淋浴头。只要付25美分，就能得到一块肥皂和一条毛巾。如果要说这是团结的体现，那么这种团结的源头有些久远了：几乎没有人能够回想起来，是多少年前，罗哈斯一家从河对岸来到了这个国家。对埃德蒙多·罗哈斯来说，这是最起码的尊重。"他相信人人都有冲个澡、收拾得干干净净的权利。"他女儿说。

特蕾莎有七个兄弟姐妹。尽管一家人生活拮据，但孩子们并不觉得贫乏——至少在高中以前是这样，到那时他们才发现自己穿的牛仔裤跟不上潮流。家里有些东西实行配给制，其中就包括高等教育：姐姐罗莎被看作上大学的材料，但特蕾莎并未获得同样的认可。她一心要证明父母亲的看法是错的，于是去了华盛顿州塔科马的社区学院上课，在姐姐罗莎和担任陆军上尉的姐夫家住了一段时间；返回埃尔帕索后，她继续攻读课程，尽管这意味着她不得不仿冒家长的笔迹，在佩尔助学金 ❶ 申请表上签名。她后来开玩笑道："这是我头一回犯下联邦级的罪行呢。"她在得克萨斯大学埃尔帕索分校就读，一边尽可能多地修课，一边兼职工作，管理埃尔帕索分校的游泳池、粉刷房屋、打扫校舍。几年过去，特蕾莎终于拿到学位，她还一并获得硕士学位，这时候，她已经成了一名体育教师，嫁给在办公用品公司货仓上班的卡洛斯·冈达拉。

在学校里，特蕾莎坚持教会孩子们一些他们鲜少接触的运动，比如网球和棍网球 ❷。"我是不会教你们打篮球的，"她告诉他们，"你们可以自己找时间打篮球。"她还坚持每周抽出一天时间，根据正在练习的运动开展相关的课堂教学，比如说带领大家测量运动场面积。

后来，特蕾莎被提升为校长助理，但她对行政管理没什么兴趣：由于花太多时间帮助一群问题学生，疏于记录工作，她还挨了批评。2000 年，丈夫卡洛斯从公司离职，从十多岁起他就在这家办公用品公司的仓库做保洁，后来担任过这家公司内的几乎所有职务，比如内部销售、外部销售、管理等等。现在这家公司被卖掉了，受到竞业协议的限制，卡洛斯赋闲了几年。条款到期时，他开始

---

❶ 佩尔助学金（Pell Grant）是为有特殊经济需要的大学本科生提供的奖学金，由美国联邦政府资助，以罗得岛州前国会参议员克莱本·佩尔的名字命名。

❷ 棍网球（Lacrosse）起源于北美洲，原本是原住民部落的一项传统游戏，亦作"长曲棍球""袋网球"或"兜网球"。

四处寻找新的工作场所，特蕾莎却萌生了一个别样的想法。"为什么咱们墨西哥人老是默认要替别人打工呢？"她说，"没有人像你那样关心客户。我更情愿投资我们自己。""可我们不懂怎么做生意啊。"卡洛斯答道。

"大不了就失败呗，"她说，"不去尝试才是失败呢。我们有机会试一下。"

2001 年，夫妻俩创办"铅笔筒办公用品公司"（Pencil Cup）。特蕾莎继续担任校长助理一职，尽可能地把工资投入到家里的生意中去；周末她会到店里做事，卡洛斯则负责工作日的管理。一家工业机械商店的老板把自家仓库给他们用。他们的儿子，13 岁的小卡洛斯，在放学后会到店里帮忙。

起初只有三位客户，一名会计、一家工业设备供应公司，以及一家基督教女青年会。2006 年，生意有所起色，特蕾莎辞去了本职工作。到 2010 年，公司已经拥有 18 名员工。小卡洛斯也是其中一员，他成了铅笔筒公司的顶级销售员之一；他喜欢在库房里拖动大铁链来锻炼身体，铁链和一台起重机连在一起——曾经，当这个库房还是一家修理厂的时候，这台起重机会把发动机从待修的巴士和电车中吊起。冈达拉夫妇的女儿克里斯蒂娜也在员工的行列中，她曾前往新墨西哥州立大学攻读商业学位，还发誓说自己不会再回来，但后来她改变了主意。"爸爸，你给我的学位付了钱，"她说，"来看看效果咋样吧。"

铅笔筒公司的业务份额越来越大，当中至少有三分之一来自与当地政府和学区的合作业务。当地政府和学区会优先从获得认证的本地供应商、女性供应商以及少数族裔供应商处采购用品，特蕾莎家的办公用品公司正是其中之一。不过，认证采购并不是铅笔筒公司盈利的全部原因。特蕾莎夫妇认为生意的成功靠的是尽心尽力的客户服务。他们总是为客户组装所有家具——从来没有人会从铅笔筒办公用品公司收到装在箱子里、未经安装的桌椅。他们还挨个回收客户的空纸箱和碳粉盒。

他们也会不遗余力地对身处窘境的客户伸出援手。有一次，一个学区在下订单时遗漏了 800 支荧光笔，他们在早上 8 点打电话来，说当天就需要这些笔。于是，冈达拉夫妇和员工前往竞争对手——那些大型办公用品商店——那里，尽可能给学区凑齐足够的荧光笔，哪怕商店的售价要高于批发价。还有一回，一名美国边境巡逻队的管理人员打来电话，说她买了 5 000 枚 2A 电池，而她本该买 3A 电池，她担心自己会丢掉饭碗。另外，这些电池并不是从铅笔筒公司购买的。特蕾莎一家却觉得这不是问题，他们从自己的供应商那里买了 5 000 枚 3A 电池，换下了那名管理人员买错的型号。虽说是笔亏本买卖，但——"这可是我们的客户啊，"卡洛斯说，"我们保住了她的工作。"

2017 年，特蕾莎接到一通亚马逊打来的电话。亚马逊邀请铅笔筒公司入驻他们的网站，表示这将让公司获得更广阔的世界市场。特蕾莎知道，对亚马逊来说，她的公司很有吸引力，因为亚马逊可以拿铅笔筒公司的少数族裔身份来做文章，而许多买家在购物时看重的正是这种身份认同。

但她还是忍不住感到受宠若惊。"一开始我们非常兴奋：'哇哦，亚马逊！'"她说，"然后我们就开始提问。"

桑迪·格罗丁的办公用品之路始于牛仔裤。那可不是普通的牛仔裤，而是石洗工艺牛仔裤。你甚至可以把桑迪称作李维斯牌

501 款石洗牛仔裤的创始人之一。至少桑迪本人肯定不会反对这种说法。

桑迪出生在布鲁克林，在他 1 岁那年，一家人搬到了埃尔帕索。桑迪的父母都是犹太人，但两人的原生家庭来到美国的路径却截然不同。19 和 20 世纪之交，桑迪父亲的家庭告别了东欧，去往英国，最终在美国纽约市布鲁克林落脚。桑迪的祖父成了当地一名小贩，收入很低，父亲欧文·格罗丁被寄养在另一个家庭，在大萧条时期，这是很寻常的事情。桑迪的母亲多萝西·卡普兰一家在 20 世纪 30 年代逃离波兰，但他们的船只在埃利斯岛 ❶ 被拒绝入境。于是他们转道古巴哈瓦那，在那里也被拒之门外，最后，这艘船在墨西哥的韦拉克鲁斯靠岸。多萝西 7 岁时，一家人先是抵达墨西哥境内的华雷斯，接着越过格兰德河 ❷，偷渡到美国境内的埃尔帕索。多萝西的父亲在埃尔帕索开了一家二手服装店。

二战期间，欧文·格罗丁驻扎在埃尔帕索东北边缘的布利斯堡。在被派往南太平洋之前，他遇见了多萝西。战后两人成婚并搬到布鲁克林，后来又决定搬回埃尔帕索生活。欧文的整个家族都跟着他们一道南下，包括祖父母，甚至还有他的姑姑们。欧文开始从事保险业，他父亲帮他处理业务。

桑迪是欧文五个孩子里的老二，他在埃尔帕索上大学，拿到了得克萨斯大学埃尔帕索分校的商务专业学士学位。不过，1975 年毕业后，桑迪在李维斯牛仔服饰公司找了一份工作，在公司的

---

❶ 埃利斯岛位于美国纽约州纽约港，1892 年至 1954 年期间曾是移民管理局所在地，是许多来自欧洲的移民踏上美国国土的第一站。

❷ 格兰德河位于北美南部，将新墨西哥州一分为二，并在埃尔帕索成为美墨两国的界河。在墨西哥，它被称为北布拉沃河。

旧金山总部上班。一天，他和营销团队的其他同事接到召集，让他们去见公司的美国地区牛仔服饰总负责人阿尔·桑吉内蒂。

桑迪走进会议室，看到桌子上放着几条牛仔裤，不是李维斯自家的，而是竞争对手萨森和约达西（Sasson and Jordache）家的。萨森的新款石洗牛仔裤正流行起来，这位对手开始威胁到李维斯公司的行业霸主地位。

"接下来，李维斯要如何应对呢？"桑吉内蒂发问。

桑迪的一个朋友插话："为什么不预洗你们的基本款牛仔裤呢？"

"这个想法很妙，"桑吉内蒂笑道，"你们打算在哪里做预洗呢？"

桑迪举起手。"我在埃尔帕索认识两个开商用洗衣店的人。"他说。

这可以说是非常凑巧了，因为李维斯一家主要生产工厂就在埃尔帕索。桑吉内蒂让桑迪坐飞机回去，着手落实这件事。

桑迪先去找他认识的第一位商业洗衣店老板戈德堡先生。戈德堡拒绝了，他不可能让桑迪在他的洗衣机里放石头。于是，桑迪去找他认识的另一位洗衣店老板戈德曼先生。戈德曼双手赞成。

那么，现在的问题是要使用什么样的石头做预洗。桑迪建议李维斯试试软石，以避免撕裂衣物，而且他心目中还有一种特定的石头——通常作为景观用途的熔岩石。桑迪甚至认识一个人，就在新墨西哥州的熔岩台地经营碾石厂。于是，桑迪订购了一卡车熔岩石，把它们倒在戈德曼先生的洗衣店外面，然后找来一些手推车和铁锹。在第一次尝试中，他们将两铲子熔岩石和30条牛仔裤混在一起，之后又尝试了不同的组合实验，并将成品全部送回旧金山，以供上级部门评估。很快，大家便发现，这些牛仔裤无法承受石头的作用力。于是，公司开始制造更耐磨的牛仔裤。戈德曼先生则开始制作越来越多的石洗牛仔裤，每周达数千条。

实现工艺突破后，李维斯决定将生产集中到田纳西州诺克斯维尔的大工厂，公司在那里建立了自己的石洗作业，而桑迪成了公司派出的内部专家。桑迪的职位越来越高，此时可以接触到李维斯公司的商业计划。正是在一份十年计划中，桑迪发现公司有意将所有生产转移到美国以外的地方。

桑迪·格罗丁不打算坐以待毙，他不想等到公司不再需要他服务的时候。1986 年，经批准，他把工作调回埃尔帕索，随后，他开始四处寻找其他的职业可能。他在埃尔帕索外围的工业园区开车转悠，寻找待售企业。有一天，正开车去往市中心方向的他看到一组挂着墨西哥车牌的货车，它们在扬德尔街上的斯特吉斯公司外面排队。这个名字勾起了他的怀旧之情：小时候，他曾在这里买过学习用品。

通过连续几天的观察，桑迪看出斯特吉斯公司的生意很好，他被挑起了兴趣。于是打电话问公司的老板是谁。他被告知老板名叫哈维·约瑟夫。过了一会儿，他又打过去，说要找哈维·约瑟夫。电话那头传来一阵粗哑的嗓音。

"哈维，我叫桑迪·格罗丁，我想知道您是否愿意——"

哈维·约瑟夫挂断了电话。桑迪再打过去。"你是销售代表啊？"约瑟夫问道。

"不，我不是，"桑迪回答，"我想知道，您是否有兴趣出售您家的生意？"

出乎意料的是，约瑟夫对此还算客气。"我倒没有认真想过这个事情，"他回答，"让我考虑一下吧。明天再给我电话。"

第二天，约瑟夫回复，他可以出售斯特吉斯公司，价格是100万美元，首付35万，其余款项可以之后再付。他说公司每年的销售额至少有200万美元。没有任何书面记录可以证明这一点，但桑迪目睹了斯特吉斯的售卖往来。他开始筹集首付。他的父亲和兄弟俩各贷了2.5万美元，他的祖父贷了5万美元；几位朋友每人借给他5 000美元，利息是最优惠利率加3个点。有一天，斯特吉斯的一位销售代表出现在桑迪在李维斯公司的办公室，他和她开玩笑说，"我准备买下你们公司"。"嗯，才怪。"她说。

他在自己的车上贴了一个"待售"标志，那是一辆1976年的奥兹莫比尔弯刀❶。他正停在一个红绿灯前准备开上10号州际公路时，一个人把车停在他旁边，问他这辆车打算卖多少。他回答，大概7 500美元。那人让他把车停好，递上现金，让桑迪之后把车证寄给他。卖掉车的桑迪就这样被留在了一个加油站。他给妻子朱迪打电话，让她来接他。她对这桩突然的买卖感到困惑——尤其是因为她对他打算买下斯特吉斯的事还毫不知情。

与约瑟夫通话后过了9个月，桑迪打电话告诉他钱准备好了。两人见了面，桑迪把一张20万美元的支票放在桌子上。

约瑟夫看着支票。"这里还不够。"他说。

"哈维，我能拿的钱都在这儿了。"桑迪提议道，"拿着这张支票吧。要是我搞砸了，你留着这张支票，你的生意我也还给你。"

约瑟夫看了看支票，又看了看桑迪，来回看了好长时间。最

---

❶ 通用汽车旗下的一款汽车，是20世纪六七十年代美国肌肉车的代表车型之一。

后他说："你最好去找个律师。我们成交。"

现在，桑迪不得不跟妻子说实话了。按照惯例，李维斯公司带几百名员工观看"太阳碗"（Sun Bowl）大学橄榄球比赛，桑迪在比赛现场向她摊牌了。"你说什么？"朱迪问，"花了多少钱？""100 万。"他回答。

妻子听到后整个人都不好了，桑迪担心她可能会背过气去。

几天后，桑迪出现在斯特吉斯公司。那名和他接触过的销售代表也在场。"还记得我说过要买下这家公司吗？"他说，"嗯，我做到了。"

迈克·塔克的生意始于老虎机。他父亲在马里兰州南部拥有或经营着几家餐馆和酒吧：小鸡之家、半途、摩登，等等。黑牛餐吧是其中最大的一家。迈克父亲的生意吸引了华盛顿和巴尔的摩在周末出行的游客，还有来自帕图克森特河海军航空站的顾客，再就是烟草农场的人，那时候烟草农场仍然繁荣。店里的老虎机经常有硬币卡住，迈克的工作就是拿着一把大橡胶槌走来走去。对着机器一通捶，十有八九就能把硬币给弄出来。

迈克没有离开家乡去远方上大学，他就近入读了马里兰大学，还加入了校棒球队。他对学习没有太大热情，再加上 1970 年前后大型校园里弥漫着放纵的气氛，他曾经被当地军事化寄宿学校培养出来的纪律感消失殆尽。他成绩勉强及格，保住了留在球队的资格，但最后一个学期到来的时候，他发现自己还需要获得 23 个学分才能毕业。要是还没有拿到学位就被征召参加越南战争可不妙，想到这种前景，迈克受到了刺激，于是在最后一个赛季退出了棒球队，全力冲刺课业。他拿到了商务学位，而且在征兵时抽到了一个靠前的号码，准备申请海军飞行学校以替代艰苦的兵役。在等待命运被决定的时间里，迈克在谢南多厄河谷的比赛中大展身手，这是一场非常小型的联赛，却弥补了他因为学业而失去的棒球赛季。他在那里只坚持了3周，在下一站——在佛罗里达州效力于费城人队里级别最低的球队——也坚持了3周。他本来也没打算在棒球生涯中走远。

迈克·塔克一直都没弄明白接下来发生的所有真相，不知为何他的征兵分类突然从2-S类（因学业推迟服兵役）转到了1-H类（目前无须接受服役培训）。也许这与他祖母的朋友是圣玛丽县征兵委员会负责人有关。也许更无辜的解释是，战争已开始走向尾声。不管怎么说，很难从塔克后来取得的成就当中，看出来他在大学时代所缺失的那种决心，那种想要好好赚大钱的愿望。

他在三花淡奶公司找到一份乳品销售员的工作，负责向巴尔的摩和华盛顿地区的杂货店销售产品。在马里兰州的海洋城，他在一场推销活动中遇到了未来的妻子。不久后，她一位朋友的父亲问迈克是否愿意到辉柏嘉文具上班。迈克决定跳槽，他就此告别了推销牛奶的工作，转行去卖铅笔。

还有水笔。20世纪80年代，辉柏嘉公司成为Uni-ball系列中性笔在美国的全国经销商，这是日本三菱铅笔生产的一款流行产品。迈克鼓动上司们利用这条新的产品线去招揽新的买家：政府。在他的努力下，辉柏嘉公司进入了美国联邦总务管理局的供应计划名单，该局负责采购联邦官僚机构用品。他拿到自家产品的库存编号，产品被存放在十个地区仓库中。他开始跑全国各地的军事基地，甚至跑到欧洲的美军基地。"嘿，我这儿有一份联邦合同，"他说，"我有你需要的数目。买点儿笔吗？"

"你大老远跑这里来，就为了卖几支笔？"他们会这么说。

他确实就是来卖笔的。一个军事基地 5 000 人，这意味着他们要买很多笔。辉柏嘉公司的政府销售收入从无到有，激增至700 万美元。在辉柏嘉工作 15 年后，迈克跳槽到佛罗里达州一家名为 All States 的公司，这家公司代理了缤乐美牌中性笔。他在这家公司故技重施，将公司销售扩张至政府采买行列。但后来这家公司被欧迪办公收购了，欧迪和另一家叫史泰博的公司一同掀起了办公用品大卖场的收购浪潮，迈克头一回发现，他真的不喜欢为巨头效力。他想和重量级对手打交道，而不是与之共事。

离开欧迪办公后，迈克决定是时候尝试经营自己的生意了。1995 年，迈克想办法买下了乔治·艾伦公司一半的股份，这是一家在华盛顿郊区挣扎的办公用品公司。他让乔治·艾伦公司入选了联邦供应计划名单，并且安排它成为辉柏嘉公司的政府供应商。不久，乔治·艾伦办公用品公司的销售额从 350 万美元猛增至 2 600 万美元。迈克与当地另一家拥有商业客户基础的办公用品公司合并，2016 年，合并后的公司销售额已增至 6 500 万美元，而他和合伙人决定出售这家公司。

这时候迈克·塔克已经 66 岁了。他是有钱人，在拥有"马乡"美誉的马里兰州霍华德县拥有一座占地 3 英亩的大房子；他膝下儿孙满堂；他在海洋城还有一栋海滨别墅。他可以退休了。

相反，迈克却决定加入一场他近些年目睹的愈演愈烈的斗争。大卖场式的办公用品公司已经被一位更强大的对手超越，这个事实更强烈地刺激了他对弱者的同情。全国范围内所有的"大卫"们——也就是小型办公用品公司——正试图借助"独立办公产品和家具经销商协会"组成联盟，来对抗"歌利亚"。❶ 这家协会正在物色一名负责人。

办公用品行业的运作藏在幕后，与普通消费者之间几乎没有直接互动。办公用品公司安静地待在各个产业园区中，或是在不太显眼的街区里，因为它们对人流没有需求。这个行业为美国公众所熟知，主要归功于一档以其为主题的热门电视剧，该剧平淡无奇的喜剧构思建立在剧中人物所做的工作上。❷

处在交易另一头的人，属于同样模糊难测的采购领域：他们是其他公司或者公共机构中办公用品采购负责人。在政府里面，采购部门可谓官僚机构里的官僚机构。英文里的 procure 很有意思——它的一种解释饱含不正当的意味 ❸，另一个含义却又如此平庸 ❹。政府采购运行所需的物品。铅笔、钢笔、纸张、电脑、打印机、软件、办公桌、椅子、灯具、沙发、桌子、地毯、洗手液、擦手纸、卫生纸，等等。

安妮·荣正是在这个领域收获了大好名声，该领域如此远离公众视线，声望更加难能可贵。

安妮的父亲在宾夕法尼亚州立大学教数学；母亲抚养安妮和她的五个兄弟姐妹长大。不过，由于父亲在夏威夷、加拿大和中国台湾地区均从事过临时教学工作，安妮的大部分成长经历都发生

---

❶ 在《圣经》中，歌利亚是一位战无不胜的巨人，但最终却被默默无闻的 12 岁少年大卫所战胜，这个故事被用来比喻弱者战胜强者。
❷ 指 2005 年首播的美剧《办公室》(*The Office*)，该片根据大受欢迎的同名英国喜剧改编，记录了一家纸品公司中办公室白领的日常生活。
❸ 指拉皮条。
❹ 指采买，采购。

在远离宾州的地方。后来，安妮将这段海外时光，以及宾州大学本科毕业后在伦敦政治经济学院学习的经历，当作她希望在华盛顿服务的理由。[1]

最初，安妮任职于美国民主党领导委员会，该组织成立于20世纪80年代，旨在将民主党引向中间派，并推动了比尔·克林顿等人的政治生涯。在担任委员会国会事务主任的5年间，她与国会山建立起联系。后来她回到了宾州，在时任州长埃德·伦德尔手下的州总务部工作。总务部属于州政府的一部分，负责管理州政府其他部门。那是政府工作中最辛苦的差事，只有在事情出现差错时，部门的名字才会出现在新闻头条。比如说有一次，由于一台邮件入封机器卡纸，2 845个社会福利续订邮件被送往错误的家庭住址，其中近一半信函泄露了收件人的社会保障号码。[2]

这样的失误并没有拖慢安妮·荣在政府内部的崛起。2006年，她卸任州总务部首席长官，转任伦德尔的行政副部长。2010年8月，她重返华盛顿，在美国商务部这个最低调的内阁机构之一，接受了一个同样低调的职位：高级行政主管。她开始在这个灰色空间里树立起自己的形象。同年11月，即奥巴马政府在2010年中期选举中遭受灭性挫折后不久，安妮出现在美国主要自由派智库"美国进步中心"的一场小组讨论会中，谈论联邦采购改革。在这个问题上，她已然形成了强硬的观点。她认为，由某家采购商为某个政府机构采购各式各样的物品——今天是车辆，明天是信息科技产品——而不是由一家专门从事某种产品类型的采购商为政府代理更广泛的采购，这很荒谬。每当她发现某个政府机构为同一件物品支付的费用比另一家机构高得多时，她会感到气愤。多年后，她仍然会回想起这么一个例子。"我们有一家州立医院，为每箱番茄酱支付 23 美元，另一家州立监狱为同样一箱番茄酱仅支付 12 美元。"

如此的洞察力让安妮成了一名出色的采购官员。她为宾州节省了开支，也为商务部省下了花销，被素有"采购界的死星"❶之称的美国联邦总务管理局相中只是时间的问题。联邦总务管理局是一家拥有 12 000 人的机构，负责监督 600 多亿美元的采购，并且管理价值 5 000 亿美元的联邦财产。2013 年，安妮·荣被任命为该局"全政府政策办公室"的负责人。

她全身心地投入到这个新角色当中，负责改革政府采购方式。接手后不久，安妮自豪地在报告中提出，在办公用品开支方面，她领导的办公室已为美国政府节省了 2 亿美元。

一年后，她进入白宫，升迁至采购领域的最高职位。奥巴马总统提名安妮·荣为行政管理和预算局中的联邦采购政策负责人。现在，她负责监督一切联邦采购：一共 4 500 亿美元的采购，由世界各地 30 个采购办公室中的大约 10 万名联邦雇员来执行。她的官方头衔说明了一切：美国首席采购官。

这项任命需要获得参议院批准。2014 年 7 月 24 日，安妮现身参议院国土安全和政府事务委员会。她家人也来了：她的父亲和他的妻子，一个表弟，还有她已 83 岁高龄的母亲；和母亲一起来的还有安妮的兄弟及其妻子，他们的两个孩子也来了。为了到场，他们从田纳西州启程，坐了 9 个小时的通宵巴士。"我的大家庭，他们是教师、退役军人、职业政府官员，以及小企业主，他们生活正直，致力于公共服务，并且理解努力工作的价值，"她告

---

❶ 死星（Death Star）是电影《星球大战》中银河帝国制造的终极武器，有"行星杀手"之称。

诉诸位参议员，"我向来也致力于此……我专注于让政府更好地为其服务的人民工作。"

委员会通过了安妮的任命，于是她走马上任。她发布了一份备忘录，呼吁在采购方面采取"全新范式"。她告诉记者，她将为采购工作建立一支"特别行动小组"——一支由 20 名专家组成的精英团队，如一名记者所描述的那样，"这支团队的机构合同官员享誉街头，他们将集训 6 个月，然后回到各自的机构，以帮助简化联邦采购招标要求，深入了解市场"。

她敦促采购官员开展创新，与供应商建立关系，摆脱既有方式的约束。她提出："不要破坏规则，但要负责任地冒险。"[3]

两年后，2016 年 9 月，她宣布自己主导的改革取得胜利。她在一份得意扬扬的备忘录中写道，通过该项改革，联邦政府省下了 20 亿美元。如今，在美国政府每年 10 亿美元的计算机采购支出中，有近一半是通过三项政府机构共享的合同来完成的。第一支特别行动小组"学成而归"，IT 采购专家也已分派到各个政府机构。她写道："我个人对这项成果感到自豪，我们不会放慢脚步。"[4]

这份备忘录可能给人留下了这样的印象：安妮·荣将继续领导她的改革事业。而实际上，在她离职的两周之前，就有报道称她要离开联邦政府，离开华盛顿。

她搬到了西雅图，加入亚马逊企业购（Amazon Business），这是创建于 2015 年的新分支，面向企业用户。安妮将领导亚马逊企业购的新单元，那就是面向政府的"公共部门"。

换言之，曾经负责监督联邦政府全部 4 500 亿美元采购任务的人，现在加入了这家决心要在联邦采购业务中拿下更多份额的大公司。

没过多久，桑迪·格罗丁开始怀疑自己是不是被人"抢"了。由于哈维·约瑟夫几乎没有保留任何书面记录，格罗丁相信了他的话，认为斯特吉斯公司的年销售额大概是 200 万美元，这样自己用 100 万买下它就很划算。但是，格罗丁一接管这桩生意，他就基本上可以肯定，公司的销售额要低于预期。那么现在他能做的，只有尽力而为了。他的第一项任务，是着手清点公司那些尘土飞扬又杂乱无章的库存。斯特吉斯公司分配了几名员工负责仓库，一天，桑迪告诉这几名员工，这个周末，他们要和他一起去盘库。

在仓库的过道里，一帮人来回走动，桑迪就每一件物品向他们发问：这件好卖还是不好卖？不畅销的产品被打上红点标记，处理掉。那些抢手的产品被标上绿点，桑迪记录下它们的零件编号，还有制造商的电话号码。红点标记比绿点要多得多。然后他打电话给 IBM 公司，告诉那里的人，他需要一个用来跟踪库存、经销和财务状况的软件包。

斯特吉斯公司由此进入了数字时代，从此走上了蓬勃发展的道路。1994 年，公司已拥有 40 名员工，年销售额达 1 200 万美元。这引起了一家名为"美国办公用品"（U.S. Office Products）的公司的注意，这家公司正在争夺小型办公用品经销商。大卖场合并时代已经降临，桑迪觉得自己无法与这种潮流抗衡。他不但把斯特吉斯卖给了这家公司，还留在了这家相对大一些的公司里，向其他小型经销商推销出售公司的点子。

5 年后，他受够了这份工作。冷不丁打电话给其他公司，询问对方是否愿意出售，与他的企业使者角色并不相符。1999 年，桑迪·格罗丁辞职，他决定尝试的下一个领域是线上业务。此时此刻，互联网泡沫已接近顶峰，他是这么考虑的：如果能在网上出售鲜花和宠物，自然也可以出售纸品和打印机墨盒。他从达拉斯雇来两名技术高手，建起了网站 coolofficesupplies.com，还开发了一套软件，将自家商品与大卖场商品一一对上号之后，可以在该软件上检索商品价格，从而将自家的定价设低一些。在他的网站上，客户可以看到几百种常见用品，上面标注了那些大公司给出的价格，旁边则是桑迪的网店给的折扣价。订单会被直接发送给桑迪的批发供应商 S. P. 理查德斯（S.P. Richards）。

　　订单陆续从一些最不可思议的地方发来。远东、澳大利亚，还有美国驻莫斯科大使馆。老客户可以在网站页面上选择客服形象——一个英俊男人或漂亮女人（任选）——然后他们会收到专属问候。当客户下满 500 单时，系统会拨打 1-800-FLOWERS 鲜花订购热线，为该客户送出致谢花束或盆栽。"这是个复杂的网站。"桑迪说。公司头一年的销售额就达到 100 万美元——折扣产品低至 0 的利润率由其他产品的高利润率来抵消。"整体的思路，就是要营造出这样一种印象：我的网站就等于低价办公用品。"

　　这桩快乐的生意并没有随着互联网泡沫的破灭 ❶ 而结束（毕竟桑迪的公司没有上市），但随着谷歌公司在 1998 年成立并迅速发展，它逐渐走到了尽头。短短几年内，谷歌就全线占领了在线搜索。为了取得竞争优势，格罗丁不得不同意谷歌的按点击次数付费的

---

❶　1995 年至 2000 年，互联网企业吸引大量资本涌入，美国市场一片繁荣。但在极速扩张的同时，不少互联网企业长期处于亏损状态，高度依赖风险投资。2000 年 3 月，互联网泡沫破裂。至 2002 年 10 月，美股市值损失超 5 万亿美元，纳斯达克指数跌至高峰期的四分之一以下。

条款，谷歌每送来一位客户，就会分走一部分收入。"他们坐地为王，而我觉得不能再这么下去了，"他说，"我没有足够的经济资源来跟上这种飞速发展的步伐。"

2001年，他关闭了购物网站，回归实体经营。他与美国办公产品公司的竞业协议已经到期，得以重新加入这场竞技。那年秋天，"9·11"事件发生两周后，在埃尔帕索东部边缘轻工业区一栋不起眼的楼里，桑迪的"埃尔帕索办公用品公司"开张了。

这一次，他从头开始。他找到当年斯特吉斯公司的老客户，雇用了十几名前员工。2017年，公司销售额超过400万美元，其中一多半来自教育领域，包括当地学区以及他的母校得克萨斯大学埃尔帕索分校。他给自己买了一辆淡黄色2008款科尔维特跑车。多年以前，他在镇上游荡寻找待售企业时，便想成为一名成功的地方企业家，如今他梦想成真。

有一天，他接到最大的客户之一埃尔帕索独立学区的电话，被告知学区的采购业务可能会转到亚马逊上。大约在同一时间，亚马逊也联系了桑迪，邀请他入驻"亚马逊市场"（Amazon Marketplace）第三方卖家平台。如此一来，埃尔帕索独立学区，以及桑迪的其他大客户就可以继续从他那里购买办公用品——区别是要通过亚马逊这个平台。而且，他还可以向网站上任何其他客户出售产品，这可是一整个全新的客户群体。

只不过这是有条件的：每完成一笔销售，比如同埃尔帕索独立学区这样的长期客户间的交易，都得向亚马逊支付大约15%的佣金。

亚马逊和桑迪·格罗丁通了一次话，以便说明相关条款。他们说可以给他30分钟时间。电话那头的声音听上去非常年轻。

在他们推销卖家平台时，桑迪让他的采购主管海蒂·席尔瓦查了查最常见的一种办公产品——埃弗里牌 5160 款地址标签——在亚马逊网站上的售价。她查到的价格是每盒 15.25 美元，低于批发商给的 18 美元报价。桑迪目瞪口呆。他让海蒂给埃弗里公司打电话，要求以亚马逊拿货的价格进一货盘同款标签。埃弗里公司的人感到困惑，很快，他告诉电话那头的海蒂，亚马逊上卖的是假货。

在此过程中，亚马逊的推销人员问桑迪他是否有任何疑问。格罗丁询问可否推荐另一位已加入第三方平台的独立经销商作为参考。

亚马逊拒绝了，称平台成员的身份信息专有且保密。

然后，桑迪提到网站上的假货问题。亚马逊问他这是什么意思。他说，嗯，就像他在网站上看到的这件商品，售价远远低于常规成本。他说，他已向产品制造商核实，确认了亚马逊卖的是假货。

他们惊慌失措，问桑迪具体是什么产品。他拒绝告知，说："该信息专有且保密。"

这就是那通电话的全部内容。结束通话后，桑迪要求海蒂在一周内，以小时为单位，追踪埃尔帕索独立学区订购的前 20 种办公用品在亚马逊上的价格，并将这些数据制成电子表格。他对整理好的信息感到惊讶，这些产品的价格每小时都在剧烈波动。

随后，他约见了学区代表。他们答应给他一个小时时间，但最终他待了 4 个多小时。他向学区展示了那份电子表格，告诉了他们关于 15% 佣金的事情。他给他们看了他 2016 年度的损益表，他很少给别人看这种东西。"这是我们公司的销售总额，"他说，"这是我的销售成本，这是扣除销售成本之后我得到的收益。我们很幸运可以有两个点的利润。要是开销再拿掉15%……"他顿了一下，好让对方明白，"伙计们，这么一来，我的生意做不下去了。"

他尽力了，为自己提出了强有力的辩护，不过，他并没有预料到接下来发生的事情。学区采购主任从办公桌后面站起身，走过来和他握手并感谢他的坦诚。

"现在我明白了。"他告诉桑迪。采购主任对学区负责人的建议是，应当谨慎考虑同亚马逊的合作，仅在该网站购买学区无法在本地买到的商品。

格罗丁为占用了这么多时间而道歉。

他们摇了摇头，说道："我们需要知道这些事情。"

安妮·荣进入新角色，领导企业购公共部门后，亚马逊立即行动起来。威廉王子县公立学区位于北弗吉尼亚，是该州第二大学区，拥有9万名学生，2016年秋，该学区发布了一份办公用品招标书。但这份招标书不只适用于威廉王子县。该招标系统服务于巨型全国性采购网络，由55 000个学区、警察部门以及其他地方政府实体组成，由一家名为"美国社区"（U.S. Communities）的营利性公司运营。多年以来，这家公司负责与供应商谈判，为网络中的各成员提供大量折扣和其他优惠条件。

据估计，威廉王子县正在招标的这份为期11年的合同，总价值55亿美元。然而，几乎没有人参与竞标，很明显这份招标书是为一家特定公司设计的。与6年前发布的招标书相比，它大有不同，前一次中标的，是不同独立办公产品经销商组成的合作社。而现在这份招标书不仅要求投标方提供办公用品，而且希望它拥有更广泛的"购买产品和服务的在线市场"，这个市场不仅要提供办公室和教室用品，还要有家居用品、厨房用具、杂货、图书、乐器、视听和其他电子设备、科研设备、服装，甚至还有动物用品和食品。很少有办公用品经销商能提供类型如此广泛的商品，签下前一份合同的合作社甚至懒得参与竞标。[5]

最引人注目的，是这份招标书并未要求投标方提供其产品的固定成本估算。相反，在"定价说明"栏下，它只要求投标方"根据其市场模式提供定价"。换句话说，招标书没有要求投标方提供任何批量折扣，如此一来，该网络就不能受益于全部学区和公共机构的巨大购买力。

只有这么一家公司，围绕着波动而非固定价格建立起自己的整个商业模式，而且它提供了人们可以想象到的一切产品——从铅笔到宠物食品——它甚至把自己所提供的平台称为"市场"。一名感到困惑的潜在投标方询问威廉王子县："你们是在找一个随后能够上架所有这些商品类别的平台，还是想把合同签给某个公司……比如，亚马逊？"[6]

最后，只有5家公司提交了符合最低条件的标书。以100分为满分标准，4家投标方所获分数从2.5到36.7不等。

而亚马逊的提案获得了91.3分。2017年1月，亚马逊赢下这份合同。在签约之前，它设法调整了关键条款。修订后的条款要求，若有人申请公开合同信息，学区和公共机构需提醒亚马逊，使其有机会阻止信息披露。这与亚马逊要求地方政府对其仓库享有的税收补贴保密的做法如出一辙——坚决抵制公共支出的公开透明原则。

合同到手后，亚马逊开始接触各个学区和地方政府，鼓励他们充分利用合同，从它那里开展全部采购。[7]亚马逊的主张很直接：

既然许多员工已经选择亚马逊而非当地供应商，为什么不把亚马逊作为官方供应商呢？这样一来，采购主管就无须再为那么多合同外支出泄漏而闹得不愉快。如果和亚马逊签订合同，一切都会称心如意。

要是采购主管不情愿放弃本地供应商，亚马逊则保证可以继续从他们那里采购——只不过要从亚马逊这个渠道来完成交易。

这里没有提到的是，本地供应商在第三方市场平台上的所有销售，亚马逊都将从中抽取大约15%的收益。"地方自立研究所"是一家保护社区不受公司控制的研究和倡导组织，该组织的一份报告解释道："通过该项战略，亚马逊正在遵循它在消费品方面采用的方法，公司定位不仅是向公共机构销售商品的零售商，而且是其竞争对手必须通过它才能接触到买家的平台。如此一来，通过向商家收取费用，亚马逊实际上在征收销售税。"[8]

亚马逊对特蕾莎·冈达拉不断示好，这在她的家庭中引发了一场激烈辩论。她的女儿、大学毕业生克里斯蒂娜，在得知要被分走15%的份额后，对加入亚马逊市场平台感到疑虑。"12%到18%？那是我们的利润啊！"她说，"我们给不了这个钱。那是付钱替他们做生意。"

特蕾莎的儿子小卡洛斯却主张试一试，"有总比没有好"，他说。事实上，铅笔筒办公用品公司面对公共客户的销售额一直在下降，尤其是埃尔帕索市政府方面，这个情况迫使他们裁减至10名员工，而且，很难不去怀疑亚马逊是否在背后使了绊子。既然打不过，为什么不加入？

亚马逊不断发邮件、打电话，一言以蔽之：你非加入不可。

当特蕾莎询问关于这 15% 的抽成时，他们告诉她，嗯，没错，大家都付这么多。

这个数就是我们的利润率，她告诉他们。

如果你不愿意，也没人逼你，他们说。没人强迫你。

2018 年，当特蕾莎前往圣安东尼奥参加办公用品批发商 S. P. 理查德斯举办的年度贸易展会时，一家人仍在纠结这个问题。在议程上，她看到一场让她感兴趣的活动："亚马逊，无形的竞争者：你的公司有应对计划了吗？"她去了现场，人多到只能站着听。

刚开始时，台上空无一人。突然一个男人走了出来，看上去一点也不像那种典型的贸易展会主持人。他脸上裹着布绷带，戴着墨镜，顶着黑色的宽沿绅士帽。他打扮成赫伯特·乔治·威尔斯笔下的"隐形人"。❶ 他在台上来回跑动，向人群抛撒百元假钞。

那就是曾经售笔为生的迈克·塔克。

他走过了漫漫长路才到了这里，再不是当年那个拿着三菱中性笔给军事基地打电话的推销员，也再不是那个大学球队队员。考虑到独立办公用品经销商协会成员所面临的状况，领导该机构是一项激进之举。

2017 年末，在安妮·荣加入亚马逊一年后，美国众议院提交的《国防授权法案》中包含了一些表述，将国防部对常规商业产品的采购转移到"在线市场"。这份修正还允许在政府范围内使用这种市场平台——它将涵盖 500 多亿美元的常规采购。[9]

修正案引发了强烈抗议，来自那些将从采购方式转变中蒙受损失的人：不仅包括迈克·塔克的经销商，还有那些长期以来必

---

❶ 赫伯特·乔治·威尔斯，英国科幻小说大师。小说《隐形人》中的角色浑身缠满绷带，解开绷带后谁也无法看到他，隐形人借此胡作非为。

定能从联邦采购中分一杯羹的盲人和残疾人组织。提案被搁置了。后来人们发现，2017 年 9 月，荣女士与联邦总务管理局的一名高级官员在西雅图会面，讨论选用新的电子商务渠道。[10] 当时，安妮·荣为期一年的"离职冷却期"尚未结束，在这个阶段，前政府官员不得就其在政府工作时参与的项目游说前同事。

所有这一切让迈克·塔克得出一个结论：是时候用一些离经叛道的法子来为人们敲响警钟。他以一幅社论漫画拉开帷幕，在漫画中，一个男人坐在扶手椅上，正在阅读报纸上关于亚马逊收购全食超市的文章，这时妻子带着儿子拎着购物袋满载而归；她告诉他："鲍比在'亚马逊比和费奇'买了件衬衫。我在'亚马逊的秘密'买了件睡衣。我们在'麦马逊'吃了午饭。然后我在'来爱达逊'买了你的药……" ❶

随后，迈克向观众展示了一张亚马逊收入图：早年，它是一条低矮的、近乎水平的线，接着，在过去十年中，从 2007 年不到 200 亿美元到 2017 年 1 800 亿美元，线条向上直冲。他勾勒出亚马逊公司著名的成功"飞轮"模型：利用客户服务和 Prime 会员提供的免费送货服务来获取在线流量，然后利用高流量迫使其他公司入驻其市场平台，这么一来，它就扩大了选择范围，优化了网站的成本结构，还能让它降低价格，在推动更高销量的同时吸引更多卖家。[11] 迈克大量引用地方自立研究所的论证和数据，展示了如下流程：亚马逊利用卖家的专业知识，以及他们的交易所

---

❶ "亚马逊比和费奇"（Amazonbie & Fitch）对应休闲服装品牌"阿伯克龙比和费奇"（Abercrombie & Fitch）；"亚马逊的秘密"（Amazon's Secret）对应时尚内衣品牌"维多利亚的秘密"（Victoria's Secret）；"麦马逊"（McAmazon's）对应快餐连锁品牌麦当劳；"来爱达逊"（Rite Aidazon）对应药店连锁品牌"来爱德"（Rite Aid）。

产生的数据流，来弄清哪些产品畅销，然后再销售自家旗下品牌的近似产品，如尿布、电池、维生素补充剂、尼古丁口香糖、50年代现代风椅子、垃圾袋、凝胶鞋垫……

迈克告诉观众，亚马逊既是平台提供者，也是最大化其市场权力的卖家。它为自己挑选最畅销的产品，然后把这些产品放在其他产品之前，逼迫竞争对手售卖销量较低的产品，而它则从其他人的销售中抽取丰厚的利润。那些亚马逊旗下的山寨产品，即便没有庞大的销售总额，也会对竞争对手造成挤压：亚马逊的定价极具侵略性，以至于竞争对手不得不以荒谬的低价出售产品，这推高了销售额，也推高了亚马逊的分成，而卖家所获的利润所剩无几。

一方面卖家被隔绝在客户关系之外，另一方面亚马逊还强烈反对他们在别的网站上以更低价格出售商品；亚马逊第三方市场可能毫无征兆地调整卖家条款和费用。[12]对许多商家来说，将佣金、履单费用、网站广告费和账户管理费用加在一起，亚马逊可以从每1美元消费中收取超过30美分的费用，其中有些是可选项目，但对于希望生意兴隆的卖家来说，这些可选项很难避免。[13]（2018年，亚马逊广告收入跃升至100亿美元，令其一跃成为主导广告收入领域的两大巨头——脸书和谷歌——的竞争对手。）亚马逊在第三方销售上赚取20%的利润，而在常规零售上只有5%。[14]2013年，通过亚马逊仓库销售的第三方供应商数量在一年内猛增三分之二。[15]2017年，亚马逊在第三方销售上获利高达320亿美元，相当于塔吉特百货公司（Target）总销售额的一半。[16]2018年，亚马逊通过第三方销售获利高达427亿美元，占公司总收入的五分之一，第三方销售现在占到该网站所有商品销售的近60%。

迈克指出，每创造一个工作岗位，亚马逊就会让两个独立零售商员工下岗；2014 年，亚马逊在伊利诺伊州和密苏里州分别销售了价值 20 亿美元和 10 亿美元的商品，但并未在这两个州雇用任何员工。（总的来说，独立商店现在只占零售购物总额的四分之一，而在 20 世纪 80 年代则有一半。[17]）赶走如此多的地方企业，亚马逊正在破坏地方和州层面的财产税征收，这还不包括其仓库所获的数以亿计的税收补贴。进而，亚马逊的接管还带来更多无形成本，致使街道生活、公民参与和社会资本缩减。"我们不仅仅是消费者，"迈克告诉观众，"我们是邻居，是工人，是生产者，是纳税人，是公民，'一键下单'满足不了我们的需求和愿望。"

他认为，问题在于对普通美国人来说，这些代价无从察觉。"对消费者来说，亚马逊正在造成的破坏几乎不可能被实时发现，"他指出，"亚马逊看起来对消费者如此友好，因此，人们很难把这家公司看作垄断者。亚马逊不依赖线下实体店铺，这助长了其隐蔽性，令它变得更难对抗。"

迈克指出，他所在的协会正竭力在国家层面发动反击。但这还是得仰仗在场的经销商在自己的城镇去抵抗，因为这些地方是最重要的战场。他们需要与当地媒体建立联系。他们需要敦促当地民选官员拒绝美国社区公司的那份合同，向他们展示动态定价模式会造成浪费，提醒他们地方税收基础如何依赖小企业的繁荣。他们需要让无形的运作无所遁形。

接下来，迈克将舞台交给了一位独立办公用品经销商，他向观众讲述了成功抵制亚马逊的故事。他就是来自得克萨斯埃尔帕索的桑迪·格罗丁。

在对话活动结束时，同样来自埃尔帕索的特蕾莎·冈达拉火速离开了现场。先前亚马逊招揽她时催生的一切不确定性都尘埃落定了。她回想起她父亲——那个在杂货店装了洗衣机和淋浴间的老板——最喜欢的一句话："永远不要让自己被人占便宜，"他告诉他的孩子们，"如果你被人占了便宜，只能说你活该。"

回到家后，她准备遵照塔克的嘱咐。市政厅将是她的第一站。她还没有意识到，有人已早早到了那里。

每年，在该市会展中心，埃尔帕索市政府都会为与其有业务往来的供应商举办博览会。这是一种善意的姿态，也是一条发展经济的路径——由于大多数的参展摊位都是本地公司，它们可以利用这个机会建立自己的关系网络，也能从指导会议上学到如何寻找新客户和合同。

2017年秋天，在安妮·荣告别联邦政府一年后，有一家公司对参加这场博览会产生了兴趣。埃尔帕索市的采购主任布鲁斯·柯林斯通过电子邮件告知了市政厅的同事们这则消息。[18]"亚马逊的小型企业发展部门同意在2017年博览会上发言，"他写道，"亚马逊将提供的信息包括：他们将如何与小企业合作，并指导小企业与亚马逊及其合作伙伴开展业务往来。"这家公司还打算在会场设置一个展位。

"感谢分享，"埃尔帕索市政经理❶汤米·冈萨雷斯回复道，"时机正好！"埃尔帕索市正在争取让亚马逊成为该市的采购渠道，因此，让这家公司来参加博览会将为这项引起争议的进展抹上一

---

❶ 市政经理（City Manager）一职常见于实行"议会－经理制"的美国中小型城市政府，市政经理由市议会任命、对议会负责。在另一种常见的地方政府组织形式"市长－议制"中，市长通常由民众选举产生，拥有相对独立的行政权力。

层友好的色彩——你看，它不过就是众多参展商之一而已。

第二年，也就是 2018 年，亚马逊决定更上一层楼。它希望能在埃尔帕索市的博览会上拥有专属空间，开设完整的扩展论坛，专门向埃尔帕索的小型企业推销自己的市场平台。同年 6 月，亚马逊一名"市场平台政府关系负责人"丹尼尔·李给采购主任柯林斯和该市其他官员发去电子邮件，要求他们向亚马逊提供一份可能参与博览会的企业主名单，并就可用于推销亚马逊论坛的话术给出建议：

> 这场埃尔帕索市与亚马逊的联合活动，目的在于为本市商品交易企业提供了解在亚马逊企业购平台开展销售业务的机会，同时，也为各机构提供一个机会，来发现将开支导向这些卖家的途径。这一倡议将有助于充分利用亚马逊企业购市场平台采购本地商品，助力本地企业成长、获得更多客户。

也就是说，亚马逊希望将它的活动作为促进地方企业发展的一种方式，希望借此取代地方政府和地方企业之间的联系，这般厚颜无耻，令人印象深刻。

两个月后的 8 月底，亚马逊试图通过马里奥·马林来搞定这笔交易。马林在亚马逊企业购中负责所有对政府部门销售，他曾在洛杉矶市政府工作过 7 年。他在纳什维尔举行的国立政府采购研究所（NIGP）大会上碰到了布鲁斯·柯林斯，然后发邮件说稍后将亚马逊在埃尔帕索展会的论坛议程发给他。"我十分感谢能与您交谈，并对我们合作的方式充满期待。"马林写道。

当天晚些时候，议程来了，这份长达 3 页的"节目单"展示了亚马逊期望该活动如何进行。亚马逊希望"至少有100家企业能来参加"，并希望柯林斯提供一份"目标名单"。亚马逊希望这场活动时长两个半小时，还希望有"多张亚马逊业务专用桌"，以免"桌子边出现人群拥挤"。马林写道，柯林斯可以做10分钟开场介绍和10分钟结束发言。"你可以利用这段时间重申你对本地企业的支持。"马林写道。"我们的目标，"他补充道，"是确保每个与会者得知与亚马逊展开商业合作的注意事项。我们相信公开透明，并希望我们（当前和未来）的客户能够带着积极的体验离开。"

几天后，柯林斯回应说市里接受了全部条款，而且除了当地企业清单外，还会给马林发一份华雷斯市的企业清单，华雷斯是埃尔帕索的姐妹城市，在边境另一侧的墨西哥，体量比埃尔帕索大得多。

柯林斯还得到上司埃尔帕索市副经理、退役陆军上校卡里·韦斯廷的赞许。韦斯廷发了一封电子邮件，要求一系列市政官员会面，以商量制定活动细节。在邮件里，他写道："我们将迎来绝佳的机遇。"

这场活动的消息开始在埃尔帕索生意圈里传播，博览会拥有了一个全新的名字：现在，它被称为"亚马逊日"。

正是在这个时候，恍然大悟地从圣安东尼奥归来的特蕾莎·冈达拉，得知了市里发生的一切。她要求与柯林斯会面，两人的关系一直挺不错。她前往市政厅，告诉她自己在圣安东尼奥得到的信息，阐述了亚马逊对地方企业和税收的影响。

他似乎吃了一惊，回答说他会对此展开更仔细的调查。

特蕾莎说，这很好，但与此同时，他需要叫停亚马逊日。

他说，这不是他能做的决定。这要由他的上级，退役上校韦斯廷来做决定。

于是，特蕾莎约见了韦斯廷，向他复述了叫停亚马逊日的理由。韦斯廷打断了没说几句话的特蕾莎，告诉她很抱歉，但埃尔帕索市对小企业的保护主义不感兴趣，或者，他后来回忆时讲道："我们不禁止企业来参加我们的博览会。"

特蕾莎明白了他的意思。她告诉他，韦斯廷先生，你对我的话充耳不闻。既然你有更重要的事情要做，那么，我也是。

然后，她起身离开了。

在亚马逊日前一天晚上，埃尔帕索会展和表演艺术中心已准备就绪。这场活动如此重要，以至于美国广播公司当地分支电视台 KVIA 在 10 点钟新闻里做了一段预告。不过预告并不仅仅关乎这场博览会。

"一名当地企业主对本次博览会的一个环节提出异议——正是以亚马逊公司为焦点的环节，"新闻主播埃里克·埃尔肯说道，"她认为，这个零售巨头是对本地企业的威胁。美国广播公司 7 台（ABC-7）的丹尼斯·奥利瓦斯送上报道。"

屏幕上出现的正是特蕾莎·冈达拉，她身穿一件花卉图案的丝绸上衣，和奥利瓦斯一起走过铅笔筒办公用品公司的库房。"我们非常自豪的一件事，就是知道我们拥有坚强而独立的商业基础。"她告诉奥利瓦斯。她讲述了自己最初接到亚马逊的邀请——她为之感到兴奋，但随后了解到，他们将从销售中抽取大量的提成。

接过特蕾莎的话，奥利瓦斯指出亚马逊最近增加了抽成比例，他还指出，哈佛商学院一项研究描述了亚马逊的偏好，在弄清哪些产品最畅销后，它会提供自家产品取代它们。

特蕾莎再度出现在屏幕上。"这关乎我们的税款、我们的城市，以及其他任何使用我们缴纳的税款在亚马逊下单的人，他们都在从我们的经济中抽走这些钱，"她说道，"而你在本地实体店花费的每一美元，都会留在本地经济中，而且至少会再流通十次。"

反驳的声音来自市政府采购主任布鲁斯·柯林斯，身着西装的他站在 ABC-7 台的演播室内。"我认为这是种很好的伙伴关系，"他说，"那些货卖不动的供应商，他们可以选择留下库存，而不用转出去。现在我们有了另外一个可用的销售渠道。"

镜头返回给特蕾莎。"依我的愚见，当我们的城市决定让亚马逊成为市场平台的一部分时，我认为这是埃尔帕索市可能做出的最糟糕的采购决定。"

柯林斯回应道："从市政府的角度来看，我们并没有告诉人们你必须加入亚马逊平台。我们只是告诉你，这里有另外一个渠道。我面临的挑战是，让我们看看它能否帮助企业成长、能否帮助埃尔帕索市繁荣，之后可以随时再次考虑这个问题。"

特蕾莎获得了发表结语的机会，她的声音在颤抖。"我从头到脚都是一名埃尔帕索人。我目送着我们缴纳的税款流向他处，我们也因此变得衰弱，而且我知道，我们明明可以对此做些什么，却没人有所作为，必须有人做出行动。"

"早安，埃尔帕索！"

随着这声问候，布鲁斯·柯林斯拉开了 2018 年合作采购博览会的序幕。会展中心的宴会厅几乎座无虚席。但真正的议程将在午餐后推进，届时，这场由诸多电子邮件和电话策划的、让特蕾莎·冈达拉远远走出舒适区去公开反对的活动,将在一间没有窗户、只有一扇门的会议室里开始。

不是什么人都能参加这场活动,能入场的只有事先登记的人。[19]几十个人陆续进入房间,时间一到,那扇门就在他们的身后关上。为了这一刻,亚马逊不惜重金。亚马逊派来四个人,包括前洛杉矶政府官员、亚马逊企业购政府销售部门负责人马里奥·马林;丹尼尔·李,这位相对年轻的销售人士活跃在电子邮件中;以及亚马逊"地方政府全球解决方案负责人"丹妮尔·欣茨,6个月前,她还是华盛顿州金县的采购主管,金县正是西雅图的所在地。

马林走到房间前面。他高大英俊,语气温和,让人误以为这是某个互助小组的会面。

"你们来到这里,"他说,"要进一步了解什么是亚马逊企业购,更重要的是,了解企业如何利用第三方市场在亚马逊平台上销售商品,并且为生意提供助力。"

马林知道,要让人买账,就需要讲故事,于是他从几年前亚马逊企业购的诞生故事开始讲起。"原因是,我们发现很多消费者使用工作邮箱来下单,"他说,"他们购买的不再是为圣诞节准备的玩具或者上学要穿的衣服,而是一包又一包的纸品、卫生纸和办公用品,在整个美国都是这样。正是这个时候,我们意识到这里可能发展出一种路径,让企业充分运用线上网站销售。那么,为什么不覆盖一个解决方案来解决他们的需求呢?因为我们知道,消费者购物和政府采购是两回事。就像通用电气的采购方式和我儿子的下单方式不太一样。"他说,这场论坛将是一次"公开、参与度高的对话",以助同聚一堂的商界人士"更好地了解亚马逊第三方市场可以为你的业务提供什么样的服务"。

随后，一件奇怪的事情发生了。马林向大家介绍埃尔帕索市的采购主任布鲁斯·柯林斯，仿佛亚马逊是这次活动的主办方，而实际上，博览会在埃尔帕索举办，这里是柯林斯的主场。柯林斯站了出来，把该说的话说在了前头。"如马里奥所言，这是百分百致力于了解亚马逊平台的论坛，"柯林斯说道，"今天不讨论亚马逊的历史，或者第三方市场平台以外的任何话题。我们会非常尊重这场特别会议的意图。"

论坛的基调就这样确定了，马林回到台上，又温柔地说了一句："我们正致力于帮助联邦、州、地方和非营利机构运用亚马逊企业购，帮助他们节省时间和金钱，从而专注于那些对社区而言重要的事情，"他说，"这就是我们在这里真正要实现的目标。"

细节问题留给了马林的同事、担任初级职务的丹尼尔·李。他带着PPT走上台，指出亚马逊的"核心竞争力"在于它是"地球上最以客户为中心的公司"。"这当中三个主要支柱分别是价格、选择和便利"。他又加了一句："你们都从亚马逊上购物吧？对吧？有多少次你点开第三方市场页面，心想，哇，我没想到能在这里找到这个东西！"

会心的笑声充满了整个房间。"每一次都是这样呢。"一位女士说。

"这就是我们想要的。"李说。

他向他们介绍了"飞轮效应"理论——便利和低价如何吸引顾客，带动流量，吸引更多卖家和产品，从而带动更多的流量和销售。屏幕上的数字配上了闪烁的动态：前一年，亚马逊网站上有14万家中小企业销售额超过10万美元。"这个成绩还不赖，我会说这是个相当不错的增量销售渠道。"他云淡风轻地评论道。

换句话说：只有傻瓜才会拒绝这样的机会。短短 3 年时间，亚马逊企业购从零开始，年销售额增长到 100 亿美元。"参与其中并见证它成长起来，确实非同凡响。"李说。目前，亚马逊企业购为全美近 80 所最大的高校和学区提供服务，向《财富》百强企业中的 55 家提供采购业务。它与 50% 以上的大型医院系统以及 40% 以上人口最多的地方政府达成合作。换句话说，每个人都在使用亚马逊企业购。

观众席里，一只手举了起来。特快办公产品公司（Express Office Products）的朱利安·格拉布斯开始提问。"市政客户以前从我的网站上采购，后来我们入驻了市政府自己的采购网站。我们是要转移到亚马逊上吗？它是不是要取代市里的网站？"

这个问题划破了李的推销迷雾。现在，亚马逊获批成为埃尔帕索市政府的采购渠道，那么，市政员工是否会直接在其网站上采购？而格拉布斯没有说出口的潜台词再明显不过：如果是这样，怎么保证他们只从埃尔帕索本地企业采购物资？如何阻止他们选择网站上的无数其他供应商？

柯林斯跳了起来，他否定了格拉布斯的暗示。没错，买家现在可以直接通过亚马逊采购，不过，"作为与本市协作的一部分"，埃尔帕索供应商会被"贴上本地标签"，便于选取。

丹尼尔·李接着宽慰道，亚马逊企业购为卖家打开了一扇展示自己的窗口，埃尔帕索企业可以在这里用本地身份吸引顾客。"你可以讲述自己的故事。"他说。

但格拉布斯并不满意。片刻之后他再次举起手来，这回的提问更加切中要害。"他们直接向我订购，和通过亚马逊从我这里订购，二者之间有何取舍？"他问。

李好像不明白格拉布斯的意思："这位先生，您说的是您的取舍吗？"

"我，以及我的客户在其中的取舍。"格拉布斯说。

马林插进对话，再次说道亚马逊会把埃尔帕索买家引向本地卖家。格拉布斯对此不以为然，进一步要求对方坦诚作答。"我的问题是，我在市采购网站上出售每包售价 10 美元的纸品，他们通过这个网站从我这购买。而通过亚马逊来买，他们就又多了一重考量，要么是价格，要么是服务，要么是便利。这当中到底有何取舍？"他几乎是在乞求一个答案。

但台上三个人都继续回避这个问题。

"全球经销，"布鲁斯·柯林斯说，"当你加入亚马逊市场时，你就成了一名全球供应商。"

"我们不是要取代你目前的业务，"丹尼尔·李说，"亚马逊平台不局限在埃尔帕索。世界上其他地方，比如斯坦福和通用电气，你可以把产品卖给他们，这差不多是个一揽子解决方案。"

如果存在逾期付款和其他麻烦，"由我们来承担谈判责任"，马里奥·马林说，"试想一下，这是个非凡的渠道。"

格拉布斯再也忍不住了，他原本想尽量不表现得太过直白。如果亚马逊做的一切都是为了帮助埃尔帕索企业成长，而不是像个卖家那样推销自家的产品，他怎么会如此粗鲁地询问价格呢？但他们让他没得选。

"很好，听起来都很好，"格拉布斯说道，"不过我还没有看到，为了你们带来的这种便利，我要付出多大代价。"

终于，随着这句话说出口，在推销了近 40 分钟后，李告诉观众，为了获得在亚马逊上销售的特权，他们每月需支付 39.99 美元。"而且，"他继续说，"根据产品类别，另外会有 6% 到 15% 的推荐费用。"

这个表述很模糊，于是格拉布斯请他解释清楚。"根据产品类别，推荐费用从 6% 到 15% 不等。那么作为商家，我要怎么来确定我的产品类别呢？"

"这是需要我们一道探讨的问题。"李回答。

"这是在谈条件之前先要解决的事情吧？"

"差不多吧。"李说道。

如此一来，真正的交易条款终于摆到明面上，没什么要继续说的了。没过多久，马里奥·马林尽可能干净利落地做了总结。"诸位听到了两个故事。"他说，"第一个故事，在销售方面，这是个供应商能够参与其中的游戏，从启动，到招募，然后帮助各位在这个第三方市场平台上销售。然后，你们听到了我的故事，我们为各位指导、展示和演示如何使用这个网站，你可以在上面采购，也能看到采购过程，如此，可以帮助实现你的社会经济目标。"

"发言到此结束，"他说，"这就是我们的故事。"

也是在这一天，镜头拉回铅笔筒办公用品公司，小卡洛斯·冈达拉忍不住打起了哈欠。也许是因为他承担的事情太多了。他仍旧在为自家公司工作，现在，他是公司两个主要销售员之一。而与此同时，他还计划与朋友一起搞一些事业，一项是销售百叶窗帘，另一项涉及零售业。

真相是，在自家公司上班束手束脚，这种让他焦躁的状态不是一天两天了。他明白自己对家族企业的义务；他也很感激这些年来一直受到雇用。但他现在已经 31 岁了，是时候开拓一番事业了。

事实上，这几年他搞了一些副业，不过规模不大。他在网上搜索清仓货物，各种类别的商品都有，然后以低廉的价格购入它们，放到自家店里出售。他什么都卖：有一段时间，他买下很多婴儿用品，像是婴儿床，还有那种带桌板的婴儿摇椅。他给这些东西拍好照片，标上价格，然后售出。

在亚马逊上。

他在网上看视频时偶然发现了这个点子，当时他正在想怎样才能赚些外快。他看到了 FBA，Fulfillment by Amazon。❶ 你把商品寄给亚马逊，他们把东西存在仓库里，负责把它们寄给买家，负责客户服务，还负责退货。当然，亚马逊也从这种模式中获得一定佣金。FBA 如此简单，如此顺滑，足以帮助人们理解亚马逊如今所达到的惊人规模：到 2019 年，亚马逊上同时有超过 6 亿件商品在售，有超过 300 万家供应商。[20] 这也有助于解释随之而来的问题。亚马逊纵容第三方卖家销售数不清的假货、由条件恶劣的孟加拉工厂生产的（其他零售商已不再进口的）衣服，还有不符合法规的玩具、婴儿睡垫等产品。[21]

小卡洛斯因为 FBA 副业受到家人指责。但是，他从来没遇到过自家公司所面临的业务威胁。当然，有时去学区推销铅笔筒公司时，他会得到答复说学区要在亚马逊上采购。"我不觉得受伤，"他说，"毕竟每个人都能做买卖。"

事实上，他时不时也会有所收获。不久前，一个学区打来电话，说他们从亚马逊得到一些视听设备的报价，而小卡洛斯给的价格更优惠。他认为自己仍然具有一种天然优势，他就在本地，亚马

---

❶ 亚马逊卖家的发货方式主要有两种：FBA（Fulfillment by Amazon）和 FBM（Fulfill-ment by Merchant），前者由亚马逊提供物流服务，后者由第三方卖家自行提供物流服务。

逊则不然。他可以亲自去那些学校，展示他年轻、富有魅力的英俊形象。"价格总是考虑因素，"他说，"但到场也很重要。"

　　但他的收获不止于此。他并不介意亚马逊带来的威胁，他情不自禁地对这家公司和那个人产生了敬畏之情。"可悲的是，我很钦佩杰夫·贝索斯，或多或少将他视为偶像。"

　　"因为，"他说，"他就站在我想要抵达的地方。"

第六章　电力：疑云之下

北弗吉尼亚 - 俄亥俄州哥伦布市 - 华盛顿特区

　　随着年岁变迁，内森·格雷森慢慢爱上了自己那深棕的肤色。"无论我做什么，不变的是我那漂亮的棕色肌肤。"他一边说着，一边发出低沉而持续的笑声，当中含着悲叹，也含着欢乐。"不管我做什么都一样。"

　　也许早在上小学一年级时，他就注意到了这一点。那时候，他就读于北弗吉尼亚的安条克 - 麦克雷小学，就在他入学后不久，学校便关停了。有传言说，学校所在地的所有者对那里近来呈现的种族融合感到不满，才导致学校关门。不论实情为何，小学最终变成了一家观鸟中心，而内森和他的同学（大部分是黑人）转学到盖恩斯维尔小学。

　　多年以后，当内森尝试创业时，他再一次注意到了这一点。内森希望能走父亲的路子，他父亲经营过一家小型垃圾转运公司，内森负责营销，那会生意红火过一阵，直到两家大公司——废物管理和布朗宁－费里斯实业——把他们挤出赛道。之后，内森在北弗吉尼亚一家高端高尔夫球场从事维护工作。他为自己的工作感到自豪——他把树木浇灌得青翠欲滴，会所里任何东西他都能修——待遇也不错。但他无法甩掉创业的渴望。某天深夜，他遇到一个开着扫路车清理购物中心停车场的人，那人告诉他，过去一年他只负责清理弗兰特罗亚尔到马纳萨斯的三个停车场，每天晚上只工作几个小时，就赚到了十多万美元。内森羡慕不已。

于是，内森·格雷森前往银行，他先是提交了 7 万美元的贷款申请，打算用这笔钱购买大型割草机和一辆自卸拖车。他信用不错，而且银行告诉他，他有资格申请房贷或车贷。但另一方面，割草机和拖车是用在生意上的，出于某些原因，内森的商业贷款没被批准。"很抱歉，格雷森先生，"贷款专员说，"但是，由于一些复杂的原因，我们无法为你办理这笔贷款。"几年之后，他再度提交了一份贷款申请，这次是购买两辆清扫车，金额是 4 万美元。这笔申请同样落空。内森留在了乡村俱乐部，负责安装洒水装置，修理喷泉，砍伐树木，更换高尔夫球车破损的皮带、烂掉的轮胎和转向节，修理被愤怒的客人砸出洞来的俱乐部大门。"你要怎么打破局面呢？"他后来这么反问了一句。他自己回答了这个问题："如果你不开门，我就进不去。"

但至少内森还有卡佛路，以及与它相关的一切。这块飞地虽令人瞩目，它的来历却成了历史记录中的一团迷雾：由于当地黑人在长达数个世纪的时间里被迫成为文盲，人们对它的过往知之甚少。唯一可以确定的是，在南北战争结束后的几年里，曾经属于欢乐山种植园的一部分土地，卖给了此地被解放的奴隶——他们可以买地，但只能购买指定区域。在购置土地的人当中，有一位名叫利维尼娅·布莱克本·约翰逊的女士，根据该县的土地记录，1899 年她花了 30 美元，从原地主之女简·泰勒手中购入 3 英亩土地，原地主已在 1862 年去世。[1]

当时，30 多岁的约翰逊女士在附近购入更多土地，数十年后她被看作这个社区的先驱：在李氏公路和老卡罗来纳路之间的卡佛路上，这片长 1 英里、占地约 50 英亩的土地上住着大约 70 多人。约翰逊家、穆尔家和格雷森家是远亲，他们的家族可以追溯到利维尼娅和其他少数几名获得自由的奴隶那里，后者从他们的前主人那里买下了房产。这个社区被简单粗暴地称为"定居点"。

数十年来，卡佛路居民在附近的庄园从事农场劳作或家务活计，他们骑着马或者架着马车，到种植园工作，他们的祖先曾在其中一些种植园中劳动，忍受着鞭打。渐渐地，卡佛路居民向外拓展：查尔斯·穆尔一开始从事景观设计和庭院工程，但后来去了华盛顿的西尔斯百货公司工作，他会带上午餐，开着道奇皮卡，每天通勤 35 英里去上班。富兰克林·罗斯福在任期间，这里一位名叫约翰·派伊的居民曾在白宫担任管家及司机。

定居点的生活围绕着建于 1877 年的欢乐山浸信会教堂展开。人们在林荫小馆舞厅举办舞会，在菲尔市场和戈森五金店购物，这些场所不会像奥恩多夫卡车休息站那样要求他们从后门进出。

随着时间的推移，类似的羞辱逐渐消失。同样消失的还有定居点的隐蔽性。华盛顿特区向西扩张，几乎覆盖了卡佛路社区以外的所有地方。开发商在附近建了一个名为霍普韦尔兰丁的小区。李氏公路拓宽至四车道，一到早上，东行的车流将这里堵得水泄不通，过了早上 8 点，就别想往左拐。

但内森家所在的定居点幸存了下来。20 世纪 90 年代，内森继承了家中两室一厅的房子，他从小在这里长大。这座房子坐落在一片超过 4 英亩的土地上，小时候，他和父亲一起在这里打松鼠，用的是从西尔斯百货买的 410 型单发猎枪。现在，这块土地容纳了他成年后的激情：他在这里训练比格犬，每次四五只，他还会带着它们参加美国东部的野外挑战赛。

社区里许多年长的成员相继步入 70 岁、80 岁，甚至 90 岁的阶段，孩子们都已搬走。虽然内森已经 50 出头，在留下来的人当中他仍算是最年轻的，在他家中，一块大木板上勾勒出的格雷森家谱验证了这个事实。他为老人们修整车道、修理水槽、修剪草坪。他说："邻居们把我养大成人，他们造就了今天的我。从小他们就对我照顾有加。当我需要 20 美元时，查尔斯·穆尔先生会给我钱。他们视我如己出。"

如今卡佛路被阴"云"笼罩，轮到他来照顾他们了。

云。这个词如此轻快，如此缥缈，它让人联想到越过左外野的飞球，或是牧场上慵懒的夏天周日。

事实上，有一种类型的"云"深深扎根于大地，它是物质的，是轻巧和光亮的对立面。这种云居住在数据中心里：20 世纪末，在美国的某些角落，随着通信和商业生活的在线化，巨大的无窗结构建筑大量出现。不久之前，一封封电邮的发送、一张张美钞的流通、一份份报纸的阅读、一张张唱片的播放、一部部电影的放映，数以百万计的交易、互动和活动，构建起我们的日常生活，而如今，这般日常而无处不在的存在被新的近乎完全隐藏的空间取代。数据中心内部放置着巨大的服务器，商业交易、政府机密、恋人间的电邮，一切都在其中流动。到 2018 年，我们每天制造的

数据达 2.5×10^{30} 字节，由于这个数字正以指数级的速度增长，世界上 90% 的数据都诞生于近两年内。[2] 平均每分钟，全球网络用户在谷歌上检索 240 万次，在 YouTube 上观看 410 万个视频，在 Instagram 上发布 4.7 万张照片。

这些设施基本上自给自足，尽管一个占地 20 多万平方英尺的数据中心拥有价值 4 亿美元的服务器和设备，却只需要 20 名工程师和技术人员就可以运作。它们真正需要的是电力和水资源——前者用来运行机器，后者用来冷却它们。

数据中心对安全也有要求。作为一个国家的"神经中心"，数据中心受到保护。它们的墙壁是大多数建筑物的两倍厚，可承受每小时 150 英里的风速。每平方英尺的混凝土楼板可承受 350 磅重量。服务器被锁在一个个笼子里，由防火墙隔开。一些数据中心还采用混凝土顶棚，以支撑巨大的备用发电机。人们可能会误以为这些建筑是避难所，因为它们的规模大到足以容纳一整个镇子的妄想狂。

理论上，数据中心可以设立在任何靠近光缆、水资源充足、电力廉价的地方。在现实中，它们通常聚在一起；人类近乎无穷无尽的商业和通信信息，就这样被塞进了为数不多的区域里的为数不多的建筑物中。与数字领域的其他方面相比，云技术更可能被少数几个地点和寥寥几家最有实力和门路的公司所主导。

到目前为止，美国最大的数据中心集群坐落在北弗吉尼亚。从早期开始，由于军事承包商和高科技公司集中于此，该地区聚集了一批互联网运营商，并且享有巨大的市场份额。该地区还提供了广袤的土地，平缓的农场地带从波托马克河向西和向南延伸到皮德蒙特，远处是蓝岭山脉的山峰；此外，阿巴拉契亚山脉的煤炭燃料提供了廉价电力。1992年，一群互联网运营商在弗吉尼亚州赫恩登的玉米饼工厂餐厅（Tortilla Factory）共进午餐，他们做出了一个锁定该地区优势的决定：他们将把各自的网络汇聚到一个新的主机托管点，以大大增强客户覆盖面以及对客户的价值。[3] 这个新的中心被称为"都会区交换中心东部分区"，它坐落在横跨环城公路的边缘城市泰森角，位于一个地下停车场里的焦渣砖房内。

州政府及地方政府，特别是劳登县和威廉王子县，给予税收减免，为数据中心落成提供了额外的吸引力。对于这些位于华盛顿郊外的地方来说，数据中心是理想的邻居：一方面，数据中心产生的税收可以用于建设搬入新豪宅的居民所需的贵族学校；另一方面，它们不会为拥堵的道路增加多少车流量。从这个意义上看，用科技术语来说，虽然技术中心带来的就业机会微不足道，但这算是特色（feature），而不是缺陷（bug）。

每个数据中心的建设成本在5 000万到7 000万美元之间。它们不带有可辨识的细节——过路人既不知道它们为谁运行，也不知道它们为何运行。2000年，威廉王子县的经济发展主任在答复记者时说道："我们不对任何现有或设想中的项目发表评论。"[4]

那一年，随着科技泡沫破灭，许多数据中心被空置，人们担心这些巨大的躯壳会就此永久枯萎，担心它们不适合做任何其他用途。但挫折是暂时的。"9·11"袭击事件发生后，反恐机构的崛起引发对高度安全的数据存储的新需求，越来越多的建筑物配备了"捕人陷阱"，即配有读取指纹、手掌或视网膜的生物识别扫描仪的单人入口；此外，还有假入口、防弹玻璃和以凯夫拉纤维为内衬的墙体。部分数据中心甚至被特意设置在山丘背后，以便遮挡视线并阻挡装满炸药的冲撞车辆；地形保护较差的数据中心则被混凝土柱包围起来。

随后，"云"飘然而至。

这个词代表了无须自建服务器即可运行应用程序的想法，这一功能起源于 21 世纪初的西雅图。当时亚马逊正在建立 Merchant.com 业务，用于为其他公司的电子商务网站提供技术支持，同时亚马逊还注意到外部用户可以很轻松地通过精心设计的界面获取亚马逊的技术。大约同一时间，该公司发现旗下许多软件开发团队花费数月时间，一遍又一遍地为项目重新创建相同的软件基础设施。为什么不建立一个平台，让自家的软件开发更有效率，同时也能提供给其他公司呢？这些公司可以在其基础上设计出可运行的应用程序——从计算到支付，再到信息传输，什么都行——如此一来，它们便不用再自主开发基础设施，还能省去搭建服务器和数据中心的成本和麻烦。[5]

2003 年，亚马逊创建了云计算分支亚马逊网络服务（Amazon Web Services），并在 2006 年开始提供首个数据存储服务。到 2017 年，亚马逊云计算服务为通用电气、第一资本、新闻集团、威瑞森通信、爱彼迎、Slack 技术公司、可口可乐提供支持，客户名单中甚至还有苹果和网飞等直接竞争对手，该年度为公司带来超过 170 亿美元的收入，占亚马逊总收入的十分之一。[6] 亚马逊云计算服务全球企业战略负责人斯蒂芬·奥尔班宣布："我有生之年中，亚马逊已建成功能最全面、最具颠覆性的技术平台。"[7]

在云计算的主导地位和在线销售的主导地位之间，亚马逊将自身定位为守门人，在数据存储和电子商务这两个最大的数字商业活动领域收取费用，而经济学家将这种费用称作"租金"。基本上，你可以把它比作一种税收，只不过这种税收由一家公司，而不是由正式选举产生的政府收取。或者你也可以把它比作一家公用事业公司：大体上，亚马逊在全国的数据中心旁边都装上了计费器，只不过不像公用事业公司那样面临监管限制。

或许你还可以把它比作在2008年金融风暴前，银行和对冲基金玩的那种暴利游戏，总结起来就是"正面我赢，反面你输"。不管是哪种比喻，亚马逊都在收费。《金融时报》专栏作家拉纳·福鲁哈尔写道："我认为亚马逊的行为与2008年金融危机前一些金融集团的贷款行为有相似之处，他们采用动态定价，利用巨大的信息差，以浮动利率次级贷款的形式，向不明真相的投资者，包括底特律等城市在内，推销不动产抵押贷款证券与复杂的债务交易。就亚马逊而言，它拥有的市场数据远远多于它计划关联的供应商和公共部门采购者。事实上，我在线上集团和大型金融机构间看到越来越多的相似之处。它们各自坐在信息和商业沙漏的中间，无论什么东西经过，都得抽成。就像大型投资银行一样，亚马逊既能创造市场，也会参与其中。"[8]

这也让人想起19世纪末的铁路巨头，他们不但控制了铁轨，还控制了铁轨上运输的大部分石油和煤炭，从而允许他们打压相对较小的燃料生产商。[9]

采用云技术的公司日益增多，越来越多的公司跟随亚马逊的步伐开展提供储存空间的生意，数据中心以前所未见的速度蔓延开来。在北弗吉尼亚，各中心总面积超过900万平方英尺。[10]弗吉尼亚州最主要的公用事业公司，高度依赖煤炭作为能源的道明尼电力（Dominion Virginia Power）在2013年预测，仅未来4年，数据中心的电力需求就会增加40%。[11]单个数据中心消耗的能源足以供应 5 000 个家庭。[12]

土地正被逐渐填满，特别是在劳登县，到 2013 年，那里建立了 40 个数据中心，共占地 500 万平方英尺，相当于 25 个沃尔玛超级购物中心，该县预计，在未来 10 年，当地数据中心的数量将达到目前的 2 倍。2011 年至 2012 年的两年时间里，劳登县增加了近 80 万平方英尺的数据中心空间，但却没有增加 1 平方英尺的传统办公空间。[13] 在该县"数据中心巷"的中央地带，每英亩土地价格超过 100 万美元。[14]

劳登县吹嘘说，每一天，有高达 70% 的互联网流量流经其数据中心。阿什本是华盛顿杜勒斯国际机场外的郊区，是该县最初的数据中心集群所在地，劳登县把它与世界上其他伟大的互联网中心（东京、伦敦、法兰克福）相提并论。该县的经济发展主任巴迪·里泽说："我认为数据中心巷已经成为西方文化社会结构的重要组成，这并非夸大之词。"[15] 这个全国最富裕的县还吹嘘说，每年有超过 2 亿美元的税收从这些数据中心流入其金库，可以为当地居民提供其他拮据社区负担不起的服务，例如全日制幼儿园。

亚马逊在北弗吉尼亚拥有多个数据中心，名义上通过数据中心子公司 Vadata 管理。但公司需要更多的储存空间，为其正在争取的新业务领域做好准备。2013 年，亚马逊从美国中央情报局赢得了一份价值 6 亿美元的云合同，而军方各部门也在探索向云平台转移。

2014 年，一家身份不明的公司申请在威廉王子县海马基特镇附近建造一座 50 万平方英尺的数据中心。该地位于约翰·马歇尔公路边上，距离其他数据中心集群要靠西得多，保密性也因此更高。它在马纳萨斯国家战场公园北面，毗邻禁止开发的新月乡村保护区。

但这家匿名公司获得了县政府的批准：威廉王子县并未设置适用于数据中心的分区规则。[16] 可能并没有什么关联，不过在2013 年，该县经济发展部门官员曾两度造访西雅图，前往该公司总部参加会议，其中一次同行者还包括道明尼电力公司要员。[17]

万事俱备，只等给新数据中心通电。

此时的亚马逊正急速膨胀，北弗吉尼亚已不能满足需求。公司需要在美国东部建立第二个数据中心集群。最终，亚马逊选定了俄亥俄州哥伦布都会地区。

哥伦布和俄亥俄州其他地区不太一样。它缺乏克利夫兰、辛辛那提、阿克伦、托莱多、代顿和扬斯敦那样的工业基础。这座城市的经济环绕俄亥俄州政府、俄亥俄州立大学、交通运输以及医疗保健。1960 年，哥伦布市人口 47 万，仍远远落后于辛辛那提和克利夫兰。在很大程度上，哥伦布市这些年所取得的增长要归功于兼并：20 世纪 50 年代中期，该市通过决议，仅向同意被兼并的外围地区延伸供水和排污管道，结果，哥伦布市最终扩展到233 平方英里，几乎是克利夫兰和辛辛那提的 3 倍大。

半个世纪后，哥伦布市一枝独秀。正是因为缺乏工业基础，它受制造业衰退的影响远远小于俄亥俄州其他大城市。（通用汽车公司曾经是俄亥俄州的头号雇主，现在它的排名降到了第 72 位。）向外兼并意味着，尽管居民加速从城市核心区外逃，但比起州内其他大城市，哥伦布市仍留住了更多居民——一个家庭可以从市中心搬到 270 号公路外的牧场住宅，但新落脚点仍然处在哥伦布市地界，他们还是该市税收基础的一部分。作为该州旗舰公立大学所在地，哥伦布市自然成了州内许多奋斗向上的聪明的小镇青年的目的地。他们来到哥伦布市上大学，就此告别老家。

到了 2014 年，这座城市的命运已经完全和州内其他地区分离开来。[18] 自 2000 年以来，哥伦布市的人口增长了 14%，达到 80 多万人，而克利夫兰和辛辛那提的人口在此期间下降了 15%。哥伦布是美国南部和西部以外增长最快的城市。它的家庭收入中位数比州内其他 7 个最大城市的家庭收入高出大约三分之一；它的房产价值中位数比代顿、托莱多和阿克伦等中等城市高出 70% 以上；2010 年以来，它拥有俄亥俄州创造的近三分之一的就业机会，其中包括苹果和特斯拉的前哨基地，并且主导了中西部的创业型增长，而扬斯敦、阿克伦和托莱多的就业增长位列全国倒数前 10。哥伦布市同样受益于赢家通吃、富者愈富的效应，这种效应托举起沿海地区那些更为知名的繁荣堡垒，只不过哥伦布体现的是这种效应的区域性影响。成功哺育成功；即使在中西部，利益分配也远远谈不上公平。

因此，亚马逊在俄亥俄州建立云计算服务美东第二集群中心时，选择哥伦布市，而不选择投资需求更迫切的地区，就一点也不奇怪了。[19] 哥伦布市拥有受过高等教育的年轻劳动力，很适合为这些数据中心配备工作人员。（亚马逊云计算服务高管奥尔班明确表示，他们更喜欢刚从大学毕业的员工："他们没有那种工作多年后形成的'在其他公司怎样怎样'的包袱，我喜欢这一点。"[20]）当地的远郊社区也正合亚马逊的心意，富裕到足以为员工子女提供良好教育，其社会结构及身份认同又足够松散、任人摆布。

沿着 270 号环形公路北部这条较富裕的弧线，亚马逊将目标锁定在哥伦布城市线以外的三个城镇中：一个是希利厄德，因为这里有"实在的居民，真正的机会"；一个是都柏林，因为这里是"过去与未来的交界地"；以及新奥尔巴尼，因为这里有"美国最好的郊区"。新奥尔巴尼从前不过是一片大豆田，亿万富翁莱斯·韦克斯纳在他那位神秘代理人——性侵罪犯杰弗里·爱泼斯坦——的帮助下，将其打造成现在的模样。[21]

亚马逊开出了自己的条件，就像在俄亥俄州及其他地方争取设立仓库时的做法一样。[22] 它要求对方给出大量激励：15 年财产税豁免，对一个标准的数据中心来说，价值约为 540 万美元。亚马逊在向新奥尔巴尼说明其要求时表示："Vadata 运营其旗下设施时追求最大程度的节能高效。"它要求在每一个环节享受特殊待遇，例如加快建筑许可审批，免除常规费用等。

它还要求完全保密。在与公司谈判之前，各个社区必须签署保密协议。他们必须同意只使用代号来称呼公司——在都柏林，它的代号是"花岗岩项目"；在希利厄德，代号是"大理石项目"。亚马逊公司要求，政府官员只能在闭门会议上讨论项目，不可对外公开。它还要求各镇通报信息公开申请，尽可能阻止发布与数据中心相关的信息，哪怕只是项目地点这样的基本细节也不行。

三个郊区城镇忙不迭地应承下来。15 年财产税豁免照准，外加返还 10% 员工所得税——不过每个数据中心的雇员只有 25 人。除此之外，公司还与俄亥俄州税收抵免局协商达成了另一项减免，免去购置价值 7 700 万美元设备的消费税。[23]

都柏林给的更多：为建造数据中心，它批给这家公司面积达 60 英亩、估价为 675 万美元的农田。都柏林书面承诺，只要在那里建造至少 75 万平方英尺的数据中心，"该公司将不必为该土地支付任何费用"。除此以外，都柏林再度加码："只要在施工开始前取得土地所有权，'花岗岩项目'便无须与工会工人签约。"

三地都承诺加快数据中心建设审批程序，希利厄德更进一步："所有希利厄德征收的，与区域规划、申请、许可以及用水与排水管线相关的费用，均予免除。"三个城镇都承诺，将尽一切可能，让项目远离公众视线，不受媒体审查。

这些城镇几乎满怀歉意地指出，批准税收优惠政策的正式投票需在公开会议上举行，不得不遵守《俄亥俄州公共记录法》。但他们向公司保证，他们将尽最大努力，在法律规定的最低限度内，尽量不发布数据中心相关信息。都柏林和希利厄德向公司做出了完全一致的承诺："除非接到法院强制令，本镇将拒绝提供相关信息。"

2014 年 12 月，亚马逊在网上发布招聘信息，公司正为北弗吉尼亚数据中心集群寻找一名"精力充沛的数据中心经理"，此外还有其他职位开放。该经理将作为"设施的一级维护主管，记录和监测该设施及其关键支持设备的总体健康状况"。"健康状况"（well-being）一词很少用在建筑物上，这显示出他们对数据中心的重视。"数据已经成了我们身份的一面镜子，是我们最私密的现实及感受的物理载体，"记者安德鲁·布卢姆写道，"数据中心就是一群数字灵魂的储藏室。"[24]

网站上显示工作地点在弗吉尼亚州海马基特镇，此前一家身份不明的公司在那里申请了建设许可证。这个细节让当地居民埃琳娜·施洛斯伯格感到更加难以置信，因为在 2014 年年底到2015 年间，亚马逊、道明尼电力公司以及受保密协议约束的县政府官员，三方都拒绝承认谁才是项目的幕后策划者，这个项目将在约翰·马歇尔公路沿线土地上建造占地 50 万平方英尺的数据中心。[25]

海马基特镇共有数千居民，他们居住在一个小型历史核心区及其周围的住宅和小区中。2014 年夏天，埃琳娜和海马基特其他居民第一次收到关于这个数据中心的消息，当时，道明尼电力公司正争取获得一项批准，将一条新的 230 千伏输电线从盖恩斯维尔铺设到海马基特镇以西的新变电站。埃琳娜是一位精力充沛的母亲，养育了两个孩子（他们与前文提到的同姓说客施洛斯伯格并无关联），她本来不愿意掺和这件事：她患有多发性硬化症，早在 2005 年就已经为了另一条输电线大动干戈，她深知取胜有多难。

然后她得到一则消息，这条新线路服务的不是别人，正是全世界最大的公司之一。一想到这条 100 英尺高的线路要在 120 英尺宽的道路上横穿海马基特镇，耗资 6 500 万美元只为给亚马逊供电，她就怒火中烧。当她得知道明尼电力公司规划的线路穿过新月保护区和她家房子时，她更是气不打一处来。（早前，道明尼公司曾提议沿货运铁轨建设该线路，但县政府官员否定了这一计划，那样一来线路就太靠近镇上一个拥有 528 户规模的开发项目。）

于是她加入了斗争。在厨房餐桌旁，她和其他居民组建了"保护威廉王子县联盟"。她派发了数以千计的传单，在巴特尔菲尔德中学组织了一次会议，共有 1 200 人参加。她向道明尼公司施压，同时也向亚马逊施压，尽管有人认为向这家广受消费者欢迎的企业施压并不明智。"这不是一场关于供电线路和数据中心的斗争，虽然它从表面上看是这样，"她后来指出，"真正的理由是，我们作为一个社区，竟然要为垄断性公用事业公司和像亚马逊这样的企业提供补贴。'哦，你可不想……谁不爱亚马逊呢？'谁都爱亚马逊，直到它毁了你的社区。"[26]

2015 年 1 月某个清晨，她在 4 点 55 分给杰夫·贝索斯发去一封邮件。

> 亲爱的贝索斯先生：
>
> 　　我叫埃琳娜·施洛斯伯格，是弗吉尼亚州海马基特镇的一名居民。我想告诉您，您提议建立的 50 万平方英尺的数据中心，正在破坏我的社区。为什么这么说呢？因为你们企业办公室的人选择的地点没有基础设施来支持如此密集的产业用途。你们的数据中心将建在新月乡村附近，这是威廉王子县备受喜爱的保护区。
>
> 　　您的设施所需的电力，将需要在您的选址上新建一个变电站，安装一条 230 千伏的全新供电线路。输电线及其巨大的塔基，可能会破坏我们的房屋、我们宝贵的文化和历史资源，以及我们的乡间景观。

她敦促贝索斯将数据中心设立在县政府规划的预留区域内，位于东部较远的地方；或者至少沿着 66 号州际公路架设输电线，这样可以将部分电线埋在地下，破坏性更小，不过这会提高道明尼电力公司的建设成本。

在邮件中，她附带了一些个人色彩。她告诉贝索斯，她之所以为孩子选择蒙台梭利❶式学校，部分原因是贝索斯经常谈到他

---

❶　蒙台梭利（Montessori），意大利医生和教育家，蒙台梭利教育法始创人。蒙氏教育法强调独立和有限度的自由，尊重孩子天然的心理、生理及社会性发展。

自己是如何从中受益的。她写道："您和我都知道，蒙台梭利不仅灌输了对学习的热爱，而且这种教育模式的目标，是培养对社区服务的热爱、对彼此的尊重、去成为我们有责任去保护的环境的看护者。"

她以相对强硬的语气结束这封邮件："贝索斯先生，为我们的社区而战引起了共鸣。我们是对抗道明尼电力、亚马逊和亚马逊的'客户'这三个歌利亚的大卫……我一遍又一遍地说，贝索斯先生，我们的社区欢迎您来，但我们不会为了您个人的利益，去牺牲我们的家园与独一无二的资源。"

没有任何回复，相同内容的纸信也没有回音，后来她又写了一封信，依旧石沉大海。她和同伴把斗争带到州府里士满的立法机构，试图推动一项法案，以敦促道明尼电力公司另寻方案，将大部分输电线埋到地下。几辆大巴载着身穿红色 T 恤衫的当地居民前往州府以示支持。但道明尼反对该法案，而这家公司在里士满影响力巨大——2013 年至 2014 年间，除了每年 1500 万美元慈善捐款外，该公司还向州议员及官员候选人提供了 160 万美元。法案无疾而终。[27]

埃琳娜的团队继续在威廉王子县战斗，他们召集反对者参加道明尼公司的项目开放日，给该县民选领导人写信。他们还筹到了足够的资金，以折扣价聘请了一名经验老到的律师，代理他们面对州公用事业委员会。

道明尼公司开始对抗议感到紧张，于是将新月保护区路线从项目计划中删除。2017 年 6 月，州公用事业委员会负责监督此案的听证官裁定，供电线路将改道穿过位于卡佛路的非裔美国人历史社区。

高中时，内森·格雷森曾邀请石墙高中 1985 级同学到他家参加毕业聚会。有 400 多人到场。他妈妈做了一大堆奶酪通心粉和土豆沙拉。在他的安排下，返校节舞会女王乘坐一辆 60 年代后期产的蓝色科尔维特黄貂鱼跑车抵达。

30 多年过去了，在北弗吉尼亚这样一个人员流动频繁的地区，内森·格雷森依然名声在外，一呼百应。不过，在将新供电线路规划到卡佛路社区时，道明尼公司、州公用事业监管机构和亚马逊却不知道这一点。

监督此项目的州听证官批准道明尼公司从卡佛路居民手中征用土地。格雷森的房产将从中间一分为二。多年来形成的那种感觉，在这件事中再次被确认，这个社会确实存在一种权势等级，而他以及与他肤色相近的人处在底部。"这里有一位 90 岁老人，你究竟要让她去哪里？"他说，"查尔斯·穆尔先生没理由搬去任何地方，赫伯特·穆尔先生也一样……"

在获得解放后，他们的祖先被告知唯一能购置的土地就是县里的这个角落，既然现在这块地有了更高贵的使命，当初的"恩准"自然也要撤销。"我不明白，你怎么可以随便指定一个区域然后说：'我想让并且需要你们待在这里，这就是你们要待的地方。这地方没什么价值，你们得清理土地、砍伐树木，让这里宜居。好了，现在你没资格留在这了。'"

他很难不去想，恰恰是因为卡佛路居民的高龄让他们成了合意的目标。"'是啊，反正他们都要死了。'就是这种感觉。"

但他们还没死呢，而他的责任就是去保护他们。他放出话来，立即得到回应：当地人和远在他乡的卡佛路人应者云集。"这就像家里有事，"格雷森说，"你跟谁提了一嘴，它就会像脸书上的连锁反应那样传开。"

埃琳娜·施洛斯伯格领导的那些反对初期规划的人本可以袖手旁观，他们自己的高档住宅和小区已幸免于难。但他们没有这么做。他们在卡佛路前线继续战斗，分享经验和资源。有70多人参加了道明尼公司赫恩登总部的抗议活动，又去了数据中心入口处抗议，那里有保安站岗，还有恶犬警告标志。连卡佛路的老人也露面了：快80岁的阿尔维希亚斯·约翰逊坐着轮椅到场，再过几年他就该决定是否继续做透析了。

这次集会，连同之后格雷森与众人参加的集会，以及卡佛路沿线"拔掉亚马逊延长线"的标语，让他们的抗争受到关注。一则头条新闻写道："亚马逊数据中心威胁弗州百年黑人社区"。

与此同时，埃琳娜与保护威廉王子县联盟的代理律师不断强调，道明尼和亚马逊关于后者对该地的设想说法不一。根据弗吉尼亚州法律，为单个用户提供的延长线路需由该用户支付费用，她准备抓住这一弱点向两家公司发起挑战。

压力越来越大，2017年年底，威廉王子县立法者宣布拒绝授予道明尼公司建设卡佛路输电线所需的地役权 ❶。州听证官别无选择，只能重新审查此案，而道明尼公司宣布愿意采用埃琳娜与盟友一直敦促其采用的那条线路，沿着州际公路将部分输电线铺设在地下，虽然造价更昂贵、但破坏性更小。

这是卡佛路的胜利。然而，这并不是道明尼和亚马逊的失败，他们只是用更为安静却更有影响力的方式展示了自身的势力。就

---

❶ 地役权（easement），指穿越或征用某人土地的权利。

在路线变更的几个月后，弗吉尼亚州众议院批准了道明尼公司的一份提案，向所有纳税人（不仅仅是亚马逊）征收月费来支付新线路的建设费。[28]

与此同时，亚马逊向该州监管机构提交了一份长达 78 页的申请，为数据中心使用的电力争取特价。[29] 申请书的一个版本密封在州监管机构处，公开版本则被大量删节，具体的折扣条款无从得知。

得知要缴纳更多电费来修建亚马逊线路，卡佛路胜利者脸上的光彩黯淡了一些。每次开车经过数据中心，看到这个嗡嗡作响的巨大盒形建筑时，他们也会生出同样的感受。"就像是白宫开到你门口，针插不进，水泼不出，谁也不知道里面发生了什么。"格雷森说，"那里有栋楼，你不知道谁来了，也不知道谁走了。你不知道发生了什么，也不知道它是运行着还是关停了。你什么都不知道。你看不到任何好处。他们没有给我减税，也没有为道路基础设施做任何贡献。他们把这块地划出来，只是为了给自己赚钱。"

确实。由于亚马逊钱赚得太多、发展得又快，2017 年 9 月，北弗吉尼亚这场供电线路之争即将落幕时，这家公司宣布将在北美某地设立第二总部。亚马逊在西雅图占据的建筑就快超过 45 栋，它还需要更多空间。新总部将容纳 5 万名员工，平均年薪 15 万美元。新总部将得到总额 50 亿美元的投资。为敲定那个幸运城市，亚马逊将第二总部的遴选过程公之于众。仿佛一场全国范围的盛大真人秀，为夺得一家企业的垂爱，各个城市登上了《单身汉》（*Bachelor*）的舞台。

还从来没有公司为选址做这样的事，不过也从来没有像亚马逊这样的公司。2017 年，亚马逊的销售额跃升了三分之一；它正向医疗保健行业扩张；全球雇员人数已超过 50 万，在一年内增长了 66%；市值在 4 年内涨了 5 倍，超过谷歌的母公司 Alphabet，成为世界上估值第二高的公司，仅次于苹果。在其创始人看来，这种飞速增长不仅是公司成功的标志，也是公司生存的关键。记者查尔斯·杜希格写道："贝索斯坚决不肯考虑放慢公司的增长速度，他担心一旦放缓步伐，公司的企业文化就会骤然倾倒。"[30] 亚马逊在全美各地还设有其他办事处，在旧金山、华盛顿、纽约、波士顿、洛杉矶和奥斯汀各有至少 1 000 名亚马逊人，但公司的增长需要第二个完整的总部，而不仅仅是一些卫星机构。

鉴于亚马逊在娱乐领域取得的成功，它决定在这一过程中制造一个奇观就不足为奇了。2018 年，亚马逊在电影和电视项目上花费 40 亿美元，很快控制了流媒体视频市场的三分之一；而在 2017 年，它成了第一家获得奥斯卡奖最佳影片提名的流媒体服务提供商。

要认定人们对自己选择新总部有足够兴趣，从而维持这个全民竞猜，就需要完全相信自己的公司享有足够高的威望，相信它能像奥运冠军或是无害的流行歌手那样，超越全国性的分歧。亚马逊有理由相信它确实激发了这种普遍的善意。2018 年 6 月至 7 月的一项调查发现，亚马逊是美国民主党人最信任的一家机构，它排在政府、大学、工会和新闻界之前，在共和党人的投票中则排名第 3，仅次于军队和警察。[31] 当然，这家公司正花费巨资来美化自身形象：2018 年，其电视广告支出膨胀至 6.79 亿美元，与 3 年前相比几乎翻了一番。[32]

很快，组织这场公开竞争的主要动机变得明朗起来。数十年来，为了在招商领域击败对手，各座城市竞相出台税收减免政策，而亚马逊在仓库和数据中心的选址过程中完全掌握了游戏规则。不过，这种城市间的竞争悄无声息，发生在措辞委婉的电子邮件和市政厅会议室里。要是能把这轮拍卖变成大众媒体节目，岂不是更能刺激出价？美国人热爱体育竞技，他们喜欢赢家，他们选出的领导人会感受到自下而上的压力，看台上的人群呼喊着，让他们的城市也参与竞争。

呼声几乎在一瞬间就位——让我们来吧！——当地官员的反应也很迅速，而且他们往往会做出不顾一切的谄媚举动。图森市用卡车将一株 21 英尺高的树形仙人掌拉到西雅图。堪萨斯市长给 1 000 种亚马逊商品写了 5 星的在线评价。为了迎合亚马逊对狗的狂热，达拉斯提出将免除该公司员工的本地宠物领养费用。亚特兰大则提议在该市地铁系统中增加一节亚马逊专用车厢，以助力"市内货物配送"。亚特兰大近郊城市斯通克雷斯特提出可以更名为"亚马逊市"。

在这场马戏中，有一些人意识到了这一时刻产生的引力。这不仅是在寻觅第二个总部，亚马逊面临的是一个绝佳的机会，可以在某种程度上帮助平衡美国的国家格局，与这个国家某个被遗弃的角落一同分享"赢家通吃"的高科技资本主义红利。罗斯·多塞特在 2017 年 9 月写道：

> 假如亚马逊将第二总部的选择视作一种企业公民行为，一半是公共关系的噱头，一半是真正的爱国姿态呢？……与其选择明显的"波士华"❶ 中心，或者创造型繁荣城市，它可以选择

---

❶ 波士华（BosWash）由波士顿（Boston）和华盛顿（Washington）两个地名组合而成，指代美国东北部大西洋沿岸都市。

在一个保守州的中型城市安家，比如纳什维尔、印第安纳波利斯或伯明翰。或者它可以在显而易见的"第一流地区"❶ 选择之外，寻找一座正在挣扎的东海岸城市——不是波士顿而是哈特福德，不是华盛顿特区而是巴尔的摩，不是纽约而是布里奇波特。或者它可以选择一座受过打击的大型衰落城市，成为振兴的引擎，建立亚马逊的克利夫兰或亚马逊的底特律。

根据我这个极不科学的"对美国有利"的衡量标准，一个特别引人注目的选择可能是圣路易斯，这是座曾经辉煌过的大都市，如今深陷困境中，它是特朗普治下美国大片地区的主要城市中心，是美国的地理中心，更是连接东西部的历史桥梁。[33]

多么吸引人的论点，但 4 个月后，亚马逊明确表示它不会采纳这个建议。2018 年 1 月，亚马逊宣布了第二总部的 20 个入围城市名单，名单偏向于"波士华"中心和创造型繁荣城市，这类地方充满高科技人才，也可能对其他地方的应聘者最有吸引力。名单上有波士顿、华盛顿、纽约和奥斯汀。不在名单上的包括底特律、巴尔的摩、克利夫兰和圣路易斯。在为数不多的美国中部城市当中，入选的是那些已经在其区域内赢家通吃的城市，比如哥伦布和纳什维尔。在众多未入选的城市中，代顿和辛辛那提联合提出申请，代顿市长南·惠利认为："我看到社区分化，看到沿海城市和其他城市分离。我担心人们并不了解中型城市。"[34]

很快被简称为 HQ2 的亚马逊第二总部，不会是一个振奋人心的项目，也不会成为一股将美国社会凝聚在一起的力量。但话说

---

❶ 第一流地区（Acelaland），指美国东部沿海蜿蜒密集的城市地区，该词由经济学家克鲁格曼提出。

回来，这家公司以及杰夫·贝索斯也从来未曾提供多少让人相信它会如此行事的理由。该公司的一条"领导力原则"这样写道：

> 领导者要心怀信念，也要身存韧劲。领导者不会在社会凝聚力面前妥协。

后来，该公司对记者直言不讳地说："亚马逊从未说过 HQ2 旨在帮助有需要的社区。"[35]

曾经促成贝索斯将公司落地西雅图的早期投资人尼克·哈瑙尔，后来对亚马逊批评日甚，而且，对于亚马逊不打算利用 HQ2 项目来带动一座步履维艰的城市，他一点都不惊讶。"伸张社会正义？你在逗我吗？杰夫·贝索斯是个彻彻底底的自由意志论者。这些人认为，世上唯一重要的事情就是亚马逊做得有多好，其他一概不论。他们会选对亚马逊最有利的地方。这个抉择会如何影响当地？除了当地会如何影响亚马逊之外，其他问题无须考虑。他们才不会想这些。杰夫的观点是典型的新自由主义观点：公司的唯一目的、股东的唯一目的，是不顾其他一切，让自己赚取财富。这就是最高的、唯一的责任。最大化股东的利益，说不定也能像变魔术一样创造出公共利益。如果唯一要紧的屁事就是股票价格，那你为啥还要费劲操心别的事呢？"[36]

"Alexa，请介绍一下我们的主讲人，好吗？"

"我很荣幸。"Alexa 回答道，最近，她被升级过的声音响彻华盛顿会展中心宽阔的大厅。重新设计之后，她的声音听起来更拟人化，少了机械感，她之前在一条"超级碗"赛事广告中亮相过。

"有请亚马逊云计算服务全球公共部门副总裁特蕾莎·卡尔松上台，有请。"

这是在阿灵顿河对岸的万豪酒店举行的第九届亚马逊云计算服务公共部门峰会现场，一开始，活动只有 50 人参加，而此刻，在 2018 年春天，峰会吸引了约 1.4 万人来到华盛顿特区会展中心。峰会像打了激素一样迅速膨胀，肉眼可见地证实了亚马逊在云领域的成功：该年底，亚马逊云技术基础设施带来 155 亿美元收入，几乎是所有行业竞争者的收入之和。

亚马逊的主导地位一直延续到这场大会的主题领域：政府。在控制政府办公用品采购的同时，亚马逊正试图夺取利润更丰厚的政府信息技术业务。2013 年，亚马逊赢得一份 6 亿美元的合同，将中央情报局带入云端。而最大的一份 100 亿美元项目——将五角大楼移至云端，亚马逊是仅有的两家候选公司之一。亚马逊云计算服务全球公共部门总部位于弗吉尼亚州阿灵顿一个名叫巴尔斯顿的办公街区，这里离五角大楼只有 3 英里远，只隔了 6 站地铁，这可能不是什么偶然。

甚至在亚马逊决定第二总部选址之前，它与华盛顿之间的亲近就已越来越明显，它在促进华盛顿进一步繁荣方面的作用也越来越重要。现在，亚马逊在向政府销售云服务的领域中占主导地位，它正作为所有其他企图分一杯羹的小公司的召集人。他们挤满了供应商展厅，展台上贴着 Fugue❶、Xacta、Alfresco、Okta、Snowflake、Enquizit、Veeam、Druva 等名字……

亚马逊的卡尔松带着浓浓的肯塔基口音，她忍不住提醒客人，

---

❶ 赋格，成立于 2013 年，是一家提供构建、运行和维护云计算基础设施软件产品的初创企业。列举的其他几家公司暂无通用中文译名。

她的公司现在比他们都领先得多。亚马逊云计算服务现在控制着所有公共云服务的近半支出；该部门雇用了大约 20 000 名员工，而 5 年前仅有 45 名员工；凭借高达 26% 的运营利润率，该部门占到亚马逊全部营收的一半以上。从本质上讲，正是凭借公司在云计算领域利润丰厚的主导地位，它才能够在原有的零售业务中保持低价，在接近亏损的情况下销售商品，从而将许多竞争对手完全逐出市场。

而且，云潜力无限——如贝索斯自己所言，亚马逊云计算服务的"潜在市场规模远超数万亿"。卡尔松对公司的惊人增长所催生的效率大加赞赏。"受益于规模经济，在没有压力的情况下，亚马逊云计算服务自 2006 年推出以来已经降价 66 次。"她指出，"当规模经济成形时，我们用它来回馈客户和合作伙伴。"

她指了指身后屏幕上布满针头的世界地图，描述了公司的优势如何不可逾越，就像一个 11 岁的孩子在玩《大战役》（Risk）游戏时计算着领土上的军队。"我们创建了工业级规模的区域，也就是数据中心集群所在的世界各地的实体位置，"她说，"我们有 18 个地理区域，55 个可用区块和 108 个边缘地点，并且在全球范围内不断扩张。"

"相信我，"她说，"我们不会放慢步伐。"

当天晚些时候，部分与会者受邀前往不到 1 英里外的亚马逊华盛顿办事处参加 VIP 招待会，地点就在国会山附近的一座新大楼内。

入场前，国防承包商巨头雷神公司高级 IT 主架构师杰伊·德姆勒在玻璃门的反光中理了理头发。

亚马逊公司的一名说客同另一名说客打招呼道："在国会山的

日子如何？"

一位身着全套军装的人大步流星走了过来，身后两个下属军官在越野车旁仔细检查着停车计时器。

一名亚马逊员工等在门外。"这边请，先生，我是来接你的。"他告诉这位指挥官。卡尔·舒尔茨上将是海岸警卫队第 26 任司令官，上任才 3 周，而海岸警卫队正在挑选云端服务商。

亚马逊高管络绎不绝。来自合作伙伴发展部的乔恩·彼德森提醒同事，所有亚马逊云计算服务员工都被要求在活动中穿着白色服装，以便其他客人识别。但事实上，几乎没有人穿白色衣服。

"我在奥巴马政府时期任职于劳工部，"一个人对另一个人说，"那是整整两年半前的事了。"

走过自由派智库美国进步中心的约翰·汉利身旁，你会见到国防承包商 BAE 的首席技术官马尼什·帕利克、卡普林－德赖斯代尔律所的税务律师詹姆斯·阿米蒂奇和另一位中左翼智库"城市研究所"的首席信息官兼技术与数据科学副总裁库鲁德·奥德。

大厅电梯前排队的人越来越多。"我的天哪。"一位女士在队伍进入视野时说。

在 F 街拐角处，一位年轻黑人妇女正睡在人行道排水槽上，她用毛巾当作枕头。有人给她留下了一个三明治。

奥德与前往别处的汉利拥抱道别。汉利告诉她："要去里斯顿参加个互联网活动。"

亚马逊云计算服务美东地区的中西部前沿数据中心，建设耗时不到两年。2016 年 10 月，全部三个新数据中心在哥伦布市周围的 270 号公路沿线就绪并投入运营。市政府官员不再需要对前来打探的当地记者隐瞒位置——如果还有这样的记者的话。这些建筑已经是无可争议的事实，巨大的灰色块状物从田野中升起。而它们只是众多建筑中的第一批；亚马逊宣布计划在俄亥俄州中部再建十余个数据中心。2018 年，亚马逊、微软、谷歌和脸书的资本支出总额，在一年内飙升 50%，达到 770 亿美元，这笔支出主要用于数据中心。[37] 由于许多机器只能维持几年的寿命，围绕数据中心的建设热潮便催生了一种全新的废品回收链条。[38]

在哥伦布环形公路上，大约位于 10 点钟位置，是亚马逊公司的希利厄德数据中心。中心外表呈现一片惨淡的浅灰色，浅得几乎与俄亥俄州冬日的天空融为一体，如同一只白靴兔，将自己伪装起来。中心大楼后面散落着一大片更加错综复杂的别样灰色建筑，它们是为这个数据中心服务的变电站。

圆环 11 点钟左右的位置是都柏林数据中心，不远处有个购物广场，那里可以找到好市多、T. J. Maxx 折扣百货商店、连锁宠物零售巨头佩斯玛特、奥乐齐超市、温蒂汉堡和加拿大连锁快餐店蒂姆·霍顿斯。蒂姆·霍顿斯快餐店的年轻店员不知道路边那座巨大的建筑里有什么；事实上，他也从来没有认真想过这个问题。

新奥尔巴尼数据中心大约在环线 1 点钟方向，它并不是一栋独立的建筑，而是伫立在一连串仓库和物流大楼的边缘。在亚马逊中心的正对面，有 Mast Global 物流、Axium 塑料、Exhibitpro 会展、安姆科包装、KDC/One 这几家公司。与这些建筑共存的，是沿着山毛榉路散布的一排排破旧房屋和拖车，它们是半农村贫困的残留痕迹。一扇门上写着"我带着枪，因为条子太沉"；另一道门上写着："你给和平一个机会。要是不成的话，我会用我的枪掩护你。"

并不是说这些新企业邻居带来了任何非法入侵的风险：据一位居民称，数据中心在建设过程中没有做过任何宣传。整整一年，那里什么都没有。第二年，它就突然出现。

一个比萨配送员把车停在安全闸门前，然后被放了进去。

就在这条路上，道恩·道尔顿坐在信仰生活教堂的欢迎台后面。十几年前，教堂刚刚建成，周围空空如也，只有那些房屋，还有玉米地和大豆田。后来，仓库和数据中心出现了。鲍勃·埃文斯快餐店旁是造价 7.5 亿美元的脸书公司新数据中心，面积 97 万平方英尺，占地 345 英亩，甚至比亚马逊的新奥尔巴尼数据中心还要大。谷歌也计划设立价值 6 亿美元的中心。就这些公司在小城市和城镇的区域供应链而言，这就是全部了——这里或那里有几十个员工负责维护保存数据的机器，与曾经连接大小商务中心的密集供应商网络天差地别。对总部坐落在西雅图和加州湾区的亚马逊、脸书、谷歌和苹果来说，重要的城市不是哥伦布，不是辛辛那提或代顿，而是与它们竞争人才和资本的国际都市，比如伦敦和东京，或是远方为它们提供所需一切的制造业基地，比如中国深圳。

有时，如果风向正好，会有香气从洗护品牌 BBW 的新配货中心那里，穿过田野吹向这里。"我们被包围了。"道恩·道尔顿说道。

全美各地对第二总部的竞标愈发激烈，现在，范围已经缩小到 20 名入围者。时间紧张且经济匮乏的城市政府花费了无数的功夫和金钱，对计划书精雕细琢，聘请顾问，准备迎接招标方的最终考察。

最重要的是，他们把越来越大的激励措施摆在谈判桌上。我们不知道大多数城市亮出的具体底牌，招标方要求各竞标方对谈判保密，否则将不予考虑；鉴于整个过程的公开性质，这种对保密性的坚持分外引人注目。[39] 即便是最终批准方案的市议会成员也不被允许了解细节。印第安纳波利斯要求 400 名雇员签署保密协议。在华盛顿郊区，马里兰州的蒙哥马利县对根据《信息自由法》提出的申请做出回应，给出了一份长达 10 页的文件，然而整份文件都经过编辑处理，每一行文字都被涂黑。克利夫兰市改动其投标意向书的标题页和目录。在 238 份标书中，有 124 份完全保密。"我们不公布与亚马逊 HQ2 相关的文件。我们不受《信息自由法》约束。"处理迈阿密投标的公私合作负责人回应道，采取类似做法的还有奥斯汀、亚特兰大和印第安纳波利斯。

其他地方公开的一些数字暴露了当前竞标的规模。哥伦布市报价超过 20 亿美元。芝加哥表示将向亚马逊返还其工人的个人所得税，总额为 13.2 亿美元。马里兰州批准了一个 65 亿美元的方案。几年后因未能治理饮用水含铅问题而为人熟知的新泽西州纽瓦克则提出了一份 70 亿美元的计划。

同样被遮掩起来的，还有亚马逊对各个预备选址的考察。[40] 一些模糊的细节泄露出来——一些城市带着这些访客乘船游览，另一些城市则安排了自行车之旅。大家一致认为，关键是在提供便利时不能显得迫不及待，避免出现第一轮竞标失败者常挂出的那种俗气的小玩意和过分的奢侈。事情变得严肃起来。访客们想知道当地高中毕业生的学术能力测验（SAT）成绩，就像贝索斯本人热衷于了解面试者的 SAT 分数那样。他们还想搭乘公共汽车和有轨电车。

过程如此隐蔽，急得竞标方病急乱投医。[41] 阿拉斯加航空公司增设了一条从西雅图到哥伦布的直达航班！卡内基·梅隆大学计算机科学学院院长正在辞职——或许他在为管理匹兹堡的 HQ2 做准备？

在迈阿密，贝索斯被撞见与一位绰号"阿紫"的俱乐部推广人一同现身。"我们不是每天都有机会和世界首富在一起。"在 Instagram 上，阿紫兴奋地分享道。《迈阿密先驱报》报道了这件事："对迈阿密竞标 HQ2 来说，这是个好消息吗？"

插曲二 再现悲剧

宾夕法尼亚州卡莱尔镇

    2014 年 6 月 1 日，距离乔迪·罗兹死于宾州卡莱尔镇亚马逊履单中心过去了 3 天，职业安全与健康管理局哈里斯堡地区主管凯文·克利普，给死者的两个儿子发去慰问函。在函中他写道："我们对您母亲身亡深感遗憾，希望您了解，管理局正在调查该事件。"

    管理局调查人员向亚马逊发出传票，访谈了仓库员工，并查看了乔迪操作的那款科朗 PC4500 动力工业叉车的运作情况。他们致电乔迪的儿子，但没联系上。他们走访了科朗叉车公司的经销商，分公司经理建议他们去总公司。他们与亚马逊卡莱尔仓库的安全经理戴安娜·威廉姆斯，还有来自新泽西州普林斯顿、代表亚马逊的律师约翰·麦加伦交谈，后者要求管理局以书面形式提出所有问题，还要求将答复期限延长 30 天。

    2014 年 9 月 22 日，管理局官员收到一份罗兹血液化验毒理学报告。结果显示，她的血液中含有十余种药物成分，包括：尼古丁；

安非他酮，这种药在市场上既是抗抑郁药又是吸烟抑制剂；四氢大麻酚，大麻的一种主要活性成分；苯海拉明，用于治疗过敏、失眠、帕金森等疾病，有镇静作用；加巴喷丁，这是一种抗癫痫药，也可用于治疗神经疼痛；氢可酮，存在于维柯丁和重酒石酸氢可酮等阿片类药物中的镇痛药；吗啡，通常来自可待因或海洛因；奥沙西泮，一种用于治疗焦虑的苯二氮䓬类药物；以及羟考酮，存在于奥施康定等阿片类药物中。不过，乔迪血液酒精浓度很低，仅为 0.02。

11 月 14 日，凯文·克利普给戴安娜·威廉姆斯发了一封信，告知管理局在卡莱尔仓库发现了涉及叉车作业在内的"潜在危险"，特别是与叉车相关的撞梁风险。他在信中写道："调查显示，经测量，大部分高架仓库下部水平货架支撑物距离地面约 49 英寸。这一高度为 PC4500 型叉车带来潜在的撞梁危险，因为机器前端可以行驶至这个底部货架支撑物下，并有可能将操作员夹在货架支撑物和机器靠背之间。"

克利普建议调整底部货架高度，并以另一种型号的叉车替换 PC4500。但他接着写道："职业安全与健康管理局没有具体的标准适用于该种危险"，因此，"目前不会就此传讯你方"。

又过了两个月，克利普才给罗兹的两个儿子发去一封信，告知了这个结果。"尽管安全检查表明雇主没有违反安全和健康标准，但我们知道，任何金钱或赔偿都无法平衡您和家人所遭受的损失，因为这场悲剧，你们的生活被永远改变了。"他写道。

不到 3 年后，2017 年 9 月 19 日，急救人员再次被叫到卡莱尔 PHL6 履单中心，PHL6 是位于艾伦路的这个亚马逊仓库的代号，

这里靠近 81 号州际公路和宾夕法尼亚州收费公路。❶

　　"变革运输"（Revolution Transport）是当地一家卡车公司，下午 5 点后不久，公司的一名司机来到亚马逊卡莱尔仓库出站场，想把他那辆 2001 年产沃尔沃牵引车倒到 129 号装卸口处。在连接满载拖车的主销与牵引车的销板（也就是"第五轮"）时，他遇到了麻烦。

　　德万·休梅克走过来，表示愿意给他搭把手。他是亚马逊仓库的一名货场推拉工，负责在司机将拖车运进货场后和运出货场前调运拖车。他是美国未来农民协会成员，自 2010 年仓库开业以来，从东朱尼亚塔高中毕业两年的他从仓库临时工做起，一直在这里工作。

　　休梅克和卡车司机一同站在牵引车后面，讨论眼下遇到的问题。休梅克去拿了一根黄色杆子，这是牵引车千斤顶架上的把手，可用来解开第五轮上的锁定装置。司机又试着倒了下牵引车，但第五轮仍然无法与主销接合。

　　司机下了车，进一步讨论了这个问题，推测这是因为第五轮面板上有太多润滑脂。司机再度回到车上，向前开动，想在牵引车和拖车间挪出一片空间，以方便处理第五轮。

　　当牵引车向前时，休梅克仍然站在后双轮之间，紧挨着第五轮。"哇啊！"他大喊道。

　　但司机仍继续开动，而休梅克被卡在直径 41.9 英寸、宽 10.7 英寸的轮胎下，每个轮胎重达 118 磅。另一名工人看到了发生的一切，尖叫了起来。终于听到尖叫声的司机停下了车。

---

❶　根据前文提到的亚马逊履单中心命名规则，PHL6 中的 PHL 代表费城国际机场（Philadelphia International Airport）。

德万·休梅克面孔朝下，躺在血泊中。有人拨打了911，亚马逊现场安全小组赶到，同时赶来的还有一辆救护车以及州警察。

坎伯兰县验尸官办公室宣布，休梅克当场死亡，他的头部和躯干都出现了压伤。他今年28岁，已婚，有一个年纪很小的儿子。他是共济会米德尔堡第619号会堂成员。他喜欢和宠物马克斯、黛西待在一起，也喜欢骑四轮摩托、园艺、烹饪和做手工活。

于是，再一次地，职业安全与健康管理局哈里斯堡办事处给亚马逊卡莱尔仓库员工的家人发去慰问信。"我们希望让你们知道，管理局正在调查德万死亡的相关情况。"新任管理局地区主任大卫·欧拉在信中写道。10月2日，欧拉与德万的一名家庭成员交谈，并向其解释了管理局的调查将如何进行。据亲属说，事故发生那晚，亚马逊的人没有上门也没有打电话，直到当晚德万没有像往常一样回家，家人给一位同事打去电话，才知道发生了什么。

欧拉写信给仓库的新任现场安全经理托马斯·霍兹，要求对方提供一系列材料，包括装货场照片、证人证词、培训记录、工作守则和其他货场员工名单。在回信中，霍兹附上了部分文件以及一张信函，信的顶部是亚马逊公司的微笑标志，上面印着大号粗体的"履单"二字。

但亚马逊并没有让管理局轻易获得访谈员工的机会。次年2月，在罗兹死亡案中代表亚马逊公司的那家普林斯顿律所，这回派出的律师是马克·菲奥里，他致信管理局，表示他将出席访谈。一位管理局调查员表示反对，在给同事的信中说："我向他解释了保密权，告诉他如果他在场，我不会采访仓库员工。律师则说，根据司法先例，他被允许在场。"

地区主任欧拉回复，这个问题没有意义，管理局已经倾向于在德万·休梅克死亡事件中以"不建议传讯"作为表态。

10 天后，在给哈里斯堡办事处的欧拉的电子邮件中，管理局费城办事处的哈罗德·罗兰确认了无违法裁定的结论。

"大卫，"罗兰写道，"结案吧。"

第七章　庇护：税收与捐赠

西雅图 – 华盛顿特区

　　2004 年，凯蒂·威尔逊和斯科特·迈尔斯这两名年轻人乘坐灰狗巴士从纽约州宾厄姆顿出发寻找新家园。高中时期，凯蒂和斯科特在参加"投放食物而不是炸弹"活动时认识了对方：每周，活动的参与者会用收集到的捐赠食品做一顿素食，在公园里为无家可归者和其他任何走过来的人提供食物。

　　后来两人走上了截然不同的道路。凯蒂是纽约州立大学宾厄姆顿分校一名生物学教授的女儿。她就读于牛津大学，一方面，牛津提供的物理学–哲学联合学位课程吸引了她——这是她最喜欢的两个不太可能搭在一起的学科；另一方面，在英国的学期制度中，每 8 周的课程之间安排了 6 周休息时间，这一点对她也有吸引力。她向来都对传统美国大学课程抱有复杂的感觉，而到英国上学似乎是绕开这种矛盾的方式。最后，凯蒂被一种更普遍的矛盾心理支配，在大学毕业前 6 周，她退学了。她的父母都是知识分子，对凯蒂的叛逆做法很不高兴。

斯科特却从一开始就很叛逆。他 15 岁那年拿到了高中同等学历证书，然后就辍学了；他在北达科他州一个印第安人保留地做过志愿者，也曾在加州湾区地铁站里弹过吉他，那时候他住在当地一座禅宗寺院里。

2004 年，两人坐上一辆大巴。在两个月时间里，为了寻找适合自己的地方，他们穿越了整片美国大陆，两人已经确定了一点——宾厄姆顿也许并不是他们想要停留之地。"这地方还算可爱。"后来凯蒂用她特有的幽默方式评论道。灰狗巴士带他们去了波士顿、费城、多伦多、芝加哥、新奥尔良、旧金山、西雅图。当贝索斯夫妇驾驶雪佛兰开拓者，带着商业计划寻找友好的创业环境时，凯蒂和斯科特心中却只怀有模糊的愿望：不管他们会在哪里找到这么一个目的地，他们想要融入其中，成就一番事业。

让杰夫·贝索斯心动的是西雅图的税收优势，而凯蒂和斯科特则被当地图书馆会员卡吸引：到达西雅图后，他们了解到只要花 100 美元，就可以成为"华盛顿大学图书馆之友"，可以借阅该馆所有藏书。对两个年轻人来说，这件事有着巨大的吸引力，正规教育的中断增强了他们以更自主的方式做研究的决心。凯蒂开玩笑地说："我们贯彻了马克思主义的准则"。

他们很快发现，比起找到自己的事业，找到心之所向的城市要更容易些。西雅图曾在 1999 年发生过喧闹的反世贸组织抗议活动，但 5 年之后，当这对情侣抵达西雅图时，当地的政治舞台已经沉寂。在找寻机遇的同时，两人尝试了各种不同的工作岗位。凯蒂当过实验室助理、咖啡师、法律助理、公寓装修工和木工。她最喜欢的一份工作是在联合湖为船底刷漆。

斯科特在一家杂货熟食店工作，还教人弹吉他。两人一同管理着菲尼岭区的一栋砖砌公寓楼。他们一直租住在这栋楼里，彼时公寓管理员是老太太韦尔娜，而房东更老，那年已经98了，后来活到104岁。"她一毛不拔。"韦尔娜警告斯科特他俩道。等韦尔娜搬进养老院，两个年轻人接过公寓管理员一职，这份工作他们做了5年。

2011年，受大衰退余波所迫，西雅图公交服务被大幅削减，凯蒂和斯科特恰恰依靠公交系统在城里穿梭。凯蒂于是着手调查西雅图公共交通资金，然后被自己的发现吓了一跳。西雅图是美国最进步的大城市之一，但它的税收制度却是最累退式的。❶华盛顿州不收所得税。2010年，当地一项议案曾提出向该州最富有的居民征税，每年筹集20亿美元用于教育和社会服务；提议最初得到广泛支持，但部分最富有的公民使钱打点，在反对运动之下，该项议案以失败告终。

华盛顿州的科技行业也为反对方的话语推波助澜。该州技术产业协会指出："正因为没有所得税，华盛顿州的公司才有了竞争优势，能够从全国各地招揽并留住最优秀、最聪明的人才。"科技行业承认，西雅图正在成为一块技术磁铁，不仅是因为这里有皮吉特湾、雷尼尔雪山和华盛顿大学，还有一个原因就是，工程师、程序员和管理人员在这里缴纳的税款相对更少。

西雅图都会区住着地球上最富有的两个人。但是，由于2010年那场征税公投，西雅图却仍然采用累退制的销售及消费税政策，仅靠这些资助许多基本服务，包括公共交通。华盛顿州最贫穷的

---

❶ 累退制税收（regressive tax），指随纳税人收入和财富的增加而实际税率逐步递减的税制。

家庭收入的 17% 用于缴纳州和地方税费，而最富有的家庭税率不到 3%。[1] 而消费税收入在经济衰退时容易急剧下降。

凯蒂找到了她的事业。她和斯科特共同创立了"公交乘客联盟"，联盟拥有几百名缴纳会费的成员，并且得到了一些本地工会的支持，他们打算维护公共交通使用者的权益。她说："现在我意识到，我们所有天马行空的想法都需要通过一些工作来落实，这是一条陡峭的学习曲线。"不过，随着时间的推移，人们逐渐清楚地认识到，最重要的问题并不在于公交线路和轻轨的扩建。税收和慈善事业，这两位密不可分又相互竞争的"表亲"，才是最重要的问题。这涉及社会基础设施问题：谁该掏钱，以及从根本上说，是否有必要维护？

1913 年，随着美国宪法第十六修正案通过，联邦所得税正式登场。（在此之前，美国曾经征收过一项所得税来帮助支付南北战争的费用，但其征收时间只持续了 10 年。）最初，联邦向收入超过 3000 美元的人征收 1% 的所得税，向收入超过 50 万美元的人额外征收 6% 的附加税。5 年后，为了支付第一次世界大战的费用，收入超过 100 万美元的人适用的最高税率上调至 77%。不过，当时美国富人的平均税率约为 15%。

设立联邦所得税后不到 4 年，国会提供了一个绕过该税种的方法，那就是慈善捐款抵减。理由是，所得税可能会影响富人的慈善捐赠，这个想法令人不安，因为这个国家到处都烙上了强盗资本家的慷慨印记：大学、博物馆、图书馆，诸如此类。

理论上，拥有预期税收来源的政府足以自行建设和维护大学、图书馆和博物馆。但是，工业界巨头坚持认为，他们最清楚如何分配资本主义成果。安德鲁·卡内基，这位苏格兰裔工业家和美国慈善事业的精神之祖，在 1889 年"财富的福音"一文中写道，"富人的责任"是将财富用于"他认为最能为社会产生最有利效益的事务上"。最重要的是，卡内基认为自己在分配"剩余收入"方面拥有非常高明的判断力，因此他不理解为什么这些收入应该被广泛地散布出去（例如提高工人工资）。大笔慈善捐赠比把钱分成"微不足道的数额"作为捐款或提高工资，"对我们民族的提升来说更为有力"，因为后者很可能"在口腹之欲的放纵中被浪费掉"，他相信，"即便是最贫穷的人也能明白这一点"。

卡内基于 1919 年去世，但他的道德观在后来数十年内依然支撑着慈善事业的发展：富人最有经验，由他们来决定如何花钱，而不是由大众来做决定，这对所有人都好。作家阿南德·吉里达拉达斯注意到，"为了赚钱不择手段是一种极端想法，有义务做出回报是另外一种极端想法"，因为"如果穷人得到更高的报酬，他们可能并不需要这么多帮助"。[2]20 世纪末到 21 世纪头十年，随着联邦最高所得税率的下调，以及全国最富裕阶层财富规模的膨胀，慈善事业的名声也越来越大。2010 年，比尔·盖茨和他当时的妻子梅琳达·盖茨，以及沃伦·巴菲特一同发起了"捐赠承诺"，敦促最富有的一批人同意至少捐出一半财富。大部分捐赠都给了需求相对小的机构（例如哈佛大学和斯坦福大学），它们最终在一年内持续收到 10 多亿美元的资金。随着捐赠的增加，它给政府造成的成本也在增加：到 2013 年，纳税人每年抵扣的税款达到 400 多亿美元，而最富有的人群受益最多，因为他们本来要按最高边际税率缴纳税费。

捐赠承诺的签署者包括一位亿万富翁：凯雷集团联合创始人

大卫·鲁宾斯坦。³ 近年来，鲁宾斯坦在华盛顿做出一系列的高调姿态，超越了一众大慈善家。他花费 2 130 万美元购买了一份有 710 年历史的英国《大宪章》，并将其借给美国国家档案馆；后来，他又花了 1 350 万美元建造了收藏该文件的画廊。他买了两份由亚伯拉罕·林肯签署的《解放奴隶宣言》，并将其中一份借给奥巴马总统，陈列于白宫的椭圆办公室。他向杰斐逊故居蒙蒂塞洛、詹姆斯·麦迪逊在蒙彼利埃的庄园、罗伯特·李的豪宅、硫磺岛战役纪念碑和林肯纪念堂提供了大量捐赠。

2011 年，华盛顿纪念碑在一场地震中出现断裂，鲁宾斯坦宣布将为修复纪念碑提供 750 万美元。他喜欢讲的一个冷笑话，与他因此所获得的一项特权相关：他说，在被带到纪念碑顶部做私人参观时，"我拿出一支笔，在最上面写上了我名字的缩写"。

鲁宾斯坦甚至给他对华盛顿机构和其他"历史性事业"的捐赠取了个特别的名号："爱国慈善"。在 2015 年某期《60 分钟时事杂志》（60 Minutes）节目中，他表示他只是在帮忙填补因财政紧张而留下的空缺。"政府资源不复从前了，"他说，"我们的国家存在巨大的预算赤字和大量债务。我认为现在是时候让公民的个人投入上场了。"

在这段节目介绍里，以及在其他许多关于他的慈善事业的报道中都没有提到的，是鲁宾斯坦在政府资源耗损中所扮演的角色。多年来，他和其他私人股权投资经理一直受益于一个漏洞。他们管理他人投资所获的酬劳，可以依照资本利得税率缴税，而无须按照普通收入报税，后者的税率要比前者高得多。这个"附带权益"（carried interest）漏洞为最富有的私人股权投资高管每人每年节省近 1 亿美元；据保守估计，该漏洞每年给美国财政部带去 20 亿美元损失；一名专家认为，实际损失是我们所见数字的许多倍。鲁宾斯坦不仅从这个漏洞中获得巨大利益，而且多年来，在关键时刻，他通过自己在国会山的关系，协助挫败了国会封上这个漏洞的努力。

尽管如此，他热心公益的名声还是传开了。2015年的一天，鲁宾斯坦和几百名客人来到纽约公共图书馆主馆。2008年，纽约公共图书馆将这座学院派风格的建筑重新命名为"苏世民大楼"，作为交换，私募股权公司黑石集团负责人苏世民将向图书馆捐赠1亿美元。鲁宾斯坦和其他几个人，包括微软联合创始人保罗·艾伦，在这里接受了卡内基慈善奖章。鲁宾斯坦在接受采访时表示，当他正在考虑该说些什么时，远在天堂之上的卡内基给他发来一封信。"善良的慈善家长命百岁，"信中写道，"当他们在人间的时光结束后，天堂里会有特殊的地方热情欢迎他。"

自亚马逊在南联合湖建设庞大的总部以来，西雅图的住房危机已经持续了五六年，但《西雅图时报》2017年4月6日的头条标题仍然冲击力十足：

西雅图房价中位数创新高，5年翻倍达70万美元

事实上，在此前5个月里，西雅图地区房价快速上涨，位列全国都会区之最。推动房价上涨的，不仅是这座城市的过度繁荣和飞速发展，还有住房供应短缺。整个城市遍布单户住宅区，甚至靠近市中心也是如此，进一步加剧了短缺。❶ 一名房地产主管

---

❶ 单户住宅区指仅允许建设单户独立住宅，不允许建设连排别墅、复式住宅和多户公寓的社区。

表示，住房市场"简直是疯了"。[4]

　　情况变得越来越疯狂。西雅图市中心东北部地区（包括西雅图国会山的嬉皮士中心），房屋售价中位数即将突破 100 万美元的门槛，而西雅图东南部，这个城市最实惠的地区，房价比一年前增长了 31%。[5] 在华盛顿湖西岸的贝尔维尤，贝索斯创办亚马逊时居住的那栋简陋房子昔日售价为 13.5 万美元，25 年后，它卖出了 153 万美元的价格，而这甚至低于附近的房价中位数。

　　这是米洛·杜克所见证的第三个西雅图，他知道这座城市已经不适合他了。他和温迪仍旧住在谭哥镇的平房，令人难以置信的是，房租价格没有变化，还是最开始的每月 1 000 美元。但他们很难忽略其他迹象。为了重拾"达摩机师"的友谊，他和几位朋友在 2010 年重聚到一起，在远离西雅图市中心的南部乔治敦街区，用 1 200 美元的价格租下一间工作室，他们尚且能够负担得起这里的费用。然而该区的租金一年之内迅速攀升。2013 年，他们告别了这家工作室。

　　接着是艺术走廊的陷落。每个月，艺术家们会在城里几处适合的场所，像是先锋广场和乔治敦街区的一系列空间，展示他们的作品。米洛和妻子温迪觉得，他们也可以在城北组织一个类似的艺术走廊，他们在联合湖西北部时髦的巴拉德街区寻觅到了一处理想的空间：安快银行支行所在地。银行不仅专门为艺术走廊打造了大型画廊空间，还把大厅交给他们使用。他们从 2014 年开始筹划巴拉德艺术走廊，但活动却完全失败了。这里人流量足够大——人们穿过步道，走向拉面店、夏威夷餐厅和冰淇淋店。但几乎没人驻足欣赏艺术。人们只是穿过画廊。"那个时候，"米洛后来说，"我才意识到科技已经完全接管了这里，如今西雅图物是人非。"

　　华盛顿湖对岸，在贝尔维尤的画廊里，米洛和温迪的作品销量下滑。2016 年，在一家名为"书页"（Folio）的私人图书馆里，米洛为一件艺术装置投入了大量精力，其中有他的画作和一套家具，家具由他和木匠儿子共同打造。他曾想着这座城市中的某个亿万富翁兴许会购买这些家具，但鲜有人注意到这件装置。

　　也是在这一年，米洛夫妇接到了房东——那位波音公司主管的妻子——的电话。她从学校管理部门退了下来，如今主要把精力用来管理城里的三处房产；她现在觉得自己没办法继续以 1 000 美元的价格出租这套平房，哪怕是租给还不赖的艺术家。"你在网上查过价格了吗？"米洛问道。"查过了。"房东回答。她打算将米洛的房租提高至原先的 3 倍，也就是每月 3 000 美元。为了减缓租金上升给租客带来的麻烦，她打算逐步加价，每月租金上涨 200 美元，连涨 10 个月。对米洛夫妻来说，问题在于涨到哪一轮时他们再也无力承担。

　　西雅图房产价格屡创新高，此后这座城市又刷新了另一重纪录。2017 年 12 月初，《西雅图时报》报道，西雅图所在的金县如今的流浪人口数名列全国第 3，总数仅次于纽约和洛杉矶，但这两座城市比西雅图大得多：根据联邦政府当时的最新统计，西雅图及其周边地区共有 11 643 人无家可归。[6] 其中有 5 485 人，将近一半的流浪者上无片瓦遮身——他们住在大街上，或是睡在帐篷里——此类人口数量较前一年增加了 21%。城内学校统计到的无家可归儿童数达到 4 280 人，创下历史新高。[7] 这一年，死于街头的流浪者比以往任何时候都多，到了 9 月份，金县的死亡人数已超过前一年的总数，到 11 月底则已远远超过有记载以来的最高纪录，共达 133 人。[8]

穷街陋巷（skid row）这个词就起源于西雅图：从前在滚木路（Skid Road），经过润滑的原木会一直滚进亨利·耶斯勒的锯木厂。然而，这座城市如今发展到全新的规模，人们控诉它的过度繁荣和自由主义政治精神，这种精神所宣扬的人道主义关怀和普遍的体面已不攻自破。我们很难忽视种种不和谐的现象。在市中心第三大道和詹姆斯街交汇处的西南角，两群人碰到了一起：一边是希望能订到 Il Corvo 意大利餐厅当晚桌位的人，另一边是在附近收容所等待床位的人。不远处，价值 80 万美元的工艺美术平房中央突兀地住着一群露营者。有时候人们发现，不协调的迹象无处不在。"我从公交车上往外看去，见到一个人正脱裤子；我下了车，在小巷里看到一个人在开枪。"一位在市中心精品店上班的员工告诉《西雅图时报》，"这些都不是我想看到的东西。"

凯蒂·威尔逊也无法接受这种不和谐。公交乘客联盟结成阵线，很快取得了第一项重大胜利：作为进步立法浪潮的一部分，西雅图市议会一致通过一项法案，对西雅图最富有家庭征收所得税，立法浪潮还包括规定最低时薪为 15 美元，以及带薪休假的员工福利。虽然这项税收法案仍面临挑战，但它开了个头，80 多年来华盛顿州首次发起所得税改革。[9]

接下来，公交乘客联盟开始着手解决无家可归者的问题。2017 年 9 月，联盟迎来了新成员——其中甚至有一群关心这个议题的科技工作者，他们自称"支持住房科技人"（Tech 4 Housing）——在"人人有房住"的标语下，一场集会呼吁政府开辟新的收入来源以解决这一问题。几周后，西雅图市议会中倾向自由派的议员提出一项"雇员工时税"议案，向总收入超过 500 万美元的企业征税，这将为经济适用房、收容所和无家可归者的相关公共服务提供 2 500 万美元的资金支持。其中一位市议员特蕾莎·莫斯克达后来指出："要求富足群体分摊公平的份额，并非惩罚性手段。"[10]

西雅图过去曾实施过这类雇员工时税。早在 2006 年，该市通过了一项水平极低的税种，即为每名雇员缴纳 25 美元的税款，大约折算每小时 1 美分，用以增加城市交通预算。尽管数额不大，但当地商业游说团体表示反对，将这种税称为"人头税"，宣扬西雅图工人如同奶牛般被榨取收入，在 2009 年，政府做出让步，废除了该项税收。

面对数额更大的雇员工时税，商业游说团体老调重弹，说新税将影响招聘，说它设计得不够好。市议会以一票之差否决了征税提案。但这个想法并未就此夭折——市议会任命了一个特别小组，重新提出了考虑得更加周全的议案。3 月初，包括凯蒂·威尔逊在内的特别工作组发布了一份报告，建议西雅图对大型企业征税，由此，西雅图每年将新增 7 500 万美元收入，是最初那份提案的 3 倍之多。

各企业对该项议案表示不满，它们认为应该对小企业也征收几百美元费用，以示一视同仁。4 月 20 日，四名市议员提出了一项每年 7 500 万美元的"企业累进税"立法——从每个全职雇员 500 美元的雇员工时税开始，逐步演变为工资税。该立法将豁免年收入低于 2 000 万美元的企业，因此，只有收入最高的 3% 的企业，相当于不到 600 家公司将支付这笔税款。小型企业则无须缴纳。

面对来自商业游说团体的强烈反对，凯蒂对她组织的草根联盟能走到这一步感到惊讶。4 月份的民调显示，大多数人支持这项税收法案，作为联盟的后盾，有 5 名议会成员支持该项提案。虽然如此，她还是忍不住感到焦虑。

4 月 23 日，在该项立法第一次公开听证会后，她给市议会中的一名支持者丽莎·赫伯德发去短信："你认为，除了继续在接下来 3 周内发出更多相同的噪声之外，反对派还有什么其他招数吗？"

"我打骨子里觉得他们会耍花招，"赫伯德回复，"但还不确定会是什么。"

多年来，亚马逊在西雅图的政治和公民事务中毫无存在感，它越是扩张，这种缺席就越显得怪异。这反映了公司创始人的自由意志论政治观：政府不仅是一种障碍，而且无关痛痒。2010 年至 2013 年担任西雅图市长的麦克·麦金在任期内一次也没见过贝索斯。[11]

这种缺乏政治参与的情况和微软公司形成鲜明对比。长期以来，后者一直不断地参与当地学校的工作，甚至鼓励旗下工程师教授计算机科学课程。[12]亚马逊的做法与伯利恒钢铁早期的心态遥相呼应，当时伯利恒并不鼓励公司的经理参与公民活动，以免分散他们对公司职责的专注度。

这种脱离延伸到了慈善事业领域。无论是在西雅图当地，还是其他地方，贝索斯捐出的财富显然很少。他曾向母校普林斯顿大学、西雅图当地的癌症研究中心以及工业博物馆捐过钱，除此以外几乎没有其他行动。他和家人总共捐出了大约 1 亿美元，但这笔钱只占他个人净资产的千分之一。[13]2018 年 4 月，贝索斯上了新闻头条，因为他表示他的太空探索公司"蓝色起源"比起用钱去做其他事情更有价值。"我认为亚马逊的营收应该投入到太空旅行中，只有这样这笔财务资源才算花到点子上。基本上就是这样。"他说。

他在政治上的游离也有少数例外。前一年，当支援无家可归者的努力刚起步时，亚马逊向珍妮·德坎提供了 35 万美元的竞选资金，帮助她成功赢得市长竞选，这名中间派民主党人同时也获得了当地商会的大力支持。2012 年，贝索斯为支持同性婚姻合法化提供了 250 万美元。两年前，华盛顿州发起对最富有居民征收新所得税的公投，而贝索斯给反对方提供了 10 万美元资金，这令他站在了比尔·盖茨父亲的对立面，后者为推动该项立法出了大力气。

回想起贝索斯对这项税收的干预，那些赞成用新的大企业税来支付经济适用房建设、帮助无家可归者的人感到了不安。如果说多年来亚马逊公司断断续续的政治参与存在一条主线的话，那就是对纳税这件事潜在的强烈厌恶——作家富兰克林·福尔说，这是一种"高于一切的企业强迫症"。[14]

许多其他大公司同样在争取将税额降到最低。亚马逊的与众不同之处在于，这种冲动充斥在其行为和决策的各个层面，且做法五花八门。亚马逊的避税方案像是"瑞士军刀"，对每一种可能出现的政府税单，都有相应的手段。在成立之初，亚马逊决定在西雅图落地，以避开加州等大州所征收的消费税。它还尽可能地推迟在各大州开设仓库，同样是为了避开当地的消费税。分散在全国各地的亚马逊员工经常携带存在误导性的名片，这样公司就不会被指控在某个州存在经营行为，也就不用缴纳相关税款。[15]2010 年，亚马逊甚至关闭了它在得克萨斯州唯一的仓库，并且放弃了在该州增建仓库的计划，因为该州官员强迫亚马逊支付了近2.7亿美元的补缴消费税；亚马逊这一记反击让该州不得不免除了这笔税款。[16]2017年，亚马逊甚至制定了秘密的内部目标——确保公司每年获得10亿美元地方税收补贴。[17]

据监督组织"好工作优先"称，亚马逊公司以建造仓库和数据中心为交换条件，不遗余力地从各州和各市争取各项税收减免及优惠政策，仅在2019年，它就总共争取到价值27亿美元的减免和优惠。

另外还有规避企业所得税的问题。多年以来，亚马逊一直申报极低的利润额以降低税额，与此同时，它以扩大客户群为重点，通过保持极低的商品价格，将对手逼入绝境。但是，即使现在亚马逊终于获得了越来越丰厚的利润，它也没有给公用事业带来多少好处。根据国税局的数据，通过向公司在卢森堡的办事处输送利润，亚马逊向政府少支付的税额达15亿美元。2018年，它将连续两年支付零企业所得税，尽管此时公司的利润已翻倍，超过110亿美元。[18]玩弄税法的手段如此高超，亚马逊实际上还获得了1.29亿美元的退税。总体来说，从2009年到2018年，该公司支付的有效税率为3%，而其利润总额则达到265亿美元。[19]（亚马逊辩解道，它在2019年支付了超过10亿美元的联邦企业所得税，而且，在2018年最高法院裁决降低各州征收线上消费税的难度后，公司代表第三方卖家核算了更多的消费税。[20]）从联邦机构、军队到学区，亚马逊从政府合同中赚取了大量财富，要说的话，这家公司在避税方面的"斐然成绩"让它更加引人注目。

尽管如此，在2018年年初西雅图税收大战的头几个月里，亚马逊一直潜伏在商业利益群体之中。它加入了时任西雅图市长珍妮·德坎提出一项地区倡议——相较于亚马逊和其他企业拒绝同意的市议会特别工作组提出的 7 500 万美元方案，该倡议公开透明地尝试提出金额更小的解决方法。亚马逊听从了商会、西雅图市中心协会、华盛顿技术产业协会等游说团体的意见。

在支持对大企业征税以解决流浪者问题的人当中，有一人率先将亚马逊单拎了出来。莎玛·萨万特有着美国政界罕见的形象，这位民选官员自豪地宣称自己是社会主义者。她与丈夫（一名微软工程师）从印度来到西雅图，离婚后，她和托派组织"社会主义选择"的一名活动家结了婚。她在 2013 年赢得选举，成了代表西雅图市议会第三区（包括中央区在内）的一名市议员。她主张对大企业征收比市议会自由派所提议的更高的税费，至少应达 1.5 亿美元。她坚信要给征税对象树立一副明确面孔。她毫不犹豫地给支持者提供了一个选择：她自己的面孔。

3 月下旬，萨万特和"社会主义选择"组织成员举行了名为"向亚马逊征税"的市政厅活动。不久后，她和支持者在亚马逊新落成的球型总部外举行了一场集会，打着"向贝索斯征税"的标语。萨万特说："我们所要求的税收，对于像亚马逊这样的公司来说，不过是零头上的变化……不过是这些亿万富翁的一点点零花钱。"

此时的西雅图在谈到亚马逊时，已经陷入了不情愿的冷漠，人们的这些诉求给城市带来冲击。一位目睹了这场集会的软件工程师说："我也不同意他们不交税，但某种程度上他们确实可以为所欲为。"[21] 而这种明确的对抗让凯蒂·威尔逊和市议会中其他倡导 7 500 万美元税收提案的人感到惊愕。这些倡导者，包括金县的劳工委员会在内，一直想让亚马逊在提案中扮演更重要的角色——作为世界上最大的公司之一，它的快速扩张加剧了住房危机，这家公司需要帮助西雅图处理这个问题。

不过，当对峙的其中一方是亚马逊，另一方是"声名远扬"的社会主义市议员时，这又是另外一回事了，而本地媒体热衷于采用这样的表述视角。凯蒂担心这会分散人们的注意力，不利于解决手头上真正的问题——住房和公平税收，转而将斗争变成部落冲突。她后来表示，"原本有一种方法可以让提案与亚马逊关联起来，而且更可能富有成效，但萨万特引导的方向让这种策略看起来不太可行了。如此一来这件事看起来就像在作秀，仿佛是某种象征。而实际情况却是，亚马逊对我们的城市产生了巨大影响，我们需要调和这种影响。"

亚马逊把握住了机会，利用了萨万特的举动。4 月 26 日，该公司宣布连续两个季度利润超过 10 亿美元。一周后，也就是在凯蒂·威尔逊和丽莎·赫伯德在短信中分享相同预感的 9 天后，亚马逊终于发动了雷霆之怒。它宣布极其反对 7 500 万美元税收立法，将暂缓建设下一座大型塔楼，这座 17 层的建筑将用于新增 7 000 到 8 000 个工作岗位；并且，亚马逊还声明要重新考虑租赁另一座塔楼中 70 万平方英尺空间的事宜，这个空间将为西雅图提供 5 000 个工作岗位。

这些举动的含义很明显：在寻找第二总部的道路上，亚马逊已经走得很远了，如果西雅图继续如此"忘恩负义"，亚马逊不保证自己会一直留在原地任人欺负。

正如亚马逊所料，威胁在西雅图停止扩张后，它相中的对手坐不住了。一天后，戴着红色长围巾的莎玛·萨万特和支持者重新来到亚马逊球形总部，抗议该公司的"勒索"策略。他们举着亮红色的标语牌，上面写着"向亚马逊征税"和"资助住房和公共服务"。

这一回，站在另一边的抗议者也出现了。几十名建筑工人前来捍卫生计，他们来自美国建筑行业工人工会组织86号分会。"拒绝人头税！拒绝人头税！"工人们的高声呼喊淹没了人数处于劣势的萨万特支持者。

西雅图上空的塔吊仍然比任何其他城市都要多，也许这并不重要。亚马逊威胁要停工的建筑仍处于规划阶段，这也不重要。对亚马逊来说，两方僵持的局面对它再有利不过。画面的一方是一名社会主义者领导的政治激进分子，领导者的口音暴露了她印度西部马哈拉施特拉邦的出身。另一方则是头戴安全帽、身穿安全背心、懂得如何抬起钢梁的勤劳美国人——西雅图不再是一座蓝领城市，但人们却总乐于想象它保留了某种蓝领城市的元素，尽管几乎所有证据都与这般想象背道而驰。

对亚马逊而言，建筑行业工会的变节不仅仅是公共关系上为期一天的胜利。提出威胁对它来说轻而易举，只消轻巧地对《西雅图时报》专栏作家说上一句话，就分裂了劳工运动，现在，工会为新税支持者提供的一丁点制度性支持也消失了。

然而，迫切的需求无法掩盖，情势所逼之下，这项努力仍在继续。一周后，在西雅图商会的委托下，麦肯锡公司（McKinsey）编写了一份关于无家可归者危机的报告，但由于其结论会造成"不便"，这份报告在被压制数月后方才公开。值得注意的是，即便是受反对新税的商业游说团体委托编写报告，这家咨询公司还是承认了危机规模之庞大。报告指出，金县每年需要4亿美元的额外收入才能妥善解决这一问题。

在接下来的周末，市长德坎与该项法案的议会支持者、亚马逊要员以及其他相关人员会面，各方在母亲节当天达成妥协：该项税收将缩减三分之一以上，即每个员工的税费为 275 美元，每年政府仅收取 4 700 万美元。亚马逊的份额约为 1 200 万美元，此时这家公司的收入已经超过 2 300 亿，而它却仍然明确地表示了不满。亚马逊副总裁德鲁·赫德纳说道："市议会对大型企业的敌对态度和言论将会造成何种局面，我们仍感到十分担忧，我们不得不怀疑亚马逊在这个城市的发展前景。"[22] 不过，市议员特蕾莎·莫斯克达后来描述了对达成共识的欣慰。"与其说我们需要他们的贿赂，"她表示，"不如这么说：重要的是，至少我们有了一个开端，一个起点。"[23]

达成妥协后，西雅图市议会于 5 月 14 日一致投票支持新的税收法案。在发动"人人有房住"运动仅 8 个月后，凯蒂·威尔逊和盟友们就以实质性行动回应了流浪者问题，即便不太足够，但这也是通过民主渠道实现的成果。并且，将要支付累进税的是那些巨富群体，和导致流浪者问题出现的是同一群人。赫伯德再次给凯蒂发去短信，这一回，她没有什么别的预感了："这是件非常重大的事情，我发现，在一切妥协中很难保持观点，但我认为这是 20 年来市议会做过的最成功的结构性变革。"

庆祝只持续了两天。投票是在周一举行的。周三，德坎签署了该项法案，使其成为法律。第二天，反对者宣布，他们正在收集签名，以便在当年秋天选举时提出废除该项法案的公投。这场"不对就业征税"的公投将得到大量资金推动，他们的背后有保罗·艾伦的开发投资公司火神资本、星巴克，以及亚马逊。

特蕾莎·莫斯克达目瞪口呆。"母亲节那天他们明明同意了。然后我们在周一投了票。他们在周二就资助反对派。不到48小时就改口？"[24] 几个月后，她向亚马逊管理层提出质疑，在他们同处一室并且同意妥协的几天之后，亚马逊的举动会破坏这项法律。"是的，我们当时同意了您的意见，275美元很合理，"她回忆起他们的回应，"但是，您并未问过我们是否会资助反对派。"（亚马逊对这一说法提出异议。）这种厚颜无耻的态度令人叹为观止。"一旦在立法大楼的大厅里做出保证，你就应当信守承诺。"特蕾莎指出。

亚马逊的道德货币也许贬值了，但它手里显然不乏其他种类的货币。法案的捍卫者被反对派淹没，不到一个月的时间里，反对派花掉近50万美元，其中大部分（35万美元）用于收集必要的16 732个请愿签名，这件事由曾为特朗普竞选活动服务的保守派公司操办。[25]（同时，"不对就业征税"运动雇用了西雅图妇女游行的主要组织者之一作为活动协调人。）录音显示收集签名的人在兜售不实之词，例如声称这些税款将直接从工人工资中扣除，或者声称这些钱已经迫使杂货店关门。[26] 他们主要的攻击路线很简单。既然市政府已经在流浪者问题上花费了大量资金，但还是逼得成千上万人流落街头，那为什么还要相信它，再让它多花几百万呢？亚马逊发言人赫德纳称："西雅图不存在收入问题，我们面对的是支出效率的问题。我们还不清楚市议会的反商业立场及其效率极低的支出，是否会有所改善。"[27]

法案的捍卫者基本上没有资金来扩大影响。现有的大部分支出都用于资助流浪家庭，而且取得了良好的效果。额外的资金需要用于资助长期无家可归的成年人，其中许多人患有精神疾病，对毒品或酒精上瘾，他们需要支持性住房。

面对人们对帐篷营地的漫天怨气，这些好措施毫无机会。反对派撕开了西雅图自由派选民中的保守主义倾向，他们认为政府四分五裂、铺张浪费、令人鄙视。大企业游说组织找上叫嚣着"别来我社区"的团体，例如西雅图大胆说（Speak Out Seattle）、安全西雅图（Safe Seattle）、邻里安全联盟（Neighborhood Safety Alliance）。在草坪上，"向新动向说不！""向收容所说好！向东城说不！"的标语比比皆是，和"欢迎所有族群"的标语摆在一起。"我觉得市政府不理解也不尊重纳税人的钱，更不对他们负责。"5月初，一位居民在一场喧闹的市民大会上发言道。另一位居民则认为："政府的政策和人们在这个城市的所作所为，给守法者带来了混乱和犯罪。"最响亮的呼声提出用武力清除露营地的要求。这场会议让一名市政府工作人员感到震惊："这种感觉不像西雅图。"[28]

6月初，作为该项税收的少数几个主要支持者之一，国际服务业雇员工会花钱做了一次民意调查。结果是压倒性的反对。严酷的现实主义笼罩着西雅图市议会：如果保守派浪潮继续上升，它有可能在秋天的选举季一并冲走许多其他东西，包括教育费，包括民主党州议会候选人。

6月12日，在一致投票通过新税收法案后不到一个月，市议会就是否废除该项税收举行了听证会。支持征税的抗议者挤满了市政厅，人数之多，听证室已无法容纳。被拒之门外的人在宽阔的大厅里摩肩接踵，高声呼喊；其中一人更是敲响了锣，让气氛更加紧张。

凯蒂·威尔逊站在人群中，她既无法进入听证室，也无法阻止里面即将发生的事。

她一直试图理解这种转变，这座城市一向对在它之中成长起来的巨头感到十分矛盾，怎么会突然如此维护它；一个饱受超繁荣副作用侵害的城市怎么会一边感到如此不安，一边又担心失去金鹅；一座 92% 票数反对特朗普的城市怎么会掉过头来反对它最依赖的人。"过去 9 个月资金充足的宣传活动基本成功，"她说，"但本地新闻和人们的意识却发生了可怕的转变。"

试图理清这一切的还有尼克·哈瑙尔，这位早期投资者在吸引亚马逊落户西雅图时出了一份力。"这是全国发展最快的大城市，人们正在失去理智。"[29] 在议会听证会的同一周，他这样说道，"我们所有人都察觉到，人头税在这座城市制造了疯狂的内战。我们每个人的朋友，他们原本善良、理性、进步，却都因为这件事走火入魔。我所有的朋友都在为一些事情生气。他们就是生气了。我认识一些富有的足球妈妈，她们成天什么都不用做，只要开车接送孩子上下学，但她们对交通很生气，对自行车道也很生气。我那些拥有和经营这些快速增长的巨型公司的朋友们，抱怨附近公寓楼拔地而起，而我认识的那些按摩治疗师从未如此忙碌过，他们则在抱怨亚马逊。人们无法将这些点联系起来。人们的大脑不具备处理认知失调的能力。要是试图将他们得到的好处及其造成的伤害联系起来，他们的脑袋就会爆炸。这里每个人都受益匪浅，但他们就是无法将这些事实联系起来，他们正在做的事情正在制造他们讨厌的麻烦。无法理解的情况在人头税问题上爆炸了。大家都被操纵。人人都在抱怨交通，人人都负担不起住房，但现在却担心'亚马逊要离开了，噢，天哪，我们该怎么办？'人们很容易被牵着鼻子走。"

听证会结束时，市议会以 7 比 2 废除了税收法案。二位反对废除的人是萨万特和莫斯克达。一个月后，西雅图房屋价格中位数达到 80.5 万美元。到该年年底，西雅图无家可归者人数增速名列全美所有城市榜首。与此同时，在投票后的几周内，亚马逊公司的季度利润首次达到 20 亿美元；在亚马逊会员日，这个一年一度的夏季购物狂欢节当天，亚马逊销售额甚至超过了网络星期一和黑色星期五。几周后，在 9 月 4 日，亚马逊公司市值突破 1 万亿美元大关。亚马逊宣布，尽管成功阻止了征税，它仍不会搬进新塔楼的租赁空间，此前它明明曾威胁说，要是西雅图不照着它的法子来，它就会放弃这些塔楼。

投票后的第二天，华盛顿技术产业协会负责人迈克尔·许茨勒坐在办公室里回顾己方的胜利。[30] 在废除税收法案投票期间，他不在城里，而是在参加从塔科马到汤森港的 70 英里赛艇。但他不需要参加听证会。他说："因为工作原因，我们与相关事务的内部维持着良好的联系，所以我们知道前一天发生了什么。"

想到在投票支持该税种后不到一个月，市议员们就得承受反悔的耻辱，许茨勒喜不自胜。"我是来个 180 度反转，对他们表示支持，然后解释一下呢？"他笑了笑，"还是继续反对，然后承担由此产生的政治影响呢？"

有一点他觉得特别有趣，市议员们表现得好像他们对法案的疑虑只是出于政治考量。他说："听起来，当前的所有姿态都像是政府在努力维持原则，但实际上根本没有原则可言。从一开始，这就是个非常愚蠢的政策，几周前你还坚信这是真正伟大的政策，现在突然认为它变成了糟糕的政策，这不过是政治上的权宜之计。拜托。"

舒茨勒笑出了声。"这座城市就是不知道如何打开格局，也从来没试过，"他说，"它从来都是个保守的小城。"

3 个月后，华盛顿经济俱乐部为贝索斯举办的大型宴会正在进行，宾客们在希尔顿宴会厅里吃起沙拉。进餐之际，俱乐部主席大卫·鲁宾斯坦提到出席本场晚宴的赞助商，其中有波音公司、摩根大通和亚马逊云计算服务。"按照定义，这个房间里每一位都是杰出人士。"在赞赏的笑声中，鲁宾斯坦说道，但他提出，接下来，他要花一点时间介绍其中最杰出的一些人。他指出了所有出席晚宴的 17 位大使。"新加坡……印度尼西亚……南非……英国……澳大利亚……爱尔兰……"他认出了美国邮政总局局长，还有美国总务管理局局长，以及马里兰州州长拉里·霍根，还有监管北弗吉尼亚竞标亚马逊第二总部工作的斯蒂芬·莫雷特；华盛顿特区市长缪里尔·鲍泽及三位前市长，此外还有华盛顿地铁系统负责人。

"这里有多少人是坐地铁来的？"鲁宾斯坦问道。几乎没人举手。"看起来我们不大像坐地铁的群体。"他冷冷地说。

当晚的主要赞助商、当地大型房地产公司史密斯公司的首席执行官继续致欢迎辞。通过一段视频，沃伦·巴菲特正式介绍了今晚的主要嘉宾。巴菲特将贝索斯比作贝比·鲁斯。❶ "杰夫·贝索斯是个强打手，"他说，"就是这个人，颠覆了世界上最重要的两个行业，让零售业和信息技术发生巨大变化。他积极地改变了数亿人的生活。而在每个周末，他还会设计飞往月球的宇宙飞船。"

---

❶　贝比·鲁斯是美国职业棒球选手，曾带领洋基队取得多次世界大赛冠军。

　　巴菲特停顿了一下。"在我的想象中，那艘登月飞船的第一批乘客可能是一群零售商，他们想寻找一个更好的营商环境。"

　　众人都很喜欢这段介绍，晚餐后，轮到贝索斯和鲁宾斯坦上台。贝索斯穿着深色西装，佩戴白色口袋方巾，看起来极为自在。他的对谈人没有做任何事来撩拨他。鲁宾斯坦一开场就指出亚马逊的股价比前一年上涨了70%，因此，贝索斯能取得一个新称号。

　　"你已经成了世界上最富有的人，"鲁宾斯坦说，"这是你曾经想要的头衔吗？"

　　"我可以向你保证，我从未争取过这个头衔，"贝索斯说，"做世界上第二富有的人挺好。对我来说这就挺满足。"

　　宴会厅里爆发出笑声。

　　"我拥有亚马逊16%的股份，公司的市值大约为1万亿美元。"贝索斯继续说，"我们为其他人贡献了8 400亿美元的财富。从财务角度来看，这就是我们目前的成就。这是个不俗的成绩。应该是。我十分相信企业家资本主义和自由市场的力量，它们可以解决世界上的许多问题。"

　　早期，鲁宾斯坦便通过凯雷公司投资亚马逊，他在财富榜单上的排名依然稳定。"您住在华盛顿州，在西雅图城外，"他说，"而比尔·盖茨当了大概20年的世界首富。世界上最富有的两个人不仅生活在同一个国家、同一个州、同一座城市里，而且生活在同一个街区，这种可能性有多大？那一带有我们应该注意的东西吗？那里还有没有房子卖？"

　　宾客们也很喜欢这样的对话。但是，两位亿万富翁之间关于极端财富的欢乐调侃只能点到为止。片刻之后，鲁宾斯坦将话题转向他非常熟悉的领域，长期以来，他一直利用它来缓解因巨额财富而产生的不安情绪。就在当天，贝索斯终于宣布涉足大规模慈善事业——这肯定不是偶然。贝索斯将投入 20 亿美元，为无家可归的家庭提供庇护，并建立蒙台梭利式幼儿园。如此一来，他的慈善捐款总额却仍未达到他所拥有净资产的 2%。

现在，鲁宾斯坦问他，他是怎么决定"什么是最重要的慈善捐赠"的，观众对这个问题报以热烈掌声。贝索斯回答，他曾向公众征求意见，得到了 4.7 万条建议。然后，他遵循了直觉。"我所有最棒的决定，都是凭我的本心、直觉和胆量，而不是分析。"他说道。没有人提到 3 个月前西雅图那场事关流浪者的税收之争。

也没有人提到围绕特朗普总统签署的减税法案的辩论，这项法案削减了企业和最富有的人的税率，同时避开了附带权益漏洞。事实上，在长达 70 分钟的对谈中，贝索斯和鲁宾斯坦一个"税"字都没提。

恰恰相反，鲁宾斯坦话锋转向宴会厅里许多人最想听的话题。"当你用直觉来做决定时，是什么样的直觉在此刻引导你挑选亚马逊第二总部的方向呢？"提问赢得了热烈掌声，甚至有人吹起了口哨。

"答案非常简单，"贝索斯说，"我们将在今年年底前公布决定。"

在这一点上，鲁宾斯坦很乐意进一步追问。"你在一个华盛顿已经拥有总部，"他说，"为什么不在另一个华盛顿也做点什么呢？"

如果能把它称为电影的话，那电影的开场是这样一个镜头：在 5 号州际公路以东，一座体育场馆对面，是一个堆着帐篷和垃圾的流浪者营地。镜头向后，往上方拉伸，是这座城市的天际线。随后画面切到一名白人男子身上，他脖子上缠着绷带，坐在缭绕的鸦片烟霾中。

"要是西雅图正在走向消亡,而我们甚至并不知晓该怎么办?"画外音娓娓道来。"我们要讲述的是一个关于愤怒的故事,现在,它正不断翻涌,终将引起更可怖的怒火。这个故事里有一群为之感同身受的人,但是,如今他们感到不再安全,声音不被倾听,也不再受到保护。这个故事里有一群迷失的灵魂,他们在大街上徘徊,他们与家庭、亲人或现实分离,他们追逐毒品,而毒品也反过来追逐他们。这个故事讲述了他们对自己的伤害,当然,还有对我们家园结构的伤害。这个故事讲的是一颗蒙尘的绚丽宝石,以及一代西雅图人的信仰危机,人们正耗尽对家园的热爱。"

跟随着旁白,画面渐次铺展开来:海洛因门廊里的无家可归者,躺在人行道上的无家可归者,颤巍巍提起裤子的无家可归者。这部时长一小时的纪录片《西雅图正消亡》(Seattle Is Dying),讲述了这座城市的流浪者危机,于 2019 年 3 月在地方电视台 KOMO 播出。KOMO 附属于美国广播公司的当地分支,实际拥有者则是保守倾向强烈的全国性电视运营商辛克莱广播集团。

从影片开头的蒙太奇开始,视频采访了一连串"不再受到保护"的人:例如因入室行窃失去货物,或因尿骚味失去顾客的小企业主;震惊于流浪汉亵渎墓地的邻居;因无力解决这些问题而绝望辞职的老警察——"我干不下去了",他说。

视频还列出一些数据,显示目前西雅图财产犯罪数量仅次于更加乌烟瘴气的旧金山,后者有 5 000 名流浪汉生活在街头(2019年 6 月,一名男子将一桶水倾倒在一位流浪妇女身上,造成了巨大轰动)。[31] 数据还显示,犯罪行为真正受到起诉的概率非常小(影片重点展示了一位自 2014 年以来已被逮捕 34 次的流浪汉,他吸食冰毒，拒绝从垃圾桶里爬出来）；还有数据展示了西雅图都会地区用于处理相关问题的开支：10 亿美元每年。"他们生活在肮脏和绝望中，就像动物一样，是我们容许了这样的状况。"旁白说道。

但是有一个解决方案！跟随叙述者的指引，视线转到罗得岛，旁白指出该州使用监狱改造流浪的瘾君子，并且效果极佳。画面随后回到华盛顿州，俯瞰皮吉特湾一座可爱小岛上的一组建筑——它也许曾经是度假胜地，但实际上已经成了州立监狱，它还空着一大半，只等着西雅图行行好，把流浪汉都关进去。

"一座城市也有生命，它有节奏，它有心跳，在某种意义上它拥有灵魂。它是我们保护和捍卫的理念的集合，旧的理念，新的理念。"旁白总结道，"但在美和理念背后……在球场和漂亮建筑背后，斗争是肮脏的。没有斗争，伟大的梦想和伟大的城市就无法存活。西雅图正在消亡。也许，随着一切财富和经济增长，我们变得自得其乐或是百般忙碌，以至于忘记了还有些难事等着处理。也许那些每天上班、养家、纳税的好人，那些建设城市和心怀美梦的人，忘记了还有脏活要干。也许我们忘记了斗争。"

你也许认为，在 2016 年只给特朗普投了 8% 选票的城市，会反感这部彻头彻尾的保守派宣传片。实则，它引起了这座城市的关注，不到半年，《西雅图正消亡》在 YouTube 上收获了近 500 万播放量。

凯蒂·威尔逊对此毫不意外。甚至在纪录片播出之前，她就已经嗅到气氛中不断升温的酸味。市议会不但没有叫停关于流浪者的争论、调节舆论氛围，反而选择废除新税，纵容那些导致该税被废除的势力。市议会此前被指责误入歧途，现在它更显无能。

议员们借口称投票废除该税是种保护手段，但事实证明他们非常天真。那些为废税公投提供资金的企业，现在鼓动反对者清洗议会，不仅要赶走那些投票反对废税的人，还有所有当初投票支持征税的。

不过，即将出现的变数不只是 2019 年议会选举。这座所谓的进步城市甘心忍受这样一个事实——如果废除征税前的民意调查可信，那么，大多数居民现在相信他们的政府太过糟糕，没有能力去解决人们期待它去解决的问题。对外来者而言，这种反政府情绪尤为陌生，因为同许多其他城市相比，西雅图似乎运转得还不错——这座城市拥有高使用率的全面公交系统；市政厅宽敞开阔、熠熠生辉；腐败极为少见。但是，不知何故，这座最自由的城市滑入了茶党主义的地方变种，人们怨恨贪心不足的"他者"，而且关键之处在于，西雅图丝毫没有感到愧疚。

凯蒂·威尔逊花了数月时间试图弄清这一点，他们努力斗争却收获挫败，她为此写了篇长达 10 页的文章，最关键的段落如下：[32]

> 流浪者危机本质上汇合了各种趋势：住房成本飙升，工资停滞不前；数十年来对社会安全网计划的削减；抑郁症、社交孤立和精神疾病的流行；自我药疗和阿片类药物的泛滥；社区和家庭支持网络的崩溃；大规模监禁和系统性种族歧视——当中任何一种趋势都揭示了岌岌可危的社会秩序。无家可归者在绿道上搭建的帐篷，在人行道上开枪的女人，这些不过是社会灾难的冰山一角，而灾难正以无法忽视的姿态入侵着我们的公共空间。

> 千禧一代对这种现实不以为然，因为这正是他们所直面的

生活。他们在迫在眉睫的环境灾难阴影下长大，成年后面临不稳定的工作前景，从未形成过对稳定或安全的期望，于是，社会从根本上重组的可能性对他们而言并不激进。这样一想，无家可归者可能让人心碎，但没什么值得困惑的……

但对许多不同意上述观点的人来说，对那些被深深植入'美国梦'的人来说，社会解体的感觉必定令人困惑和恐惧。他们曾经经营或正在努力经营生活的城市正在快速变化，转变成一堆他们无法识别的东西，变成不受他们欢迎的事物——他们感到被包围，感到不安全。如何理解世上发生的震荡？无家可归者把问题带到他们面前，在他们心底催生沮丧和愤怒。把这一切都归咎于拙劣的地方治理、个人的失败和懈怠的执法吧，至少这样可以抚慰内心的绝望。

西雅图大学法律教授萨拉·兰金是凯蒂在流浪者问题上的盟友之一，她的表述更为直白："在西雅图，很多人自诩为进步人士，但他们沉浸在非凡的财富泡沫当中，不自觉地产生了一种权利感。"[33] 在这一点上，西雅图与其他沿海城市，还有那些分散在各地的繁荣内陆前哨城市有很多共同之处，这些城市日益成为民主党基地。长期以来，民主党一直为自己是弱势群体的政党而自豪。现在，虽然民主党仍有数百万工人阶级黑人和拉丁裔选民，但实际上主导党派政治的，是全美国最富有的城市中受过高等教育的专业人士，因为他们能够带来最大份额的捐款和最高的胜率。在西雅图等城市，富裕的生活重塑了许多自豪的进步民主党人的政治生涯。近年来，数不清的西雅图人眼见他们那普普通通的房子价值飙升，开始拼命地保护这些资产，抵御近在眼前的威胁——

无论是帐篷营地，还是街边的经济适用房开发项目。

西雅图的故事证明，在赢家通吃式的经济模式中，极端的地区间不平等不仅伤害了那些失败的地区，同时也荼毒了那些失控的胜利者。超级繁荣不仅带来了诸多副作用，如支付能力不足、过度拥挤和流浪者问题等，也为胜利者的城市注入了一剂政治毒药。

塔吊数量仍在不断增加。2019 年 4 月，西雅图上空有 59 座塔吊，依然位列全国榜首。亚马逊曾一度威胁要中断建设的那座塔楼也恢复了工程进度。与此同时，该公司宣布，它正采取慈善手段以解决它帮助引起的住房危机。亚马逊将向经济适用房开发商捐赠 500 万美元，并计划在公司名下的新建筑中留出 8 层，设立收容所，为有需要的家庭提供 200 个床位，配备专属的卫生诊所。尽管远远低于微软先前公布的 5 亿美元投资，但在改善住房条件方面，这也是有意义的举动。

对亚马逊新涉足的慈善事业，凯蒂·威尔逊不以为然。她更看重州上诉法院的一项裁决，该裁决似乎预示着，该市自 2017 年通过以来就被搁置的富裕居民所得税法案，可能会在州最高法院得到支持。[34] 说不定西雅图还能向本地最富有的人征税，并决定如何最好地利用这些钱来改善城市。"原则上，有民主程序来决定我们如何使用这笔钱，"她说，"我们有透明度和问责制。这也是政府职责所在。但慈善事业里没有这样的东西，全凭企业主来决定什么对我们有利。"

2019 年，一个阳光明媚的仲夏工作日下午，在第十二大道法拉利汽车经销商拐角处，一名年轻的跨性别女性倒在人行道上一家水疗中心广告牌后面不省人事，而她身后酒吧窗户上的巨大招牌写着："我们欢迎所有种族、所有宗教、所有国籍、所有性取向、所有性别。我们与你站在一起，你在这里是安全的。"在大街上，一辆保时捷卡雷拉驶过文身店拐角，一个裹着蓝色毯子的大胡子流浪汉正盯着一家新开的朗姆酒酒吧。他跪在窗前，呈祈求状，不过现在正值中午，酒吧里空无一人。

在南联合湖，全食超市外面的红色大招牌上写着"我们♥本地"。

在狗食餐厅及特斯拉经销商同一条街上的 Flatstick 酒吧，一大群南亚裔亚马逊员工正在玩室内迷你高尔夫。沿着联合湖，在游艇经销商中间，ADHD Solutions 公司外的停车场里，一辆奔驰呼啸着驶过一辆捷豹。

距离市议会初选还有 4 天的周五晚上，凯蒂·威尔逊的几十位盟友聚集在一栋两层楼的公寓里，从这里可以看到城市天际线和埃利奥特湾的全景，他们在为一位民主社会主义者候选人举办募捐活动，以竞选议会空缺席位。他们所要传达的信息和他们身处的环境之间存在着落差——这间公寓在 5 年前卖出了 150 万美元——反讽不言自明，但这里的富丽堂皇并没有让候选人肖恩·斯科特分心，他要反击那些不断上升的丑恶现象。

女主人发表了一段开场白，其间承认了该公寓楼矗立的地方是一片"被占领的土地"，它在过去属于原住民部落杜瓦米什人。随后，斯科特开始发言。他高大、年轻、是黑人，到场者中为数不多的非白人之一。第一个提问关乎当地政治气候的严酷转变："我们如何才能改善整个城市讲述流浪者故事的方式？"

斯科特回答时显得有些激动。"我们必须让那些在住房和流浪者问题上持正确立场的人明白，在这件事上，西雅图的确非常明确地分成了同情和冷酷两派。"他说,"一个像西雅图这样的富裕城市竟然让人们睡在大街上,我们必须明白这在道德上所引起的义愤,我们不能让对手掌控全局。他们巧妙地掌握了如下语言:'城里如今有了一个流浪者产业综合体,为这些吃白食的人花那么多钱,这不是疯了吗?'他们对此大加指责,十分成功地影响了我们的政治讨论,将大家引向更为残酷的方向。我们必须为自己的想法注入同样的热情,我们的想法真的行得通。"

3 个月后,肖恩·斯科特以 4% 之差输掉了市议会选举,击败他的人背后站着西雅图商会以及亚马逊赞助的政治行动委员会。委员会在议会选举中花费了 150 万美元,就亚马逊在地方选举中的干预而言,规模前所未有。但在 7 个议会席位中,亚马逊支持的候选人只赢得了 2 个。丽莎·赫伯德和莎玛·萨万特熬过了这轮冲击,前者在住房税最初通过后曾发文庆祝,后者是反对亚马逊的社会主义者。亚马逊花了大约 44 万美元对付萨万特,比花在所有其他候选人上都多,但她仍以微弱优势获胜。

她的对手伊甘·奥瑞恩甚至将落败归咎于亚马逊的支持。他说:"正因如此,这场选举关注的不是我对手过往的成绩和她提倡的政策,反倒是亚马逊及其大量毫不必要的支出。"[35]

萨万特很高兴。"看来我们的运动赢得了胜利,既反对了世界上最富有的人,也捍卫了为劳动人民服务的社会主义议席。"她说道。[36]

团结节(Umoja Fest)黑人遗产巡游通常从二十三号大道与联合街交汇处开始,这是中央区的主要路口之一。但 2019 年,游行起点向南移了几个街区,移到了二十三号大道与樱桃街路口。

主要组织人韦金·加勒特表示，这一改变之所以必要，是因为二十三号大道与联合街正在施工。事实上，那个十字路口暂时没有什么实际的作业。更合理的解释是，游行被挪出那个路口，是因为对于一场庆祝中央区黑人社区的游行而言，那里的现状太令人沮丧。

几十年前帕特·赖特的社区所处的中央地带，曾经维系着身份认同而又不必局限于自身，但无论今天的人们如何划定范围，它都早已消失不见。非凡的金钱攻势和新移民浪潮从市中心和南联合湖席卷而来，而中央区——老中央区——毫无招架之力。那个大方而团结的社区，由木结构房屋和平房组成，象征着美国住宅建筑的辉煌时期，它离市中心很近，无论是开车、坐车还是骑车，都可以抵达。它一直保持着这些特征，在旧日的种种限制下，它基本上是独占的区域。如今这些限制已经消失，它伫立在那里，它的内在吸引着所有人，或者说，所有能够负担得起的人。到 2018 年，短短 6 年内，中央区及邻近街区房价中位数从 37 万美元跃升至 83 万多美元。

帕特搬进这个社区时，当地居民超过 70% 是黑人。到 2016 年，该比例已降至不到 20%，人口学家预测，10 年后该比例将低于 10%。[37] 整个城市的黑人比例从 1980 年近 10% 下降到 7%——昆西·琼斯和吉米·亨德里克斯曾经的故乡，现在的黑人居民比例仅高于阿拉斯加的安克雷奇和亚利桑那的图森。而这种状况，位于城市发展核心的那家公司难辞其咎。在西雅图及其他办公中心，亚马逊雇用的专业劳动力中非裔美国人只占 5%，与其仓库中的状况不成比例，那里黑人劳动力比例超过四分之一。[38] 到 2020 年年初，由 22 名内部圈子高管组成的亚马逊"S 团队"中没有一名非裔。[39]（为了解决明摆着的多元性问题，亚马逊着手在全美数百个公共服务不足的社区资助计算机科学教学、设立大学奖学金。）

贫富差距同样在扩大。西雅图的财富不断攀升，2019年，该市家庭收入中位数突破10万美元门槛，一年内增长近10%，而这里的黑人家庭经济地位却不断滑落。尽管身在最富有的城市之一，西雅图黑人家庭收入中位数在50个大城市中排名倒数第9，比全美黑人家庭收入中位数低三分之一，也低于2000年该市的黑人收入中位数，这些数值甚至没有考虑通货膨胀的因素。[40]同时，自2000年以来，黑人的住房拥有率下降了近一半，每5个黑人家庭中只有1个家庭拥有自己的住房。

两名住房经济学家在10年前就发现了这一动态：在超级繁荣的城市中，潮水的上涨并不能让所有船只都升起来。"在紧张的住房市场中，当富人变得更富有时，穷人的情况只会更糟。"[41]这也反映了两位英国研究人员在2019年的发现：高科技工作的增长确实刺激了额外的就业——但几乎完全是低薪岗位。[42]这也符合西雅图黑人的观察者昆塔德·泰勒在1994年出版的那本社区史中提出的警告："如果人们被排除在重要的经济中心之外，被贬到城市经济的边缘，那么种族宽容就毫无意义。"[43]

中产阶层化和流离失所并不是西雅图独有的现象，在全美各地的赢家通吃型城市中，长期生活在奥斯汀、波士顿和布鲁克林的居民都被挤出了原来的社区。但在西雅图中央区，转变如此彻底，以至于"中产阶级化"这个词不再能真实地反映这里的情形——也许只有旧金山的状况能够与之相提并论。在其他城市中产阶级化的社区里，人们可以看到新旧之间、阶级之间、种族之间的摩擦。而中央区几乎被完全抹去：对于初来乍到的人来说，很难相信这里曾是黑人社区，几乎什么痕迹也看不到。

出生在中央区的嘻哈艺术家德雷兹的歌曲《回不去的街区》（"The Hood Ain't the Same"）中有一段说唱：

> 我们并不宽裕，但对所得的一切满怀感激
>
> 这是我们的街区，直到杂草和种子悄然接近……
>
> 记住我的话，这迟早将是白人男孩的团体
>
> 当我驶过这个街区，却没有勾起回忆，我感到的只有痛心
>
> 我不为这些新发展骄傲，我满心只剩羞愧……
>
> 老友从牢里打来电话，我说这里一切都在改变
>
> 他问哥们你什么意思，我说我无从解释，这些人啊
>
> 把我们搬来搬去，就像在做实验……
>
> 过去我们拥有自己的房子，现在我们都是租客
>
> 人们像鸟儿一样南迁过冬
>
> 他们让妈妈卖掉房子，她说不，但
>
> 当他们把财产税上调的时候，我们不得不动摇……
>
> 不要试图把我描绘成愤怒的黑人男子
>
> 当你破坏我的社区，遗产要怎么建立

东联合街和二十三号大道交汇处，情况触目惊心，曾经的西雅图黑人核心区域——中央区正渐渐消失。

这里低矮的大型商业综合体曾被称为"城中区中心"，厄尔理发店、酒类商店、咖啡屋和洗衣房，应有尽有，如今它们已经完全消失，这块土地也被卖给了开发商，售价2 330万美元。在这块2.5英亩的土地上，只剩一圈铁丝网，上面装饰着一些大型标语，描

述即将出现的景象。从十字路口开始，这块地的大部分将树立起一座巨大的建筑，包含 429 个单元，多数单元将按市场价格出售。

现在的十字路口将盖起 6 层高的公寓楼，大多全新或者几乎全新，只有一个例外。位于十字路口东北角的艾克大叔是一家大型大麻药房，与加尔瓦略山基督教中心相邻，正对着教会的青少年服务中心。当地评论家曾谴责艾克大叔药房距离教堂和青少年中心太近，但现在这些话已经没有了意义：教会以 280 万美元的价格出售了中心，随后又以 450 万美元的价格出售了本体建筑。

自由银行是一家由黑人经营的机构，当年帕特·赖特曾在此担任出纳员，银行如今已被拆除，取而代之的是一栋拥有 115 个单元的公寓楼。大楼外墙装饰了红绿黑三色条纹以及一个举起的拳头 ❶；在街道上，两旁的匾额证明了其旧址的历史意义：

中央区——我们的中央社区

自 1860 年以来的先驱者和企业家

我们移民至此

北方、南方、东方、西方

融合信仰、家庭、爱、精神与灵魂

交错的联合街、樱桃街、杰斐逊街、

耶斯勒街、杰克逊街、雷尼尔街

贯穿马丁·路德·金路

我们在此地的教会、职业和企业中蓬勃发展

互相照应；非裔比例增长至 80%。

---

❶ 象征非裔美国人以及非裔民权运动。

"欢迎来到我们现在称之为圣地的地方。"2019 年 5 月底，在其中一处新建成的商业空间举行的邻里会议上，韦金·加勒特说道。[44]加勒特的祖父曾是自由银行初创团队成员。几年前，韦金成立了一个名为"非洲城"的组织，致力于保护中央区黑人遗产。该组织发起了一年一度的"团结节"，并将自己定位为发展改造十字路口的合作者，他们拥有两栋建筑的股权，拥有自己的组织场地，以及市政府上百万美元的拨款。

加勒特正尽力从积极的角度来看待这个角落的转变。自由银行所在的大厦将为厄尔理发店和一家黑人经营的餐馆腾出空间。他说，这座楼有近 90% 的公寓租给了那些与中央区有"历史渊源"的住户。非洲城拥有股份的前购物广场空间里的建筑，也将采用所谓的"平权营销"，以确保那里的居民多拥有本地根基。"我们基本上填补了社区在主导发展方面的空白，"他说，"不同实体正努力帮助非洲城实现繁荣社区的愿景，在这里，非裔美国人可以继续茁壮成长。"[45]

很难不从这样的断言中听出宣传倾向，他已经加入了这场转型——在加勒特及其组织本身从中受益的同时，那些从转型中获利的大型开发商也被盖上了批准的印章。人们看到的是，这个角落的未来与墙上标语所描述的大为不同。在现实中，人们看到的几乎所有人——推着婴儿车的家庭、墨西哥卷饼店和提供早午餐菜品的高档汉堡店的顾客、在趴地车烘焙店买饼干的情侣——都是白人，都是中产阶层化狂热梦想中的典型形象。

"我再也不去联合街和二十三号大道那了。太伤人了。"罗尼卡·海尔斯顿说道。[46]这名黑人妇女带着女儿参加了游行以及随后在贾德金斯公园举行的节日活动，那里有乐队在演奏，小贩们出售穷汉三明治和油炸花生黄油果酱三明治。"他们给所有东西都涂上了红黑绿，但那些充其量不过是一串脚印。"

节日游行始于樱桃街，从那里沿着二十三号大道向南。队伍里有摩托车队，有水牛战士黑人牛仔，有老骑士汽车俱乐部，还有中央区黑豹啦啦队以及几个仪仗队，还有卡帕-阿尔法-普西兄弟会，有共济会，还有合并运输联盟。

巡游大军经过六号消防站，经过西雅图公共图书馆道格拉斯·特鲁斯分馆，经过埃泽尔知名炸鸡店（店主换了人，人们说味道变了），经过加菲尔德高中和梅德加·埃弗斯泳馆，经过昆西·琼斯表演艺术中心，经过库里圣殿基督教卫理公会教堂（人们照例在教堂前的台阶上出售热狗和水，"今年的规模似乎更小了"）。巡游队伍经过了一座售价 84.5 万美元的"精心重建工匠风住宅"（"通勤者的梦想家园，邻近市中心、亚马逊……"），经过了另外一座以 66.499 万美元出售的房屋（"西雅图最热门社区之一"，挂牌上这么描述，但没有指明是哪个社区）。

队伍从詹姆斯·爱德华·琼斯身边走过，他在自家门廊前看着这一切。1968 年，27 岁的琼斯从俄克拉何马州来到这个社区，比帕特·赖特晚了 4 年。和她一样，他也是追随两个姊妹而来的。"我来这不是因为喜欢这里，"他说，"我只是为了离开俄克拉何马。"和帕特一样，他通过音乐融入了这个社区和城市。进城不久后，他加入了一个叫"全能勇士"（Almighty Warriors）的福音四重奏。他曾是一位顶级男高音，后来还学会了弹奏贝斯，这并不容易，在西尔斯公司做清洁工以及在波音公司上班的经历让他的手指变得僵硬。他们曾于 1971 年在芝加哥演出，两年后又去了阿拉巴马，还参加了两次世界博览会，分别是 1974 年斯波坎世博会和 1986 年温哥华世博会。他们的主打曲目是迪克西蜂鸟乐队的《尽我所能》（"Doing All the Good I Can"），然后他们还唱了《我是如此感激》（"I'm So Thankful"）和《耶稣，让我靠近十字架》（"Jesus, Keep Me Near the Cross"）等歌曲。有时他们会乘渡船去演出。有时他们会与帕特的合唱团一起表演。"音乐是我的生命，"詹姆斯·琼斯说，"一直如此。"[47]

现在他坐在门廊上，抽着万宝路 100 型香烟，听着音乐，那声音是他多年来从收音机上录制的，连接到扩音器上播放。他厌倦了应付那些来找他的经纪人，他们想要帮他卖掉其中一栋或者全部两栋房子。1975 年和 1987 年，它分别花了大约 2 万和 5 万美元买下了这两栋房子。现在它们的价值分别为 50 万和 90 万美金。他可以卖掉它们，但他和妻子要去哪里呢？妻子的姨妈住在另一栋房子里，她又要去哪里呢？

"我买房不是为了卖掉它，我买它是为了住在里面。"

游行队伍接近了杰克逊街，这是旧中央区的另一个主要商业路口。西北角上的新建筑隐约可见。街道的外墙装饰着爵士乐手的剪影；白人居民从阳台上俯视着游行队伍。

在街区东南角，另一组巨大的建筑群正在崛起，取代了在这个街区经营了很久的红苹果杂货店，从前在那里可以买到猪蹄和猪小肠。在沿人行道分布的铁丝网上，开发商挂上了由当地学童设计的横幅，上面画着孩童、房屋和树木，周围随机用钢印打上了一些漂浮的文字：

和平。家园。遗产。文化。希望。成长。智慧。

还有不断重复的：

社区。社区。社区。

帕特·赖特的街区只剩下一户非裔美国人邻居了；在隔壁街区，只剩下两户。人们一个接一个地离开。他们中的一些人已经去世，继承人无力承担房产税，卖掉房产然后分割收益则比较轻松。其他人则干脆离开了，比如锡安山浸礼会的牧师，几十年前"全然经验"合唱团正是从这家教会起步的。他们搬到了南部郊区，甚至更远的一些地方。多年来，锡安山浸礼会的牧师一直在劝说信徒不要卖掉房子，不要搬家。后来牧师的妻子说服他离开，搬去了湖脊公园。帕特·赖特说："他说要搬家的那一刻，我真想亲手给他一枪。"他们搬走后不久，牧师的妻子绊倒在自己的浴袍上，摔得很惨。

房地产经纪人不断前来。"你有兴趣出售这栋房子吗？"他们问帕特。

"我穿着浴袍呢，"她说，"我看起来像感兴趣吗？"

"哦，对不起，女士。"他们会说。

有一天，她感到特别烦躁和气恼，表示自己不会卖房子，"除非你能给我开一个我无法拒绝的价码"。

房地产经纪人急切地问："您要价多少呢？"

她回答道："150万美元。"她表示自己会立马接受这个报价，"洗衣篮里的脏内裤都可以留给你们。"

那经纪人再也没有找过她。

她曾有过绚烂的经历。她的合唱团曾为比尔·克林顿和贝拉克·奥巴马演出，也曾为德斯蒙德·图图主教等人献唱。她甚至在 20 世纪 90 年代末建起了自己的店面教堂❶——合一基督教中心。合唱团里那个被赖特夫妇收留的女孩，现在是佐治亚州立大学教授。

但在 2018 年年底，帕特正式解散了合唱团，一场免费的音乐会见证了它的落幕，此时距离它起步已经过去了 45 年。她仍然会去教堂，但那里的朋友越来越少。"如果你现在能在中央区任何一座教堂看到 25 个人，我就请你吃饭。"她说。

至于和新邻居相处，那就不太顺利了，一些邻居在南联合湖那家大公司工作。当他们带着狗狗和几个孩子路过时（狗和几个孩子似乎是他们的标配），她会走到门外，跟他们说："早上好！"他们则会转过身来看她，然后继续向前走，或者敷衍地回一句"你好"。

有一次，她朝一个陌生女人打招呼，那人惊愕地抬起头，仿佛门廊上站着一个幽灵。

"噢，"那个女人说，"你还住在这啊。"

米洛·杜克不住在原来那了。2017 年，眼看租金朝着 3 000 美元攀升了几个月后，他和温迪搬回到她的家乡圣路易斯。

从某种角度看，这可不明智。此时的圣路易斯，是最典型的"掉队城市"。这里的人口从 1950 年高峰期的 85 万多下降到 30 多万，幅度和底特律一样大。换句话说，1970 年，圣路易斯的居民比西

---

❶ 店面教堂（storefront church）指将临街店铺充当教堂之用，多见于黑人基督教会。

雅图多出近 10 万，半个世纪后，圣路易斯的人口还不到西雅图的一半。

他们似乎来到了一个截然不同的国度。皮吉特湾沿线是没完没了的拥堵，而这座城市的空地多到让人尴尬——北圣路易斯望不到头的废弃区域令人叹为观止、让人心碎，那里徒存装饰华丽的砖瓦房，倾颓的街区一个接着一个；曾经庞大的市中心沉浸在忧郁的空旷之中，10 年前的一次复兴先是遭遇了经济停滞，然后又在 2014 年附近弗格森的致命警察枪击事件引发的抗议影响下陷入倒退。

这座城市究竟能走一条什么样子的道路，才能恢复它往昔的繁荣，这个问题愈发难以解答。这是一个教科书式的案例，曾经骄傲的大都市变成了再普通不过的分支城镇，这里的银行、广告公司和飞机制造商（麦克唐纳-道格拉斯公司）被那些总部在其他地方的大公司吞并。近年来，由于失去了很多航班，圣路易斯机场的一个航站楼完全闲置了。

但米洛和温迪喜欢这里。他们在西中央区的一栋楼里买下一套 loft，这栋楼由温迪的曾祖父设计，他是一位建筑师。他们的房子有 1 665 平方英尺，有高耸的天花板和一个浴缸，房子后面还有一座花园、一个游泳池和一间台球屋。他们花了 26.9 万美元。

而且，他们很快找到了在西雅图已经泯灭的艺术氛围。他们和一位艺术企业家打成一片，企业家把自己名下一座 1892 年建成的房子改造成音乐秀表演场地，并且在圣路易斯中城的格兰大道上主持着一个新兴艺术街区。他们和城里的当代艺术博物馆以及普利策艺术基金会负责人会面，这种事情在西雅图不可能发生。他们在新的格兰中心艺术街区获得了自己的画廊空间，每个月的第一个周五，他们会向路人开放画廊，就像他们在西雅图安快银行那样。只是在这里，在这个财富少得多的城市里，人们真的会走进来购买艺术品。在头三个月里，画廊的艺术家们做成了45笔交易。当米洛向他在西雅图的朋友报告这件事时，他们都感到难以置信。

　　画廊每个月收取100美元的租金。他们被告知，如果业主为这个地方找到别的租户，他们就得搬走。但鉴于这座城市的现状，大可不必过早担心。

第八章 孤立：小镇美国的危机

俄亥俄州纳尔逊维尔 – 宾夕法尼亚州约克 – 俄亥俄州哥伦布

这些城镇被人们称作"黑钻小城"，这个能引发共鸣的短语听似美妙，却在几个层面上存在误导性。在俄亥俄州东南部的这块地区，"黑钻石"的踪影几乎再也难觅——只剩下格洛斯特最大的煤矿还在运作，但估计它也快被开采完了；而且，哪怕在它们最好的时代，大多数小镇也很难算是"城市"。如今，有几座小镇已几乎消失。前来探访的人会发现一座座幽灵小镇，见到三两个带有历史标记的废弃砖瓦建筑群，和亚利桑那州或内华达州那些散落着风滚草的典型银矿小镇没太大差别。

在十几座小镇中，唯一仍有资格被称为城市的（至少按俄亥俄州法律标准）是纳尔逊维尔。建立于1814年的纳尔逊维尔依靠供应煤炭和木材发展起来，两种资源都可以通过霍金运河运输，后来又通了铁路。煤炭带来的繁荣在20世纪20年代落幕，部分要归咎于西弗吉尼亚州和肯塔基州的新型机械化大矿场。而客运铁路的衰落，则加速了俄亥俄州许多城镇之间及其与外界的隔绝。

不过，在 20 世纪 30 年代的大萧条期间，伴随威廉·布鲁克斯制鞋公司的开业，纳尔逊维尔出现了一个新产业：制鞋业。纳尔逊维尔坐落在阿巴拉契亚山麓，如诗如画，它向来承担着地区市场中心的角色，美丽的中央广场远近闻名：广场上有一家大饭店，一座歌剧院，广场三面伫立着鳞次栉比的商店，街道和人行道上也铺满了路砖。由于当地粘土矿藏丰富，这里出产一种"纳尔逊维尔砖"，凭借"带八角星的花纹""雪花与凯尔特十字架"和"方块绕牛眼"等设计，当地砖块在 1904 年圣路易斯世博会上赢得一等奖。

近几十年来，纳尔逊维尔已不再是一块小型"商业磁铁"了。第一波冲击来自开在阿森斯和洛根的沃尔玛超市。从纳尔逊维尔出发，沿着 33 号公路往两头分别走十余英里，就能到达这两座比纳尔逊维尔更大的城镇，而沃尔玛对规模更小的竞争对手造成了显著的伤害。这些年，纳尔逊维尔失去了像 LS（当地一家折扣零售和五金商店）这样的中流砥柱，中央广场上只余下零星几家礼品店、一家克罗格超市以及一间家庭经营药房，仍在尝试用它们的普通商品填补空虚。很快，这些店铺也受到连锁一元店的威胁，后者可以说是美国乡村地区的新标志。纳尔逊维尔开了一家"家多乐"（Family Dollar）和一家"达乐"（Dollar General），都在运河街上，相隔两个街区。

不过，镇上至少还有布鲁克斯制鞋公司。1958 年，比尔·布鲁克斯把公司卖给了位于兰开斯特的同行，从纳尔逊维尔沿 33 号公路走 30 英里就能到达这座更大的城镇。[1] 比尔的侄子约翰曾想买下公司，但比尔对公司前景持悲观态度，拒绝把它交给约翰。17 年过后，约翰·布鲁克斯找到机会把公司赎了回来。这家企业一直在挣扎，但作为本地公司的本地老板，约翰·布鲁克斯很有能力：他管理着运河街的三层红砖工厂，同针纺织品工会 146 号分会谈合同，在市议会任职；他开通用奥兹莫比轿车，住在离工厂不远的地方。

约翰的儿子迈克也进入了制鞋业，但他的路径与父亲并不相仿。[2]迈克曾在意大利米兰著名的雅苏皮具设计学院进修，并为美国鞋业公司（U.S. Shoe）和两家制革公司工作。父亲赎回布鲁克斯制鞋公司后，迈克回到纳尔逊维尔帮忙。20 世纪 80 年代，父子齐上阵，令公司焕发出新的活力。他们开拓了一条职业市场渠道：公司为邮递员和警察供应"职业用鞋"，他们的主顾很喜欢鞋子带有"美国制造"标识，甚至要求带上这个标识；此外公司还为徒步旅行者和猎人提供靴子，这些靴子采用戈尔特斯防水材料制成，材料制造商是迈克的朋友。为了反映全新的市场定位，布鲁克斯一家给公司重新起了个粗犷的名字：洛奇鞋靴公司（Rocky Shoes & Boots）。

销售额增长得很快，位于运河街的小工厂难以跟上步伐。到 20 世纪 80 年代末，迈克·布鲁克斯决定在其他地方增加产能：他选择了多米尼加共和国和波多黎各，这些地方的关键优势在于，仍有资格给产品打上"美国制造"的标签。父亲比尔则反对海外扩张，1991 年，70 岁的他决定退出公司。两年后，迈克·布鲁克斯认为公司需要更多资金，于是将公司上市，通过发行股票筹集到近 1 400 万美元。

20 世纪 90 年代中期，约翰·哈奇森来到迈克的工厂工作。

他由母亲独自抚养，在纳尔逊维尔郊外的山区长大。他的父亲在西南方向 75 英里处的派克顿铀浓缩厂工作，他在约翰刚学会走路时就搬走了；陷入困境的母亲只好把家中的第三个孩子——刚出生的小女儿送人收养。约翰的母亲最终与贸易学校的一位教师再婚。新家在霍金县界内，约翰不得不坐一个小时公交大老远到洛根上高中。

高中毕业后，他四处闯荡。不过后来他和在学校里认识的布里奇特走到了一起。她本来带着两个小孩，随后他们俩又生了个男孩。约翰需要一份稳定的工作养家糊口，于是选择了镇子上数百人所从事的工作：制鞋。准确地说，他成了一名制帮工。

皮革的切割和缝制都是制鞋业中的劳动密集型工序，而当时这两道工序已经转移至海外。纳尔逊维尔仍然保留的一道工序是操作前帮机。当靴子，或者说即将成为靴子的皮革鞋面材料送到约翰面前时，他要把它塞进这台巨大的机器里，机器中央有个大踏板。轻踩踏板，钳子会把靴头的皮革拉到前面；再往下踩，又会有两个钳子上来，将边角翻过来；踏板完全踩下，前帮机注入胶水，夹紧靴面，然后靴面会从机器上弹出：就这样，靴头部分便制作好了。

这一切都发生在短短几秒钟之内，工人必须注意不要夹到手指；然而这个过程中却没有任何形式的安全防护，因为除了用手来引导外，没有别的办法能把面料弄到机器里去，戴着厚厚的手套也做不成。有些工人因此失去了手指；约翰·哈奇森比较幸运，只是左手拇指缺了一大块。

在 8 小时轮班里，一名制帮工可以完成多达 500 到 600 双靴子的工作量。约翰上的是夜班；白天，他还要在镇上的领先汽车配件工厂上班。在洛奇鞋靴公司的工厂，他每小时挣 13 美元——这在 90 年代末比纳尔逊维尔的任何地方挣的都多。洛奇公司波多黎各工厂时薪只有这个数字的一半，多米尼加工厂只有十分之一。[3]

世纪之交，迈克·布鲁克斯和公司股东们发现，他们无法承受这种巨大的工资差异。2000 年 3 月，公司宣布制鞋厂 112 名工人中有一半要走人，他们负责的工序将被转移到加勒比地区。一年半后，在"9·11"袭击事件发生后的那周，迈克召开会议，宣布关闭鞋厂，并解雇了还留在那里的最后 67 名工人。[4]

洛奇鞋靴公司依然会留在纳尔逊维尔，但它家的靴子不再由本地生产。公司的产品将在波多黎各和多米尼加生产，后来还搬去了中国、约旦和越南。消息一经公布，当地蒙上了一道矛盾的阴影，多年后，它依然在纳尔逊维尔上空盘旋：公司保留总部的事实掩盖了鞋厂工作岗位流失的伤感，尽管这些岗位上的许多人似乎并不愿意住在纳尔逊维尔，而是从阿森斯、兰开斯特甚至更远的地方通勤上下班。洛根还保留了洛奇公司的工厂直销店以及仓库，加起来约能提供 160 个工作岗位。[5]

约翰·哈奇森并没有这种矛盾的心理。"说白了就是贪婪。企业的贪婪。这正是它的本质所在。"多年后他这么说道，"其实他们还是能够在本地做鞋子，但这么一来利润就没法跟现在比了。"

2001 年 11 月 21 日下午 2 点，洛奇鞋厂最后一双靴子完工下线。[6] 日班工人最后一次排队打卡，和同时失业的经理在生产线上来回走动，互相拥抱握手。迈克·布鲁克斯则待在自己的办公室里。

就这样，曾比其他任何州拥有更多制鞋岗位的俄亥俄州，最后一家鞋厂就这么关停了。在 1960 年，美国销售的鞋子有 95% 以上在本土制造；到 2002 年，情况正好相反：在美国销售的鞋子中，有 95% 以上是在国外（主要在中国）制造的。[7]

2002 年 2 月底，鞋厂关闭 3 个月后，在与市场分析师的季度收益电话会议上，迈克·布鲁克斯夸耀公司经营状况改善。"在过去一年里，我们的运营成本大幅降低，即使在困难的零售环境中，财务业绩也有改善。"他说道，"我们预计，最近对制造业务的调整将对公司 2002 年度业绩构成积极影响，我们正开始收获这一战略决策的全部益处。"

约翰·哈奇森和布里奇特在 1998 年结婚，到鞋厂停产时，两人已经分开。约翰决定离开这里，去找一份体面的工作。而在新世纪头十年的俄亥俄州，这意味着他得去哥伦布市。

诚然，这个国家向来存在贫困的农村地区。但来到 21 世纪的第二个十年，美国农村和小镇陷入了大范围衰退。一个世纪前，农场家庭后代曾大规模逃往城市，但这一次的衰退与以往任何情况都不同。从 2010 年到 2018 年，在全美人口增长率达到 6% 之际，却约有 1 653 个县出现了人口负增长，从数量上看，多于人口正增长的 1 489 个县。在 2008 年至 2017 年的 10 年间，农村地区以及人口不足 5 万的城镇就业率下降，而同一时期美国各个最大型城市就业率增长了 9%。[8] 如今不乏对此现象的种种解释，比如说资源型产业的消亡，像是阿巴拉契亚山脉的煤炭工业；又或者是小城镇制造业的远走，制鞋业就是其中一个例子。

然而，有一个因素往往被人忽视，那就是从农业到零售业、贯穿所有行业的"整合"（consolidation）趋势。要理解市场集聚在小城镇的作用力，就必须了解在多年前，这些地方是如何在"扩散"（dispersal）这种反作用力的驱动下获得经济增长。几十年以来，正是无数商人在本地城镇或地区的积极进取，推动商业和经济繁荣在整个美国扩散开来。即使这些企业中的佼佼者已经成长为地区性力量，它们依旧保留着部分当地根基和投资。我们可以通过邦顿百货（Bon-Ton）的故事，来理解这种扩散以及地方性的力量。

1897 年年底，马克斯·格伦巴赫从宾夕法尼亚州约克市给父亲塞缪尔寄去一封信。"我认为我们将在这里做成一笔好买卖。"他写道，"每个人似乎都认为这里缺少出售日用品的店铺……您可以放心，我会努力推进，尽快开业。"[9]

1847 年，世纪中期农作物歉收和革命受挫引发的中欧大迁徙初见端倪，4 岁的塞缪尔·格伦巴赫随家人一道从德国移民到美国。半个世纪后，他成了新泽西州府特伦顿的一名商人，就像童话故事中的国王一样，塞穆尔派出了两个儿子和两个女婿，让他们到别的地方去"开疆拓土"。他们的目标是宾夕法尼亚州东部那些快速发展的小城镇。四人当中，有三人分别被派往黑兹尔顿、莱巴嫩和兰开斯特❶。马克斯则被派往哈里斯堡和巴尔的摩之间的约克，当地拥有数百家制造业企业，包括一家冶铁厂，还有约克汽车公司，也就是铂尔曼汽车的制造商。1880 年至 1900 年间，约克总人口增长了一倍以上，达到 34 000 人。

格伦巴赫家族经营纺织品生意。当时，成衣还是一种很稀缺的商品；格伦巴赫家族以提供额外服务的形式出售面料，由店员协助顾客裁剪、测量，还配备了一名送货员，用马车把大宗订单运送至顾客家中。不过，马克斯·格伦巴赫家的帽子才是真正的出彩之处。每一季，马克斯都会从纽约请来两位专业制帽师，绘

---

❶　与上文的兰开斯特不是同一城市。

制代表最新设计风格的图样，然后交由店里的制帽师制作。不仅如此，格伦巴赫还为顾客提供免费修整帽子的服务，他在商店的所有广告中都提到了这一点。

约克店和其他三家分店一样叫"邦顿"。在纺织品商店中，这并不是什么稀奇的名字。折扣商店通常取名叫 Bon Marché，意思是"省钱，买得起"；而紧跟潮流的同类店铺则通常叫 Bon Ton，意思是"好样式、时尚"。对于这种梦寐以求的诱惑，繁荣中的约克给出了喜人的反应，顾客很快把马克斯·格伦巴赫在市场街租下的一室店面挤得水泄不通。1912 年，邦顿商店搬进了市场街和比弗街交汇处的华丽新楼，那是一座 4 层高、占地 3.7 万平方英尺的陶土外墙建筑，分为 27 个部门（包括床上用品和家庭用品、文具、斗篷和西装、胸衣等等），衣着光鲜的女店员负责操作设有可推拉小座位的电梯；为了防止有人将这家邦顿百货与其他商店混淆，他们用深色字体在屋顶线下方标上了大写的"格伦巴赫"字样。

这正是市中心百货公司的黄金时代：在纽约，有罗德与泰勒百货和布鲁明戴百货；芝加哥有马歇尔百货；费城有沃纳梅克百货；巴尔的摩有霍柴孔恩百货和赫兹勒百货；在哥伦布则是拉撒路百货。拉撒路百货的一位顾客曾致电请教老板罗伯特·拉撒路，他和妻子在拉撒路店里购置了一套优雅的茶具，但不知道使用它的正确礼节。[10]百货商店成了人们出行的目的地，成了人们体验和消费的商业中心：19 世纪末，人们在百货商店的平均逗留时间达到两个小时。[11]邦顿百货一贯大胆声明，像约克这样的小城市也应获得这般享受。1912 年 3 月 20 日，宣布邦顿百货盛大开业的广告牌上写道："为公众提供便利——属于每个人的商店。"

这种对"公共"目的的宣示并非广告文案的夸大其词——很快，邦顿就成了人们见面的中心场所，商人和上流社会女性蜂拥而至，他们聚集在可以俯瞰主要销售楼层的夹层茶室里，而最抢手的座位就在栏杆边上。1923 年，邦顿百货为全体员工举办了一场晚宴，庆祝公司成立 25 周年。公司雇用了当地的管弦乐队，为周五和周六下午的顾客演奏。每逢圣诞季，邦顿精心制作的展示橱窗里堆满了从纽约采购的商品，他们甚至还举办了一次游行，结束时圣诞老人坐在消防车云梯上穿过人群头顶。

马克斯·格伦巴赫的新任妻子黛西·阿尔舒勒来自巴尔的摩。这对夫妇和他们不断增长的家庭搬到了城外一座占地 40 英亩的庄园。不过，马克斯仍然会参与城镇事务，他还与其他人联合建立了一座犹太会堂以及当地商会。雇员们受邀到庄园里参加夏日野餐活动；他和黛西的孩子们在商店里和店员一同工作，从糖果部门做起。

当马克斯不幸中风时，孩子们已经准备充分。为了带领邦顿熬过大萧条时期，马克斯的儿子汤姆放弃了念大学的机会。1929 年至 1932 年期间，公司销售额暴跌了一半以上，但邦顿在 1930 年仍然想办法给雇员发出了 2 100 美元奖金；后来，汤姆又带领公司熬过了第二次世界大战，当时邦顿百货找到了一种方便顾客的方法，来配给袜类等受限商品，并在展示橱窗里出售战争债券。

邦顿百货不仅在所有动荡中屹立不倒，还在战后的繁荣中逐步扩张。1946 年，它在西南方向 20 英里处的汉诺威开设了一家分店。两年后，邦顿买下马里兰州黑格斯敦的艾尔利百货。

汤姆·格伦巴赫找到了半个世纪前祖父发现的同一种机会：为外围小城市服务，证明这些地方的人们也会追求更精美的事物，证明在大都会之外也存在城市生活。

阿森斯距离纳尔逊维尔有十余英里路程,泰勒·萨平顿在这里的得州牛排屋工作。这天,上了几个小时班后,他目睹了一起"餐叉事故"。一个男人带着妻子和儿子走进餐厅,男孩看起来大概有13岁。他们似乎很着急,就在酒吧区找了张桌子坐下,也许是想更快得到服务。但是当餐品送到时,男孩的父母已经嗑嗨了,两个人都沉浸在阿片带来的高潮中无法自拔。这在俄亥俄州东南部并不是稀罕事,即便家庭餐馆的聚餐场合也是如此。

不太寻常的是接下来发生的事情:这名父亲瘫倒在盘子上,眉头撞上了他手中竖起的餐叉。叉子平整的那头像根帐篷杆一样支撑着他的脑袋。这很好笑,也很可怕。

真正让泰勒·萨平顿难忘的是那个孩子。尽管父母都倒在桌上失去意识,他却掌控了局面,仿佛以前就经历过这种情况。他与到达餐厅的警察交谈,还要来餐盒把父母没吃完的晚餐打包好。然后,他从父亲的口袋里掏出钱包付账。

泰勒·萨平顿比那个孩子不过大十来岁,这是他在自己成长的地方及周围目睹的又一场小型灾难。出乎大家预料的是,他下决心返回了家乡。他曾挥别纳尔逊维尔,到这个国家的首都去上大学。他由单亲妈妈抚养,在外祖父母家附近树林空地上的移动板房中长大,这个年轻人拿到了乔治·华盛顿大学(美国最昂贵的高等教育机构之一)的奖学金,拥有了这么一条镀金的逃生通道,他没有理由再回头。

但就在两年后,泰勒·萨平顿回来了,因为在华盛顿的种种体验越发让他感到陌生。比如说同学们不经意提到父亲在跨国公司的行政职务，比如他们想当然地认为他有能力支付 50 美元的夜店入场费。最重要的是，那些西装革履的人在华盛顿拥挤的人行道上匆忙地走着，手里要么拿着智能手机，要么拿着从那些无处不在的快餐连锁店打包的塑料沙拉盒，每个人都总是一副死气沉沉的样子。

他试图向家乡人解释他目睹的表情，以及那种表情多么令人沮丧，但他的感受无法传达。"那里每个人都不开心，"他说，"人与人之间并不交谈。这算个什么城市？"

家乡人会告诉泰勒是他太敏感。"不，"他说，"你不懂。等你去到那你就明白了。"

大二那年，他回到家，在阿森斯的俄亥俄大学完成了余下的学业。他搬回来与正在担任药物滥用顾问的母亲一起生活。那时奥巴马正谋求第二任期，泰勒于是开始参与他在俄亥俄州的竞选筹备。他爱上了一个叫贾里德的男人，他在俄亥俄大学学习物理学，他对这个学科十分热情，在笔记本上写满了理论知识，但却不知为何最终没有拿到学位。泰勒、贾里德还有泰勒的亲哥哥斯宾塞一起搬到纳尔逊维尔的白杨街，合住在一间出租屋里。斯宾塞是一名狱警，而贾里德则在家利用业余时间自学家具和乐器制作工艺。

后来，泰勒不但决定留在纳尔逊维尔，而且还准备成为这里的一分子。2014 年 12 月，也就是民主党人在中期选举中再次遭遇残酷挫折的一个月后，泰勒宣布要参加纳尔逊维尔议会竞选。贾里德剪下了《阿森斯信使报》（*Athens Messenger*）关于这一宣布的文章，把它贴在公寓墙上，并在上面加了一张手写体纸条："祝你好运。你会成功的。"

泰勒积极参与竞选，尽最大努力走访镇上每一户人家。有次，他踏入一座破旧的维多利亚式建筑的门廊，院子里堆满垃圾，门前是倾斜的台阶；他低头看了看选民名单，这家人分明与他在纳尔逊维尔－约克高中的一名同学拥有相同的姓氏。回想起来，他的同学似乎是他所在的美国中产阶级小镇上常见的中产阶层市民，亲戚却住在这种脏兮兮的地方，他为此而震惊。但他知道自己不该吃惊，因为他一直都知道这种房子的存在，他会认识其中一些居民的亲戚也合乎情理。不过他还是受到了冲击。"我熟悉这些名字，"他后来说，"但不熟悉他们住的地方。"

不过，挨家挨户的访问也让他感到振奋，提醒着他在大学毕业后开启不寻常的第一份工作的初衷。泰勒仍然相信政府，相信它有能力让人们过上更好的生活。他不确定自己是怎么产生这种信念的——成长过程中，大家庭中大多数亲人总喜欢围坐在一起抨击自由派。

也许是母亲让他走上了不同的道路。她曾经投票给里根，甚至还曾投给小布什，但她向来保持着独立的好斗倾向，这种倾向甚至可以追溯到她年轻时，那时还是州公务员工会仲裁员的她以暴脾气而闻名。她养成了一种习惯：穿着高筒靴大步流星地走进工会会议厅，仿佛要让这个完全由男性组成的集会知道她有多么不屑一顾。

也可能是因为 2003 年 3 月 19 日那个夜晚，母亲让 11 岁的泰勒熬夜观看"震慑行动"❶。他没有对当时的阵仗感到惊奇，反倒是一个又一个巴格达街区就此化为乌有的情景让他大为惊骇。

---

❶ 美英联军对伊拉克发动的大规模空袭行动。

也可能是他 16 岁时读的那本关于博比·肯尼迪 ❶ 和 1968 年美国大选的书。¹² "如果我们相信，作为美国人，我们因为对彼此的共同关注而联系在一起，那么我们便面临着一个紧迫的国家优先事项。我们必须结束这个另类美国的耻辱。"他津津有味地读完了这本书，在大三时写了篇关于它的论文，然后又重新读了一遍。"但是，即使我们采取行动消除物质贫困，还有另一项伟大的任务。那就是要面对困扰我们所有人的满足感的匮乏，也就是目标和尊严的缺失。我们似乎已经在单纯的物质积累中，放弃了社区优越性和社区的价值，这样的情况太多，持续得太久。"

不管出于哪种原因，泰勒在首次参选时便已发现，他作为年轻的新政派民主党人的身份，在其他地方的同龄人身上可能显得很稀缺，但在纳尔逊维尔年轻人身上似乎不那么突出：正是在富兰克林·罗斯福的公共事业振兴署于当地铺设水管时，纳尔逊维尔迎来了它的历史高峰期。

而当泰勒回到纳尔逊维尔时，这里有超过三分之一的人口生活在贫困线以下，它是俄亥俄州贫困率最高的城镇。这里还保留着从前的纳尔逊维尔砖，对任何经过这座城镇的旅客来说，这是件稀奇的事物——不过，33 号公路在 2013 年开通一条辅路之后，经过这里的旅客就更少了。泰勒尤其喜欢散落在不同地方、印有"进步"这个单词的砖块。他拍过一张自己站在这种砖上的照片，画面中的他穿着跑鞋，用两只脚括住这个单词。要是他负担得起竞选海报费用，很可能会拿这张照片做素材。

2015 年 11 月 3 日，选举日到来。在参加竞选的 5 名候选人中，

---

❶ 即罗伯特·肯尼迪，美国第 35 任总统约翰·肯尼迪的弟弟，曾任美国司法部长。

前 3 名将赢得议会席位。这是一场淡季选举——2015 年既不是总统大选年，也不是中期选举年。但不知何故，这场竞选活动竟激起了足够的兴趣，有史以来，市政选举投票率第一次高于前一年选举的投票率（十分糟糕），当时选的是州长、国会议员以及州议员。

泰勒在矿工酒吧组织了一场开票派对，从 19 世纪 40 年代起，这家酒吧就一直注视着外面的广场。不过这里并没有真正的开票可看——要知道投票结果，必须到两个投票站那去：一个是图书馆，另一个是卫理公会教堂。泰勒和贾里德一同前往投票点，回来的时候，他脸拉得老长。

"怎么样？"母亲艾米问道。

"我落选了。"他说。

他把她的惊愕看在眼里，但没能忍住。"我开玩笑呢。"

"你得了多少票？"母亲又问。

"最高票。"

邦顿百货一步一步把业务范围扩大到宾夕法尼亚州和邻州的小型城市：1957 年，邦顿入驻宾夕法尼亚州刘易斯敦；1961 年入驻西弗吉尼亚州马丁斯堡；同年还入驻了宾夕法尼亚州钱伯斯堡。不过，在此期间，邦顿把最重要的扩张放在了约克。汤姆·格伦巴赫对折扣零售业很感兴趣，决定与本地的斯坦利·梅尔曼合作试验，梅尔曼售卖"轻工业产品"，例如电器、油漆、电视和各种工具。1962 年，他们合作开设了第一家梅尔曼商店，同时供应折扣类服饰和折扣类轻工业产品。他们没有在约克市中心开店，而是把店开在了城市边上新开张的皇后门购物中心。

　　这家店的生意很是兴隆，以至于汤姆·格伦巴赫不仅决定要扩大折扣产品线，而且还要把公司的发展重点放在郊区。1964 年，他的儿子蒂姆刚一退伍，就被派到梅尔曼工作。20 世纪 60 年代中期正是城镇扩张和白人出逃的高潮期，即使在约克这样的小城市也毫不例外；不管公司对市场街和比弗街中心的旗舰店有多么重视，格伦巴赫都意识到他们无力抗衡这种趋势。1969 年，邦顿在新近建立的北部购物中心开设了一家主力店；1975 年，它在城东边缘的约克购物中心增设一家分店；1981 年，随着市中心交通进一步萎缩，邦顿关闭了旗舰店、茶室和所有其他设施。"人们再也不来市中心了。"多年后，蒂姆·格伦巴赫说道，"诚然，这是城郊购物中心的崛起，也是城市的衰落。"[13]

　　尽管邦顿百货对郊区化做出让步，这并未改变它为美国小城市服务的基本使命。"小城镇的人们想要的东西和其他人一样。"公司一名非格伦巴赫家族高管说，"如今的区别在于，他们再也无须花一个半小时坐车去获得这些东西。"邦顿在整个 80 年代稳步扩张，大约每年增设一家门店；到 1987 年，邦顿总共拥有了 25 家商店。

　　这时，汤姆已将公司的控制权传给蒂姆，和带有大萧条印记的父亲相比，蒂姆对风险不那么厌恶。蒂姆认为，要避免被梅氏百货这样的巨头吞噬，唯一的办法就是把自家做大。1987 年，邦顿百货收购了位于哈里斯堡的 13 家波默罗伊连锁店，公司的销售额从 1.5 亿美元涨至 2.5 亿美元。汤姆对承担的债务感到大为不满，有两年时间没跟儿子说话。1991 年，为了推动公司进一步扩张，蒂姆将公司上市。首次公开募股（IPO）的成功令汤姆欣慰。"爸爸又开始跟我说话了。"蒂姆回忆。[14]

接下来是真正的扩张。邦顿公司将目光投向了那些比它以前进军的城镇更大的地方：首先是位于宾夕法尼亚州阿伦敦、拥有30家连锁店的赫斯百货；还有家族式的百货公司，像是水牛城的安德森百货、罗切斯特的麦科迪百货和雪城的查普尔百货。邦顿的扩张计划令它与业界巨头梅氏百货起了正面冲突，彼时，同样正在争夺这些商店的梅氏可能打算关闭这些百货公司，以减少对附近旗下商店的竞争。梅氏百货从旗下302家百货商店和4 000家鞋店赚取了110亿美元的销售额，比身为美国最后的独立百货连锁店之一的邦顿高出30余倍。

邦顿不但毫不畏惧，甚至还提起了反垄断诉讼，并且让梅氏百货吃到一项禁令。到1994年年底，邦顿百货赢得了它计划买下的众多商店的控制权，旗下商店数量翻了一倍达到了69家。这段时间后来被视为零售业大规模铺张的时期：在鼓励向郊区扩散的税法的推动下，商场、广场带和大卖场遍地开花。

在这种新的发展规模下，邦顿过去的某些作风丢失了。蒂姆再也不能像1988年之前那样审查每个员工的年度评估。公司再不能够为了举办员工野餐活动而闭店。但它尽可能保留了早期的精神：免费为客户修整帽子，对员工保持仁慈的家长作风，维护本地根基。邦顿的退货政策出了名的宽松。20世纪90年代，在追求优雅的氛围中，为应对折扣店领域日趋激烈的竞争，邦顿还提供免费时尚讨论班。公司为新产品系列举办香槟酒会。店员接受强化培训；在纽约州的伊萨卡，一名店员曾因在两小时内为一位即将参加婚礼的女士从头到脚穿戴整齐，而成了公司的传奇人物。

公司向新收购商店的经理们明确表示，他们必须尊重员工，听取他们的意见，否则就会被淘汰。蒂姆·格伦巴赫后来承认，这是一项利人利己的政策：受到优待的店员会以更好的态度对待顾客。公司尽可能在其他城市复制其在约克的公民参与度——例如，每家商店开业前都会举办"慈善日"活动，当地团体可以在此出售观摩日门票，公司设立的基金会向每个城市的分支机构经理征求支持非营利组织的建议。"当主要竞争对手都不掏钱的时候，捐出自家的资源并不容易。"20 世纪 90 年代末，蒂姆如此说道，"但如果邦顿必须像其他公司那般行事才能生存，这生意不做也罢。"15

多年以后，亚马逊的早期投资者尼克·哈瑙尔指出，邦顿这样的公司所展现的企业推动力是一种未受重视的资产。"不仅是地区性百货公司，过去不论是什么都有地区性的版本，对吧？"他说，"那些地区性企业主里面当然也有贪婪的混蛋。但至少财富留在了辛辛那提，或者这么说，至少他们会给当地学校捐款。至少在这些地方保留着这么一个繁荣的支柱。而现在一切都流向了西雅图、旧金山、洛杉矶或芝加哥，一切都被吸走了。"16

1998 年，为了进一步筹集发展所需的资金，邦顿百货在成立100 周年之际申请二次发行。公司领导层预测销售额可能很快会达到 10 亿美元。2003 年，这家公司迎来了最大一轮扩张，赢得了对俄亥俄州代顿市艾尔德－比尔曼百货的竞标战。

1896 年，比尔曼百货公司从代顿中心大街和第四街之间的大型商店起步，发展到拥有 6 100 名员工和 68 家门店的规模，几乎与邦顿公司的 8 700 名员工和 72 家门店比肩。17 比尔曼的门店分布在俄亥俄州、密歇根州、印第安纳州、伊利诺伊州、肯塔基州、宾夕法尼亚州、西弗吉尼亚州和威斯康星州。

比尔曼在俄亥俄州阿森斯的州街（State Street）商业带开设了一家门店，位置正是 10 年后泰勒·萨平顿上班的得州牛排屋所在的购物广场。

　　赢得议会选举后，泰勒的生活在某种意义上几乎没有变化。这份工作没有报酬——好吧，除了每个月 100 美元的津贴——所以，他每周继续在牛排屋上五六趟班。虽然这份工作很辛苦，泰勒获得的报酬和这个地区能得到的其他东西一样美好，在生意红火的周末夜晚，他差不多能赚 200 块钱，这样的经历和他正逐渐意识到的未来事业方向并非毫无关系。走近陌生的房子拉票，跟应付五个刚从狩猎场过完周末的老爷们多少有点类似。眼见前来服务的不是牛排屋平日里的年轻女招待，顾客明显大失所望。不过泰勒有办法赢得欢笑，顺便赚到丰厚的小费，他为之自豪，也知道这种能力对他的新工作很有帮助。

　　不过，忍受辛苦的轮班并不仅仅是泰勒的权宜之计。他喜欢这家店展现的友爱之情——老板迪德拉管他叫"泰萨"（Tay-Sap）；60 多岁的同事琼在丈夫去世后重返工作岗位；还有那些从本州其他地方来这里上大学的热情的年轻女员工。

　　每逢周六晚，牛排屋打烊后，他们中的许多人都会聚集在州街商业带另一端的苹果蜂连锁餐厅，那里直到凌晨 1 点才关门。贾里德在红宝石星期二连锁餐厅上班，他才不会去参加那里的员工排舞，也不可能像牛排屋服务员那样在儿童之夜穿上超级英雄服装；他甚至不让泰勒看他演奏自制的小提琴。但有时他也会到苹果蜂来。

　　泰勒的休息日是周一，这是因为每个月的第二和第四个周一是议会召开的时间。他担任街道委员会主席，日程都是临时安排的。第一年任期的事情比较多，泰勒还在大量零碎的事情上花了很多额外的时间。议会聘请了一位新的市政经理，还解除了警长的职务。预算出现了一个大漏洞，州政府大幅削减市政资助是一部分原因，税基的侵蚀是另一部分，而税基的瓦解与当地人口下降相吻合。

这位最年轻的议员刚上任就引起了摩擦。在泰勒参加的第一场会议上，母亲和哥哥出席了宣誓仪式。会上，他向其他人询问正要表决的预算提案是怎么回事，他和新同事埃德·马什还从未见过这份提案。几个月后，他又让资历更老的同事感到不安，因为他提议出台法令平衡预算，以防止当地不断减少的储备金遭受进一步掠夺；一名议员认为他的提议非常冒失，在一次闭门会议上，他隔着桌子向泰勒扑去，差点打到他。

泰勒认为，为了让政府承担起更多责任，应当考虑从聘用市政经理回归到民选市长的模式，这再度引发争议。考虑到市政经理加里·爱德华兹是本市第二大权势家族的成员，并且与最有权势的洛奇鞋靴公司（现称洛奇品牌公司）所有人布鲁克斯家族结盟，泰勒的主张就更具颠覆性。哪怕如今洛奇品牌的大部分劳动力位于远东和加勒比地区，这家公司仍然是纳尔逊维尔最大的雇主，而迈克·布鲁克斯要求得到自己应得的尊重。

随着美国总统大选越来越近，在议会斗争中，上任第一年的泰勒对身边发生的事情感到不妙。

自罗斯福时代以来，俄亥俄州东南部向来是民主党的地盘。即使在过去几十年里阿巴拉契亚大部分地区都转投了共和党，这个角落始终没有变色。2008 年，阿森斯县给奥巴马送上近三分之二的选票。2012 年选举中，尽管奥巴马在全国和该州的优势下降，尽管他在阿巴拉契亚其他地区的损失更加明显，但他在阿森斯县的得票率没有变化。

他在该地区的优势不仅限于阿森斯本地的大学城自由派。2012 年，奥巴马在纳尔逊维尔领先 40%。在这个几乎全是白人的小镇上，选民群体中满是美国白人工人阶级，人们常说民主党人正逐渐疏远他们，不过比起共和党候选人威拉德·米特·罗姆尼，他们觉得贝拉克·侯赛因·奥巴马更站在他们这边。泰勒在那年为奥巴马竞选工作时也看到了类似的动态，他在坎顿地区负责组织来自阿莱恩斯和密涅瓦的支持者。

但在 2016 年，事态变了样。泰勒看出人们对奥巴马指定的继任者希拉里·克林顿明显缺乏热情。在初选中，他注意到民主党人逐渐转向伯尼·桑德斯。随着时间的推移，他看到越来越多曾投票给奥巴马的人漂往深不见底的方向，漂向唐纳德·特朗普。

这种漂移让泰勒惊骇，但他也明白这是为什么。他看到了特朗普掘出的丑陋脉络，但他也看到了特朗普翻出的其他东西——在不断上升的繁荣岛屿身后，这个国家的这部分地区被远远抛弃。全球金融危机以来，旧金山、波士顿和纽约等都会区人口过百万的大城市蓬勃发展，就业增长占该时期全国增长的近四分之三。[18]从 2010 年到 2014 年，全国新成立企业的一半集中在 20 个县里。[19]全国数字化服务业工作有 44% 以上集中在 10 个都会区。[20]

据一项统计称，自 2008 年以来，最大城市人口不足 5 万的县，就业和人口增长只占到全国总量的 1%，泰勒所在的县就是一个例子。[21]同时，高等教育劳动力人口比例，城市比农村高出 15%，差距较 2000 年时扩大了三分之一以上。而且，没有迹象表明这些趋势会在短期内减缓或逆转。麦肯锡全球研究所的一份报告很快便预测，到 2030 年，25 个城市和高增长中心将创造美国所有就业增长的 60%，而 54 个落后城市和农村地区（四分之一的美国人居住在那里）将面临零增长。[22]

　　不同因素推动着纽约、华盛顿特区和旧金山湾区的财富增长，但这些城市拥有一个共同点：在越发繁荣的过程中，它们也越发接近民主党。民主党已日益成为繁荣城市中上层阶级的政党。2016 年民主党全国代表大会为国际大都市所取得的成绩感到欢欣鼓舞，仿佛纳尔逊维尔这样的地方并不存在，好像再自然不过。既然如此，在像纳尔逊维尔这种与上述庆祝活动没有丝毫关系的地方，揭露他们身边黑暗的特朗普能取得人们的关注，便一点也不奇怪了。

　　大选当日，特朗普在纳尔逊维尔获得了 46% 选票，比希拉里高出 1%。他的胜利更多是出于人们的默许，而不是认可，比起奥巴马 4 年前在当地获得的票数，他的得票率要低 30%。令人震惊的是，希拉里的得票率比 2012 年民主党在当地的得票率下降了22%，这是全国范围内最大规模的崩盘。从全国来看，以家庭收入中位数排名，特朗普赢得了美国 20 个最贫穷州中的 18 个，而 10个最富有的州中则有 9 个支持希拉里。[23] 特朗普不仅赢得了 61%的农村选民，还赢得了人口 25 万以下的都会区的大多数选民。[24]

　　泰勒、贾里德和另一位朋友一同观看了大选开票过程。虽然泰勒在纳尔逊维尔附近看到的情况足以说明特朗普很可能会赢得俄亥俄州，但他对那个夜晚的结果仍毫无准备。在那几个小时的恐惧中，在民主党输掉佛罗里达州和威斯康星州之间的某个时刻，他在推特（@IdealsWin）上发了一条推文。"11 月 8 日。今晚别忘了把时钟拨回 60 年前。"

　　终于，他和贾里德在凌晨 3 点左右踏上回程。沿着 33 号公路驱车返回纳尔逊维尔的过程弥漫着悲伤和紧张。贾里德不像泰勒那么有政治头脑，虽然他也很难过，但他无法理解泰勒所陷入的那种阴霾般的状态，这让他有些恼火。

也许泰勒应该仔细考虑贾里德的疏远举动，但在那一刻，还有接下来的日子里，他完全沉浸在刚刚发生的事情之中，受困于它产生的影响。画面正变得越来越清晰：面对特朗普当选，全国沿海枢纽地带表现出震惊与骚动，这立即招致了许多将特朗普推上总统位置的地区的反感。繁荣前哨城市中的众多自由派，非但没有考虑他们与落后地区的差距可能对这场大选造成何种影响，也没有反思该如何修正这种差距，而是选择急速奔向对立面。

他们说，现在是时候从经济和政治上拔掉这些地方的"插头"了。他们被时代抛弃，他们存在的最初理由——不管是煤层、运河还是铁路——早就消失殆尽，如果那些地方的人不能认清这个事实，搬到机遇更多的地方，那么就没有什么能为他们做的了。而他们在2016年选举中的选择表明，民主党——这个"光明之党"——为赢得支持所做的任何进一步努力都会完全白费。弗兰克·里奇在《纽约》杂志上写道："也许，他们会继续投票反对他们自身的利益，直到他们喜欢的政客用不加管制的工业毒药把他们一并了结。无论如何，民主党人最好的做法也许就是尊重他们的选择权。"[25]

泰勒目睹了这场运动，他知道，阻止其发展是他的使命。他将不惜一切代价，让另一个美国——他曾居住过两年的华盛顿特区——不放弃他的美国。他将证明他的美国仍有可能实现某种繁荣，以及某种自由主义的体面。在此过程中，他加入了民主党的重建队伍，现在的民主党显然需要从头开始。

就在泰勒为此努力时，他在大选当晚感受到的与贾里德之间的疏离依然在延续。特朗普获胜后的两天，贾里德没有回家过夜。第三个晚上也是如此。泰勒终于联系到他时，贾里德说他正和一些朋友在外面玩。这种情况持续了几周。

泰勒花了一段时间才明白，这期间所发生的一切并不是因为他们俩的关系，问题出在男友身上。在相处的三年半中，贾里德一直在与抑郁症斗争——这可能导致他没有完成在俄亥俄大学的学业，但这回情况严重得多。

到了 12 月，贾里德试图和泰勒重归于好。圣诞节前一周，他在后半夜发来短信，当时泰勒正在看电视剧《办公室》的重播。贾里德问他能不能过来；凌晨 2 点 23 分，两人结束通话，但却没有结果。

第二天早上，泰勒起床后给母亲打电话，建议他们邀请贾里德来过圣诞节，还要在家里为他准备房间。然后他去找他——在前一个晚上的电话交流中，有些话让他觉得，贾里德好像就住在附近某个地方。

外面非常冷。大约走了一个街区，在胡桃街，泰勒看到了牛排屋老板迪德拉的车子。车停了下来，里面是迪德拉和那位年长而和善的女服务员琼。他们摇下了车窗，琼想要说什么，却欲言又止。迪德拉插话了。

"你在做什么？"她问泰勒。

"我在找贾里德。"他说。

"他昨晚自杀了。"迪德拉说。

他们在红宝石星期二餐厅屋后发现了贾里德。这一年他 25 岁。

泰勒失去平衡，倒在了路砖上。

有时候，那些逐步走向衰落的小城镇里失去生计的人，确实成功走向了繁荣的大城市。但这种过渡绝不像经济学家说的那样轻松。

在哥伦布，约翰·哈奇森在车道汽运公司（Roadway）的装卸区找到了一份工作，为了离开这个岗位，他一边干活，一边自学驾驶卡车。通过考试后，约翰拿到了商业驾驶执照，加入了全国 167 万商业卡车司机的行列。然而，黄色运输公司❶ 在 2003 年收购了车道汽运，在比较了两家公司的资历名单后，所有工龄不足 25 年的人都被淘汰。约翰找了一份兼职，为联合包裹运送服务公司（UPS）驾驶牵引式大货车，可他们并不招收全职司机。

约翰住在哥伦布的时候，他在网上认识了一个女人。两人结了婚，生下一个女儿。

终于，在 2011 年，约翰被霍兰德公司雇用了，这家成立于密歇根州西部小镇的货运公司已经发展到 7 500 名员工、53 个场站和 6 500 辆拖车的规模；2005 年，霍兰德公司与黄色运输公司、车道汽运一道，成了巨型控股公司黄色全球物流的一部分。

在洛奇鞋靴公司停业十年后，约翰终于混得有模有样。虽然霍兰德公司的工资没有镇上其他卡车公司高，他每小时才勉强挣20 多美元，不过，由于这份工作在美国卡车司机工会之下，约翰在资历和排班方面都有了一些保障。

现在，他面临的主要问题和工作无关。他对哥伦布就是喜欢不起来。他不喜欢这里的交通状况，不喜欢寂寂无闻的感觉；他思念家乡的群山。大约在他开始为霍兰德工作的那段时间，他与

---

❶ 黄色运输公司（Yellow Corporation）创立于 1924 年，总部位于美国堪萨斯州，曾为全球最大的汽车运输集团。

第二任妻子分了手，搬回了纳尔逊维尔。几年后，他与第一任妻子布里奇特重修旧好。多年的烟民生活让她患上了肺阻塞，布里奇特基本上丧失了工作能力。2015 年新年前夕，两人复婚了。

重返纳尔逊维尔，约翰·哈奇森加入了一种全国性趋势：尽管美国各地区之间的收入差距越来越大，从困难地区向富裕地区迁移的人却越来越少。这种惊人的趋势令经济学家感到困惑。2018 年，美国国内流动性达到了有记录以来的最低点：当年只有不到 10% 的美国人搬家，是 20 世纪 50 年代的一半。[26] 传统双亲家庭的衰落发挥了影响：对于约翰·斯坦贝克笔下的乔德一家来说，依靠母亲或姐妹照顾孩子的单亲妈妈逃离被"黑色风暴"影响的地区前往加州，比舍弃原来的一切带着孩子搬到昂贵的城市更为合理，在城里虽然可能会找到更好的工作，却缺乏外部的助力。❶另外一个事实在于，在昂贵的大城市中，未接受高等教育的工人拥有的优势比以前少得多；受过高等教育的专业人士可以期望在大城市中心赚取 2 到 3 倍的收入，而工资待遇较低的工人在大城市赚取的收入仅仅比他们在国内其他地方挣的多一点，但同时却要为住房支付更多的花销。

对于约翰这样的人来说，他们勉强可以做到的是在一个世界生活，在另一个世界工作。过了早高峰，他才开车从家里出发，沿 33 号公路向北，路过俄亥俄州东南部那些萧条的城镇——一边挣钱一边堵车可以接受，但把属于自己的时间浪费在路上他可不干。开完 70 英里，大约在上午 11 点，约翰来到哥伦布西部边缘、

---

❶ 1930 年至 1936 年间北美（主要是美国中南部和加拿大大部分地区）发生了一系列沙尘暴侵袭事件，可耕地的损失导致许多家庭大规模迁移。美国文学家约翰·斯坦贝克的著作《愤怒的葡萄》（*The Grapes of Wrath*）描述了这段历史。

远离 270 号环形公路的霍兰德卸货点开始一天的工作。等到他负责驾驶的那辆 2005 款国际日用型半挂卡车在 95 号货栈装好货，他会把卡车开往他所在的世界，也就是哥伦布南部郊区和小城镇。货物品类五花八门。在某天下午，他可能会给人送去马术用品，烘干谷物的加热器，还有汽车维修的暖通空调部件。对他来说，没有什么区别，不过是一个又一个的纸板快递箱。曾经，老托德·斯沃洛斯手下的卡车司机负责把当地生产的货物运输到中西部供应链上，这些链条每一步都会产生附加值；而约翰和卡车司机伙伴们做的，却主要是外地产品的最终配送。

有时，他会把货物送到奇利科西州立监狱，泰勒·萨平顿的哥哥斯宾塞在这里当狱警，过来这里要开一小时的车。第一次来的时候，约翰停下卡车，坐在监狱的院子里，打算等囚犯离开后再继续往前开。

"你只要按一下喇叭就可以往前开了。"警卫说。

"你是认真的？"约翰问道。

"对，他们会让开的。"

他把车开到卸货区，囚犯们自觉排好队，往里搬货盘。

运气好的话，约翰能在哥伦布的交通高峰期后折返，然后他会继续运送更多货物，通常把它们送到 270 号公路沿线的一个大型配送点，或是其中一家电商仓库。在一天里，他通常要工作 10 或 12 小时，最晚会在晚上 11 点打卡下班，然后坐上自己的车，开 70 英里路回到纳尔逊维尔。他的车在一年内积累了 3.5 万多英里路程。通常要到半夜 1 点差一刻左右才到家。然后他会喝杯啤酒，让这一天沉淀，在凌晨 2 点前上床睡觉，第二天早上 9 点前起床，然后再次出发。

其他司机会嘲笑他这般疯狂的作息。他们打趣的时候，约翰有时会从口袋里掏出手机，调出一张照片，上面是他和布里奇特房子背后的山丘。他给他们看这张照片。"这是我的后院。"他说。

2015 年年初，约翰在脸书上收到一条私信。"打扰了，先生，"上面写道，"我可以占用您一个小时的时间吗？"这条信息来自一个年轻的小伙子，但约翰不认得他的名字。于是他没有理会这条信息。

小伙子并不气馁。父亲节那天，他给布里奇特也发了一条私信。布里奇特把约翰叫过去。"你怎么看这件事？"她问他。

"我什么都不知道。"他说。不过，他给那个叫布雷登的小伙子打了电话。布雷登说他有约翰的班级戒指。约翰问的问题越多，就发觉布雷登知道的越多。不过，约翰没有认出布雷登提到的那个女人的名字。"我不认识她，"约翰说，"我不知道你妈妈是谁。"

然后布雷登给他发了一张照片。

"我认识她。"约翰回答。

他把这些信息拼凑起来。那是他刚从高中毕业的时候，在加入洛奇鞋靴公司之前，彼时，布雷登的母亲在俄亥俄大学念书。但她从未提到过孩子的事。

不久后，在布雷登搬去阿拉巴马之前，约翰见了他一面。他们相处得不错，虽然父子俩没能变得亲密，但他们会在彼此生日和圣诞节互发祝福信息。就像朋友一样。

一年过去了，约翰的母亲和继父在 2016 年圣诞节为全家人准备了基因检测试剂盒。不久后，约翰收到检测试剂公司的提醒：根据测试，他可能有一个"兄弟或姐妹"。

那是他妹妹，他母亲让别人领养走的妹妹。她在加油站上班，住的地方离约翰有一小时车程。兄妹两人见了面，过程很美好。在不到两年时间里，他多了一个从未听说过的儿子，还见到了他早就知晓其存在的妹妹。

2016 年夏末，亚马逊在俄亥俄州的第一批履单中心开业，泰勒·萨平顿不禁注意到与其选址相关的某些事情。和亚马逊的数据中心一样，这些仓库也坐落在哥伦布地区，不过位置不太一样：并非北部边缘更高档的郊区，而是在南部和东部更破落的外围地区。因为位于奥贝茨和埃特纳的这些仓库离 270 号环形公路很近，同时也靠近 70 号公路，通往哥伦布东部和西部十分便捷。但是仓库的选址还具备另一重优势：它们离俄亥俄州南部和东部那些挣扎中的城镇足够近，对那些不得不长途通勤的人来说，还算可以接受。某种意义上，亚马逊将劳动力划分成若干等级，标在地图上：这些城镇分布工程和软件开发人员，那些城镇放置数据中心，还有一些城镇用来建仓库。

仓库建起后，附近的急救站马上就接到了电话。西利金第三消防站离亚马逊 CMH1 埃特纳仓库 ❶ 有 3 英里远，起初，消防站每天会接到一通紧急呼叫；后来，到了假日季节，仓库工人每周要工作 60 个小时才能及时将货物送出，这时消防站每天会接到好几通电话。呼救原因五花八门，有呼吸急促的、胸痛的，还有各种切口和骨折。[27] 有的则更为严重。某个重物从货盘上掉下来砸在工人脚上，其中一人停工了 3 周；另一名工人的脚被卡在一辆前移式叉车和栏杆之间，腿部骨折。[28]

---

❶ 根据亚马逊履单中心命名规则，CMH1 中的 CMH 指哥伦布伦空港，取自其旧称"哥伦布市机库"（Columbus Municipal Hangar）。

然后是 2017 年 4 月 7 日奥贝茨仓库（代号 CMH2）发生的那桩叉车事故。尽管没有造成严重伤害，但几周后，一名工人向职业安全与健康管理局举报称，事故中那辆叉车的驾驶员是一名法律意义上的"盲人"。[29] 因此，该工人写道："许多员工都非常担心他们的安全。"管理局调查发现，亚马逊确实将叉车驾驶权分配给了没有通过俄亥俄州驾驶执照视力测试的人——而且仓库里另一名正在接受培训的叉车司机视力也不过关。

当地急救中心和消防部门足以处理这些呼救电话。但令他们不满的是免费提供服务。由于亚马逊和州政府谈判达成协议，该公司在 15 年内不必支付房产税，而房产税的补贴对象正是当地政府职能部门，从学校到警察到消防。两个仓库分别位于利金县和富兰克林县，但它们并不真正归这两个县管辖。每一天，两个仓库吸引数百辆汽车和卡车行驶在当地道路上，仓库人员打出紧急呼叫电话，但亚马逊既不支付扫雪机费用，也不报销救护车支出。基本的社会契约适用于其他人，但不适用于亚马逊：2017年，西利金第三消防站服务地区的选民被要求批准征收一项为期5 年、总额 650 万美元的房产税，以维持消防部门运作。[30] 这笔钱将弥补亚马逊公司未支付的费用。

纳税人还必须在其他方面弥补亚马逊没有为当地提供的东西。事实表明，在 2018 年，俄亥俄州每 10 名亚马逊员工中就有 1 人因为工资过低而不得不领取食品券。在全国范围内，至少在 5 个州，亚马逊是领取食品券群体的最大雇主之一。

然而，亚马逊和政府仍在不断达成交易。在州政府批准埃特纳和奥贝茨仓库协议一年后，它给亚马逊提供了 27 万美元的税收优惠，将俄亥俄州东北部特温斯堡的前克莱斯勒汽车工厂改造为一座分拣设施。该设施只提供 10 个全职岗位，不过在假日季节会有很多兼职机会。特温斯堡为该项目提供了为期 7 年的 50% 房产税豁免，总额达 60 万美元，其中大部分本来会用在当地学校上。[31]

2017 年，在宣布补贴代顿附近的门罗新仓库的同时，政府还宣布给予克利夫兰东南部北兰德尔履单中心更大数额的补贴。这一次，亚马逊将从俄亥俄州获得约 780 万美元。

北兰德尔仓库坐落在原北兰德尔购物中心，后者于 2009 年关闭，并在 5 年后拆除。公告发布 3 周后，亚马逊透露它正在克利夫兰地区建造另一个仓库，位置在前一年关闭的欧几里得广场购物中心旧址上。两年后，亚马逊再度宣布将在该州阿克伦另一家已关闭的购物中心旧址上建立仓库。除了惯常的州级补贴，阿克伦将给予亚马逊 30 年的退税福利，以补偿亚马逊为购买土地支付的 1 700 多万美元以及其他收购和拆除费用。

这些地点不仅仅是一种巧合。到 2017 年年底，美国实体零售业已陷入困境。这一年有近 7 000 家商店关闭，比前一年增加了一倍多。玩具反斗城宣布破产，最终损失了 3.3 万个工作岗位。这结局部分归咎于电子商务革命，部分归咎于经营者管理不善，他们想方设法地从这家公司最后几年的苦苦支持中榨取利润。到 2018 年年底，美国商场空置率达到大萧条以来的最高水平。[32] 自 2008 年以来，仅梅西百货就解雇了 5 万多名员工。华尔街当时预测的情况会更糟：到 2018 年年初，亚马逊市场估值比沃尔玛、好市多、T. J. Maxx 折扣店、塔吉特百货、罗斯折扣店、百思买、奥塔美妆、科尔百货、诺德斯特龙百货、梅西百货、Bed Bath & Beyond 家居用品店、萨克斯 / 罗德与泰勒百货、狄乐百货、杰西潘尼和西尔斯百货加起来的估值还要高。[33]

商场倒闭大潮对那些已经陷入困境的地区产生了尤为严重的打击。在新泽西州城郊和弗吉尼亚州等地，一些高档商场仍然坚守着阵地——美国大约 1 000 家商场的总值有近一半属于其中的100 家。根据一项行业统计，在过去十年里，俄亥俄州消亡的主要商场比全国任何州都多。[34] 商科教授斯科特·加洛韦写道："消亡的并非商店，而是中产阶层——反过来，为这个曾经兴旺的群体及其社区服务的企业也走向了消亡。"[35]

没有多少人为失去海洋般的停车场和连窗户都没有的美食广场而哭泣。但消失的不仅仅是商场和广场——甚至在像纽约这样的大都市繁华区，这种消亡也对毗邻市中心的商店造成了影响。这种趋势不断自我强化：在自己的城市中，一个人面对面地从另一个人那里购买商品的机会越少，在物理空间中满足自己需求的机会越少，就越有可能转向另一种选择：通常是在舒适的家中独自上网购物。甚至在新冠大流行迫使美国人不得不待在家线上购物之前，他们就已经找到越来越多的理由去这么做：网上购物很有吸引力，它比线下购物更方便。而且，随着竞争对手的消亡，线上购物相对来说变得更加简便，因为在短时间内，人们并无其他选择。

贾里德的死让泰勒傻了眼，他被自责的情绪所淹没。为什么自己没有认识到伴侣的突然疏远实际上是抑郁症的表现，而不是因为他们之间那场特别戏剧化的争执？

他脑海中浮现出最后几周的情景，特别是大约十天前，贾里德出现在牛排屋的那一幕。下班后，泰勒走向自己的车子，他看到了贾里德的车；贾里德下车向他走来，泰勒立刻注意到，他的步履变得不一样了，就像忘记了怎么走路。这一幕让泰勒感到莫名的寒意，但他忽略了当中的寓意：在烦恼缠身的贾里德内心深处，他已经不是往日的自己了。

贾里德曾问过他们是否还能重新在一起。泰勒回答说不确定。

"你想跟我一起去看《美女与野兽》吗？"贾里德问，这部电影就快上映了。

"好啊，"泰勒回答，"我们可以看场电影。我愿意。"

泰勒仍然能记起他们在灯柱下说话的情景。他再也不会在那根灯柱下停车了。

泰勒尤其不能原谅的，是他当时竟然未能理解贾里德，贾里德的困境对他而言并不陌生。自杀问题困扰着泰勒所在的那个世界：自 2000 年以来，全美自杀率上升了 30%，其中年轻人和农村白人自杀率上升幅度尤其大。[36] 根据两位经济学家的说法，自杀是"绝望死"的一项主要表现——在没有大学学历的白人中，死于自杀、酗酒与吸毒的人数陡然上升，该趋势主要集中在俄亥俄州和邻近的宾夕法尼亚州、肯塔基州和印第安纳州。2012 年到 2017 年，在短短 5 年内，美国 25 岁至 44 岁白人的死亡率跃升了五分之一。[37]

但泰勒不需要社会科学专家来鉴定这种趋势。他的一个高中同学从阿富汗服役归来后对阿片类药物上了瘾，为了买药，他试图典当被他祖父看作传家宝的步枪，因此被捕。[38] 泰勒的母亲曾在该地区最大的药物治疗中心工作了十多年，日复一日地争取帮助所有人；现在她在一家保险公司工作，为那些试图自杀的年轻人提供电话咨询。对年轻的成年人来说，泰勒所处的世界充满危险，标准的保险统计表不适用于他们。

也许正是因为这种陨落已经是这个世界的地貌特征，泰勒才能够那样轻易地消化他的创伤。也可能更多是出于一种自我保护，不让贾里德的死令他陷入绝望、不被悲伤吞噬的唯一办法就是投身于他给自己设定的任务，去尽力改善这个猖狂地威胁着生命的世界。在贾里德去世后的一周，在圣诞节的第二天，泰勒回到了市议会，在听证会上起身发言的他谈到了贾里德，还有俄亥俄州东南部农村地区，这里需要更好的心理健康服务。

"这确实是一种流行病，在过去的七天里我已经认识到了这一点，"他说，"上周一是我生命中最艰难的一天。在全国各地和我们的社区，经常能看到这样的事情发生。在哀悼失去贾里德的同时，我常常想到当前境况给人带来的无力感，我想它仿佛一场噩梦，我想要改善它。"

他继续说："在我们这样的城镇里，抑郁、自杀、药物成瘾和其他问题屡见不鲜，而与此同时心理健康治疗极度匮乏，这并非巧合。我们需要举全镇之力来对抗这些问题。"

在随后的日子里，当他回忆起这个时刻，有一件事让他印象深刻：在他就贾里德和心理健康问题发言时，该地区新当选的州议员杰伊·爱德华兹起身离开了房间。

这里有一段历史渊源。杰伊属于镇上第二大家族，是市政经理加里·爱德华兹的侄子，市政经理正是泰勒一直力争取消的职位。杰伊上高中时比泰勒高几届，是同一个橄榄球项目里的明星四分卫，而泰勒只是个坐冷板凳的新生队锋线球员。杰伊后来在俄亥俄大学打后卫，并在 2016 年决定以共和党人身份竞选当地州众议院席位，这个席位曾由一位受欢迎的民主党人连任了 8 年，后者因任期限制而离去。在特朗普浪潮的席卷下，杰伊以高于对手 16% 的得票率赢得该席位。

对泰勒来说，民主党失去这个席位，正是他试图扭转的政治转变的具体例子。他可能已经想到，他自己可以直接纠正这个例子。但是，他对市议会会议上那一刻的回忆，让这件事变得私人化，接下来的一年里，一个想法在他内心中慢慢郁积。

这会是一项艰巨的任务。在资金方面他会被杰伊比下去，杰伊从商业利益群体中为第一次竞选筹集了大量资金，并且为下一次竞选筹集了更多。但泰勒认为，他可以依靠传统的民主党盟友，也就是有组织的劳工和渴望收复失地的全国进步团体。

他可以投入到这项事业中的时间并不多。他在牛排屋上班的时间仍然很长，但是那里的薪水甚至没法支付他的所有账单。和其他许多大型连锁餐厅一样，这家餐厅让服务员在超过法律规定的工作时间里从事无偿劳动（例如打扫卫生、在厨房帮忙）。就像全国各地许多低工资工人的情况一样，他在餐厅的工作时间也很不稳定。于是，泰勒做起了另外一份兼职，和他的狱警哥哥一起修理破碎的智能手机屏幕。

他继续在市议会的种种冲突和阴谋里冲锋陷阵，在赢得知名度的同时也树立了敌人。在泰勒的敦促下，纳尔逊尔竟也凑出了 20 万美元，用于修补十余条被车辙严重损毁的街道，他还协助设计造价 210 万美元的历史广场翻新工程，以期增加对购物者和游客的吸引力。

8 月的一天，贾里德去世 8 个月后，泰勒的外祖父回到泰勒曾住过的移动板房边上的那栋房子里。十几岁的时候，泰勒和哥哥给这栋房子加盖了一层，方便在高中时让自己和妈妈住进去。

在客厅里，外祖父发现了泰勒表弟的尸体，才 19 岁的他结束了自己的生命。

悲伤再度淹没了泰勒。一个月后，他告知哥伦布的民主党组织，他将在俄亥俄州第九十四区的选举中挑战杰伊·爱德华兹。

邦顿百货的扩张持续了一段时期。最大的一次收购发生在2006年：邦顿以11亿美元的价格收购了当时萨克斯百货公司的142家门店，这些门店遍布中西部和大平原地区，从名字——卡森百货、荣客服饰和赫伯格百货等等——可以看出它们曾经都是家族企业。通过这笔交易，邦顿百货的步伐远远地深入到爱达荷州西部。当时公司认为，只有扩大覆盖范围才能避免走向衰退或者被吞掉。

然而，扩张带来了债务和待支付的利息，一年后，大衰退来临，留给邦顿的腾挪空间就更小了。虽然邦顿从前也经历过低潮，但这次衰退对它的根基——那些东北部和中西部中小城市——的破坏尤其严重。

当这些地方好不容易出现复苏的迹象时，邦顿百货却面临着更大的生存困境。美国零售业正不可阻挡地化为空气，或者说，在与受政府补贴的埃特纳和奥贝茨仓库相关的环境中化为空气。2016年，UPS在一项重要的年度调查中访问了5 000名购物者，调查显示，消费者网上购物超过了总购物量的一半。[39]在21世纪头20年里，线上销售额从每季度50亿美元上升到每季度近1 550亿美元，增长了30倍不止。[40]

邦顿百货目睹了这种趋势，还试图建立自己的电子商务业务。[41]但许多利息等着支付，它在这方面的投入较为有限。分析师认为，连锁百货公司需要将它们的在线销售额提高到总销售额的四分之一左右，才能在新世界生存。邦顿百货只能勉强达到这个数字的一半。首先，当涉及送货成本时，它很难与最大的电子商务对手竞争——它很难抗衡亚马逊从邮政部门和其他部门获得的大量折扣。尽管在内容和价格上受到种种限制，邦顿甚至尝试过入驻亚马逊。邦顿还在部分地区涉足房地产业务，尽其所能帮助它眼中那些陷入困境的商场找到适应和生存的方法。

在经济衰退的 10 年当中，邦顿目睹了大型竞争对手难以计数的损失。到 2017 年年底，十年前的 3 800 家西尔斯百货和凯马特超市已经消失了一多半。西尔斯百货、杰西潘尼，以及科尔百货门店的下岗员工会到邦顿百货求职，他们总是说，邦顿比之前待过的那些大得多的连锁店更友好。[42]

不过，同事之间关系再好也只是一时的。2018 年年初，距离马克斯·格伦巴赫在市场街开店 120 年后，邦顿百货因无力支付最新一期利息申请破产保护。

同年 4 月，邦顿百货进入清算阶段。服饰、家居用品、收银机，什么都被清走了。事情发生得太快。不久前，这 262 家门店的销售额达到 30 亿美元，但它们在 8 月份一起倒闭了。令人惊讶的是，许多员工一直待到了最后一刻，那些被请来处理清算工作的公司不住地谈论邦顿的每个员工有多么乐于助人，与其他公司的员工相比，和他们打交道轻松多了。

8 个月后，现年 79 岁的蒂姆·格伦巴赫和第二任妻子黛比·西蒙坐在约克的一家潘娜拉面包店里，黛比多年前在邦顿旗下一家门店的小家电部门工作，在蒂姆退休后曾接替他担任公司董事长一职。

"零售业的伟大之处在于面对面的交流。不仅是与顾客的交流，还有与经理、与在那里工作的同事的面对面交流。"蒂姆说，"有的人在我们的百货店里走过了 50 年。邦顿就像是一个社区。"

"百货公司本身就是一个社区。"妻子回应。

"在这里工作的这么多人，我猜他们已经找到其他工作了吧。"他说。

"很多人都时来运转了，"她说，"但我们听不到那些没能脱困的人的故事。"

"我们还会收到信件。"蒂姆说。

黛比说："我在脸书上创建了一个群组，叫'邦顿之家'。"在约克，老邦顿人还会组织每月一次的员工午餐，地点是怀旧乡村自助餐厅。

"邦顿曾经是一个社区，"他说，"一个完整的社区。"

早在 2011 年，在西曼彻斯特购物中心（曾于多年前取代周边的北方购物中心）的邦顿门店就已停业。西曼彻斯特告别了购物中心的时代，它现在半是广场商业带，半是"生活中心"。

昔日那家位于约克中心的陶土建筑旗舰店早已变成了完全不同的世界：如今这里成了一座公共事业服务大楼，设有成人缓刑、毒品和酒精委员会和心理健康档案管理部门，以及其他的县政府办公室。格伦巴赫的姓氏从门面上消失了。到访者必须通过由一名副警长把守的金属探测器，这位警长还记得，他小时候曾在邦顿百货的化妆品部偷看女人，当他不知道自己穿多大袜子时，有人告诉他把拳头握紧就能测个大概。二层曾经是一家茶室，可以俯瞰整个空间，现在变成了儿童、青年和家庭办公室。

然后关闭的是 1989 年开张的加勒里亚广场门店，曾经是城东边缘相对高档的商场。那里只剩下一家马歇尔折扣店和一家博斯克百货，博斯克是发家于宾夕法尼亚州雷丁的小型连锁企业，似乎它是邦顿旗下硕果仅存的一家。

"还有杰西潘尼呢。"蒂姆·格伦巴赫说。

"潘尼百货已经没了。"黛比·西蒙答道。

"科尔百货也倒了。另一头有谁在？"他问。

"没人。"她说。

2018 年 11 月 6 日，选举日当天，泰勒·萨平顿满怀希望地出发了。

事实证明，他对杰伊·爱德华兹的挑战比预期的还要艰巨。他指望会支持他的大多数大型机构盟友都选择支持他的对手。令他难以置信的是，几乎所有工会都站在了爱德华兹那边——不仅是通常支持共和党人的建筑行业，还有他母亲所属的教师工会和公务员工会。[43] 他本人属于低薪工人阶级，但工会却跑去支持本地精英中的贵族。他们计算过，俄亥俄州立法机构一边倒地倾向共和党，与其费劲帮民主党赢回控制权，不如在共和党立法者中培养一些朋友，至少不要树立敌人。

与此同时，州民主党把工作重点放在哥伦布郊区，大多数全国性进步团体决定避开泰勒，他们得出的结论正是萨平顿想要推翻的：在俄亥俄州阿巴拉契亚地区这样的地方，民主党败局已定。有一个团体给他寄了一包杏子干以示精神支持。

但他还是组织了一场体面的竞选活动。在俄亥俄大学电影系学生的帮助下，他制作了一条极具感染力的视频，视频里加入了引人共鸣的纳尔逊维尔无人机拍摄镜头。"为什么这么多孩子在成长过程中因为这场毒品危机失去父母的陪伴？为什么我们的毕业生找不到高薪工作？"他在视频中说道，"在哥伦布，他们对此视而不见。"他和志愿者团队访问了 3.1 万户家庭，筹集了 8 万美元——尽管这远远低于杰伊·爱德华兹筹得的 43 万美元，但对于州议会竞选来说已经足够了。8 月份，他得到了非同寻常的鼓舞：那就是来自奥巴马的支持，他将泰勒列为全国 81 名获得他认可的候选人之一。

不消说，这场选举开始朝向对民主党有利的方向发展。当天上午，泰勒与两名学生志愿者乔丹·凯利和扎克·雷泽斯一同出发，前往各个投票站查看投票率，他猜测自己也许有些领先，很难不亲自前去确认。在民主色彩浓厚的阿森斯，这个自由主义气息的大学城和该地区最大的人口中心，投票人数远远高于往年。

但是，当三人前往地区外围时，这种飘飘然逐渐褪去。泰勒对这些地方很有感情——它们就像他长大的纳尔逊维尔边缘地区，竞选时他在这些地方投入大量时间。当俄亥俄河在梅格斯县的波默罗伊泛滥时，他曾前来帮忙，花了几个小时的功夫，把历史协会的收藏品搬到高处。不过历史协会负责人还是把资金交给了杰伊·爱德华兹。"我爱梅格斯，"泰勒说，"但他们要给我投那么多反对票，这刺痛了我。"

这里的投票率也很高——虽然没有破纪录，但共和党人也没有士气低落的迹象。"我们回去吧，阿森斯的票数要比这里高很多才行。"学生志愿者雷泽斯说。

当天晚上，泰勒和家人以及一些朋友聚集在他在森林里租的小屋，一同观看选举结果。母亲做了辣椒酱。泰勒在笔记本电脑上查看各地的投票结果，他看到阿森斯的票数很不错，然后也看到了其他大部分地区的残酷数字。最后的结果是 58 比 42，情形与两年前杰伊·爱德华兹胜选时几乎没有差别。

他走到屋外，给这位对手致电承认失败。

"嗨，杰伊，"他说，通话质量不是很好，爱德华兹所在的地方很吵闹，"我是泰勒。"

"哪个泰勒？"爱德华兹问道。

从某种程度上说，这次败选并没有改变什么。竞选期间，泰勒一直在牛排屋上班——选举日的前一晚，他本该参与电话投票时，他却在参加强制性的员工会议。现在他继续在那里上班，签下了更长的工作时间，以支付竞选期间堆积的账单。

一天晚上，他走到自己负责的一张桌子前，发现这一桌的客人是杰伊·爱德华兹、他的父亲以及其他几位客人。他们表现得很亲切，但场面还是很尴尬。当后厨不小心把杰伊的牛排掉在地上时，情况就更尴尬了。泰勒手足无措。

"你为什么对这事这么放不开？"一名厨师问。

"这事我怎么跟他们解释？我说什么他们也不会相信的。"他说。

牛排屋后面是比尔曼百货，在与邦顿的其他门店一起关闭后，这里仍然空着。它曾经是阿森斯最后一家百货商店。一天晚上，牛排屋用这片空地举办某个节日和五周年店庆的联合聚会。他们用隔板封住了这个空旷空间的一部分，辟出一片喜庆的场地。然而，在这之外，只有一片阴森而广阔的空洞，让泰勒生出末世的错觉。

2019 年 1 月，俄亥俄州税收抵免局在哥伦布召开月度会议，以批准新一轮优惠政策。[44] 这天，会议一项议程讨论是否向那些未能如约制造足够就业机会的雇主"追回税款"。其中一名雇主是业已破产的邦顿百货，该公司曾因在奥贝茨建立配送仓库获得过一些激励，亚马逊的仓库就在同一个镇上。

俄亥俄州政府的一名雇员讲述了最初激励措施的细节。

税收抵免局主席莉迪亚·米哈利克耸了耸肩，说："大家都知道零售业很艰难。"该局一致投票决定收回这笔钱。

情况确实很艰难。几个月前，西尔斯公司申请破产，并且在新年伊始又关闭了80家商店。一个月后，平价鞋业零售商裴乐思宣布在全国范围内关闭所有2 100家门店，裁员1.3万人。截至2019年4月，各零售商关闭了6 105家门店，超过2018年全年总数。自2012年以来，没有其他职业比零售销售人员的数量缩减得更厉害。[45]商科教授斯科特·加洛韦认为，每年应归咎于亚马逊的零售业失业人数约为7.6万人。[46]亚马逊指出，作为弥补，它正大量招聘，以取代其中一些失去的工作岗位——与脸书和谷歌等竞争对手不同，亚马逊声称自己正在远离金碧辉煌的科技之都，从全国各地雇用数十万美国人。仅俄亥俄州亚马逊履单中心和数据中心就有多达8 500名员工。[47]诚然，比起被取代的零售业岗位，这些工作往往更耗费体力，也更加孤立，但它们仍然是工作。

到2019年8月，实体经营世界来到了真相时刻：在之前的6个月里，在所有新开张的零售商店中，约有一半是一元店和折扣杂货店。这是亨利·福特式哲学的逆转版本，福特付给工人足够的工资，让他们能够买得起自己制造的T型车——而现在，工人的工资实在太低，只能买得起最廉价的商品。[48]

在线下经营之外，零售业迎来了前所未有的喜人局面。亚马逊2018年的利润比它自己在华尔街预告的还要高出30多亿美元。对新货运卡车的需求不出意料地在前一年一路飙升——有些月份的需求是之前一年同期的2倍。将货物与可用卡车匹配的在线货运服务，连续多天里每天收到超过 50 万件货物的用车需求，达到正常情况的 2 倍。[49] 由于每年的离职率接近 100%，货运公司正努力寻找新司机，同时想方设法留住原有的司机——不过许多申请者没能通过药物测试，卡车司机的工资多年来也一直在下降，而且这仍然是全国最危险的一种职业——卡车司机在工作中死亡的可能性是警察的 8 倍。[50]

4 月份的一个下午，约翰·哈奇森正在给亚马逊送货。当天上午，他在自己生活的那片区域为医疗分销巨头麦克森运送医疗用品，还为宣伟涂料运送制漆原料。前一天，他很罕见地送货到哥伦布以北的地方，把三车树木送到一家苗圃。

"这是什么树啊？"停车时苗圃里的人问。

"我不知道它们是什么树，管它们是西瓜树还是南瓜树。"约翰回答，"我只管送。"

然后他带着刚装好的货物从霍兰德前往亚马逊奥贝茨履单中心。这个仓库和周围的其他仓库长得很像，只是它规模更大。第一次看到这个仓库时，他就被震撼到了，还因此和他在纳尔逊维尔的妻子打了视频电话，给她感受一下这里的规模。

旗杆上挂着三面旗帜：星条旗、俄亥俄州旗和带亚马逊公司标志的旗子。停车场的一片区域停满了深蓝色的 Prime 会员送货车，还有优货和潘世奇的租赁卡车。来自 DHL、EFL、UPS、USF 等物流公司的半挂车络绎不绝地驶入仓库送货入口。

然后，约翰·哈奇森进来了。他把车停在安全检查站前，出示证件。车开进交货场地，进入检查站分配给他的位置，然后解下了拖车。

这一天，他给亚马逊带来了以下货物：

来自北卡罗来纳州温斯顿－塞勒姆自由五金公司的 2 件货

来自明尼苏达州圣保罗瑞佛斯家居装饰品店的 2 件货

来自圣保罗"Dj 家"滑板店的 9 件自行车零件

来自俄亥俄州蒙彼利埃的 5 件塑料杂物推车

来自印第安纳州诺布尔斯维尔品谱公司的 3 件水族箱配件

他走过大大的停车场，来到司机投放文件的地方。门内是一个由铁丝笼围起来的小区域，长宽各约 10 英尺。他不能在这里使用手机。要是周围没人，他就会在文件上潦草地写下自己的停车位号码，然后塞进铁丝笼里。这天，有几名亚马逊工人坐在笼子另一边，于是他把文件递给了他们。

他回到车上。如果碰到霍兰德公司的空拖车，他就会把它带回公司——这可以让在调度室工作的女士们省点心。这天他没看到空车。他把卡车开出来，经过检查站，继续前往下一个取货点：在几英里外的仓库里，有一拖车割草机和其他户外动力设备正等着他。他出发了，途中经过一个拖车公园和一座看上去很冷清的教堂；当看到又一个亚马逊在建仓库标志时，他吓了一跳。他迷糊了——他不是刚离开亚马逊仓库吗？不过，贸易港路 3538 号实际上是完全不同的仓库。这里将成为亚马逊的 CMH6 仓库。

当天，"亚马逊利润增长一倍以上"成为《华尔街日报》头条标题。是的，亚马逊公司创下了 35.6 亿美元的季度利润。为了履行 Prime 会员订单 24 小时送达的新承诺，它正在扩张自己的物流业务。

约翰·哈奇森继续前行。在沿着 33 号公路返回纳尔逊维尔之前，他还得朝山区开几个小时。

第九章　配送：40 英里的巨大落差

马克斯·波洛克没去过俄亥俄州纳尔逊维尔，不过他知道那里出产的地砖。事实上，为了丰富自己那不断壮大的砖块收藏，他还曾经在网上订购过一些。

马克斯在华盛顿特区附近马里兰州郊区的塔科马帕克长大。他的父亲在美国国务院和一家智库供职；他的母亲拥有一家平面设计公司。从密歇根大学毕业后，马克斯在精英的阶梯上继续向上，入学宾夕法尼亚大学法学院。

但马克斯讨厌法学院。他只念了一个半月就退了学，后来在费城一家小型设计建造公司上班，由于做的是老房子重建项目，他经常能接触到回收材料。这份工作做了两年后，他前往伦敦政治经济学院攻读城市设计和社会科学硕士学位，毕业后又重新回到费城的工作岗位；再后来，马克斯找到机会回到华盛顿，在一家叫城市研究所的智库上班，研究住房政策。

但他发现自己并不喜欢华盛顿，这个在财富中不断膨胀的城市充斥着消毒水的气味和沉闷的感觉。他的女朋友在巴尔的摩找了一份工作，于是他们搬到当地，马克斯每日要坐一小时火车到华盛顿特区上班。

他对砖头的痴迷差不多是遗传来的。他母亲的婚前姓氏是基尔皮奇（Kirpich），在俄语里意思是"砖块"。工作之余，马克斯的父亲喜欢收集散落的砖块，把它们放在公文包里。不知道从什么时候开始，马克斯也染上了父亲的嗜好，开始寻找值得收藏的砖块。他注意到一些砖块上印有公司或者产地名称。他逐渐了解了制砖业的中心地带——例如纳尔逊维尔，或者坐落在纽约州哈得孙河谷的哈弗斯特罗。有时候，他会为了寻宝从城市研究所翘班，起初他只是在华盛顿特区附近转悠，后来便一路开车到费城或哈得孙河谷寻找砖块。

再后来，他读到《巴尔的摩太阳报》上的一篇文章，文章介绍了这座城市潜在的砖块回收市场。巴尔的摩运气不错，由于它位于优质粘土矿床之上，在19世纪末和20世纪初的繁荣时期，这里产出了以高质量闻名的砖块。页岩中的二氧化硅和氧化铁令当地的砖块呈现出橙黄的色彩，如同夕阳。除了受地质因素推动外，巴尔的摩制砖业还得益于地理因素的影响：一方面，该市可以将砖块运往其他沿海城市；另一方面，由于它也是最靠西的沿海大型港口，通过铁路将砖块运往内陆再适合不过。20世纪头十年，由许多小企业合并而成的巴尔的摩制砖公司每年产出的砖块总量惊人，达到1.5亿块，足以满足大约1万个家庭的需求。

一个世纪后，巴尔的摩砖块有了一个新特点：人们可以大批量获得它们。到2014年为止，该市约有16 000座空置房屋，其中大部分是砖砌的排屋，市政官员在拆除最破旧的街区方面进展缓慢。于是，这不仅为那些高质量砖头抢救出一片市场，还顺便带火了巴尔的摩住宅普遍使用的松心木地板，这种抢手的木地板则是另一项地理因素的产物：作为美国北方最南边的工业城市，巴尔的摩十分靠近南部的大片松树林，因此与相对靠北的城市比起来更容易获得它。

房屋拆除工程每年可产生几十万块砖以及几十万板英尺❶木材。但巴尔的摩不知道该如何处理这些东西。2014 年 4 月，《巴尔的摩太阳报》一篇文章谈到了当地签订的一项新合同，计划每年拆解数十座房屋，并出售残余材料，每座房屋至少可提供 3 000 块砖和 1 200 板英尺木材。¹ 这份合同的签订方包括巴尔的摩市、当地一个叫 Humanim 的劳动力发展非营利组织以及该组织旗下负责建筑事务的细节建设咨询公司（Details）。马克斯·波洛克察觉到机不可失，既能帮助巴尔的摩这个新家，又能永远摆脱华盛顿。"我当时就想，'让我来吧'，"他回忆道，"这实在太有意义了。"

他找到 Humanim 组织，表示愿意帮助它处理这些材料的相关问题。于是，他从城市研究所离职，加入了细节建设咨询公司。他们从东伊格尔街 2400 号街区的 35 户住宅开始行动，这个街区就在约翰斯·霍普金斯医院以北的美国铁路客运公司线路边上。他们雇用工人，多数是来自被拆迁社区的男人。

一开始，进展并不顺利。官僚机构批准拆迁项目的进度如同涓涓细流，慢得过分。如果细致用心地拆除每所房子，成本要多出几千美元，而巴尔的摩付不起足够的钱，这就让找到愿意为材

---

❶ 板英尺（board-foot）是美国和加拿大木材专业计量单位。1 板英尺为 1 英尺长、1 英尺宽且 1 英寸厚的木材体积。

料支付好价钱的买家变得更加重要。[2] 马克斯试着自己来推销他们的材料。Humanim 总部设在东巴尔的摩的一个仓库里，旁边有一家废弃已久的啤酒厂，马克斯就在这个仓库里工作。这里没通电，屋顶还漏水，一下雨仓库就被淹。细节建设甚至买不起叉车，大家只好徒手往皮卡上装载材料。

最终，这项行动迎来一笔注资，有了起色：在西巴尔的摩新交通线建设被取消 6 个月后，马里兰州州长霍根宣布，政府愿意再为一些空置房拆迁埋单。在 Humanim 之下，马克斯·波洛克创建了一个叫"砖与板"（Brick + Board）的独立实体，以便推销拆除后剩下的砖材和板材。更多员工加入了细节建设以及砖与板公司，总共达到 30 人。到 2018 年为止，他们拆除了近 300 座房屋，抢救了 30 万板英尺木材和 100 万块砖。

对于自己参与的这项工作，马克斯心里并非一点矛盾都没有。他自认是一名保护主义者，因此他很难眼睁睁地看着那些已经存在一个多世纪的房屋、那些曾经是几代人家园的地方，就这么被潦草地一笔抹去。可他也知道，修复这些社区房屋的经济效益并不高，花出去 10 万美元能收回一半就不错了。他还知道，社区里的大多数人都乐见这些房屋被拆掉，因为它们吸引的无非是害虫和非法占屋者，许多人一直住在里面，直到房屋被拆除。这些建筑甚至能害死人：2016 年，一位 69 岁的老人坐在自己的凯迪拉克里，正听着奥蒂斯·雷丁的歌，却被大风中倒塌的空置房压死。

"要是有人经过，看到我们，他们百分之百会这么说：'好啊，几年前就该把这坨狗屎推倒。接下来应该把街道另一边也拆掉。'"波洛克说，"保护主义者会说：'你瞧那檐口的支架多棒啊！'要是你就住在街对面，你家孩子每天都看着这些破房子，你就会觉得，去他妈的檐架吧。我不是说我支持拆除，但如果推到这些房屋，至少给人们提供了就业机会。"事实上，当涉及拆除过程的另一端，也就是砖块和木板交付时，他的矛盾心理便越发强烈。有些买家是本地人，但顾客范围很广，订单有的来自港口的新艾索伦电力大厦，有的不过是住在街角想要修补自家地板的邻居。巴尔的摩以外的买家则延伸到东海岸，甚至在中西部也有一些顾客。

但最大的城外客户来源就在不远处：华盛顿特区。

40 英里。这就是巴尔的摩和华盛顿这两座城市间的距离，它们靠得那么近，共享同一条公园大道和同一个机场，甚至一支棒球队就能满足这两座城市的需要；不仅如此，每天都有 77 趟通勤列车从一座城市开往另一座。它们从一开始就截然不同：一座是带着盐与浮华的工业重镇和港口城市，另一座则成了政府的所在地——正是为了这个目的，华盛顿特区才从潮水沼泽中被创建出来，这里的空气更为谨慎也更为稀薄，这是一座由办公室和各种机构组成的城市，一座混凝土比砖头更多的城市。可是，巴尔的摩和华盛顿拥有相似的排屋，同样依偎着切萨皮克湾，它们都有浓厚的黑人文化氛围，几十年来的发展规模也不相上下——它们相辅相成，像是一枚硬币的两面。

但越来越多的人再难相信二者居于同一个世界，甚至很难想象二者分享同一片地区。两个无限接近的美国主要城市却在如此相反的轨道上前进着，再也没有比这更极端的落差。

2015 年 4 月弗雷迪·格雷之死引发骚乱，巴尔的摩的暴力事件随之激增，甚至在 5 年以后仍没有平息的迹象。在格雷死亡前的几年里，巴尔的摩的凶杀率曾稳步下降，如今却猛增了 50% 以上，自 20 世纪 90 年代初以来达至最高水平。连续 5 年，每年有 300 多人在巴尔的摩遇害，让它成为美国迄今为止最危险的大城市。巴尔的摩被害人数高于纽约，而其面积只有纽约的十四分之一。

一桩又一桩死亡在人们心中激起波澜，久久不能散去的悲鸣笼罩着城市，亚马逊的当地仓库也不例外。2016 年 4 月，27 岁的亚马逊员工伦德尔·斯特里特在东巴尔的摩一家水烟酒吧外被枪杀。[3] 2018 年 6 月，另一名员工贾斯敏·皮尔斯－莫里斯在一间高中的看台上被前男友刺伤并勒死，年仅 20 岁。但蔓延于这座城市的恐惧却成了亚马逊的商机：一个宗教领袖联盟利用 15 000 美元的赌场收入，建立了与警察部门连通的监控摄像网络，配置了亚马逊旗下的智能门铃摄像头。由于从门廊和前台被偷走的亚马逊包裹太多，一位女士甚至开发了一项"包裹救援"业务。[4]

凶杀率上升不过是 2015 年后巴尔的摩陷入倒退的其中一面。这座城市的人口总量在经过几年的小幅增长后再次下降，一个世纪以来首次跌破 60 万。在全国城市当中，巴尔的摩拥有最高的毒品过量致死率，致死人数在 2018 年超过 800。自 2012 年以来，没有任何一家《财富》五百强公司把总部设在该市。在西巴尔的摩，位于蒙道明购物中心的塔吉特百货是为数不多的零售购物地点，这家百货也在 2018 年关闭。警察部门深陷令人瞠目结舌的腐败丑闻。市政府则陷入了一种漂泊的状态：格雷死亡时在任的巴尔的摩市长曾公开称赞亚马逊迅速交付了她订购的护肤品；后来她决定不再谋求连任，而继任者与前任半斤八两，因为小规模腐败被迫离职，最终则因贪腐锒铛入狱。其他机构也日渐式微：市里的交响乐团陷入财政危机；缩减后的《巴尔的摩太阳报》只留下骨干团队，位于市中心的新闻编辑室也丢了，只好搬到 95 号州际公路旁的一座工业大楼里，驻进了印刷厂。

造成崩溃的原因有很多。首先，警察部门功能失调，与居民间的信任破裂，和从前相比，人们不再情愿冒风险打电话提供线索，或是为州政府作证。但是，在巴尔的摩的困境中，我们很难忽略更宏大的经济背景的作用力：随着巴尔的摩地位下滑，它成了一座二级城市，被排除在赢家之外，财富从这里出走，纷纷流向沿海地区。

为了争取亚马逊第二总部，巴尔的摩以一片优质的海滨地块作为竞标条件。[5] 其投标计划宣称："第二总部将改变这一代巴尔的摩人的生活，为下一代人带来希望，并且将亚马逊与美国最伟大的城市之一的复兴永久联系起来。"然而巴尔的摩并未入围 20 座候选城市名单，从波士顿到华盛顿，它是唯一没有入围的大城市。

在华盛顿，繁荣的浪潮随上世纪末游说产业的兴起而至，在本世纪头十年随国土安全机构的发展而壮大，这座城市正渐渐变得无法辨认。2017 年，华盛顿收入中位数在一年内上升了近 10%，超过 8.2 万美元，比巴尔的摩的收入中位数高 76%。[6] 华盛顿都会区每年平均增加 3.4 万个工作岗位。当地人口增速位居全国前茅，40 年来首次达到 70 万；到 2045 年，都会地区预计将新增 100 万居民。新居民中有很大一部分是受过教育的外地年轻人：2005 年，华盛顿特区每 7 位居民之中就有 1 名 25 岁至 34 岁的大学毕业生。到 2017 年，这个比例上升到每 5 人中就有 1 名。在波托马克河对岸的弗吉尼亚州阿灵顿，这个比例甚至更高：每 4 名居民中就有超过 1 名大学毕业生，比例居全国前列。[7]

人口的不懈增长对当地住房市场产生了可预见的影响。2018 年年底，特区房屋及公寓价格中位超过 60 万美元，是巴尔的摩的 5 倍。自 20 世纪 90 年代初以来，单户住宅价值几乎翻了两番。2016 年，一名房产经纪人在华盛顿特区卖出了 5 套房产，每套价格超过 370 万美元，远远超过巴尔的摩任何一套房子。（当地另一名业绩不俗的房产经纪人收集了一套价值 150 万美元的风火轮汽车模型藏品。[8]）华盛顿特区切维蔡斯区售价中位数超过 100 万美元，布雷特·卡瓦诺❶喜爱出没的会所便位于该区。

在这里买房的千禧一代的平均抵押贷款为 450 985 美元，是全国平均数的 2 倍以上。紧挨着国会山的房产单元售价 280 万美元，这里原本是一座教堂；霍华德大学附近的前直升机工厂内的一个单元售价 230 万美元。由于马里兰州郊区富裕的蒙哥马利县建了太多学校，官员只好对几个学区下达建筑禁令；为了负担得起房价，县政府中有 44% 的雇员居住在其他县区。原来的郊区办公园区被改造成为公寓，那些急于在蒙哥马利县置业的家庭为公寓单元支付了 100 万美元。[9]

伴随着增长，特区的一些地段正经历着转型。例如，在华盛顿海军造船厂附近的一些街区，新开张的全食超市为顾客提供自助葡萄酒和自选配料的鳄梨吐司；青年共和党俱乐部一边在墨西哥餐厅举办派对，一边观看特朗普的国情咨文演讲。在《华盛顿邮报》杂志年度奢侈品专刊上，介绍了 1.83 万美元的手表、5 万美元的貂皮以及劳斯莱斯轿车，还有整形手术和私人飞机的广告。餐馆价格不断攀升——菠萝与珍珠餐厅的试味菜单价格跃升至 325 美元；在羽毛餐厅，品酒师推荐的香槟一杯卖 75 美元。极端富有的迹象甚至让多年前游说行业的指路人肯尼思·施洛斯伯

---

❶ 特朗普任期内提名的美国最高法院大法官，曾多次受到性骚扰指控。

格感到吃惊。"这里简直成了纽约南部，什么地方都是钱说了算。"他说，"基本上就是这样。"[10]

随增长而来的，还有停滞。长期以来，华盛顿就是全国交通最拥堵的城市之一——仅次于洛杉矶和旧金山湾区，位列第 3——通勤者平均每年花费 100 多个小时在交通上。"就运行层面而言，今天早上没有发生重大道路事件。"在一个交通状况尤为糟糕的早晨之后，弗吉尼亚州交通局的一位女发言人回应道，"单纯只是车流量太大。"为了解决拥堵问题，弗吉尼亚州开始在一些高速公路上收取高昂的高峰期通行费——10 英里费用可高达 50 美元。

爆炸性的繁荣也加剧了这座城市的极端不平等。到 2017 年，华盛顿特区的白人家庭——包括所有那些刚从大学毕业的年轻居民——收入中位数已跃升至 12 万美元，是黑人家庭的 3 倍。[11] 人均净资产的差异甚至更为悬殊：28.4 万美元和 3 500 美元之间的差距让华盛顿成为全国种族差异程度最深的城市之一。[12] 这里几乎所有（92%）白人居民都有大学学位，但上过大学的黑人只占四分之一。而黑人居民的失业率比白人高 6 倍。[13]

对比无处不在，无法忽视：40 年以来，第十四街西北方向的青年拳击俱乐部不断吸引当地的黑人青少年，但店面最终还是被让给了开发商。[14] 往东北方向走几英里，在一间小得可怜的出租房里，一场大火烧死了一名埃塞俄比亚移民；在霍华德大学弥漫着紧张气息之际，新来的白人邻居漫不经心地在校园里遛狗，穿过历史底蕴丰厚的黑人校区。[15]

伴随人口增长的压力，加上收入和财富上的巨大差距，大规模人口迁移在所难免。2019 年的一项研究在淡化了全国范围的中产阶层化冲击后，宣布华盛顿遭受的破坏最为严重，估计有 2 万名黑人居民被迁移。[16] 但这番研究大可不必，早几年前的人口普查统计已将问题公之于众。1970 年，还被称为"巧克力城"的特区非裔居民占比达 70%，如今黑人早就不占多数了。

华盛顿变成了前纽约市市长迈克·布隆伯格曾设想的模样：这是一座"豪华城市"，如果你能负担得起票价，就可以获得比从前更好的用餐体验，在波托马克河和纪念碑沿线崭新的街道上骑行，无须担心犯罪问题。剩下的犯罪集中在日益缩减的黑人区，比如安那考斯迪亚河以东地带，2018 年，现已停业的亚马逊餐厅曾拒绝向该区域配送餐品。

不过，我们不难发现，这种辉煌也有它的极限。随着城市工人阶级的消亡，再也没人驾驶优步网约车，没人为每晚 400 美元的酒店房间更换被褥，没人打扫那些价值 300 万美元的房屋，也没有人为 1 000 美元的双人晚餐布置餐桌。

2018 年 10 月 18 日，一辆白色快递面包车正在转向，准备进入埃塞克斯的一个大型住宅区。埃塞克斯位于切萨皮克湾巴克河入海口东侧，距离巴尔的摩两个亚马逊仓库分别有大约 20 分钟车程。这个名为海港角的建筑群属于特朗普女婿贾里德·库什纳所在的家族房地产公司，他们在巴尔的摩地区拥有十几个建筑群。面包车转弯时，7 岁的女孩娜塔莎·纽曼正好冲过这条窄小的街道，想到另一边与哥哥们会合，当天她在巴尔的摩动物园参加了学校组织的出游。面包车撞上娜塔莎，她受了致命伤。司机留在了车祸现场，未被起诉。

在《巴尔的摩太阳报》和当地电视新闻台的报道中，这辆面包车被描述为"工作货车"或"送货车"。目击者并不知道，实际上这辆无标识的面包车在为亚马逊配送包裹。[17]

被亚马逊称之为"最后一程"的配送业务并不由UPS、联邦快递或邮政部门处理，而是逐渐靠亚马逊自己来完成。2019年，亚马逊在全国需要配送的包裹数量激增到60多亿个，于是乎，亚马逊开始建立自己的配送网络来处理它们，或者说尽可能多地处理它们。目前，亚马逊在全美各地拥有110多个履单中心，在美国约一半人口的25英里范围内均设有仓库，几乎覆盖每个州，这使得亚马逊可以自行配送约一半的订单。公司租下60架飞机，并与货运航空公司签订了使用频率更高的合同：飞行员们抱怨，他们不得不每天工作18个小时。2019年2月，亚马逊承包的一架飞机在休斯顿附近坠毁，机上三人全部遇难。它还计划在辛辛那提机场建设一个可容纳100架飞机的航空枢纽。亚马逊还在开展无人机送货试验，并同时游说联邦监管机构以获得许可。它开始独立处理来自中国的一些货物——仅在2018年，亚马逊就用5 300个集装箱运送了超过470万箱消费品。为了让快递包裹与顾客距离再近一些，除了履单中心，亚马逊还在全国各地设立了近200个配送站。公司买下了一支由20 000辆柴油货车和7 500辆拖车组成的车队，还准备为司机订购10万辆电动货车。

不过，严格来说，他们并不算是亚马逊的司机——虽然他们可能专门为亚马逊送货，但实际上是在为承包商工作，而亚马逊和承包商是独立的实体。这意味着司机不享受亚马逊提供给员工的任何福利。这还意味着，假使这些司机出了事故，亚马逊也可以逃避责任——由于送货时限正逐步趋向单日送达，时间压力增加，事故发生频率正变得越来越高。[18]在一个班次中，一名司机需要完成高达150次的投递任务，他们每周要处理1 000个包裹。

UPS 使用高科技设施培训司机，并通过虚拟现实障碍课程指导他们避开危险；对比之下，除了观看手机中的教学视频外，亚马逊的许多司机并未获得额外的培训资源。

娜塔莎的母亲后来说，她不认为亚马逊对她女儿的事故负有责任。"这不是亚马逊的错，"她说，"是那个开车的人干的。"当被问及家人是否得到任何赔偿时，她答："我不能谈论这个问题。"[19]

事故发生两周后，在 11 月 2 日晚上 9 点 42 分，一场龙卷风袭击了巴尔的摩。它吹翻了麦克亨利堡隧道以北 95 号州际公路上的一辆拖车，撞倒了南纽柯克街的栅栏线。龙卷风沿着霍拉伯德大道向东移动，对那里造成了最严重的破坏。事实证明，有一座大型建筑特别不适合应对每小时 105 英里的风速，那就是位于霍拉伯德大道 5501 号的亚马逊分拣中心。

这座分拣中心占地 34.5 万平方英尺，位于布罗宁公路上更大的那家履单中心背面（那家履单中心此前是通用汽车厂所在地，比尔·博达尼刚进亚马逊时在那里上班）。分拣中心的任务是接收包装好、填好地址的包裹，在最终交付前清查信息。

伊斯雷尔·埃斯帕纳·阿戈特是一名司机，负责给霍拉博德大道亚马逊分拣中心送货。[20] 这名来自玻利维亚的移民住在弗吉尼亚州布里斯托，离分拣中心有 80 英里，靠近亚马逊海马基特数据中心。他和妻子法蒂玛·帕拉达·埃斯帕纳以及三个儿子生活在一起，最近他们搬进了新房子。虽然要开车穿越巴尔的摩和华盛顿之间的交通泥潭，伊斯雷尔还是会抽出时间指导小儿子所在的足球队，他本人每周也会踢一两场足球。他爱唱卡拉 OK，喜欢用炭烤法烹制玻利维亚式烧烤。为了能在第二天儿子的足球比赛前及时完成通宵驾驶工作，11 月 2 日的他比往常更早出门。

分拣中心雇用的人数比履单中心少很多，而且许多在这里工作的人并不出现在亚马逊的工资单上。例如大型商业地产服务提供商仲量联行（JLL）雇用的材料处理技术员。他们属于仓库维修人员，负责维修传送带和电气系统，以及其他大部分保障物流仓库运作的设备。仲量联行在巴尔的摩的一份招聘启事上列有："光电检测器、电机启动器、继电器、限位开关、接近传感器、定时器、螺线管、伺服驱动器、变频器、线性驱动器、转速器和编码器。"这也许是一份艰苦的工作：技术员需要"搬起并移动重达 49 磅的物品"，"拉动或推动装有 100 磅产品的轮滑车"，"安全、不受限地攀登竖梯和舷梯"，以及"站立 / 行走长达 10 至 12 小时"。

分拣中心的工作不仅要求高，还伴随着危险。2018 年 8 月，在龙卷风来袭两个月前，一名员工向州监管机构提交了一份投诉，列出该仓库所在建筑存在的一系列安全风险：亚马逊会在发生雷击后过早地将工人送回装货区，不符合政策规定的时间；经常无视电动皮带周围"禁止走动区域"标志；传送带常常接触一系列易燃材料；货盘堆放在靠近灭火喷嘴的地方，使喷嘴失去作用；货盘和设备堵塞出口；自动分拣机上堆积了厚厚的易燃纸板灰尘；为避免放慢效率而取消消防演习。"这里的领导层中存在一种'封口'文化。"这位员工写道，"为了防止任何不利报告走出大楼，他们费尽了心思。"[21]

该员工写道，当经理们事先得知检查员要来时，他们会摆出一副假样式。"大楼被临时打扫干净，达到标准，但官员前脚走出大门，仓库后脚便陷入混乱。"该员工写道，"在检查当天，'好的，我们今天要被检查，所以如果有人问你这这那那，一定要如何如何回答……'类似的话同事们都听烦了。"假如检查人员没有事先通知就抵达仓库，他们"会被拒之门外，除非他们带了传票"。"我在这里不再感到安全，我不再相信安全团队代表着员工的最佳利益和安全，"该员工最后写道，"帮帮我们吧。"

在这座建筑里工作的仲量联行技术员中，有个叫安德鲁·林赛的。他一生中有大部分时间生活在俄克拉何马城地区，并在乔克托一个房车公园工作了两年时间。2017 年，受到仲量联行雇用，他搬到巴尔的摩，带着他的狗租住在邓多克镇四季路，公寓每月收取 800 美元，这栋普通建筑群里的屋子和麻雀角隔着熊溪对望。有一回他在公寓走廊上遇到邻居洛琳，他说能在仓库附近找到一套公寓让他觉得自己"福气不浅"。[22]

11 月 2 日，龙卷风席卷霍拉博德大道时，林赛正在值夜班。它吹过罗琳上班的塑料包装厂，吹开了 FlexiVan 汽运租赁公司两侧的大型车库门。当龙卷风奔向亚马逊分拣中心时，仓库的屋顶——包括铁制的房椽——从西端装卸货区的位置被扯了下去。没了屋顶，西边墙面的混凝土板坍塌，倒向仓库内，留下了长达 50 英尺的豁口。

洛琳和塑料厂其他工人听到了一阵巨大的撞击声，就像他们附近那家工业规模的烘焙作坊关上大门的声音，只不过这一回声音更大。龙卷风推倒了停在亚马逊装卸货区的十几辆拖车，还吹倒了灯柱和标牌，碎片砸碎了车窗。龙卷风在向东移动时升起，再次触地，将镇上一座公寓楼的屋顶掀翻后才消失。

他们先找到了 54 岁的安德鲁·林赛。洛琳从四季路的房东那里得知了噩耗。她感到困惑，因为新闻报道中提到，林赛是亚马逊的"合同工"，而不是他们的雇员。"我不知道他是合同工，"她说，"我以为他是那里的人。"[23]

直到法蒂玛·帕拉达·埃斯帕纳来到分拣中心，表示找不到丈夫时，救援人员才知道还有人埋在废墟之下。深夜时分，同样为亚马逊送货的朋友敲响了埃斯帕纳家的大门，告诉法蒂玛龙卷风的消息。她驱车80英里从弗吉尼亚赶来，只看到这座建筑物上裂开的口子，以及丈夫的卡车。

她告诉紧急救援队和正在清除废墟的工人丈夫不见了。他们一直在清理，却没意识到里面可能还有人，现在他们停下手来，等待其他设备来将这一大块墙体移开。法蒂玛问其中一人，如果她丈夫在那堵墙下，存活的可能性有多大。"让我们假设他不在里面，"他告诉她，"保持乐观。"[24] 几个小时后，他们找到了37岁的伊斯雷尔·埃斯帕纳·阿戈特。

"我想让大家知道，他是位伟大的父亲。"法蒂玛告诉记者。

"哥哥走了，我还没能真正接受这件事。"安吉尔·林赛对俄克拉何马的朋友说。[25]

"由于周五晚上恶劣天气造成的破坏，与该分拣中心关联的包裹出现交付延误，"亚马逊一位女发言人隔了一天在周日回应道，"我们对给客户带来的不便深表歉意，我们正迅速解决相关问题。"

小比尔·博达尼仍然每月与退休员工联盟9477分会的其他成员见面。他们在邓多克的巴特尔格罗夫民主党俱乐部碰头，鉴于巴尔的摩县东部的投票趋势，特朗普在当地获得了很大支持，会面场所因而充满讽刺意味。这是个名副其实的组织会议，分会官员坐在前排桌子旁，宣读上一次会议的记录，讨论一些旧事项和新事宜。会议宣读了上月去世成员名单。随着人数逐渐减少，这个机构的运作越来越难维持，分会号召大家缴纳30美元的年度会费。这项活动还提供一份简单的午餐，这也是大多数人参会的目的——聚餐、联谊、离开沙发，走出家门。

在 2018 年 11 月的会议上，宣读完 10 月份的会议记录后，史蒂夫·科图拉提醒成员们，下个月麻雀角将举行标志性的"伯利恒之星"点亮仪式，这颗星星在 1978 年建成后曾为 320 英尺高的 L 型高炉增光添彩。他还提醒他们注意麻雀角新出现的就业机会。

"亚马逊正在招人，"他说，"每周 4 天，12 小时轮班。要是加班，你可以拿到 20 美元。只要你还有心跳就能被雇用。"

比尔·博达尼以这样一种方式维系着与工会的联系。虽然早就离开了当年的工作岗位，他依然从这份友谊中受益不浅，这也许可以帮助我们理解亚马逊仓库墙面倒塌事故几周后，他在麻雀角的新工作中采取的新行动。这一天，他到钢铁工人工会当地第八区办公室串门，带走了一些工会资料。这些基本资料关乎组织权，内容详尽，既适用于仓库，也适用于钢厂。

去 DCA1 仓库上班时，他把资料带了进去，给了他一直在培训的一个小伙子。这个年轻人格外不满于仓库的工作方式——不断提高目标的压力，完全被监视的感觉，工人发言权的缺失。

"你们得有工会。"小博告诉这位年轻人。

小博说，他自己并不是秘密分发资料的理想人选，亚马逊已经怀疑他是个职业工会活动家。但他鼓励这个年轻人按照他认为合适的方式行动。毕竟他在仓库还要工作很多年，在改善条件方面有更多利害关系。年轻人表示感谢，拿走了资料。

亚马逊宣称，仓库对工会的需求比以前少了。10 月份，它曾大张旗鼓地宣布，它的 25 万名美国仓库员工和 10 万名季节性工人的最低工资为 15 美元。但这个数字并不适用于许许多多的合同工人，比如几周后在仓库倒塌中丧生的那些人。它仍然令工人远远无法达到同行在早些时代享有的共同繁荣：前劳工部长罗伯特·赖克指出，如果亚马逊员工与 20 世纪 50 年代的西尔斯百货员工一样，持有公司四分之一的股票，那么每个人到 2020 年将拥有价值近 40 万美元的资产。[26]（亚马逊则反驳说，它为工人提供了购买股票的机会，不过他们表示自己更喜欢提高工资而不是股票分红。）实际上，所谓 15 美元时薪是这家公司正不得不逐渐向之靠拢的数字，在全国许多地方，紧张的劳动力市场上很难找到工人。亚马逊在圣贝纳迪诺山谷拥有多家仓库，在其中一个仓库宣布加薪后，一位人力资源经理叫喊道："你们难道不兴奋吗？来吧，掌声响起来！"作为回应，工人们慢吞吞地拍了拍手。[27]

宣布给工人加薪对伯尼·桑德斯等人来说是个打击，他们正致力于通过立法迫使该公司提高工资。与此同时，加薪也向消费者传达了一个信号：他们可以继续不违背良心地在网上以低廉的价格购买商品。9 个月后，亚马逊宣布，此前公司已经为追求职业教育或副学士学位的员工提供了学费援助，现在他们还将在 2025 年前为 10 万名员工提供再培训，帮助他们在公司获得更高水平的工作。

亚马逊这一步可谓是高明的政治手段——只消摆出简单的姿态，就能令亚马逊看上去真的很在乎员工的发展，仿佛成了什么新式的社区学院；与此同时，又能隐晦地反驳公司面临的两条最有力的指控。

履单中心的工作是否枯燥乏味呢？也许是的，但公司为你提供了去往更高层次的通道。

现在，亚马逊在全球部署了 20 万个机器人，它是否正在考虑用机器人取代许多就业岗位呢？嗯，这么说吧：新老仓库之间的区别在于，前者由橙色基瓦机器人将货物送到拣货员手中，后者则靠拣货员来回在过道上走动完成拣货。亚马逊 2018 年假日季雇用的临时工人较前一年少了 20 000 人。但再培训公告发布后，亚马逊可以先发制人地回应有关这一转变的问题：别担心，如果机器人抢走了你的工作，你还可以成为机器人维修师呢。

公关力度进一步加强。亚马逊开放了多个仓库供人参观，而从前这些仓库严格禁止外人进入。充满热情的"大使"迎接各位参观者，其中有数百位民选官员。大使带领他们走过传送带、堆码工、拣货工、包装工，有的问题细致回答，有的问题无可奉告（仓库里有多少机器人，装有多种物品的箱子要如何打包之类的问题不被允许回答，它们属于所谓的"商业秘密"）。[28]

与此同时，一小部分员工开始在推特上大肆宣传在仓库工作的乐趣。尼古拉斯写道："在我工作的大楼里，我没觉得受到不公对待。""我的安全 / 健康是经理的首要任务。"汉娜提出，"我一度想退出亚马逊。但我意识到，我面对的问题是我的错，而不是亚马逊的。我被允许与人交谈，但有时我不想这样做。现在我可以和一些很棒的同事一起打发夜晚的时间。"该公司还吹嘘说，各方面工作都可以呈现在各工作站的小屏幕上，员工的工作进度会反映在电子游戏竞赛中，这样，工作时间变得生动起来。[28] 在员工着急忙慌地完成工作时，可以在游戏中与工友一较高下，游戏名称诸如《使命车手》（Mission Racer）、《拣选空间》（Picks In Space）、《龙之决斗》（Dragon Duel）。赢家将获得名为 Swag Buck 的积分，可以用它来购买带亚马逊商标的贴纸、服装或其他装备。

在这些振奋和光鲜背后，仓库里充斥着不满情绪，公众偶尔也能耳闻一二。在肯塔基州，亚马逊呼叫中心的一名员工在诉讼中表示，他曾要求上厕所的休息时间更灵活一些，以适应克罗恩病带来的不可预测的肠胃炎症状况，但亚马逊指控他怠工，解雇了他。[30]（亚马逊后来回应："员工可以在任何需要的时候使用厕所。"[31]）在明尼苏达州，一群索马里裔美国工人向亚马逊施压，迫使公司就导致疲惫和脱水的生产力压力谈判。[32]在协商未果后，工人宣布将在下个 7 月的亚马逊会员日罢工。罢工期间，他们的标语上写着"我们是人，不是机器"。当时全国各地分散的抗议活动并没能阻止亚马逊创纪录地卖出 1.75 亿件商品：在会员日第一天，仅巴尔的摩布罗宁公路仓库就发出了 100 多万件商品。

每隔一段时间，事故的消息就会传到外面去。为了支付手术费用，明尼阿波利斯一名仓库工人发起"向我捐"众筹活动，他被倒塌的宠物粮货堆砸断了脊椎骨，据他所言，亚马逊健康保险拒绝赔付。在新泽西州一个仓库里，机器人戳破了一罐驱熊喷雾，二十几名工人进了医院。总而言之，非营利新闻机构"调查报道中心"研究了 23 个亚马逊仓库，其重伤报告率是全国仓储业平均水平的 2 倍以上。[33]同一时期，由工人活动家团体联盟发布的深入报告，也有同样的发现。[34]

亚马逊回应道，该公司只是在报告工伤方面更负责任。[35]它指出，在 2018 年，公司增加了安全方面的投资，落实了 100 万小时的培训和 3 600 万美元的资本改进，此外，它还承诺在 2019 年继续投入 5 700 万美元，其中包括花费 1 600 万美元升级其动力工业叉车——也就是在宾夕法尼亚州卡莱尔仓库导致乔迪·霍兹死亡的叉车。

尽管如此，自 2013 年以来，在乔迪·霍兹死亡事件之外，亚马逊其他仓库还至少发生过 6 起死亡事故，部分原因离不开公司仓库庞大的雇用规模。2017 年，在伊利诺伊州，一位名叫若利耶的 57 岁男子因为没有及时得到医疗救援，心脏病发作而死。[36] 他的妻子后来在起诉中指出，仓库主管人员在事故发生 25 分钟后才拨打急救电话，还让急救人员穿过巨大的仓库，而不让他们从若利耶位置附近的装卸货区进入。诉讼文书显示，散落在仓库里的自动体外除颤器的盒子是空的。一年半后，在田纳西州默夫里斯伯勒一个仓库里，用于发出急救信号的双向无线电未能正常工作，导致一名 61 岁的工人死于心脏病发作。[37]

2017 年，在印第安纳州普莱恩菲尔德仓库维修区，59 岁的工人菲利普·李·特里被头上检修中的叉车压死了，他在血泊中躺了两个小时才被人发现。印第安纳州最初对亚马逊公司开出 28 000 美元罚单，指出该仓库存在四项主要安全违规行为，其中包括未就如何正确吊起叉车培训特里。[38] 不过，在负责此案的职业安全与健康管理局检查员约翰·斯塔隆录制的通话中，管理局在该州的负责人给亚马逊职员支招，让他们通过谈判以降低罚款，还教他怎么把责任转嫁给特里。在挂断亚马逊的电话后，这位主管对检查员斯塔隆说："要是我们必须篡改你给亚马逊的传讯，希望你不要往心里去。"

在一份检举报告中，斯塔隆写道，该州劳工专员和州长埃里克·霍尔科姆随后把他叫去开会，向他强调该案有可能妨碍印第安纳波利斯竞争 HQ2 选址，他们后来否认有这回事。在斯塔隆提交报告当天，亚马逊给霍尔科姆送去了 1 000 美元的竞选捐款。而在工人特里去世一年后，印第安纳州与亚马逊签署了一项协议，略去了罚款和传讯。

在巴尔的摩灾难性的仓库倒塌事件发生 10 天后，亚马逊仍在争分夺秒地缩短配送延误。当地履单中心有传言流出——公司雇用了没有取得商业驾驶执照的司机，把货物拉到巴尔的摩以南的安妮·阿伦德尔县的某个临时地点，但亚马逊否认了该说法，声称司机已获得"所有必要的许可证"。

在华盛顿特区，亚马逊投身于一项截然不同的事业。2018 年11 月 13 日，这家公司宣布，华盛顿——确切地说是波托马克河对面的北弗吉尼亚郊区——赢得了第二总部选址竞赛。

起初，华盛顿地区——具体来说是弗吉尼亚州阿灵顿近郊——似乎将会与另一座城市一同分享亚马逊第二总部这项大奖。这场为 5 万个工作岗位和 50 亿美元投资找到合适城市的节目，在经历了所有戏剧性事件之后，决定将"嘉奖"一分为二，相对来说，在两座城市更容易找到必要的空间和工人。如此一来，整个"抽奖活动"便充满诱导性，而事实证明，赢家的奖品并不像宣传的那么丰厚。不过，令许多参赛者更为不安的，是这两座"夺魁"城市的身份。

亚马逊大肆宣传和炒作它如何在全国范围内搜索、如何在这片土地的每个角落寻找第二总部，以及如何鼓励远近大小的城市花费大量时间打磨标书。然后，亚马逊公司选定了两个最耀眼的候选者：东海岸两座最富有以及最具影响力的城市。(纳什维尔得了安慰奖：亚马逊将在当地新建一座含 5 000 个就业岗位的卫星园区。) 人们很难不得出这样的结论：其他所有参与这场竞赛的城市都成了大骗局里的冤大头。在加剧竞争激烈程度的同时，它们为亚马逊做了免费宣传，还向它透露了这些城市的大量信息（对该公司未来扩张的盘算很有帮助）。而这一切的结果，就是让亚马逊能够从那两座它可能一早就相中的城市——美国联邦政府所在地和全球金融中心——获得更丰润的利益。

不过，在选择东海岸两座"赢家通吃"型终极城市时，亚马逊的计算出现了失误。由于其中一座城市——纽约——繁荣过了头，那里开始涌现某种少数派的声音：人们意识到，好东西也许太多了。纽约中城已是高楼林立，比如说中央公园旁的那座塔楼，对冲基金经理肯尼思·格里芬曾在此以 2.38 亿美元购入一套 2.4 万平方英尺的公寓。为了防止旁边的建筑物挡住视野，有人愿意且有能力支付 1 100 万美元。[39] 还有一些浮夸的新邻居，比如优步公司前首席执行官特拉维斯·卡兰尼克，他花了 3 600 万美元在伦佐·皮亚诺❶ 设计的大楼中购买了一套带有 20 英尺室外私人泳池的 SoHo 顶层公寓。

纽约街道的拥挤程度导致骑行者死亡率急剧上升，但这并没有阻止贝索斯在中央公园西区大楼的法务代表发起诉讼以封掉某条自行车道。[40] 这座大楼的一个单元在市场上的价格接近 1 000 万美元。（2019 年，贝索斯搬到他以约 8 000 万美元购入的一座规模更大的纽约住宅，它位于第五大道，占地 1.7 万平方英尺，有 12 间卧室。）街道拥堵的主要原因是有越来越多的卡车和货车将快递纸箱送到各个大楼下，由于快递数量太多，业主们不得不安装储物柜来容纳它们；有时候，快递纸箱被成堆地码在人行道的毯子上。自 2012 年起，新泽西州从无到有地建起 9 个履单中心，

---

❶ 意大利著名建筑师，代表作包括法国巴黎的蓬皮杜艺术中心和日本关西国际机场。

它们和位于斯塔滕岛的超大型仓库中心一同向纽约市内发送了大量快递纸箱，自 2009 年以来，向纽约家庭发送的电商货物总量增加了 3 倍，每天的快递超过 100 万份。[41] 亚马逊在城市专业消费者中树立了良好口碑，而它在零售业的许多竞争对手（特别是沃尔玛）根本就没有这种能力。如今，其他公司，例如送餐应用程序 Seamless 也紧跟亚马逊步伐，承诺提供无摩擦式服务。一则广告写道："纽约市有 800 多万人，我们可以帮你避开他们"。另一则广告则宣示"没什么比其他纽约人更能破坏一顿美餐了"。

巨富们越来越多地选择乘坐直升机，来避免一切可能的拥堵（去肯尼迪机场一趟要花 200 美元）。曼哈顿公寓售价中位数早在几年前就突破了百万美元大关；布鲁克林平均租金即将突破 3 000 美元；为了确保孩子们获得学前班的学位，家长们带上睡袋，在人行道上彻夜排队。每一种迹象都表明，这一切仍将进一步加剧。谷歌也将入驻这座城市，它要在这里投入 10 亿美元建造园区，这将使它所需的劳动力增加一倍，达到 1.4 万人。在过去十年里，纽约市的科技工作岗位总数激增 80%，达到 14 万多。[42]

这座城市正越来越像一座财阀大都会。在这里，离开他们五层高的上东区联排别墅去过周末的一家人，可能直到返回时才发现家庭清洁工在电梯里被困了 3 天，这可是 2019 年年初发生的真人真事。[43] 因此，当这个最大财阀名下的公司，要在纽约建造更多塔楼——并且纳税人将为之提供 30 亿补贴——时，在新当选的 29 岁美国国会议员亚历山德里娅·奥卡西奥 – 科尔特斯等民众领袖的带领下，一个充满活力的少数群体公开表示抗议。长岛选址附近的一家废弃餐厅上画着"诈骗亚马逊"（scamazon）字样的涂鸦，这家企业即将到来的消息让那里的一套顶层公寓价格飙升了 25 万美元。

亚马逊被这种忘恩负义的大胆冒犯惊呆了。它仿佛变成了受了委屈的七年级学生，开始在一个名为"纽约负面陈述"的文档中秘密记录各路纽约人说的难听的话。[44] 它在一个又一个市议会听证会上为自己的立场辩护。可是唱反调的少数人并不买它的账。曾以为自己与亚马逊达成口头协议的西雅图市议员特蕾莎·莫斯克达前往纽约，告诉他们一切都要摆在纸面上。"当涉及公共政策制定时，这种类型的不良行为不应该被复制到其他城市，"她后来说，"他们需要知道我们在西雅图经历过什么。"[45]

几周以后，一切尘埃落定。有一天，围绕斯塔滕岛大型仓库 5 000 名工人的待遇问题，亚马逊与批评者展开谈判——为换取纽约批准亚马逊新总部的补贴，公司须允许工人自由组织。对亚马逊来说这太过分了。隔天，从记者成长为游说大腕的杰伊·卡尼致电纽约市市长比尔·德布拉西奥以及纽约州州长安德鲁·科莫，告知他们亚马逊正从纽约撤出。可事实并非完全如此：纽约仍将保留数千名白领亚马逊人，他们主要集中在曼哈顿西区哈得孙城市广场的一个新巨型开发项目里。但第二总部不会落地纽约了。对冲基金亿万富翁罗伯特·默瑟资助的一个团体在时代广场买下一块广告牌，把输掉这场竞赛的原因归咎于亚历山德里娅·奥卡西奥－科尔特斯："多亏了你啊，亚奥科！"

于是，比赛终究只产生了一位大赢家。亚马逊并未在华盛顿和北弗吉尼亚碰到它在纽约遭遇的阻力。也许是因为弗吉尼亚州提供的税收补贴只有大约 7.5 亿美元，相对还可以接受。也许是因为华盛顿有建筑高度限制，没有纽约那种由过度财富带来的、仿佛吃了激素般的林立高楼。也许是因为华盛顿少了一位亚奥科。

也许是因为贝索斯旗下的华盛顿都会地区的报纸对这桩交易的审查少过他们的纽约同行。《华盛顿邮报》一篇社论采用了这样的标题:《亚马逊HQ2:也许是华盛顿特区光明未来的发射台》。[46] 不过，还是有消息爆了出来，泄漏的电子邮件显示，阿灵顿地区官员绞尽脑汁替亚马逊排忧解难——甚至在公开听证会召开前，通知亚马逊当地政府计划询问什么问题——指望《华盛顿邮报》揭露这些是没戏了，多亏了一家本地商业杂志这些才被公众知晓。[47]

也有可能只是因为二者是一对绝配。尽管华盛顿拥有了新的财富，它在根子上还是一座政府型城市，它仍然缺乏内在的安全感；而拥有25 000名员工的亚马逊即将成为该地区最大的私营企业雇主，这恰恰能为华盛顿提供最充分的肯定:你看，亚马逊进驻，说明华盛顿彻底跨越了低劣的官僚主义根源。对于亚马逊来说，华盛顿都会区提供了它所要寻觅的技术人才，这里有所有国土安全信息科技承包商，它的云计算供应商对手也在这里，完成招聘任务易如反掌。

其他城市也可以提供这些条件，例如波士顿和奥斯汀。它们无法提供的，是与权力的亲近。亚马逊越来越无须担心竞争对手，它更需要担心的是政府，后者似乎正越发关注它缺少竞争对手的问题。这有助于解释为什么亚马逊在游说方面的季度支出很快超过400万美元，几乎是5年前的5倍，在科技巨头中仅次于脸书。十年间，亚马逊花在联邦政府上的资金累计达8 000万美元，尽管杰伊·卡尼坚称这些支出有着更多良性的目标。"我们可以为政策制定者和监管者提供资源和信息，"他告诉PBS电视台《前沿》纪录片工作组，"这不是传统意义上试图说服某人去做些什么的那种游说。我们只不过是回答问题、提供数据及信息。"[48]

斯蒂芬·莫雷特负责带领弗吉尼亚州竞标团队，他曾出席华盛顿经济俱乐部为贝索斯举办的晚会；在强调选择弗吉尼亚州的好处时，这支团队尽可能直截了当：他们为亚马逊绘制了一张地图，向它展示阿灵顿离美国联邦贸易委员会和司法部等关键机构和部门多么近，而这两个部门都在嘀咕着要审查亚马逊和其他科技巨头的主导地位。[49] 近水楼台的好处可以扩散开去：亚马逊人将在少年棒球联盟的看台上以及家长教师委员会的会议上，与华盛顿的无数监管者、反垄断律师、记者成为邻居和熟人，如此一来，他们更有可能以友好的眼光看待这家公司。

华盛顿地区为新总部提供了理想的选址。它将建在水晶城北部边缘，那里曾是一片废墟，20 世纪 60 年代初，沿着一号公路建起了许多办公楼。后来，那里占主导地位的军事承包商搬迁到其他地方，它陷入了沉寂。这个选址符合亚马逊的心意，这里离市中心的主要交通枢纽只有两站地铁，或者打一辆优步过河就能到；从这里步行即可到达里根国家机场，而且它离五角大楼非常近，只有三分之一英里，不过一站地，如果你想的话，你甚至可以跟对面打信号来谈国防合同。在亚马逊将要建楼的位置，大部分地产都归属同一家公司，在华盛顿经济俱乐部晚宴上，JBG 史密斯公司首席执行官曾致辞欢迎贝索斯的到来。

毫无特色也是该选址的一种资产：亚马逊可以像在西雅图南联合湖那样，在整块地盘里恣意放置它的企业品牌标志。实际上亚马逊甚至会给这个地方重新起个名字。从今以后，奉亚马逊敕令，水晶城和五角大楼城购物中心之间的区域将被称为"国家登临地"（National Landing）。没人知道这个名字究竟什么意思，但反正也

没人真的反对，那就叫国家登临地好了。❶

在麻雀角，比尔·博达尼让年轻人分发资料的第二天，30 多岁的男主管质问了他，禁止他在工作场合发放传单，不论是宗教、政治还是其他方面的，都不行。显然那位小伙子在发传单时不够谨慎。

主管说："怎么，你以为你是在工会商号还是哪？"

小博没搭茬，只是说他要去厕所。

他从厕所走出来的时候，主管在离门 10 英尺的地方等着他。

"你刚刚被扣了 15 分钟。"主管说。

"我干啥了？"小博问。

"你去上厕所了。"主管说小博在当班期间已经用完了分配给他的 20 分钟"休息时间"。

"你一定是在跟我开玩笑，"小博说，"我可没计时。你想让我怎么办，在厕所里打卡吗？"

小博豁出去了，当着他的面打卡下班。

"我这么跟你说吧，"他说道，"你不是让我培训这些人吗？行，我现在通知你：下周五是我在这上班的最后一天。"

现在正值节假日高峰期。虽然并没有提涨工资或者其他具体条件，他们还是想留住比尔。小博坚持了自己的决定。在离职前的最后一周，他注意到那个接过材料的年轻人不见了，同时消失的还有另一个开始谈论工会的年轻人。小博联系上头一个小伙子，得知他们被停职了，要到圣诞节后才能返回岗位。尽管亚马逊在

---

❶　一种说法认为，之所以如此称呼，是因为这里靠近华盛顿罗纳德·里根国家机场。

假期急需更多人手，但对煽动行为的惩戒不可怠慢。（亚马逊后来否认发生过任何类似的停职事件，声称"亚马逊尊重员工选择加入或不加入工会的权利"。[50]）

比尔不确定他和妻子在没有固定收入的情况下将如何过活，他希望自己能在朋友的摩托车修理店里找到足够的活计。但一切都已尘埃落定：在麻雀角工作了 50 年之后，比尔·博达尼最后一次在这里打卡。

繁荣瞬间涌来。国家登临地周边地区的居民本就过着舒适的生活，紧邻该地的 1.5 万人平均家庭收入为 13.8 万美元，如今一切都被推上新高。水晶城边上一套公寓挂牌了 90 天仍无人问津，中介准备将把它撤下来。2018 年 11 月，亚马逊要在此建立新总部的消息首次泄露时，公寓在一天之内就被售出，比原本的要价高出 7 万美元。

到 2019 年 4 月，将容纳亚马逊整个新总部的阿灵顿县，房产平均售价达到 74.2 万美元，比前一年增长了 11% 以上。弗吉尼亚州阿灵顿和亚历山德里亚邮政地址区域内简直一房难求。[51] 有意在亚历山德里亚中产阶层街区德尔雷购房的部分买家被告知，第二轮竞价只收现金。到了 8 月份，红鳍（Redfin）房地产经纪公司宣布，阿灵顿和亚历山德里亚已成为美国住房市场中竞争最为白热化的地区，一半以上的待售房屋可在两周内售出。该地区住房库存已降至 2006 年以来的最低水平，而当时正值金融崩溃前住房狂热的高峰期。在没有看到房子实况前，一名买家就花了 90 万美元买下北阿灵顿一条独头巷道里的一栋老房子，他打算把它推倒重建，认定自己会大赚一笔。当一位经纪人在亚马逊新总部以北的罗斯林街区发布"即将出售"的公寓预告时，有人在 5 分钟内就给她打了电话，恳求立即看房。[52]而在南边的费尔法克斯县，开发商正在兜售由洛顿管教所改建而成的豪华住宅单元，以往 90年里，这家监狱一直关押着特区的囚犯，而新居民未来可以沿着管教所路和突破口街散步。

这些还都是小打小闹，亚马逊几乎还没有动作。在 2019 年，它计划只为其临时办公室雇用 400 人。第二总部的新塔楼仍需建设许可。公司计划到 2030 年为新总部雇用 25 000 名员工。一旦时机到来，他们预计在整个地区间接制造 37 500 个工作机会，创造总计 65 亿美元的年收入，并将给弗吉尼亚州和地方政府增加 6.5亿美元的税收。[53]

当住房福利倡导者开始担心这个昂贵地区将愈加难以负担时，亚马逊宣布将捐出 300 万美元以支持阿灵顿地区的经济适用房。但该公司的杰伊·卡尼也向贝索斯名下的《华盛顿邮报》指出，解决住房问题主要是地方政府而非企业的责任。"我们希望成为解决方案的一部分，"他说，"我们希望与官员及其他人真正紧密合作……但作为一名公民，我并不想把政府职能交给私人企业。"[54]他没有提到的是，由于亚马逊公司完善的避税措施，各级政府履行职能的能力遭到了削弱。

水晶城平淡无奇的街景中弥漫着一种阴森的静谧，就像是漏斗云到来前低压的真空。亚马逊的先头部队员工和各种建筑承包商在人行道和广场上行走，他们不时抬头看看这栋要翻修的建筑，望望那栋待拆除的房屋。在与水晶城地铁站相连的那座陈旧的地下商场里，简陋的商店和快餐店员工正忙活着，然而他们没有丝毫留下来的机会。

一处全新的区域正在酝酿：从街道上可以看到地下商场中庭树立着一个巨型标志：大写的"登临地"（THE LANDING）。在其中一栋临时办公楼的地面空间里，餐饮人员正在准备一场鸡尾酒会，沙盒模型勾勒出即将被打造的繁华都市：里面有一家名为"克莱尔"的咖啡馆，一家名为"丹尼尔"的餐厅，一家名叫"挚爱工作室"的俱乐部。它看起来就像西雅图的南联合湖区，尽管那里主要的咖啡连锁店（在三个街区内有三家分店）不叫克莱尔咖啡。你无须怀疑是谁要入驻这个地区，他们已经宣布要为爱狗的亚马逊人打造一处"狗狗时光"宠物乐园，邻居们可以带着他们的狗前来交流。

9月中旬的一个周二，时钟将人们引向不久的将来。5 000人来到国家登临地，参加亚马逊公司为有意在总部工作的人举办的第一个"求职开放日"。在其中一栋计划中的新塔楼对面，绿地上搭起了大型白色帐篷，像婚礼用的那种。一栋新公寓楼与帐篷隔街相望，里面已经开了一家全食超市和一家芭蕾健身房。为了呈现时髦感，人行道栏杆和临时遮挡墙被画上色彩明艳的共享单车，以及一些随机排列的文字和短语，像是"明媚""假使"和"聆听静谧之音"。

开放日将持续5小时，不过，活动开始半小时后，入场队列就一路排到街上，经过了莱诺克斯俱乐部公寓，一直蜿蜒到街区拐角处的希尔顿逸林酒店。这条长龙显得非常多元化，肤色各异，着装各异：有人戴耳机，有人戴头巾，有人戴领结，还有人戴着棒球帽。有些人盯着前方；大多数人盯着手机。

扩音器发出了噼里啪啦的声音，没多久，队列被帐篷内舞台上的对话吸引，对话者之一是负责亚马逊公司"自有内容和渠道团队"的琳达·托马斯，该团队"为观众讲述我们公司的故事"，另一位对话者是负责人力的亚马逊副总裁阿尔丁·威廉姆斯。他们谈到亚马逊公司以及他们对申请人的期望。

"我们来这里正是奔着阿灵顿的人才。"副总裁威廉姆斯说道。

琳达·托马斯则指出："失败在亚马逊是一件有趣的事情，实际上我们鼓励失败。如果不经历失败，你就没有足够的尝试和雄心。"

"如果你不经历失败，你就没法伸展得更远。"威廉姆斯接着说。

"亚马逊显然是一家处处以客户为中心的公司。"托马斯女士说。

"我们是建设者，"威廉姆斯说，"我们有好奇心。我们有协作能力……学习以及保持好奇心。我有永远无法被满足的好奇心。"

他们谈到公司的 STAR 决策方法：情况（situation）、任务（task）、行动（action）、结果（result）。他们还谈到亚马逊的领导原则，谈到亚马逊的"第一天"文化。❶

一位房产公司的女士沿着队伍分发一本本光鲜的宣传小册，内容是该地区两个新住房开发项目："带露台四层联排别墅房屋，70 万美元起售。""都市联排别墅有天台带双车位。"

队伍当中有一位在职项目经理，不过他还是来求职开放日了。"这可是亚马逊呢，"他说，"没有人会拒绝机会。这些人里面有很多都有工作，可这毕竟是亚马逊啊。我就知道他们都会来的。"

这其中包括来自巴尔的摩的拉塔莎·布莱恩特。距离她从高中毕业已经过去 8 年，她迫切希望自己最终能拥有一番稳定的职

---

❶ "第一天"文化由贝索斯倡导，指始终以创业第一天的心态面对工作，时刻保持警觉，专注钻研消费者需求。

业。她从银行出纳员做起，后来还参与过一个为期 12 周的基础信息科技工作项目，为明日窗帘公司的承包商和巴尔的摩市政府咨询台提供服务。她花了一个半小时从巴尔的摩郊外的家中开车到国家登临地。"我愿意做出牺牲。"她说。

她知道巴尔的摩一直在角逐第二总部，而且希望它能胜选，但对它落选也不感到惊讶。"这么多年来，巴尔的摩一直停滞不前，"她说，"人们不敢对它做任何形式的投资。"

终于排到队伍前列，帐篷入口处为大家准备了移动厕所、一根香蕉和一瓶水。然而，走进帐篷后，面前是更多队列。一条长队审阅简历，另一条长队咨询面试技巧。排队行列较短的是那些提供岗位的部门，像是"亚马逊云计算服务""亚马逊商店""Alexa 语音智能购物""金融与金融科技"，等等。在帐篷其中的一面内墙上醒目地展示着杰夫·贝索斯的一句话："为你自己编织一个伟大故事。"

帐篷内的舞台上，两个身着亚马逊 T 恤的年轻员工坐在乳白色转椅上，展开新的对话。

"我简历的篇幅多长才好呢？"扮演求职者的年轻女子提问道。

"好的，我们来看看……假设你要列出 15 或 20 年的工作经验，我会把长度限定为最多三页，尽量把它保持在一到两页。"对方回答道。他叫瑞恩，穿着 Vans 板鞋，裸露着脚踝。

他指出，履历表列举出要点就很不错。

"我怎样才能让简历脱颖而出呢？"女子继续问道，"我听说过你们的领导力原则。怎么确保我是适合亚马逊的人呀？"

"多了解我们的领导力原则，"瑞恩回答，"回顾你的工作经验清单里面你参与过的项目或倡议，看看它们是否达到领导力原则里提到的专业水平。"

人们从帐篷里走出来，在阳光下眯着眼睛，手里拿着水瓶、一袋免费薯片或爆米花，以及一张橙色信息卡，上面写着"与我们携手共建未来"。

拉塔莎·布莱恩特感到很失望。她在亚马逊云计算服务和学徒项目这两个宣传摊位排过队。"他们应该设计得更个人化，"她说，"我们应当能和某个人坐下来，有 30 秒时间做自我介绍。这里更像是那种'嗨，这是一份传单'，然后就没别的了。他们告诉我去网上申请工作。"

沿着队伍往回走时，仍有数百人在排队等候。她走向自己的车，希望可以避开高峰，开回巴尔的摩。

基思·泰勒也在找砖块。不过，他的寻砖之旅不在巴尔的摩东部那些被拆除的排屋中，而是在麻雀角的大型垃圾箱里。

即使在新仓库出现之后，伯利恒钢铁公司的部分遗留物仍然散布在半岛外围的四周。现在，为了清除伯利恒最后的痕迹，拆除进度加快了，这让基思更加急切地希望恢复过去的痕迹。他在附近的埃奇米尔长大，在麻雀角高中上学；他岳父曾是镀锡薄钢板轧机上的一名技工。1989 年，32 岁的基思来到这里工作，此前他曾在军队中担任雷达技术员，也为几个国防承包商工作过。"那时候我说：'我才不来这儿呢。'当然，我最后还是来这儿工作了。"他成了伯利恒的一名电力工程师，利用他的计算机背景对 68 英寸热轧机进行现代化改造。和比尔·博达尼差不多，他很珍惜兄弟般的情谊，这让他想起了服役期间和战友们形成的羁绊。"成为伯利恒钢铁公司的钢铁工人是一种荣誉，"他说道，"我们是一个大家庭。我们互相照应。"

他从 20 世纪 90 年代末便开始察觉到种种衰落的迹象：男厕所里缺少卫生纸，越来越多的人边上班边嗑药——于是他开始为自己寻找"逃生通道"。1999 年，他开始备考教师执照，一年后，他从工厂离职，在附近的帕塔普斯科高中教授计算机维修课程。

2006 年的一天，他正在北角大道上骑自行车，为许愿基金会（Make-A-Wish）的铁人三项赛做准备，一辆车蹭到他的肘部，然后一直向右漂，司机仿佛根本没有看到他。为了向右转弯，车子在他前方很近的地方突然停下。基思撞上了那辆车，而且撞得很严重。这次事故让他患上了椎间盘突出和神经损伤。2008 年，他从教学岗位上退了下来，度过了几年低潮期。

某一天，他正在麻雀角高中遛狗，伯利恒钢铁迅速而彻底的清理所带来的惆怅袭上心头。他想："我眼睁睁地看着我所有的过往和传承都被带走。"于是他为人生找到了下一个任务：他将成为伯利恒记忆的守护者。"当一扇门关上，就会有另一扇门打开。我的脑袋受了伤，但我醒了过来，在我醒来的那一刻，我突然有了各种各样的想法。"

他成立了"麻雀角－北角历史协会"，开始收集他所能得到的那个失落世界的每一处遗迹。"麻雀角是一部历史，如果没有伯利恒钢铁，现在的霸主就是日本和德国。麻雀角拯救了美国。"

这正是引导他翻找垃圾箱的原因。他知道在某个地方，有一些砖块，它们来自麻雀角最重要的一座建筑——取代 19 世纪 90 年代原建筑的那座建于 20 世纪 30 年代的行政主楼。他想找回这些砖块，把它们用在他计划的项目上：它们将为同样从麻雀角抢救出来的灯柱充当底座，这些由太阳能供电的灯柱将穿过麻雀角高中运动场，亮起文字展示麻雀角和伯利恒的历史。他给这个项目起了一个名字，叫"希望灯塔"。

他的运气不算太好。当他决定去找这些砖块的时候，拆迁承包商已经把成堆的普通垃圾倾倒在砖块上面。但他没有片刻犹豫。12 月的一个寒冷日子里，他开着卡车来到麻雀角，穿过那片曾经是一座小镇的空地。诡异的是，导航仍然记得这片空地曾是一座网格化小城的所在地，语音提示着昔日的地址："D 街到了……C 街到了"。他戴上手套，爬上垃圾箱，把里面的东西扔进离他刚好只有 10 英尺远的另一个垃圾箱。他扔过去一大卷塑料排水管、一台直播电视公司的天线接收器、火球威士忌瓶、轩尼诗酒瓶、一个油罐，还有一顶安全帽。在这一天结束时，他实现了他设想的第一步。这里有几千块砖头，对他的项目来说绰绰有余了。

"我一直在思考,怎样才能回馈学校呢？"他说,"我非常高兴,接下来还有很大的工程要做，但我真的很高兴。"他看着对面曾经的 68 英寸热轧机所在地，那里如今伫立着一个巨大的仓库。一个大大的红色货运集装箱放置在附近的草地上，上面写着"中国海运"。

站在垃圾箱里的基思·泰勒看着仓库边上的大字笑了起来。"成就（Fulfillment）。每个人都渴望成就。很多人的灵魂漂移在路上，他们不知道自己想要什么样的生活。"他说道。

他找到了自己的新使命。然而，麻雀角的新业主明显缺乏合作精神，他们似乎急于抹去这座半岛往昔的身份，把它变成一个全能的物流中心，这给基思的新使命增加了难度。在接下来的一年里，这些新业主宣布要在此设立一个风力涡轮机储存设施、一个城市农业合作社，还有更多为家得宝和 F&D 家装公司服务的仓库。他们不仅在 2016 年将麻雀角更名为"大西洋贸易角",并且,对于基思的项目,他们并不太乐意像一些本地公司和组织那样施以资助。"他们弄走了所有东西,"他说,"他们只想让一切都消失。"在基思看来,这违反了他在丹尼尔·布尔斯廷书中读到的格言。这位历史学家、前美国国会图书馆馆长写道:"不了解过去却试图为未来做计划,如同试图将鲜切花种在土壤上。"他很喜爱这句话。

在节日季点燃"伯利恒之星"的仪式,是麻雀角的新主人愿意对怀旧做出的让步之举。最初,他们把这颗 28 英尺宽、1.5 吨重的金属星星挂在污水处理厂上方,基思和其他人指出,这表明他们有多么不重视这个象征:"他们把它挂在厕所上!"最后,他们把它移到了一个相对有尊严的地方:水塔。

日落时分,车辆陆续抵达,由一队合同安保人员引导着进入停车场。不到 100 人聚集在一个开放的白色帐篷下。基思·泰勒来了。小比尔·博达尼也来了。圣诞音乐响起。5 年前,由于会众减少,邓多克三所不同的路德教会合并为新光路德教会。今天,这家本地教会的多名成员到场为大家提供自制饼干和咖啡。道恩·迪特尔是其中一员,她父亲从 17 岁起退休,在麻雀角工作了47 年。"我做梦也没想到,伯利恒钢铁公司会在我生命中的某个节点变成回忆,"她说,"一切都不同以往了。他们给的薪水没法达到钢铁工人当年的工资水平,但起码会带来就业机会。"

大西洋贸易角企业事务高级副总裁艾伦·托马尔基奥对客人表示欢迎。"2018 年无疑是非常忙碌的一年,我们推进了打造全球物流和商业中心的愿景。"

他向巴尔的摩县新任行政长官小约翰尼·奥尔谢夫斯基致意。

"我想请他上台，由他带领你们为点亮伯利恒之星做倒数。"他说的是"你们"而不是"我们"。这个词强调了大西洋贸易角举办这个仪式，是在帮他们一个忙。

奥尔谢夫斯基走上台。他发言道："天气也许很冷，但我们的精神充满了温暖，我对大西洋贸易角的未来感到无比兴奋。"

几周后，亚马逊宣布，为了赶上圣诞节，在仓库倒塌造成物流中断后，巴尔的摩地区将于 12 月 18 日恢复 Prime Now 会员即日达业务。2018 年冬假日季，亚马逊的利润首次超过 30 亿美元，它在节前在线销售中的份额增加了一半，比以往任何时候都更胜过竞争对手。到年底，它在美国的 Prime 会员超过 1 亿人，即将渗透到一半以上的美国家庭。新的一年开始一周后，亚马逊首次成为世界上估值最高的公司。

人们开始倒数，伯利恒之星点亮。但片刻之后，它又熄灭了，过了 20 分钟才重新亮起，原来是断路器出了问题。游客开车离去，经过保安，经过那些庞大的新建筑，经过 DCA1 仓库，灯火通明中，伴随节日蜂拥而至的业务量让工人们手忙脚乱，但比尔·博达尼已不在那里。

北弗吉尼亚的一些角落尚未被数据中心占领，包括利斯堡西南部那一片连绵的农田和葡萄园。2019 年 4 月下旬一个阳光明媚的工作日，数据中心行业在那里的石塔酒庄举办了一场夜宴，庆祝第一届弗吉尼亚数据中心领导奖。

这像是一场酝酿已久的庆典。多年来，华盛顿和北弗吉尼亚的科技行业一直在半隐蔽状态下发展，它们不断扩张，却又藏匿在不透明的数据中心大楼和玻璃办公隔间上的缩略名背后。而如今，随着亚马逊将第二总部设在北弗吉尼亚与华盛顿交界处的阿灵顿，人们终于意识到，多年来当地正一步一步地成为新的科技之都。沾沾自喜也没什么不合适。

客人们乘坐最新型号的轿车和SUV到来：有几辆雷克萨斯和宝马，至少有一辆捷豹，它们从15号公路转到猪背山彩弹射击场的标志处，沿着土路蜿蜒而上。其中一辆雷克萨斯的弗吉尼亚州车牌十分醒目，上面只有数字2，那是该州参议员专用车牌。

车主是珍妮特·豪威尔，她在州参议院工作了27年，是出席晚宴的十几位现任和前任州议员之一；参会人员当中还包括州众议院议长。弗吉尼亚州民选领导人的强势露面进一步肯定了科技行业的区域主导地位。目前，劳登县已设立70多个数据中心，总面积超过1 450万平方英尺，另外还有450万平方英尺正在开发中。威廉王子县则拥有34个数据中心，投资总额达69亿美元。这些建筑开始向南部和西部更远处蔓延，据说仅亚马逊就在弗吉尼亚州运营着至少29个数据中心，并计划再建11个。[55]微软用7 300万美元在劳登县购买了332英亩土地，用于建造大规模新集群。

客人们走下楼梯，来到配置了长条酒吧的大房间，参加由亚马逊和微软赞助的欢迎酒会：这两家公司正争夺五角大楼的巨额合同，而在五角大楼最终将合同授予微软后，它们将继续在法庭上展开斗争（亚马逊将辩称，合同受到特朗普总统对"亚马逊《华盛顿邮报》"所有者个人敌意的影响）。他们端起酒杯，移步到宽阔的露台上，露台外，夕阳缓缓落在向西延伸的一排排葡萄架上。

来宾几乎是清一色的男性，几乎全是白人。很难相信这是该行业首次举办这种类型的活动：这里涌动着定期聚会的气氛，圈内笑话和办公室话题的嗡嗡声笼罩着会场。

黄昏降临，客人们被召唤到露台旁的餐厅里。每张桌子都被指定给某个赞助商，离舞台的距离区分出级别。亚马逊云计算服务和微软在第一排，谷歌和道明尼电力公司则占据了中间的第二黄金位置。

座席也显示了政客的等级：亚马逊云计算服务的桌上坐着房间里最资深的州议员珍妮特·豪威尔，多年来，她为促进该行业发展做了很多工作，她在自己的网站上夸耀说，她有时被称为"技术参议员"。作为来自费尔法克斯县的民主党人，她在州府里土满最有权力的五个委员会中任职，包括负责税收和减税的财政委员会。今晚，她坐在彼得·赫希贝克和劳里·泰森之间，前者任职于亚马逊云计算服务能源项目，后者是亚马逊云计算服务在整个美国东南地区的首席说客。

晚宴后，豪威尔和其他几位议员一起上台参加了"公共部门"分组讨论，议题是近期里土满对数据中心行业的可能影响，比如州政府对各种税收优惠政策的恼人审查。该小组的主持人提醒观众，弗吉尼亚州是第一个为数据中心提供税收优惠的州，通过免除在该州的销售和使用税，弗吉尼亚每年为这个行业省下 6 500 万美元。在介绍过程中，三名前议员因推动税收优惠立法而受到单独致谢。

接下来，豪威尔轻描淡写地谈到即将到来的审查，并向观众保证，她和台上的其他议员将保护他们的利益。"台上的三四位都是数据中心爱好者。"她说。

"我们当中有三人在州议会上代表弗吉尼亚不同地区和不同党派，但我们都真正致力于让这个行业在弗吉尼亚州取得成功，并确保各位的发展与繁荣。"

豪威尔最后赞扬了数据中心作为巨大能源消费者的作用，并表示它们正在引导该州向可再生能源供电转型。然而，最近一份环境报告得出了相反的结论——弗吉尼亚州数据中心的绝大部分能源仍然来自不可再生资源，大部分来自煤炭。[56] 在亚马逊数据中心不断增长的能源消耗中，只有 12% 来自可再生能源，落后于微软和脸书，但领先于谷歌。在全国范围内，每花费 10 亿美元修建数据中心，在 20 年内就会消耗 70 亿美元的电力。[57] 在全球范围内，每年数据中心的支出已经超过 1 000 亿美元。

在能源消耗话题上，杰夫·贝索斯相当不以为然——这就是我们需要登月的原因。"地球上的能源将被耗尽，"几周之后，他这么说道，"通过算术计算就能知道这一天迟早要来。"[58] 几年前，该公司曾考虑为消费者提供"绿色"购买选项——允许有更多的时间交货以减少碳排放，但由于担心这可能导致总体购买量下降，公司放弃了这个打算。[59] 在总部员工的强烈抗议下，有 8 700 人签署了一份请愿书，要求公司解决气候变化问题，因此贝索斯在 2020 年年初承诺自掏腰包，投入 100 亿美元，用于尚待确定的项目。此外，亚马逊公司还会在全球运营 91 个太阳能和风能项目，足以为 68 万个家庭供电，并在全球范围内投资 1 亿美元用于造林。

豪威尔议员并未提到数据中心依赖煤炭的那份环境报告，也没有提到数据中心不断增长的能源需求。

"数据中心正在推动弗吉尼亚州进入可再生能源的未来，"她总结道，"我在此衷心感谢诸位，因为你们推动我们去做了政府该做的事，是商业界推动我们朝向这个方向发展，我们的下一代将为此感激你们。"

房屋拆除工作现在集中在最东边，像是蒙特福德大道上美国铁路客运公司线路以北和北方大道以南破落的街区，靠近那条延伸至巴尔的摩公墓的东西向大干道。最近，施工人员在蒙特福德大道 1500、1600 和 1700 街区推倒了超过 15 栋排屋。其中一些（不过并非所有）屋子的材料可供回收。

在 1500 街区，一位老妇人坐在门廊上，看着对面曾经存在过房屋的那片空地。65 年前，她从佐治亚州赖茨维尔来到这座城市，从此一直生活在这个地方。"他们在做什么我并不担心，"谈到拆迁时她说，"善良的上帝会照顾我的。"

在 1600 街区，一位名叫特蕾莎的年轻女士从一座严重破损的房屋中走出来，旁边原是一长排新近拆除的房屋，如今空地上只留下几株小树苗、一个垃圾箱和一个沙发垫。她要告别的这座房子建于 1920 年，布满了被遗弃的痕迹：下方的窗户被木板封住，上方的窗户残缺不全。

但它并没有空置。特蕾莎的父亲在这里住了 8 年，34 岁的特蕾莎大部分时间都和男朋友住在其他地方，但她会顺便过来拿换洗衣物。她双手拎得满满：一个棕色纸袋里装着一罐开了盖的麦芽酒，一个塑料手提袋，一包香烟。她穿着塑料靴，5 个月前，在"试图踢前男友屁股"时弄伤脚踝后，她就穿着这靴子。她说她真的踢了。

她和小比尔·博达尼一样上的帕特森高中，毕业后，她努力在一所营利性职业学校获得了药品技师资格证。她曾经在沃尔玛上班，负责给货架上货，在这之后她 5 年没工作了；她申请了残疾津贴。她说："我的男朋友们会照顾我。"

她父亲最近收到了一份驱逐令，限期 90 天，这座房子很快也将被推倒。他并不介意离开，她说，"他真的想真正离开这个街区，他没问题。"

她很遗憾看到这么多房子被一笔抹去，但也只是遗憾而已。"它们必须被推倒啦，"她说，"它们建了很久了。它们老了。现在是时候了。这里见证了巴尔的摩的历史，所以有点伤感，但有些事情需要一个句点。有些东西必须被抛弃。"

在新空地的另一端，老大卫·约翰逊正在加固北面相邻房屋的砖石结构，这座房屋没有被列入计划拆除名单。他用的是 8 英寸灰泥砖，尽可能模仿原来的砖墙。

约翰逊从他父亲那里学会了砌砖。他对拆除善后工作感到矛盾。他一方面为自己的高级泥瓦匠技能感到自豪，一方面也觉得自己成了一名共犯。"40 年前，这里每座房子都有人居住，"他说，"你会觉得自己是在为枯萎和破坏做贡献。"

"这里的情况富于偶然性，"他继续说，"这个社区里的人，他们看到自己的社区被打上拆除的标记，也会感到自己的价值被削弱。所以你得用爱和关怀对待这些砖房，让人们觉得你在为社区做贡献。我尽量注重每一处细节，像是社区过去所做的那样。你在这里转一圈，就会发现不同的社区有不同的细节，我尽我所能，让它们恢复如初。"

在 1700 街区，一名开着自卸货车的施工人员正在努力填平地面上的缺口，沿拉法耶特大道经过蒙特福德一直往港口街的方向，大约有 9 座房屋被拆，在地面留下了这些缺口。推倒房屋的挖掘机仍矗立在现场。穿过蒙特福德街，在拉法耶特大道十字路口的西南角，有 4 个年轻人在贩卖毒品，施工队距离他们不过 20 英尺，但他们好像没看见似的。每隔 5 分钟左右，就有一辆汽车或卡车停下，把钱交给其中一名年轻人，然后继续往前开。

在拉法耶特大道和港口街交叉口，乔治·杰克逊坐在助行器的小板凳上看着大坑里的卡车，他的狗杰克则在街上来回走动。"他们花了很长时间才把房子拆完，"他说，"没人住在里面。只有老鼠在里面安家。"

他头戴一顶卷檐软呢帽，身穿背心，裤子上的纽扣松开了。出生在南卡罗来纳州的他今年 88 岁了。他家在拉法耶特大道上的隔壁街区，一住就是 52 年。他养育了 5 个孩子。他曾在伯利恒钢铁公司的船厂工作，不是麻雀角那家，而是在港口另一侧的船舶修理厂。当船厂在 1982 年关闭时，他时薪 12 美元，换算成今天的价格，差不多 32 美元。

一名白人男子像瘾君子那样拖着脚走过。在杰克逊的助行器附近，地上有个破碎的注射器盖子。拉法耶特大道另一边有一排喷漆，上面写着："李尔·韦恩，愿你安息"。这个街区叫东百老汇，2019 年，它见证了全市最高的凶杀案增幅，从 4 起增加到 12 起。"人们从前都住在这附近，"杰克逊说，"所有房子都住满了。现在他们全走了。"

"砖与板"抢救出来的木材被运往巴尔的摩市中心的新总部，清洗、码堆。砖块则被运到城市另一端，存放在西巴尔的摩一个僻静的老旧石头库房内，该组织从一家处理城市大部分回收废物的公司那里租下这个仓库。砖块被倾倒在地上，堆得很高，有的地方有 20 英尺高。它们会被放到传送带上，送进仓库内一个小型密封空间里，由现场 6 名工人确认它们是否可回收。

那些可以重新利用的砖块会被交给其他工人，他们用最基本的工具，一把刷子、一把锤子，修整这些砖块。那些不堪用的砖块则直接经过传送带送进一个料斗中，碾压成填料后，由卡车运回拆除现场填平地面。工人当中不少人加入 Humanim 时都有案底在身，他们的起薪是每小时 11.57 美元；老员工时薪则接近 20 美元。

泥土被清理干净后，砖块就会被装上货盘，每盘 540 块，用塑料膜包好。马克斯·波洛克的任务，就是卖掉它们。

2019 年 7 月 16 日，美国众议院司法委员会反垄断、商业和行政法小组委员会在国会山召开听证会，以"在线平台和市场权力"为题展开讨论。这是一个不同寻常的时刻：在多年来目睹了一小撮公司成长为线上生活和商务主导者之后，两党国会议员突然对这种主导地位的程度表示关切。

他们的担忧并非心血来潮。几年来，一批数量精悍却富有成效的思想家和活动家一直在阐述这些公司主导地位的性质及其代价。这些人包括地方自立研究所的斯泰西·米切尔，她记录了这些公司对小型企业、地方社区以及整体民主制度的影响。她认为："这些公司创造了一种私人政府模式，通过专制加强对商业和信息主动脉的控制。"[60] 还有莉娜·汗，尚在法学院念书时她就写过一篇开创性论文，说明反垄断执法如何未能解决有野心的新垄断企业、特别是亚马逊的威胁。[61] 她认为，监管机构只关注公司是否提高了消费价格，却并未关注它们是否在市场和整个社会中造成了更广泛的扭曲，这是不对的。她认为，通过掠夺性定价，以及主导在线平台的结构性优势，亚马逊正在扼杀竞争，即便人们眼下似乎从更低的价格中受益，但随着时间推移，消费者将面临更低质量的产品和更少的选择与创新。她举例说，亚马逊在 2010 年收购了竞争对手网站 Diapers.com 持有者 Quidsi 电子商务，靠的

是把自家的尿布远远低于成本价出售，令对手陷入绝境。为了消灭竞争对手，损失数千万美元好像也无妨。❶

　　她的论点受到一个名为"雅典娜"的新联盟的欢迎，这个联盟包括几十个工会和活动团体，像是"仓库工人资源中心"，该中心多年来一直代表圣贝纳迪诺山谷的数千名亚马逊工人与公司做斗争。甚至连亚马逊的一些创始员工也产生了严重的疑虑。"我认为，把亚马逊定义为一个无情的竞争者很确切，"在亚马逊公司成立之初就与贝索斯一起参观了圣克鲁兹的程序员谢尔·卡潘指出，"在客户至上的幌子下，他们可以做出很多事情，这对非客户而言可能不是好事。"⁶²美国联邦贸易委员会、司法部、几个州政府和欧盟委员会都曾调查该公司的活动。

　　接着，四大巨头——亚马逊、谷歌、脸书和苹果的高管被传唤，就一个基本问题作证：他们是否扩张得太大，因此对国家不利？"开放和竞争性互联网的飞速发展彻底改变了我们的生活、工作、商业和整个世界。数以百万计的全新高薪工作被创造出来，更多的信息获取推动了民主和社会进步的更新。"小组委员会主席、罗得岛州民主党人大卫·西西林认为，"这些美国公司中的每一家都为国家贡献了巨大的技术突破和经济价值。它们是在微薄的预算下、在卧室和车库里创办的，是我们国家核心价值观的证明。但是，为了促进和延续这种新经济，国会和反垄断执法者放任这些公司在几乎没有监督的情况下自我监管。结果，互联网越来越集中，越来越不开放，对创新和创业释放越来越大的敌意。"

---

❶ 2021年6月15日，美国总统拜登任命莉娜·汗为联邦贸易委员会主席，负责反垄断工作。随后，亚马逊向委员会提出申请，以莉娜·汗对亚马逊怀有偏见为由，希望她回避涉及该公司的调查。

他指出，亚马逊控制了近半数美国电子商务，现在，有一半美国家庭拥有亚马逊 Prime 会员账户，亚马逊最接近的竞争对手易贝（eBay）控制的线上商务市场不到 6%。他引用斯塔西·米切尔的话："强大的线上守门人不仅控制着市场准入，还与依赖它们的企业直接竞争。"他指出，即使有迹象表明数字领域的创新和竞争在不断减少，自美国司法部对微软提起具有里程碑意义的垄断案以来的 20 年里，没有出现过任何一起指控线上市场反竞争行为的诉讼。"这次听证会不仅仅关乎今天站在我们面前的这几家公司，而是为了确保我们有条件让下一个谷歌、下一个亚马逊、下一个脸书和下一个苹果成长和繁荣起来。"

轮到亚马逊公司的纳特·萨顿发言时，这位"竞争问题助理总法律顾问"对该公司占主导地位的说法提出直接质疑。他指出，亚马逊只控制了全球零售市场总额的 1% 和美国零售市场总额的 4%。"亚马逊的使命是成为地球上最以客户为中心的公司。我们的核心理念牢牢扎根于客户需求。我们不断寻求创新，为客户提供最佳体验。"他说，"亚马逊经营着多样化的业务，从零售和娱乐到消费电子和技术服务。在每一个领域，我们都面临着来自成熟竞争对手的激烈竞争。例如，零售业到目前为止仍然是我们最大的业务，它与人类的商业经验一样古老。长期以来，它的特点就是各个层面的激烈竞争，并且将会继续如此。"

委员会成员持怀疑态度。他们询问，除了亚马逊，第三方卖家是否真的有在网上销售商品的任何可行的替代方案。他们问及亚马逊不断提高在其网站上销售商品的费用——每 1 美元销售额平均收取 27 美分，5 年来增加了 42%——这就像一种由亚马逊收取的电子商务税金。[63] 他们问及该公司对违反条款的卖家的惩罚——中止账户交易、撤销商品页面，将其冻结在市场之外。

他们还关注到亚马逊电子商务的内在冲突，他们的平台掌握着近一半的线上销售，但他们自己又在平台上出售自家产品。他们问道，亚马逊是否在页面上更靠前的位置推广自己的产品，或以远远低于成本的价格来打压竞争对手，以及它是否利用销售数据来推出自家的热销商品系列，从而令自家产品享有特权。"当人们在你的网站上销售产品时，你是否会跟踪哪些产品最为成功，你是否在之后上线过竞品？从本质上讲，你拥有如此庞大的数据库，不是吗？"来自西雅图的民主党人普拉米拉·贾亚帕尔问道，尽管她代表亚马逊公司的发源地，但她在批评这家公司时毫不客气。"亚马逊是否会追踪这些数据，然后创造出与那些最受欢迎的品牌直接竞争的产品？"

"我们在创造自有品牌产品时不使用任何特定的卖家数据。"亚马逊的萨顿如是回应。

西西林持怀疑态度，片刻后他追问道："亚马逊在自己控制的平台上销售自己的产品，它们在市场上与来自零售业——其他卖家的产品竞争，对吗？"

"我认为这种做法在近几十年来的零售业中很常见，"萨顿回答，"大多数零售商在他们的商店里提供自己的产品以及第三方的产品，而且——"

"但是——但是，萨顿先生，不同的是，亚马逊是一家价值万亿美元的公司，它经营着拥有实时数据的在线平台，有数百万购买量，有数十亿规模的商业活动，它可以在平台上操纵算法，以有利于自己的产品，"西西林指出，"这与本地零售商可能既卖西维斯药房产品又卖别的全国性产品可不一样。我的意思是这非常非常不一样。你的说法是，亚马逊与其他卖家在线竞争时不会使用卖家数据。你们确实收集了大量关于什么产品受欢迎、什么产品正在销售以及在哪里销售的数据。你的意思是说，你们不会采取任何方式使用这些数据来推广亚马逊产品吗？"

"让我来回答——谢谢。"萨顿说。

"那让我提醒您，先生，您可是宣誓要说实话的。"西西林说。

"我们——我们使用数据来服务客户，"萨顿回答，"我们不使用个体卖家的数据来与他们直接竞争。"

10 个月后，《华尔街日报》的报道将直接反驳萨顿的证词。[64] 该报发现，在亚马逊推出几乎相同的产品之前，亚马逊员工曾多次调用特定流行产品（从汽车后备箱置物架到办公室椅子坐垫）的相关文件和数据。这正像斯泰西·米切尔和独立办公用品经销商协会主任迈克·塔克这样的倡导者一直在警告小企业时所提到的。国会议员对这种言行不一感到愤怒，他们要求杰夫·贝索斯本人亲自出席小组委员会作证。贝索斯在 2020 年 7 月作证时，小组委员会获得的记录显示，亚马逊实际上将其网站上的第三方卖家称为"内部竞争对手"，而不是它公开宣称的"合作伙伴"。贝索斯在证词中承认，该公司将购物者引向为亚马逊运输服务付费的卖家，这有助于推动亚马逊在与其他物流公司的竞争中获得巨大收益，但削弱了公司作为中立市场的主张。

3 个月后，也就是 2020 年 10 月，众议院小组委员会民主党工作人员发布了一份长达 449 页的报告，介绍对科技巨头主导地位的调查，并呼吁国会采取行动拆分这些公司。"简而言之，那些曾经潦倒的、挑战现状的创业公司，已经成为石油大亨和铁路大亨时代最终出现的那种垄断性企业。"报告称，"这些公司掌握了太多权力，这种权力必须受到控制，必须服从适当的监管和执法。我们的经济和民主正受到威胁。"

　　某一天，马克斯·波洛克驱车前往华盛顿拜访一些客户。他的第一个目的地在马里兰州，是坐落在富有的波托马克郊区的一座大房子。那里有一家"特色甜甜圈"咖啡馆，供应的品种很多，像是南瓜香料拿铁焦糖布蕾甜甜圈、盐渍炼乳焦糖酱甜甜圈和焦糖苹果派甜甜圈。这家店坐落在华盛顿特区西南滨水区的水岸码头，游客可以乘坐摩托艇或游艇到达此处。水岸码头耗资 25 亿美元重建，包含 4 家酒店、1 375 套豪华公寓、一些不接受现金支付的餐厅以及近 100 万平方英尺的办公区域；在一个名为"火炬"的盆里，火焰蹿上 12 英尺，不停跳跃。

　　然后是查普曼马厩。这是特鲁克斯顿环路社区的一座大型新公寓楼，靠近纽约大道和北国会街交叉口。几十年前，这一区住着很多黑人和工薪阶层。南面是一个叫"心之所向"的公共住房项目，目前它正被拆除，计划由托尔兄弟豪宅建设公司重新开发，他们承诺为被迁移的原居民留出 136 个单元。附近的寺苑住房项目已于 2008 年被拆除，取而代之的是一座停车场。[65] 他们本应在附近那座 2M 新公寓楼建成后再拆除寺苑项目的，这样后者的居民就可以直接搬到新楼里。但最终在旧楼拆除和新楼完工间出现了 10 年空白，那些失去住所的人早就不在了。整个地区的豪华公寓楼如雨后春笋般涌现，其中一座叫"贝尔加德"的公寓毫不掩饰自负之情：它西面的大招牌上大写着"高尚生活"（LIFE IN HIGH REGARD）这几个字。

　　事实上，查普曼马厩曾经是马厩和煤场所在地，开发商在营销中竭力利用这种古早味。在高端公寓楼里，几乎没什么历史结构会保留下来，但开发商对这个问题提出了简单的解决方案："砖与板"。他们从巴尔的摩购买了不下 6 万块砖，贡献了马克斯·波洛克最大的一笔订单。现在他正在参观这个即将完工的建筑群，拍一些照片。

进入大楼时，他在巨大的内墙中看到了他的砖块。在俯瞰院子的墙上也看到了。单元户里也有，嵌在 40 块砖高、17 块砖宽的大墙上。一间样板房里配备了豪华的博西电器和一些奇怪的装饰，比如从书上撕下随机页面、用绳子绑在一起的艺术小册子。

这些 700 平方英尺的公寓单元售价 50 万美元，较大的公寓则高达 100 万美元。"你能想象吗，50 万美元？"马克斯说，"对华盛顿来说是很便宜，但 50 万美元就买个开放式单人间，跟个宿舍房间一样。"他难以想象，什么样的年轻人买得起这样的公寓。

许多人负担不起，因此，华盛顿特区陷入了住房危机。这里眼下的争辩同样也出现在纽约、波士顿、西雅图和旧金山，人们讨论是限制租金还是增加供应。奇怪的是，这些辩论没有提到更广泛的背景——这些城市变得如此昂贵，原因在于这个国家的大部分增长和繁荣都集中在如此少的地方——如果更多财富和活力扩散到其他城市和城镇，这些赢家城市里的人也能过得更好。

人们很难负担价值 50 万美元的小小公寓，这些公寓用 40 英里外被拆毁的房屋中的砖头来做装饰，那些老旧破屋只要一两万就能买到。更为分散的经济模式，有可能为失宠的建筑和人口不足的社区带去活力，或许会为巴尔的摩那些空置房屋带去买家。但现实恰恰相反，一个巨大的悖论正向前狂奔：一座城市正在枯萎、正被废弃，衰败在蔓延，而在一小时车程之外，另一座城市，拥堵和排外正不断加剧。一座城市急于拆除三层楼的排屋，而在另一座城市，人们得花 100 万美元才能买到同样的三层排屋。

它们被视为完全不同的两个世界，但它们又相互联系，也许有一个方案能同时解决两个世界的问题。拆散那些巨头，它们不仅将财富集中在自己身上，而且将财富集中在他们选择居住的地方。繁荣应当更广泛地扩散在这片巨大的土地上，分散到众多城市和城镇之中——做不到平均，但却足以恢复一些平衡，打消一部分世界的怨恨和绝望以及另一部分世界的焦虑和自满。

马克斯很清楚，住在查普曼马厩的大多数人并不知晓这些砖块的来历。他们可能会认为它属于本地的原始建筑，毕竟它是座"历史性"大楼。

这让他有点烦恼。临走前，他在一楼的主廊上停了下来，从地板延伸至天花板的那面长长的墙上有一组多彩的砖块。其中掺杂着一些华盛顿特区的砖块，很容易认出，因为它们布满孔洞，质量很差。但墙上大部分砖块都来自巴尔的摩。

他甚至能辨别出它们分别来自哪条街道。

橙色的砖块来自蔡斯街。

花样最老式的砖块来自联邦街。

带竖线的款式来自芬威克大道。芬威克的房子大约建于 1915 年，当时的炉子能够用更高的温度烧砖。堆放砖块的方式让其中一部分得以更多地暴露在高温下，这才形成了芬威克砖上的线条。

拍好要的照片后，是时候离开了。离开这座城市，回到他现在称之为家的地方，总会让他松一口气。

加班 劳动节

2020年，复活节前的那个周六，我从巴尔的摩家中出发，前往马萨诸塞州皮茨菲尔德，那是我长大的地方。虽然马里兰州由于新冠疫情实行了居家禁令，我还是决定去看望我的父母，我已经有好几个月没有见到他们了，这次见面很必要。为了保持安全距离，我打算在其他地方过夜；我们计划在复活节周日一起出门走走。

傍晚时分，我驱车离开巴尔的摩。在美国东部沿海地区，95号州际公路这条交通走廊常常出现拥堵，而如今的它比我从前所见要空旷。头顶上的数字化公路标志闪烁着"保全生命，倡导居家"的标语。我从来没有在战区附近待过，但我想它可能有点像现在的感觉——只有最必要或最愚蠢的旅行者会在外出没，而余下的整个世界把自己蜷缩起来。

只是这个战区里没有运兵车或弹药运输车。取而代之，只能看到一辆又一辆卡车。在路上为数不多的车辆中，大多数是牵引拖车，而它们之中绝大多数属于亚马逊。我数了数，在巴尔的摩和新泽西州南部之间 100 英里的路段上，有 20 多辆亚马逊卡车，那段路太暗，看清车上的标识不太容易。过去几年里，我在全国各地的旅途中遇到过许多亚马逊货车。但我从未如此密集地见到它们。

如果说我们正处在一场对抗新型冠状病毒的战役之中，那么亚马逊就充当着我们的运兵车。在这场战役里，动员起来发动攻击，意味着全线撤退和自我隔离，而亚马逊正在为这种动员服务，把所有东西送到人们家里，让人们维持居家生活。一下子，通过网络满足需求成了一种公民义务，成了一种比我们本身还重要的事业。于是，（至少对某些人来说）一种曾经需要三思的便利行为如今被赋予了正义感。"一键下单"，人们借此拉平疫情的曲线。

大量快递纸箱抵达家门。通常，为了防止快递被送货员染上病毒颗粒，它们会在门廊或车库里待上一两天。隔离期过去，箱子才进到人们家中。

箱子的数量那么多，订单也多得不得了，以致这家以无以伦比的物流运作而闻名的公司，一度难以跟上下单的速度。亚马逊宣布要补充 10 万名仓库工人，几周过后，再扩招 7.5 万人。公司告知买家和第三方卖家，那些"不太重要的订单"将延期处理。最令人吃惊的是，它暂时下线了一些旨在让购物者从网站上多购买商品的网络功能：这一回，亚马逊竟然不鼓励人们多花钱。[1]这家公司放眼未来，可当它真正成为终极商店时，它却没有准备好。至少现在还没有。

紧急手段是暂时的。以往的购买激励再度回归，非必需品也不做限制。人们发现，亚马逊实际上正通过算法来寻找新方法，促使产品制造商在其网站上多独家销售，放弃其他零售商。[2]随着 2020 年春季这场全国性危机高峰期过去，后果水落石出。这场大流行催动美国生活中一系列发展进入超高速轨道，这情形仿佛一团乱蓬蓬的电影胶卷。

新闻机构早就被硅谷抢走了大部分广告费用，而现在又因为商业停滞而失去了仅剩的收入——为了生存，许多机构裁撤整个新闻编辑部，或是让员工轮班。因此，新闻机构都陷入了人手不足的困境，报道新冠大流行的大新闻时如此，报道明尼阿波利斯另一个大新闻——乔治·弗洛伊德之死引发抗议活动——时也是如此。到了8月份，情况变得更加糟糕，以至于连锁报业公司论坛集团宣布永久关闭实体新闻业务，包括《纽约每日新闻》《奥兰多哨兵报》和《阿伦敦晨报》。《阿伦敦晨报》曾于2011年报道了工人在当地亚马逊仓库因热衰竭而昏迷的事件。12月，论坛报业关闭了《哈特福德报》办事处，《哈特福德报》曾是康涅狄格州规模最大的报纸，也是美国最古老的连续出版物。

一些传统零售公司在过去20年的动荡中幸存下来，然而现在它们正走向灭亡。杰西潘尼百货、尼曼百货和服装品牌 J. Crew 申请破产。梅西百货暂时关闭了所有775家门店，解雇了几乎全部的12.5万名员工；股票在两个月内下跌75%之后，它被从标准普尔500指数中剔除。亚马逊在西雅图的邻居诺德斯特龙百货宣布裁员数千人。美国所有的小型独立企业也同样面临广泛损失。总的来说，到2020年年底，预计有2.5万家零售商店倒闭，让近期大规模闭店数量增至疫情前的3倍。[3]

与此同时，几十年以来一直在重塑经济趋势的那部分公司，却正在扩大规模并取得更大成功，与全国各地的经济大出血完全相反。到2020年5月底，短短两个月内，五大科技公司（苹果、脸书、微软、亚马逊和谷歌母公司 Alphabet）总市值惊人地增长了1.7

万亿美元，增幅达 43%。现在，仅这 5 家公司的总值就达到标准普尔 500 指数的五分之一。而且它们的规模只会变得越来越庞大：它们总计坐拥 5 570 亿美元现金。[4] 它们利用这些现金支持新的收购，在相对较小的竞争对手缩减研发支出时，五大科技公司将研发费用提高到近 300 亿美元，这笔支出超过了美国国家航空航天局（NASA）的整体预算。[5] 贝拉克·奥巴马的前顾问、经济学家奥斯坦·古尔斯比写道："此刻不寻常的是，不同类型的公司在经营状况方面存在极大差异。许多最大的公司资金充裕，而较小的竞争对手的状况却从未如此不稳定。"[6]

亚马逊是赢家中的赢家。在整体零售额暴跌的情况下，它第一季度销售额比上年同期增长了四分之一以上。2020 年 4 月中旬，正值大流行接近最致命的时期，亚马逊股票却在大涨，其年内涨幅超过 30%，而贝索斯的净资产在短短两个月内增加了 240 亿美元。7 月下旬，亚马逊宣布其第二季度利润翻了一番，销售额比一年前增长了惊人的 40%。受此消息影响，公司股价一路飙升：9 月初，其年内涨幅达 84%，是其他科技巨头涨幅的 2 倍以上。在给投资者的一份说明中，一位行业分析师提到："简单来说，在我们看来，新冠疫情为亚马逊注入了一种生长激素。"[7]

为了处理激增的业务，亚马逊在当年 1 至 10 月间在全球范围内增加了超过 42.5 万名员工，其在美国的非季节性员工总数达到 80 万，全球总数则超过 120 万（这个数字还不包括配送包裹的 50 万名司机），比前一年增加了 50%，目前仅次于沃尔玛和中国石油。[8] 为了安置这些工人，亚马逊掀起了一场建筑和租赁狂潮，在 9 月启用了 100 座建筑，到 2020 年年底增加了近 1 亿平方英尺的仓储空间，扩容率大约为 50%。仓库并不是这家公司唯一需求旺盛的部分：由于每天数以亿计的人类互动转移到线上，亚马逊数据中心正在为视频会议软件公司 Zoom 这样的客户扩容。

仲夏时节，亚马逊宣布了它在新冠疫情期间获得的巨大利润，而就在同一天，美国商务部报告称，美国经济萎缩了近 10%，达到有记录以来最大季度跌幅。换句话说，在美国整体陷入最低谷的时刻，亚马逊却比以往任何时候都要繁荣：这家公司和它所在国家的命运完全背离。

这种深刻的命运不平衡在很大程度上促成了这个时代的政治动荡。而且，随着 2020 年这个可怕年份接近尾声，对新当选总统拜登和即将上台的政府而言，他们面临的首要任务之一显然是决定如何解决这种分歧。美国将难以承受放任它继续扩大的代价。

虽然新冠大流行加剧了财富和权力在一些支配性最强的公司中的集中程度，我们还是可以去设想一些途径，也许能在全国范围内更广泛地分散繁荣和活力。曼哈顿的高档公寓楼几乎完全空置，一些逃离城市的纽约人正考虑永久搬离。有人说，大流行可能意味着办公室时代的终结，我们终于可以在任何地方自由工作了。如果不再需要到市中心的大楼里报到，为什么还要花大价钱在大城市里待着呢？为什么不搬到北部安静的小村庄，甚至到雪城、伊利或是阿克伦生活呢？

这些想法固然浪漫，闪耀着单纯时代的光环，正是在那个时代，塞缪尔·格伦巴赫把儿子和女婿派往宾州小城市开拓家族企业。但这种想法却与各种残酷的经济现实背道而驰。数字经济产生了赢家通吃型公司和城市，很难想象大流行的封锁带来的数字化"跃进"不会加剧赢家通吃的局面，科技巨头以及与之相关的城市进一步巩固了它们的市场力量。脸书公司抓准时机，租下了纽约宾夕法尼亚车站对面那座不朽的前邮局大楼，将全部 73 万平方英尺改建成办公空间。亚马逊则宣布，它将在曼哈顿第五大道前罗德与泰勒百货旗舰店增加至少 2 000 名白领员工，这毫不令人惊讶。西雅图目前有 50 000 多名亚马逊员工，而该公司宣布，到 2025 年在华盛顿湖对面的贝尔维尤再添 25 000 名员工——就这样，西雅图都会区将吸收相当于北弗吉尼亚整个第二总部综合体规模的员工数量，进一步巩固它一早建立的长期繁荣。虽然最富裕城市的租金和公寓价格开始从平流层高位回落，但对纽约郊区的办公园区和公寓社区、西部滑雪胜地的房产和汉普顿学区的需求不断增加，这表明任何漏下的好处，都将原原本本地留在赢家通吃型大都市及其卫星城镇范围内，绝不会渗透到更远的小城去。

与此同时，联邦政府新冠救援计划只向人口超过 50 万的城市提供市政援助，小型城市财政状况将进一步恶化。已经有迹象表明，餐馆和酒吧关闭对圣路易斯和底特律等地伤害尤为明显，这些地方迟来的复兴曙光部分得益于萌动的夜生活选择。[9] 到了 8 月份，美航宣布停飞国内 15 个中小城市的航班，势必进一步加速这些城市的孤立和衰退。

这就是说，大流行带来的最严重损失，将落在那些最缺乏缓冲余地的地方。对个人的影响也是如此。在拉斯维加斯，公职人员在停车场沥青路面上画上框，试图让睡在那里的无家可归者保持 6 英尺距离。在新泽西州泽西海滩，一家名为"满足"（Fulfill）的食品银行需求增加了 40%，为有需要者提供了超过 36.4 万份额外餐品。2020 年秋季，在全美范围内，时薪高于 28 美元群体的就业水平已恢复到大流行前的水平，而那些时薪低于 16 美元的人，只能眼睁睁地看着四分之一以上的工作岗位被削减。[10]

在代顿，再度遭遇汽车事故的托德·斯沃洛斯班也没法上，纸板厂的工作也丢了。大流行开始前，他在离他和萨拉及孩子们住处不远的一家大力水手炸鸡餐厅工作，从代顿往南开车需要半个小时。疫情暴发时，他的工作时间被削减，餐厅仅提供开车取餐服务，而萨拉则在他们的小家里努力为孩子们提供家庭教育。生活压力之下，后果可想而知：5月份，他们再次分手，两人同意分享孩子的监护权。大力水手炸鸡拒绝把托德的时薪提高到11美元，他感到沮丧。到了10月，他在毗邻亚马逊小型配送中心的轮胎仓库找了一份与物流相关的工作，亚马逊配送中心现在出现在全国各地。他时薪13美元，几乎比肩做纸板工人时的收入。

往东走150英里，在纳尔逊维尔，泰勒·萨平顿在得州牛排屋的工作时间也被大幅削减，他决定接受当地仅存的克罗格连锁超市的新工作，担任收银员，工资比上一份少三分之一。他在镇上还有个新职位：他赢得了市镇审计师选举，这是个带薪兼职。其他人可能会觉得替自己监督的纳税人扫码收银是件尴尬的事，但泰勒并不在意。还有其他事情要担心，比如有人从人行道上抠下一些星形砖块拿到黑市出售，在镇上留下了一处处令人悲哀的秃坑。县里的企业一家接一家倒闭，包括贾里德身亡时所在的那家红宝石星期二餐厅，它现在空荡荡地伫立在阿森斯的商业带上。

这场危机对埃尔帕索的桑迪·格罗丁也造成严重打击。办公用品销售额在4月份下降了65%，为了安全起见，他几乎让所有人都留在家中。但他获得了联邦政府的小型企业贷款，当地一个学区在5月份向他订购了一大批学习用品，发放给所有远程学习的孩子。他赢得这份合同的部分原因在于，他的企业与亚马逊不同，能够按年级和教室分配用品，以便学区分发。在镇子对面，冈达拉家在危机开始时也陷入了可怕的困境。特蕾莎·冈达拉说道："所有东西都缺货。我们掉进了坑里。"但他们随后做出调整。铅笔筒办公用品公司发现了巨大的需求缺口，向所有在商店空手而归的人和在网上遭遇抬价的企业及家庭提供清洁和卫生用品。

在西雅图，凯蒂·威尔逊和公交乘客联盟的其他成员参加了乔治·弗洛伊德之死引发的部分抗议活动，这些活动最终导致"自治区域"的诞生：它位于市中心附近时髦的国会山社区中心地带，不允许警察入内。抗议活动激发了凯蒂的活动家精神，但她曾在强大的反对者面前吃过亏，所以并未抱有太高期望。"这些事很酷，"她说，"但这并不是革命。"

在华盛顿特区，城市周边的大型抗议活动吸引了亚马逊公共关系业务负责人杰伊·卡尼等人的眼球。他在推特上发布了一张在白宫附近的自拍照，照片上的他戴着墨镜、面罩，穿着一件印有"黑人的命也是命"的 T 恤衫。

在巴尔的摩，一位叫谢拉·梅尔顿的 26 岁女子正要决定是否回亚马逊工作。在怀第二胎之前，也就是在大流行到来的时候，她一直在前通用汽车厂所在地的布罗宁公路仓库当拣货员。丈夫也是一名拣货员，但工作地点在另一个亚马逊仓库——麻雀角，他也请了假，因为那里出现了很多新冠确诊病例。

最初，作为对这种流行病的反应，亚马逊宣布它正在为缺乏医疗保险的临时工和合同送货司机建立慈善基金，并鼓励公众为此捐款。这个举动遭到一些人的嘲笑。它还承诺向任何确诊员工提供两周带薪假期，并向任何想留在家里以预防疾病的人提供无薪假期，他们不会因为缺勤而受到惩罚。它为那些继续工作的员工提供了临时性的 2 美元时薪奖励。它为到场的工人设立体温检查和病毒检测站。公司还发放口罩，提供洗手液和消毒剂。

在科罗拉多州桑顿仓库，赫克托·托雷斯目睹着这些措施生效。有一天，一小队清洁工来到这里，他们的打扮看起来就像《捉鬼敢死队》里的套装。平时轮班时的集体拉伸动作被取消了，这让体力劳动变得更加危险，现在他们不得不在没有同伴的情况下单独作业，比如要独自把箱子装进卡车。最令赫克托不安的，是与公司总部员工的对比，他们被允许、而且被鼓励在家办公。仓库的预防措施显得如此不足，因此他决定继续住在地下室，一直住到夏天。几个月来，他甚至没有拥抱过妻子和孩子；陪伴他的只有家中的猫狗。"我们不坐在一起，不一起做任何事。"他说，"我会假设我每天都接触到某些东西。"

与此同时，新员工不断到来。有几个人的背景和他差不多：一个是前工业工程师，一个是前诉讼律师，还有一个原来是房地产公司老板。"我在身边看到的是很多没得选的人。"他说，"我们变成了经济难民。"其他许多工人相当年轻，赫克托会与他们交谈，敦促他们尽快前进。"时间不等人，"他告诉他们，"你们还年轻，趁着还有得选的时候，就离开仓库吧。"

在亚马逊位于法国的仓库，工会对安全措施的要求迫使其停工数周，最终经过协商，亚马逊同意在不减薪的情况下将轮班时间减少 15 分钟，以便在拥挤的换班时间提供更多社交距离。而在没有工会的美国仓库，人们发泄不满情绪的方法不尽相同。在仓库摄像头看不到的地方，拖车上多出了一些涂鸦，诸如"欢迎来到地狱""干啊贝索斯"之类。工人们在网络上分享他们的不安，在一些仓库，他们组织了抗议活动，这场大流行也许将开启工作场所斗争运动的新时代。

为了阻止事态进一步发展，亚马逊采取了一些行动。公司解雇了一名在斯塔滕岛大型仓库组织罢工的工人，声称他与一名被感染的工人接触，并在自我隔离期间进入了仓库，此举违反了安全协议。公司还解雇了两名西雅图总部员工，他们曾声援抗议的仓库工人。

要制衡如此规模、如此强大的公司及其同行业巨头，需要的不仅仅是工人的斗争行动。联邦政府必须有所作为。拜登的胜选，表明这个时代的政治趋势将会延续：民主党人加强了对富裕郊区的控制，而在曾选择特朗普的农村地区和小型城镇中，他们的努力收效甚微。对民主党来说，不祥的迹象表明，随着他们转变为受过高等教育的城市专业人士的政党，白人工薪阶层社区支持率的下降趋势正在向西班牙裔选民和黑人男性选民群体蔓延。

拜登、他的新政府及国会中的民主党人，将决定是否去挑战该党在科技行业的长期天然盟友，来真正修复这种侵蚀及其背后巨大的阶级和地区失衡。某种意义上，民主党一边代表中上阶层消费者，一边代表为他们打包和运送货物的人。要维系这样的联合，着实是一项挑战。

到了4月下旬，大流行已经有几个月了，无薪休假津贴即将到期。如果谢拉·梅尔顿的丈夫想保住工作，就必须回到仓库上班。谢拉自己也得做出决定，最近她做起了优步司机，她想把这份工作坚持下去，不回亚马逊。驾驶网约车时，她可以开着窗户、不停消毒，比在仓库的高压旋风中更容易控制与病毒的接触。"我不确定我想不想回仓库上班，"她说道，"至少当优步司机让我比较安心。"

谢拉和家人住在巴尔的摩郊外，这片住宅区同样属于特朗普女婿贾里德·库什纳的家族房地产公司，距离送货卡车撞死 7 岁女孩的地点只有 1.5 英里。附近一名年轻女性最近因为背部过度劳损从亚马逊仓库离职。这片建筑中，有越来越多的人正在或曾经在亚马逊工作，这些住宅区仿佛成了新的公司城镇，它们取代了麻雀角过去以字母命名的街道，这些环路和死胡同现在叫"飞鱼路"或是"潮汐道"。

在五一劳动节，有传言说全国各地的亚马逊仓库工人将举行大规模罢工。但是，布罗宁公路履单中心外没有任何骚乱迹象，那里的大型停车场似乎比以往任何时候都要饱和，而在相邻的分拣中心，倒塌的墙壁已经重建，一半空间现在被用来包装即日达服务要交付的食品杂货和家庭用品，它们的需求量很大。

麻雀角仓库外也没有任何劳动节罢工迹象。前一天，公司宣布将很快在麻雀角开设第二家仓库，并增加 500 名工人负责打包和运输体育设备及家具等大件物品。它将选址定在一个更长的建筑里，在以前棒材和钢丝厂的位置。这些新工人属于该州新增的 4 400 名工人的一部分，此前亚马逊已在马里兰州雇用了 17 500 名工人，雇员总数正越来越接近上世纪中期伯利恒钢铁公司在麻雀角的员工数目。

通往如今这个仓库的停车场路牌上仍然写着"锡钢路"。它唤起了人们对另一个时代的记忆，当时，这个国家正处于战争状态——真正地处于战争状态——并在很短时间内在这里建造了 100 多艘船，包括海军舰队油轮、攻击运输船和运矿船，并且为无数的船只生产装甲板和火炮锻件。70 年后的今天，为了给卫生工作者提供足够的防护设备，这个国家正努力重建供应链。

　　一名男子站在人力资源承包商"职业操守"公司的招聘办公室外，提交工作申请后，他等着乘坐从打车平台 Lyft 上叫到的车回家。今年 33 岁的他正在申请人生中第一份正式工作。成年后，他大部分时间都在巴尔的摩市中心西侧的列克星敦市场附近卖海洛因和芬太尼，以此为生，但这种活计在大流行期间更加困难：商店都关门了，老主顾们无法像从前那样偷东西出来卖，也就没钱维持他们的"嗜好"。"你偷不了东西，你什么都做不了，"他说，"肯定到处都很艰难。哪里都没钱。"

　　于是他来到了这里，走上了每个人似乎现在都在走的这条路。"我还有一个伙计正考虑给亚马逊开车。每个人都想来亚马逊工作。"

　　他不确定要怎么靠仓库工资过活，但他真的别无选择。"这份活儿肯定不好做。肯定不比从前了。"他说。

　　"我得改变我做一切事情的方式了。"

致谢

本书的最初构想可以追溯到十多年前，正是我的经纪人劳伦·夏普以及我的编辑亚历克斯·斯塔与我在 2017 年和 2018 年的谈话，帮助我确定了重点和结构。要是没有他们的鼓励和判断，这本书可能永远不会成形。丽奈特·克莱梅森也在早期提供了关键的助力，2017 年，她曾邀请我在密歇根大学奈特－华莱士新闻奖学金典礼上做演讲，促使我开始为本书的论点构建框架。

我得以为本书的相关研究走遍全国众多地方，离不开一路上许多人的帮助。在西雅图，我受益于吉恩·约翰逊和雷尼·约翰逊的热情款待；以及卡梅科·托马斯、费利克斯·恩古苏和蒂亚·杨为我引见当地中央区居民；此外还有玛格丽特·奥马拉、迈克·罗森伯格、伊桑·古德曼、劳拉·卢、尼克·利卡塔、卡里·穆恩以及迈克·麦金提供的见解。在俄亥俄州代顿市，我的探索得到了 2018 年 PBS《前沿》纪录片中以该市为背景的合作者的帮助，他们分别是南希·盖琳、范·罗伊科、希门·多安和弗兰克·寇汉。在巴尔的摩，我从 J. M. 乔达诺、比尔·巴里、德瑞克·蔡斯、兰·辛德尔以及马克·瑞特处了解到麻雀角的背景及相关介绍；派拉特公益图书馆的工作人员乐于助人，为我提供了帮助；此外还有瓦莱丽·许，她在我为这本书跨州旅行时报道了一场活动。在华盛顿特区，我得到了马克·穆罗、克拉拉·亨德里克松、格雷格·勒罗伊、马特·斯托勒、本·齐佩勒还有马歇尔·斯坦鲍姆的宝贵指点。

　　在此过程中，我受益于斯坦福大学麦考伊家庭社会伦理中心的支持，在琼·贝里的组织下，该中心举行了一场评论研讨会，与会者包括罗布·赖希、艾莉森·麦奎恩、莱夫·韦纳尔、米歇尔·威尔德·安德森、萨拉·弗里施、芭芭拉·基维亚特、迈克尔·卡汉、玛丽特·沙克、亚伦·弗里、加兰斯·伯克、科林·安东尼以及戴安娜·阿吉莱拉。为本书初稿提供评论的还有富兰克林·福尔、马克·范霍纳克、斯泰西·米切尔、内森·皮彭格、亚当·普伦基特、西蒙·范祖伦－伍德、迈亚·弗雷泽、小佩里·培根、阿维·泽尼尔曼、贝瑟尔、塞思·索耶斯，以及阅读特别细致的瑞秋·莫里斯。

　　在我的编辑亚历克斯·斯塔的指导外，本书在后期还得益于希拉里·麦克兰德，她认真核查了相关事实；还有文字编辑苏珊·凡埃克，以及制作编辑伊恩·范·瓦伊和凯莉·谢的协助。近年来，拉里·罗伯茨、尼克·瓦奇弗、查尔斯·霍曼斯、瑞秋·德莱、威林·戴维森和安·胡尔伯特等人巧妙编辑了作为本书部分基础的多篇文章。

　　我感谢 ProPublica 的斯蒂芬·恩格尔贝格和罗宾·菲尔兹，他们为我提供了编写本书所需的鼓励与时间。我感谢我的母亲英格丽·麦吉利斯和姐姐露西·麦吉利斯，是她们向我灌输了对地方的依恋，从一开始就激励着这本书的呈现。我感谢我在巴尔的摩的家人，他们是我写作期间善解人意的伙伴，他们是：我的儿子哈里和约翰，我的妻子瑞秋·布拉什。最后，如果没有我的父亲——记者唐纳德·麦吉利斯为我树立终生榜样，我就无法承担这本书的重任，他在骤然离世前不久最后一次阅读了本书书稿。

注释

引言 地下室

1 Hector Torrez is a pseudonym, as is the name, Laura, given for his wife. These pseudonyms are intended to protect this worker from retaliation by Amazon, where he was still employed at the time of publication. No other pseudonyms are used in this book.

2 Joe Rubino, "Amazon's Gamble on Finding 1,500 Workers for Robotic Warehouse in Thornton May Not Have Been a Gamble After All," *The Denver Post*, March 20, 2019.

3 Ese Olumhense and Ann Choi, "Bronx Residents Twice as Likely to Die from COVID-19 in NYC," *The City*, April 3, 2020.

4 Joshua Chaffin, "Elmhurst: Neighborhood at Center of New York's COVID-19 Crisis," *Financial Times*, April 10, 2020.

5 Ellen Barry, "Days After Funeral in a Georgia Town, Coronavirus 'Hit Like a Bomb,' " *The New York Times*, March 30, 2020.

6 Robert Manduca, "Antitrust Enforcement as Federal Policy to Reduce Regional Economic Disparities," *The Annals of the American Academy of Political and Social Science* 685, no. 1 (September 2019): 156–171.

7 Robert Manduca, "The Contribution of National Income Inequality to Regional Economic Divergence," *Social Forces* 98, no. 2 (December 2019): 622–648.

8 Eduardo Porter, "Why Big Cities Thrive, and Smaller Ones Are Being Left Behind," *The New York Times*, October 10, 2017.

9 Phillip Longman, "Bloom and Bust," *Washington Monthly*, November/December 2015.

10 Greg Ip, "Bloomberg Puts Geographic Inequality on the 2020 Agenda," *The Wall Street*

Journal, January 8, 2020.

11　Justin Fox, "Venture Capital Keeps Flowing to the Same Places," *Bloomberg Opinion*, January 8, 2019.

12　Manduca, "Antitrust Enforcement," 156.

13　"Democrats Clamor Again for Rent Control," *The Economist*, September 9, 2019.

14　E. J. Dionne, "The Hidden Costs of the GOP's Deficit Two-Step," *The Washington Post*, October 21, 2018.

15　Carol Morello, "Study: Rich, Poor Americans Increasingly Likely to Live in Separate Neighborhoods," *The Washington Post*, August 1, 2012.

16　Gustavo Grullon, Yelena Larkin, and Roni Michaely, "Are US Industries Becoming More Concentrated?" *Review of Finance* 23, no. 4 (July 2019): 697–743.

17　Brian S. Feldman, "The Real Reason Middle America Should Be Angry," *Washington Monthly*, March/April/May 2016.

第一章　社区

1　Jonathan Raban, *Hunting Mister Heartbreak* (New York: Vintage, 1998), 254.

2　"City of Despair," *The Economist*, May 22, 1971.

3　Charles D'Ambrosio, "Seattle, 1974," in *Loitering: New and Collected Essays* (Tin House Books, 2013), 31.

4　For an evocative account of the Great Migration route from Louisiana, Texas, and Oklahoma to the West Coast, see Isabel Wilkerson's *Warmth of Other Suns* (New York: Vintage, 2011).

5　Quintard Taylor, *The Forging of a Black Community: Seattle's Central District from 1870 Through the Civil Rights Era* (Seattle: University of Washington Press, 1994), 14.

6　Taylor, 35.

7　Taylor, 194.

8　Quin'Nita Cobbins, Paul de Barros, et al., *Seattle on the Spot: The Photographs of Al Smith* (Seattle: Museum of History and Industry, 2017).

9　Paul Allen, *Idea Man: A Memoir by the Cofounder of Microsoft* (New York: Penguin, 2011), 117; and James Wallace and Jim Erickson, *Hard Drive: Bill Gates and the Making of the Microsoft Empire* (New York: Harper Business, 1993), 138.

10　Allen, 116.

11　Wallace and Erickson, *Hard Drive*, 133.

12　Wallace and Erickson, 136.

13　Allen, *Idea Man*, 146–147.

14　Allen, 147.

15　Taylor, *The Forging*, 203.

16　Taylor, 204.

17　Taylor, 205.

18　Taylor, 206.

19　Taylor, 209.

20　Tyron Beason, "Total Experience Gospel Choir's Last Days," *The Seattle Times*, October 1, 2018.

21　Peter Blecha, "Total Experience Gospel Choir (Seattle)," HistoryLink.org, June 4, 2013, https://historylink.org/file/10391.

22　*The Total Experience*, directed by Tia Young and Andrew Elizaga (Seattle: Baby Seal Films, 2019), documentary film.

23　Richard L. Brandt, *One Click: Jeff Bezos and the Rise of Amazon .com* (New York: Portfolio, 2012), 46.

24　Brandt, 55.

25　Brad Stone, *The Everything Store: Jeff Bezos and the Age of Amazon* (New York: Little, Brown, 2013), 28.

26　Jim Brunner, "States Fight Back Against Amazon.com's Tax Deals," *The Seattle Times*, April 9, 2012.

27　Brandt, *One Click*, 57; and Stone, *The Everything Store*, 31.

28　Raban, *Hunting Mister Heartbreak*, 254.

29　"Jeff Bezos at the Economic Club of Washington (9/13/18)," CNBC livestream, https://youtube/xvvkA0jsyo.

30　Geoffrey West, *Scale: The Universal Laws of Growth, Innovation, Sustainability, and the Pace of Life in Organisms, Cities, Economies, and Companies* (New York: Penguin, 2017), 323.

31　Enrico Moretti, *The New Geography of Jobs* (New York: Mariner Books, 2013), 66.

32　Brandt, *One Click*, 60.

33　Stone, *The Everything Store*, 55.

34　D'Ambrosio, "Seattle, 1974," 33.

35　Gene Balk, "Seattle Hits Record High for Income Inequality, Now Rivals San Francisco," *The Seattle Times*, November 17, 2017.

36　Mike Rosenberg, "Seattle Home Prices Have Surpassed Los Angeles, New York and San Diego in the Last Four Years," *The Seattle Times*, August 29, 2018.

37　Mike Maciag, "The Most and Least Kid-Filled Cities," *Governing*, November 13, 2015.

38　Gene Balk, "50 Software Developers a Week: Here's Who's Moving to Seattle," *The Seattle Times*, June 11, 2018.

39　Harrison Jacobs, "A Walk Through Seattle's 'Amazonia' Neighborhood," *Business Insider*, February 14, 2019.

40　Tyrone Beason, "Will Seattle Figure Out How to Deal with Its New Wealth?," *The Seattle Times*, July 6, 2017.

41　Tan Vinh, "The $200 Martini: Seattle's Frolik Launches 'Millionaires Menu,' " *The Seattle Times*, April 11, 2018.

42　Meghan Walker, "Wizard Pub and Wand Shop Coming to Old Ballard," My Ballard, August 24, 2018, https://myballard.com/2018/08/24/wizard-pub-and-wand-shop-coming-to-old-ballard/.

43　Robert McCartney and Patricia Sullivan,"Amazon Says It Will Avoid a Housing Crunch with HQ2 by Planning BetterThan It Did in Seattle," *The Washington Post*, May 3, 2019.

44　Mike Rosenberg, "WillAmazon's HQ2 Sink Seattle's Housing Market?," *The Seattle Times*, November 12, 2018.

45　Noah Buhayar and Dina Bass, "How BigTech Swallowed Seattle," *Bloomberg Businessweek*, August 30, 2018.

46　Keith Harris, "Making Room for the Extraeconomic," *City* 23, no. 6(November 2019): 751–773.

47　Jena McGregor, "Why Amazon Built Its Workers a MiniRain Forest Inside Three Domes in Downtown Seattle," *The Washington Post*, January29, 2018.

第二章　纸板

1　Mark Bernstein, *Grand Eccentrics: Turning the Century—Dayton and the Inventing of America* (Wilmington, OH: OrangeFrazer, 1996), 23.

2　Bernstein, 27.

3　Bernstein, 8–9.

4　Curt Dalton, *Dayton Through Time* (n.p.: Arcadia, 2015), 42.

5　Author interview with a retired schoolteacher who grew up in West Dayton, Ohio, January 2018.

6　David H. Autor, David Dorn, and Gordon H. Hanson, "China Shock: Learning from Labor Market Adjustment to Large Changes in Trade," National Bureau of Economic Research Working Paper 21906, January 2016, https://nber.org/papers/w21906.pdf.

7　Dan Barry, "In a Company's Hometown, the Emptiness Echoes," *The New York Times*, January 24, 2010.

8　Steve Bennish, "Industrial Power Use Plummets," *Dayton Daily News*, September 25, 2011.

9　Steve Bennish, *Scrappers: Dayton, Ohio, and America Turn to Scrap* (self-published, 2015), 7.

10　Janet Adamy and Paul Overberg, "Affluent Americans Still Say 'I Do.' More in the Middle Class Don't," *The Wall Street Journal*, March 8, 2020.

11　Alec MacGillis, "The Great Republican Crack-Up," *ProPublica*, July 15, 2016.

12　Leigh Goodmark, "Stop Treating Domestic Violence Differently from Other Crimes," *The New York Times*, July 23, 2019.

13　Chris Stewart, "Coroner Investigates 145 Suspected Overdose Deaths in Month," *Dayton Daily News*, January 31, 2017.

14　Annie Gasparro and Laura Stevens, "Brands Invent New Lines for Only Amazon to Sell" (graph accompanying article), *The Wall Street Journal*, January 25, 2019; and Scott Galloway, *The Four: The Hidden DNA of Amazon, Apple, Facebook, and Google* (New York: Random House, 2017), 27.

15　Ben Casselman, "As Amazon Steps Up Tax Collection, Some Cities Are Left Out," *The New York Times*, March 25, 2018.

16　Louis Story, "As Companies Seek Tax Deals, Governments Pay High Price," *The New York Times*, December 1, 2012.

17　Joe Vardon, "Tax-Credit Requests to State Panel on Long Winning Streak," *The Columbus Dispatch*, August 21, 2013.

18　From emails obtained by a public information request from the Ohio Development Services Agency in June 2019.

19　From emails obtained by a public information request from the City of Monroe, Ohio, in April 2019.

20　Kara Driscoll, " 'Project Big Daddy': How Monroe Landed Amazon's Next Fulfillment Center," *Dayton Daily News*, October 5, 2017.

21　Jo Craven McGinty, "A Nation Awash in Cardboard, but for How Long?," *The Wall Street Journal*, August 8, 2019.

22　Heather Long, "This Doesn't Look Like the Best Economy Ever," *The Washington Post*, July 5, 2019.

第三章　安全

1　Alec MacGillis, "Much of Stimulus Funding Going to Washington Area Contractors," *The Washington Post*, December 3, 2009.

2　Carol Morello and Ted Mellnik, "Seven of Nation's 10 Most Affluent Counties Are in Washington Region," *The Washington Post*, September 20, 2012.

3　"Private School Confidential," *Washingtonian*, October 2018.

4　Robert G. Kaiser, *So Much Damn Money: The Triumph of Lobbying and the Corrosion of American Government* (New York: Vintage, 2010), 43.

5　Kaiser, 62.

6　Kaiser, 67.

7　Kaiser, 71.

8　Author interview with Kenneth Schlossberg, April 20, 2020.

9　Kaiser, *So Much Damn Money*, 98.

10　Jacob S. Hacker and Paul Pierson, *Winner-Take-All Politics: How Washington Made the Rich Richer—and Turned Its Back on the Middle Class* (New York: Simon & Schuster, 2011), 117.

11　Hacker and Pierson, 116–119.

12　Kaiser, *So Much Damn Money*, 115.

13　Kaiser, 140.

14　Author interview with Schlossberg.

15　Author interview with Schlossberg.

16　Alec MacGillis, "The Billionaires' Loophole," *The New Yorker*, March 7, 2016.

17　David Montgomery, "David Rubenstein, Co-Founder of Carlyle Group and Washington Philanthropist," *The Washington Post*, May 14, 2012.

18　Montgomery.

19　Michael Lewis, "The Access Capitalists," *The New Republic*, October 18, 1993.

20　MacGillis, "The Billionaires' Loophole."

21　Olivia Oran, " 'Obama Not Anti-Business': Carlyle's Rubenstein," Reuters, October 11, 2013.

22　Dana Priest and William Arkin, "Top Secret America," *The Washington Post*, July 19, 2010.

23　Priest and Arkin.

24　Priest and Arkin.

25　Annie Gowen, "Region's Rising Wealth Brings New Luxury Brands and Wealth Managers," *The Washington Post*, December 17, 2012.

26　Alina Dizik, "High-End Dining for the High-Chair Set," *The Wall Street Journal*, April 3, 2018.

27　Justin Jouvenal, "Planned Palace Upset Some Neighbors in Tony D.C. Suburb," *The Washington Post*, April 23, 2012.

28　John Heltman, "Confessions of a Paywall Journalist," *Washington Monthly*, November/ December 2015.

29　Jeremy Peters, "Tests for a New White House Spokesman," *The New York Times*, March 16, 2011.

30　Philip Bump and Jaime Fuller, "The Greatest Hits of Jay Carney," *The Washington Post*, May 30, 2014.

31　Daniel Markovits, *The Meritocracy Trap* (New York: Penguin, 2019), 57.

32　Margaret O'Mara, "How Silicon Valley Went from Conservative, to Anti-Establishment, to Liberal," Big Think, August 14, 2019, https://bigthink.com/videos/how-silicon-valley-went-from-conservative-to-anti-establishment-to-liberal.

33　Benjamin Wofford, "Inside Jeff Bezos's DC Life," *Washingtonian*, April 22, 2018.

34　Luke Mullins, "The Real Story of How Virginia Won Amazon's HQ2," *Washingtonian*, June 6, 2019.

35　Charles Duhigg, "Is Amazon Unstoppable?," *The New Yorker*, October 10, 2019.

36　Wofford, "Inside Jeff Bezos's DC Life."

37　Nick Wingfield and Nellie Bowles, "Jeff Bezos, Mr. Amazon, Steps Out," *The New York Times*, January 12, 2018.

38　Alex Leary, "How Florida Lobbyist Brian Ballard Is Turning Close Ties to Trump into Big Business," *Tampa Bay Times*, June 9, 2017.

39　Paul Anderson and Mark Silva, "Aide, 26, Key to Fresh Start for Governor," *The Miami Herald*, January 10, 1988.

40　Charles Fishman, "Apprentice to Power," *Florida Magazine*, August 5, 1990.

41　Leary, "How Florida Lobbyist Brian Ballard."

42　Brent Kallestad, "Day in the Life of a Lobbyist," Associated Press, April 24, 2004.

43　Leary, "How Florida Lobbyist Brian Ballard."

44　Theodoric Meyer, "The Most Powerful Lobbyist in Trump's Washington," *Politico*, April 2, 2018.

第四章　尊严

1　Mark Reutter, *Sparrows Point: Making Steel: The Rise and Ruin of American Industrial Might* (New York: Summit Books, 1988), 30.

2　Reutter, 24–27.

3　Reutter, 30–32.

4　Reutter, 17–20.

5　Deborah Rudacille, *Roots of Steel: Boom and Bust in an American Mill Town* (New York: Pantheon Books, 2010), 33.

6　Reutter, *Sparrows Point*, 45.

7　C. B. Niederling, "Slow Death of a Company Town," *Baltimore*, August 1973.

8　Reutter, *Sparrows Point*, 81.

9　Reutter, 41–42.

10　Reutter, 45.

11　Reutter, 182.

12　Rudacille, *Roots of Steel*, 25–29; Reutter, *Sparrows Point*, 59–63.

13　Reutter, *Sparrows Point*, 63–64.

14　Rudacille, *Roots of Steel*, 45.

15　Reutter, *Sparrows Point*, 71.

16　Elmer J. Hall, *A Mill on the Point: 125 Years of Steel Making at Sparrows Point, Maryland* (self-published, 2013). The book contains a wide array of maps and photos of the company town at various stages in its development, plus a glossary of buildings.

17　George L. Moore "The Old 'Company Store' at Sparrows Point," *The Baltimore Sun Magazine*, January 4, 1959.

18　Margaret Lunger, "Growing Up in the 'Little Kingdom' of Sparrows Point," *The Baltimore Sun*, December 1, 1968.

19　Mary Sue Fielding, "Sparrows Point Was Once a Community of Handsome Farms," *The Union News*, September 10, 1937.

20　*Real Stories from Baltimore County History* (Hatboro, PA: Tradition Press, 1967), 209–210.

21　Rudacille, *Roots of Steel*, 34.

22　Rudacille, 36–37.

23　Reutter, *Sparrows Point*, 53.

24　Reutter, 188.

25　Reutter, 46–49.

26　Reutter, 115–123.

27　Reutter, 127–131.

28　Reutter, 155–158.

29　Reutter, 360–378.

30　*Roots of Steel* includes many evocations of Dundalk, where Rudacille grew up.

31　Reutter, *Sparrows Point*, 142.

32　Reutter, 149.

33　Charles Schwab, *Succeeding with What You Have* (Mechanicsburg, PA: Executive Books,

2005) 16–17.

34 Reutter, *Sparrows Point*, 146.

35 Reutter, 135.

36 Robert Hessen, *Steel Titan: The Life of Charles M. Schwab* (Pittsburgh: University of Pittsburgh Press, 1990), 250.

37 Michael Hill, "Sparrows Point Has Reunion Week," *The Baltimore Evening Sun*, May 24, 1973.

38 Louis S. Diggs, *From the Meadows to the Point: The Histories of the African American Community in Sparrows Point* (self-published, 2003), 214.

39 Reutter, *Sparrows Point*, 209–214.

40 Reutter, 222.

41 Reutter, 233–236.

42 Reutter, 247–250.

43 Reutter, 253–254.

44 Reutter, 257–265.

45 Rudacille, *Roots of Steel*, 74.

46 Rudacille, 82–83; Reutter, *Sparrows Point*, 292–294.

47 Rudacille, *Roots of Steel*, 82–84; Reutter, *Sparrows Point*, 296– 299.

48 Reutter, 303–309.

49 "Decline in Shipbuilding Hits Labor and Industry," *The Baltimore Evening Sun*, March 5, 1947.

50 Reutter, *Sparrows Point*, 311.

51 John Strohmeyer, *Crisis in Bethlehem: Big Steel's Struggle to Survive* (Pittsburgh: University of Pittsburgh Press, 1994), 37.

52 Reutter, *Sparrows Point*, 321.

53 *The Baltimore Sun*, September 10, 1944.

54 *Baltimore*, May 1941.

55 Reutter, *Sparrows Point*, 329.

56 Reutter, 160.

57 "Bethlehem Steel Plans $30,000,000 Expansion of Sparrows Point Plant," *The Baltimore Sun*, January 27, 1950.

58 Carrol E. Williams, "Local Steel Plant to Import Venezuelan Iron Ore in 1948," *The Baltimore Sun*, February 28, 1947.

59 Reutter, *Sparrows Point*, 382.

60 "Life at the Point," *The Baltimore Sun Magazine*, September 5, 1982.

61 Reutter, *Sparrows Point*, 329.

62 Reutter, 359.

63 Strohmeyer, *Crisis in Bethlehem*, 64.

64 Reutter, *Sparrows Point*, 346.

65 Reutter, 397.

66 Hall's *A Mill on the Point* contains many photos from this era.

67　Reutter, *Sparrows Point*, 338.

68　John Ahlers, "Plant Soot Called 'Gold Dust,' It Means People Are Working," *The Baltimore Evening Sun*, November 12, 1951.

69　"Bethlehem Pays $2 Million in County Taxes," *The Baltimore Evening Sun*, January 31, 1956.

70　Rudacille, *Roots of Steel*, 102.

71　Diggs, *From the Meadows*, 228.

72　Diggs, 214.

73　Niederling, "Slow Death."

74　Diggs, *From the Meadows*, 209.

75　Diggs, 211.

76　Mark Bowden, "Inside Sparrows Point," *Baltimore News-American*, May 1979.

77　Ahlers, "Plant Soot."

78　Spencer Davidson, " 'Point' to Raze Homes of 187 Families," *The Baltimore Evening Sun*, November 21, 1951.

79　Antero Pietila, *Not in My Neighborhood: How Bigotry Shaped a Great American City* (Chicago: Ivan R. Dee, 2010) 159–165.

80　Pietila, 122.

81　Rudacille, *Roots of Steel*, 19, 29.

82　Rudacille, 43–44.

83　Diggs, *From the Meadows*, 207.

84　Rudacille, *Roots of Steel*, 153.

85　Reutter, *Sparrows Point*, 346–352.

86　Rudacille, *Roots of Steel*, 148–151.

87　Rudacille, 152–154.

88　Rudacille, 155–157.

89　Rudacille, 163.

90　Diggs, *From the Meadows*, 217.

91　Author interview with James Drayton, January 2019.

92　Reutter, *Sparrows Point*, 266–275.

93　Carol Loomis, "The Sinking of Bethlehem Steel," *Fortune*, April 5, 2004.

94　Loomis.

95　Strohmeyer, *Crisis in Bethlehem*, 29–32.

96　Strohmeyer, 101.

97　Rudacille, *Roots of Steel*, 186.

98　Reutter, *Sparrows Point*, 400.

99　Rudacille, *Roots of Steel*, 128.

100　"Company Town Is Being Leveled," *The Baltimore Sun*, March 22, 1974.

101　Bowden, "Inside Sparrows Point."

102　Rudacille, *Roots of Steel*, 196.

103　Lorraine Branham, "1,020 Are Laid Off at Bethlehem," *The Baltimore Sun*, March 29,

1982.

104 Branham, "Workers Here Angry, Resigned," *The Baltimore Sun*, March 21, 1983.

105 Reutter, *Sparrows Point*, 12.

106 "What Would You Do with 13 Weeks of Paid Vacation?," *Baltimore News-American*, March 27, 1966.

107 Strohmeyer, *Crisis in Bethlehem*, 65, 192, 232.

108 Strohmeyer, 142.

109 Reutter, *Sparrows Point*, 433.

110 Rudacille, *Roots of Steel*, 192.

111 Strohmeyer, *Crisis in Bethlehem*, 33.

112 Author interview with Len Shindel, January 15, 2019.

113 Rudacille, *Roots of Steel*, 200.

114 Author interviews with Len Shindel in January 2019 and with Baltimore resident Derrick Chase, who was raised in a Beth Steel family, in October 2018.

115 Author interview with Shindel.

116 Chris MacLarion, "Ode to Sparrows Point," reprinted in Hall's *A Mill on the Point*, 335. There is video footage online of MacLarion reading the elegy in the Mill Stories oral histories assembled by the University of Maryland, Baltimore County.

117 Pamela Wood, "Sign of the Times: Sparrows Point Blast Furnace Demolished," *The Baltimore Sun*, January 28, 2015.

118 Stacy Hirsh, "Broening GM Plant to Close May 13," *The Baltimore Sun*, February 9, 2005.

119 Natalie Sherman, "Amazon Hiring Outpaces Projects," *The Baltimore Sun*, July 30, 2015.

120 Audio of event recorded by author.

121 Heather Long, "Amazon's $15 Minimum Wage Doesn't End Debate over Whether It's Creating Good Jobs," *The Washington Post*, October 5, 2018.

122 Noam Scheiber, "Inside an Amazon Warehouse, Robots' Ways Rub Off on Humans," *The New York Times*, July 3, 2019.

123 Ceyland Yeginsu, "If Workers Slack Off, a Wristband Will Know. (And Amazon Has a Patent For It.)," *The New York Times*, February 1, 2018.

124 Alec MacGillis, "The Third Rail," *Places Journal*, March 2016.

125 Colin Lecher, "How Amazon Automatically Tracks and Fires Warehouse Workers for 'Productivity,' " The Verge, April 25, 2019, https://theverge.com/2019/4/25/18516004/amazon-warehouse-fulfillment-centers-productivity-firing-terminations.

126 "What Amazon Does to Wages," *The Economist*, January 20, 2018.

127 Jessica Bruder, *Nomadland: Surviving America in the Twenty-First Century* (New York: W. W. Norton, 2017).

128 Emily Guendelsberger, *On the Clock: What Low-Wage Work Did to Me and How It Drives America Insane* (New York: Little, Brown, 2019), 52.

129 See discussion of failed 2014 unionizing effort by Amazon equipment maintenance and repair technicians in Delaware in Duhigg, "Is Amazon Unstoppable?"

130 Tom Maloney and Heater Perlberg, "Businesses Flock to Baltimore Wasteland in Epic Turnaround Tale," *Bloomberg Businessweek*, August 8, 2019.

131 Rona Kobell, "New Ownership All Fired Up to Raise Sparrows Point from the Ashes," *Bay Journal*, December 2014.

132 The author entered into the application process for one of the jobs but did not accept the offer of employment.

133 Reutter, *Sparrows Point*, 54.

第五章　服务

1 Charles S. Clark, "GSA Acquisition Officer Bound for White House Role," *Government Executive*, May 9, 2014.

2 Jan Murphy, "Welfare Renewals Take a Wrong Turn," *Patriot News*, August 26, 2008.

3 Clark, "White House Procurement Chief Wants Acquisition SWAT Team," *Government Executive*, April 24, 2015.

4 Anne Rung, "Transforming the Federal Marketplace, Two Years In," States News Service, September 30, 2016.

5 Stacy Mitchell and Olive LaVecchia, "Amazon's Next Frontier: Your City's Purchasing," Institute for Local Self-Reliance, July 10, 2018.

6 Mitchell and LaVecchia.

7 Mitchell and LaVecchia.

8 Mitchell and LeVecchia.

9 David Dayen, "The 'Amazon Amendment' Would Effectively Hand Government Purchasing Power Over to Amazon," *The Intercept*, November 2, 2017, https://theintercept.com/2017/11/02/amazon-amendment-online-marketplaces/.

10 Stephanie Kirchgaessner, "Top Amazon Boss Privately Advised US Government on Web Portal Worth Billions to Tech Firm," *The Guardian*, December 26, 2018.

11 For an in-depth treatment of the flywheel concept, see Brian Dumaine's *Bezonomics: How Amazon Is Changing Our Lives and What the World's Best Companies Are Learning from It* (New York: Simon & Schuster, 2020).

12 Jason Del Rey, "An Amazon Revolt Could Be Brewing as the Tech Giant Exerts More Control over Brands," Vox, November 29, 2018, https://vox.com/2018/11/29/18023132/amazon-brand-policy-changes-marketplace-control-one-vendor.

13 Jay Greene, "Amazon Sellers Say Online Retail Giant Is Trying to Help Itself, Not Consumers," *The Washington Post*, October 1, 2019.

14 Dan Gallagher, "Why Amazon Needs Others to Keep Selling," *The Wall Street Journal*, April 11, 2019.

15 Karen Weise, "Prime Power: How Amazon Squeezes the Businesses Behind Its Store," *The New York Times*, December 19, 2019.

16 Shira Ovide, "How Amazon's Bottomless Appetite Became Corporate America's

Nightmare," *Bloomberg Businessweek*, March 14, 2018.

17　James Kwak, "The End of Small Business," *The Washington Post*, July 9, 2020.

18　Correspondence obtained by a public information request from the City of El Paso in January 2019.

19　The author attended the session as a registered guest, under his own name.

20　Franklin Foer, "Jeff Bezos's Master Plan," *The Atlantic*, November 2019.

21　Justin Scheck, Jon Emont, and Alexandra Berzon, "Amazon Sells Clothes from Factories Other Retailers Blacklist," *The Wall Street Journal*, October 23, 2019.

第六章　电力

1　Antonio Olivo, "As Data Centers Bloom, a Century-Old African American Enclave Is Threatened," *The Washington Post*, July 2, 2017.

2　Bernard Marr, "How Much Data Do We Create Every Day? The Mind-Blowing Stats Everyone Should Read," *Forbes*, May 21, 2018.

3　Andrew Blum, *Tubes: A Journey to the Center of the Internet* (New York: Ecco, 2013), 59–60.

4　Amy Joyce, "DataPort Plans Virginia 'Super-Hub'; Firm Close to Deal for 200-Acre Prince William Campus," *The Washington Post*, July 15, 2000.

5　Stephen Orban, *Ahead in the Cloud: Best Practices for Navigating the Future of Enterprise IT* (North Charleston, SC: CreateSpace, 2018), 3.

6　Jordan Novet, "Amazon Cloud Revenue Jumps 45 Percent in Fourth Quarter," CNBC, February 1, 2018, https://cnbc.com/2018/02/01/aws-earnings-q4-2017.html.

7　Orban, *Ahead in the Cloud*, xxv.

8　Rana Foroohar, "Amazon's Pricing Tactic Is a Trap for Buyers and Sellers Alike," *Financial Times*, September 2, 2018.

9　For more, see Ida Tarbell's classic *History of the Standard Oil Company* (New York: McClure, Phillips and Co., 1904).

10　Jonathan O'Connell, "Loudoun Rivals Silicon Valley for Data Centers," *The Washington Post*, October 28, 2013.

11　D. J. O'Brien, "Region Likely to See Continued Growth in Data Center Industry," *The Washington Post*, September 6, 2013.

12　Lori Aratani, "Greenpeace Report: Amazon Is Wavering on Its Commitment to Renewable Energy," *The Washington Post*, February 14, 2019.

13　O'Connell, "Data Centers Boom in Loudoun County, but Jobs Aren't Following," *The Washington Post*, January 17, 2014.

14　"The Godfather of Data Center Alley," *InterGlobix* 1, no. 1, 2019.

15　"The Godfather of Data Center Alley."

16　Olivo, "As Data Centers Bloom."

17　Travel receipts produced by public information requests by Inside NoVa .com in April 2016 and obtained by the author in April 2019.

18　"From Akron to Zanesville: How Are Ohio's Small and Mid-Sized Cities Faring?," Greater Ohio Policy Center, June 2016.

19　Mark Williams, "Amazon's Central Ohio Data Centers Now Open," *The Columbus Dispatch*, October 18, 2016.

20　Orban, *Ahead in the Cloud*, 7.

21　Emily Steel, Steve Eder, Sapna Maheshwari, and Matthew Goldstein, "How Jeffrey Epstein Used the Billionaire Behind Victoria's Secret for Wealth and Women," *The New York Times*, July 25, 2019.

22　All subsequent correspondence between the three towns and Amazon obtained by public information requests to the towns by the author in April 2019.

23　Mya Frazier, "Amazon Isn't Paying Its Electric Bills. You Might Be," *Bloomberg Businessweek*, August 20, 2018.

24　Blum, *Tubes*, 229.

25　O'Connell, "Data Centers Boom."

26　Author interview with Elena Schlossberg, April 8, 2019.

27　Jacob Geiger, "Dominion Wields Influence with Political Contributions, Charitable Donations," *Richmond Times-Dispatch*, February 14, 2015.

28　Frazier, "Amazon Isn't Paying."

29　Frazier.

30　Duhigg, "Is Amazon Unstoppable?"

31　Kaitlyn Tiffany, "In Amazon We Trust—but Why?," Vox, October 25, 2018, https://vox.com/the-goods/2018/10/25/18022956/amazon-trust-survey-american-institutions-ranked-georgetown.

32　Suzanne Vranica, "Amazon Seizes TV's Biggest Stage, After Shunning Mass-Market Ads," *The Wall Street Journal*, January 30, 2019.

33　Ross Douthat, "Meet Me in St. Louis, Bezos," *The New York Times*, September 16, 2017.

34　Nan Whaley remarks at the National Press Club, January 22, 2019.

35　Scott Shane, "Prime Mover: How Amazon Wove Itself into the Life of an American City," *The New York Times*, November 30, 2019.

36　Author interview with Nick Hanauer, June 14, 2018.

37　Dan Gallagher, "Hey, Big Spender: Tech Cash Will Keep Flowing," *The Wall Street Journal*, February 11, 2019.

38　Riahnnon Hoyle, "Cloud Computing Is Here. Cloud Recycling Is Next," *The Wall Street Journal*, July 29, 2019.

39　Julie Creswell, "Cities' Offers for Amazon Base Are Secrets Even to Many City Leaders," *The New York Times*, August 5, 2018.

40　Laura Stevens, Shibani Mahtani, and Shayndi Raice, "Rules of Engagement: How Cities Are Courting Amazon's New Headquarters," *The Wall Street Journal*, April 2, 2018.

41　Karen Weise, "The Mystery of Amazon HQ2 Has Finalists Seeing Clues Everywhere," *The New York Times*, September 7, 2018.

第七章　庇护

1　Gene Balk, "Seattle Taxes Ranked Most Unfair in Washington—a State Among the Harshest on the Poor Nationwide," *The Seattle Times*, April 13, 2018.

2　Anand Giridharadas, *Winners Take All: The Elite Charade of Changing the World* (New York: Knopf, 2018), 163.

3　This and the remainder of this section from MacGillis, "The Billionaires' Loophole," *The New Yorker*, March 7, 2016.

4　Mike Rosenberg, "Seattle's Median Home Price Hits Record: $700,000, Double 5 Years Ago," *The Seattle Times*, April 6, 2017.

5　Mike Rosenberg, "No Escape for Priced-Out Seattleites: Home Prices Set Record for an Hour's Drive in Every Direction," *The Seattle Times*, June 6, 2017.

6　Vernal Coleman, "King County Homeless Population Third-Largest in U.S.," *The Seattle Times*, December 7, 2017.

7　Zachary DeWolf, "For Seattle's Homeless Students, a Lack of Housing Is Just the Beginning," *The Seattle Times*, May 25, 2018.

8　Coleman, "Deaths Among King County's Homeless Reach New High amid Growing Crisis," *The Seattle Times*, December 30, 2017.

9　Daniel Beekman, "Seattle City Council Approves Income Tax on the Rich, but Quick Legal Challenge Likely," *The Seattle Times*, July 10, 2017.

10　Author interview with Teresa Mosqueda, August 1, 2019.

11　Author interview with Mike McGinn, August 2, 2019.

12　Nick Wingfield, "Fostering Tech Talents in Schools," *The New York Times*, September 30, 2012.

13　Robert Frank, "At Last, Jeff Bezos Offers a Hint of His Philanthropic Plans," *The New York Times*, June 15, 2017.

14　Franklin Foer, *World Without Mind* (New York: Penguin, 2017), 196.

15　Brad Stone, *The Everything Store: Jeff Bezos and the Age of Amazon* (New York: Little, Brown, 2013), 290–291.

16　Karen Weise, Manny Fernandez, and John Eligon, "Amazon's Hard Bargain Extends Far Beyond New York," *The New York Times*, March 13, 2019.

17　Shayndi Raice and Dana Mattioli, "Amazon Sought $1 Billion in Incentives on Top of Lures for HQ2," *The Wall Street Journal*, January 16, 2020.

18　Christopher Ingraham, "Amazon Paid No Federal Taxes on $11.2 Billion in Profits Last Year," *The Washington Post*, February 16, 2019.

19　Ingraham.

20　From Amazon's written response to questions submitted by the author, July 13, 2020.

21　Beekman, "Tech Giant's Seattle Campus a Backdrop for 'Tax Amazon' Rally," *The Seattle Times*, April 11, 2018.

22　Nick Wingfield, "Seattle Scales Back Tax in Face of Amazon's Revolt, but Tensions Linger," *The Seattle Times*, May 14, 2018.

23　Author interview with Mosqueda.

24 Author interview with Mosqueda.

25 Beekman, "Amazon, Starbucks Pledge $25,000 Each to Campaign for Referendum on Seattle Head Tax," *The Seattle Times*, May 23, 2018.

26 Alana Samuels, "How Amazon Helped Kill a Seattle Tax on Business," *The Atlantic*, June 13, 2018.

27 Wingfield, "Seattle Scales Back Tax."

28 Vianna Davila, "Fury, Frustration Erupt over Seattle's Proposed Head Tax for Homelessness Services," *The Seattle Times*, May 4, 2018.

29 Author interview with Nick Hanauer, June 14, 2018.

30 Author interview with Michael Schutzler, June 13, 2018.

31 "How to Cut Homelessness in the World's Priciest Cities," *The Economist*, December 18, 2019.

32 An edited version of this essay appeared in *The Cost of Free Shipping: Amazon in the Global Economy*, edited by Jake Alimahomed-Wilson and Ellen Reese (London: Pluto Press, 2020).

33 Author interview with Sara Rankin, July 31, 2019.

34 Beekman, "State Court of Appeals Rules Seattle's Wealth Tax Is Unconstitutional, but Gives Cities New Leeway," *The Seattle Times*, July 16, 2019.

35 Beekman, "Egan Orion Concedes to Kshama Sawant in Seattle City Council Race, Cites Amazon Spending," *The Seattle Times*, November 12, 2019.

36 Beekman.

37 Balk, "Historically Black Central District Could Be Less Than 10% Black in a Decade," *The Seattle Times*, May 26, 2015.

38 Jay Greene, "Amazon Far More Diverse at Warehouses Than in Professional Ranks," *The Seattle Times*, August 14, 2015.

39 Karen Weise, "Amazon Workers Urge Bezos to Match His Words on Race with Actions," *The New York Times*, June 24, 2020.

40 Gene Balk, "As Seattle Gets Richer, the City's Black Households Get Poorer," *The Seattle Times*, November 12, 2014.

41 Janna L. Matlack and Jacob L. Vigdor, "Do Rising Tides Lift All Prices? Income Inequality and Housing Affordability," National Bureau of Economic Research Working Paper 12331, June 2006, https://nber.org/papers/w12331.pdf.

42 Richard Florida, "The Benefits of High-Tech Job Growth Don't Trickle Down," *Bloomberg CityLab*, August 8, 2019.

43 Quintard Taylor, *The Forging of a Black Community: Seattle's Central District from 1870 Through the Civil Rights Era* (Seattle: University of Washington Press, 1994), 239.

44 Ann Dornfield, "A Bold Plan to Keep Blac Residents in Seattle's Central District," KUOW, July 14, 2017, https://kuow.org/stories/a-bold-plan-to-keep-black-residents-in-seattle-s-central-district.

45 Author interview with Wyking Garrett, August 26, 2019.

46 Author interview with Ronica Hairston, August 3, 2019.

47　Author interview with James Edward Jones, August 3, 2019.

第八章　孤立

1　John Case, "Sole Survivor," *Inc.*, June 1, 1994.

2　Case.

3　Rita Price, "It All Changes," *The Columbus Dispatch*, April 29, 2002.

4　Nick Claussen, "Boot Factory to Leave Nelsonville for Puerto Rico, Lay Off 67," *Athens News*, September 20, 2001.

5　Claussen, "County Hit Hard by Recent Closings, Layoffs," *Athens News*, October 11, 2001.

6　Rita Price, "Rocky Clocks Out," *Columbus Dispatch*, April 28, 2002.

7　Nelson D. Schwartz and Sapna Maheshwari, " 'Catastrophic,' 'Cataclysmic': Trump's Tariff Threat Has Retailers Sounding Alarm," *The New York Times*, June 16, 2019.

8　Clara Hendrickson, Mark Muro, and William A. Galston, "Countering the Geography of Discontent: Strategies for Left-Behind Places," Brookings Institution, November 2018, https://brookings.edu/research/countering-the-geography-of-discontent-strategies-for-left-behind-places/.

9　For this and much of the following history of the Bon-Ton, see Nancy Elizabeth Cohen, *Doing a Good Business: 100 Years at the Bon-Ton* (Lyme, CT: Greenwich Publishing Group, 1998).

10　Bob Greene, "When Retailing Was Very Personal," *The Wall Street Journal*, December 17, 2018.

11　Suzanne Kapner, "Bon-Ton Scion's Fix for Ailing Department Stores: Blow Up the Model," *The Wall Street Journal*, June 1, 2018.

12　Thurston Clarke, *The Last Campaign: Robert F. Kennedy and 82 Days That Inspired America* (New York: Henry Holt, 2008).

13　Author interview with Tim Grumbacher and Debbie Simon, May 1, 2019.

14　Author interview with Grumbacher and Simon.

15　Cohen, *Doing a Good Business*, 88.

16　Author interview with Nick Hanauer, June 14, 2018.

17　"Elder-Beerman Agrees to Be Bought by Bon-Ton," *Toledo Blade*, September 17, 2003.

18　Hendrickson, Muro, and Galston, "Left-Behind Places."

19　William A. Galston, "Why Cities Boom While Towns Struggle," *The Wall Street Journal*, March 13, 2018.

20　Jack Nicas and Karen Weise, "Chase for Talent Pushes Tech Giants Far Beyond West Coast," *The New York Times*, December 13, 2018.

21　Monica Potts, "In the Land of Self-Defeat," *The New York Times*, October 4, 2019.

22　"The Future of Work in America: People and Places, Today and Tomorrow," McKinsey Global Institute, July 11, 2019, https://mckinsey.com/featured-insights/future-of-work/the-future-of-work-in-america-people-and-places-today-and-tomorrow#.

23　Jeffrey Goldberg interview with Tara Westover, "The Places Where the Recession Never

Ended," *The Atlantic*, December 2019.

24 Eduardo Porter, "Why Big Cities Thrive, and Smaller Ones Are Being Left Behind," *The New York Times*, October 10, 2017.

25 Frank Rich, "No Sympathy for the Hillbilly," *New York*, March 2017.

26 Sabrina Tavernise, "Frozen in Place: Americans Are Moving at the Lowest Rate on Record," *The New York Times*, November 20, 2019.

27 Mya Frazier, "Amazon Is Getting a Good Deal in Ohio. Maybe Too Good," *Bloomberg Businessweek*, October 26, 2017.

28 From injury reports obtained by a public information request from the Occupational Safety and Health Administration (OSHA), August 2019.

29 From injury reports obtained by a public information request from OSHA, August 2019.

30 Frazier, "Amazon Is Getting a Good Deal."

31 Michelle Jarboe, "Amazon .com Project in Twinsburg Gets Approval for State Job-Creation Tax Credit," *Cleveland Plain Dealer*, May 23, 2016.

32 Esther Fung, "Shopping-Mall Vacancies Are Highest in Seven Years After Big-Box Closings," *The Wall Street Journal*, October 3, 2018.

33 Scott Galloway, "Silicon Valley's Tax-Avoiding, Job-Killing, Soul-Sucking Machine," *Esquire*, February 8, 2018.

34 Esther Fung, "The Internet Isn't Killing Shopping Malls—Other Malls Are," *The Wall Street Journal*, April 18, 2017.

35 Scott Galloway, *The Four: The Hidden DNA of Amazon, Apple, Facebook, and Google* (New York: Random House, 2017), 41.

36 Gina Kolata and Sabrina Tavernise, "It's Not Just Poor White People Driving a Decline in Life Expectancy," *The New York Times*, November 26, 2019.

37 Betsy McKay, "Death Rates Rising for Young, Middle-Aged U.S. Adults," *The Wall Street Journal*, July 23, 2019.

38 Alec MacGillis, "The Last Shot," *ProPublica*, June 27, 2017.

39 Laura Stevens, "Survey Shows Rapid Growth in Online Shopping," *The Wall Street Journal*, June 8, 2016.

40 Austan Goolsbee, "Never Mind the Internet. Here's What's Killing Malls," *The New York Times*, February 13, 2020.

41 Author interview with Grumbacher and Simon.

42 Author interview with Grumbacher and Simon.

43 Alec MacGillis, "Why the Perfect Red-State Democrat Lost," *The New York Times*, November 16, 2018.

44 Author attended this meeting.

45 Andrew Van Dam, "If That Was a Retail Apocalypse, Then Where Are the Refugees?," *The Washington Post*, November 22, 2019.

46 Galloway, *The Four*, 50.

47 From Amazon's written response to questions submitted by the author, July 13, 2020.

48 Alec Mac- Gillis, "The True Cost of Dollar Stores," *The New Yorker*, June 29, 2020.

49 Paul Page, "Truck Orders Soaring on Growing Freight Demand," *The Wall Street Journal*, June 5, 2018.

50 Heather Long, "America's Severe Trucker Shortage Could Undermine the Prosperous Economy," *The Washington Post*, June 28, 2018.

第九章　配送

1 Natalie Sherman, "City Hopes Reclaimed Brick Will Pave Way to Jobs, Sustainability," *The Baltimore Sun*, April 24, 2014.

2 Scott Calvert, "Brick by Brick, Baltimore's Blighted Houses Get a New Life," *The Wall Street Journal*, April 5, 2019. 284 *a sixty-nine- year- old man . . . had been crushed*: Tim Prudente, "When Vacant House Fell in West Baltimore, a Retiree Was Crushed in His Prized Cadillac," *The Baltimore Sun*, March 30, 2016.

3 Prudente, "Two Men, One Heart: Transplant Links Baltimore Homicide Victim to Western Maryland Retiree," *The Baltimore Sun*, December 28, 2018.

4 Kevin Rector, " 'Virtual Neighborhood Watch': Baltimore Faith Group Building Surveillance Network with Help from Amazon Ring," *The Baltimore Sun*, August 21, 2019.

5 Ian Duncan, "Baltimore Unveils Failed Bid to Lure Amazon Headquarters," *The Baltimore Sun*, February 14, 2018.

6 Tara Bahrampour, "Household Incomes in the District Rise Dramatically in 2017," *The Washington Post*, September 13, 2018.

7 Justin Fox, "Where the Educated Millennials Congregate," *Bloomberg Opinion*, May 22, 2019.

8 *Washingtonian*, April 2019.

9 Katherine Shaver, "Looking for 'City' Living in the Suburbs? Some Are Finding It in Aging Office Parks," *The Washington Post*, August 5, 2017.

10 Author interview with Kenneth Schlossberg, April 20, 2020.

11 Andre Giambrone, "Census: In D.C., Black Median Income Is Now Less Than a Third of White Median Income," *Washington City Paper*, September 15, 2017.

12 Gillian B. White, "In D.C., White Families Are on Average 81 Times Richer Than Black Ones," *The Atlantic*, November 26, 2016.

13 Marissa J. Lang, "The District's Economy Is Booming, but Many Black Washingtonians Have Been Left Out, Study Finds," *The Washington Post*, February 11, 2020.

14 Alan Neuhauser, "This D.C. Corridor Has Flourished. A Boxing Gym for Its Youth Is Battling for Its Life," *The Washington Post*, January 28, 2019.

15 Tara Bahrampour, "Students Say Dog Walkers on Howard Campus Are Desecrating Hallowed Ground," *The Washington Post*, April 19, 2019.

16 Katherine Shaver, "D.C. Has the Highest 'Intensity' of Gentrification of Any U.S. City, Study Says," *The Washington Post*, March 19, 2019.

17 Author interview with NaTasha Newman's family, April 6, 2020.

18　Patricia Callahan, "The Deadly Race," *ProPublica*, September 5, 2019.

19　Author interview with Newman's family.

20　Christina Tkacik, "Israel Espana, Killed When Tornado Strikes Baltimore Amazon Facility, Remembered as Loyal Friend and Father," *The Baltimore Sun*, Novembe 5, 2018; and Alexa Ashwell, "Tornado Victim Husband, Father of 3," WBFF, November 4, 2018, https://foxbaltimore.com/news/local/tornado-victim-husband-father-of-3.

21　Records obtained by a public information request from the Maryland Occupational Safety and Health division in April 2019.

22　Author interview with Lorraine, September 2019.

23　Author interview with Lorraine.

24　Ashwell, "Tornado Victim."

25　Facebook post by Angel Lindsey, November 2018.

26　Robert B. Reich, "When Bosses Shared Their Profits," *The New York Times*, June 25, 2020.

27　Abha Bhattarai, "Amazon Is Doling Out Raises of as Little as 25 Cents an Hour in What Employees Call 'Damage Control,' " *The Washington Post*, September 24, 2018.

28　The author participated in one tour with one of his sons on July 23, 2019.

29　Greg Bensinger, " 'MissionRacer': How Amazon Turned the Tedium of Warehouse Work into a Game," *The Washington Post*, May 21, 2019.

30　Benjamin Romano, "Fired Amazon Employee with Crohn's Disease Files Lawsuit over Lack of Bathroom Access," *The Seattle Times*, February 2, 2019.

31　From Amazon's written response to questions submitted by the author, July 13, 2020.

32　Jessica Bruder, "Meet the Immigrants Who Took On Amazon," *Wired*, November 12, 2019.

33　Will Evans, "Behind the Smiles," Reveal, November 25, 2019, https://revealnews.org/article/behind-the-smiles/.

34　"Packaging Pain: Workplace Injuries Inside Amazon's Empire," Amazon Packaging Pain, https://amazonpackagingpain.org/the-report.

35　From Amazon's written response to questions submitted by the author, July 13, 2020.

36　Alicia Fabbre, "Amazon Employee Dies After Company Delays 9-1-1 Call," *The Chicago Tribune*, January 26, 2019.

37　Lindsay Bramson, "Safety Changes Made at Amazon Facility After News4 I-Team Investigation," WSMV, December 27, 2018, https://wsmv.com/news/safety-changes-made-at-amazon-facility-after-news4-i-team-investigation/article6b20ed28-0a2d-11e9-ac15-ffd1e20911d0.html.

38　Will Evans, "Indiana Manipulated Report on Amazon Worker's Death to Lure HQ2, Investigation Says," *The Indianapolis Star*, November 25, 2019.

39　J. David Goodman, "How Much Is a View Worth in Manhattan? Try $11 Million," *The New York Times*, July 22, 2019.

40　James Barron, "The People of Central Park West Want Their Parking Spaces (Sorry, Cyclists)," *The New York Times*, August 18, 2019.

41　Matthew Haag and Winnie Hu, "1.5 Million Packages a Day: The Internet Brings Chaos to New York Streets," *The New York Times*, October 27, 2019.

42   Haag, "Silicon Valley's Newest Rival: The Banks of the Hudson," *The New York Times*, January 5, 2020.

43   Ben Yakas, "Woman Trapped in Upper East Side Townhouse Elevator for Three Days Doesn't Plan to Sue Billionaire Boss," *Gothamist*, January 29, 2019.

44   Jimmy Vielkind and Katie Honan, "The Missing Piece of Amazon's New York Debacle: It Kept a Burn Book," *The Wall Street Journal*, August 28, 2019.

45   Author interview with Teresa Mosqueda, August 1, 2019.

46   "Amazon's HQ2 Could Be a Launching Pad for a Bright Future for the D.C. Region," *The Washington Post*, November 13, 2018.

47   Joanne S. Lawton, "Partnership or Pandering?," *Washington Business Journal*, May 2, 2019.

48   *Frontline*, season 2020, episode 12, "Amazon Empire: The Rise and Reign of Jeff Bezos," aired February 18, 2020, on PBS, https://pbs.org/wgbh/frontline/film/amazon-empire/.

49   Luke Mullins, "The Real Story of How Virginia Won Amazon's HQ2," *Washingtonian*, June 16, 2019.

50   From Amazon's written response to questions submitted by author, July 13, 2020.

51   Taylor Telford, Patricia Sullivan, Hannah Denham, and John D. Harden, "Amazon's HQ2 Prompts Housing Price Spikes in Northern Virginia, *Washington Post* Analysis Shows," *The Washington Post*, June 13, 2019.

52   Patricia Sullivan, "Area Residents, Not Amazon Newcomers, Are Fueling Northern Virginia Real Estate Frenzy, Agents Say," *The Washington Post*, August 26, 2019.

53   Steven Pearlstein, "Washington Won Its Piece of Amazon's HQ2. Now Comes the Hard Part," *The Washington Post*, November 12, 2018.

54   Robert McCartney and Patricia Sullivan, "Amazon Says It Will Avoid a Housing Crunch with HQ2 by Planning Better Than It Did in Seattle," *The Washington Post*, May 3, 2019.

55   Mya Frazier, "Amazon Is Getting a Good Deal in Ohio. Maybe Too Good," *Bloomberg Businessweek*, October 26, 2017.

56   Cassady Craighill, "Greenpeace Finds Amazon Breaking Commitment to Power Cloud with 100% Renewable Energy," Greenpeace, February 13, 2019, https://greenpeace.org/usa/news/greenpeace-finds-amazon-breaking-commitment-to-power-cloud-with-100-renewable-energy/.

57   Mark P. Mills, "The 'New Energy Economy': AnExercise in Magical Thinking," Manhattan Institute, March 26, 2019, https://manhattan-institute.org/green-energy-revolution-near-impossible.

58   Kenneth Chang, "Jeff Bezos Unveils Blue Origin'sVision for Space, and a Moon Lander," *The New York Times*, May 9, 2019.

59   Matt Day, "Amazon Nixed 'Green' Shipping Proposal to Avoid Alienating Shoppers," *Bloomberg News*, March 5, 2020.

60   Stacy Mitchell, "Amazon Is a Private Government. Congress Needs to Step Up," *The Atlantic*, August 10, 2020.

61   Lina M. Khan, "Amazon's Antitrust Paradox," *Yale Law Journal*, January 2017.

62   *Frontline*, "Amazon Empire."

63　Karen Weise, "Prime Power: How Amazon Squeezes the Businesses Behind Its Store," *The New York Times*, December 12, 2019.

64　Dana Mattioli, "Amazon Scooped Up Data from Its Own Sellers to Launch Competing Products," *The Wall Street Journal*, April 23, 2020.

65　Robert Samuels, "In District, Affordable Housing Plan Hasn't Delivered," *The Washington Post*, July 7, 2013.

加班　劳动节

1　Dana Mattioli, "Amazon Retools with Unusual Goal: Get Shoppers to Buy Less Amid Coronavirus Pandemic," *The Wall Street Journal*, April 16, 2020.

2　Renee Dudley, "The Amazon Lockdown: How an Unforgiving Algorithm Drives Suppliers to Favor the E-Commerce Giant Over Other Retailers," *ProPublica*, April 26, 2020.

3　Kim Bhasin, "As Many as 25,000 U.S. Stores May Close in 2020, Mostly in Malls," *Bloomberg*, June 9, 2020.

4　Mike Isaac, "The Economy Is Reeling. The Tech Giants Spy Opportunity," *The New York Times*, June 13, 2020.

5　Christopher Mims, "Not Even a Pandemic Can Slow Down the Biggest Tech Giants," *The Wall Street Journal*, May 23, 2020.

6　Austan Goolsbee, "Big Companies Are Starting to Swallow the World," *The New York Times*, September 30, 2020.

7　Daisuke Wakabayashi, Karen Weise, Jack Nicas, and Mike Isaac, "Lean Times, but Fat City for the Big 4 of High Tech," *The New York Times*, July 31, 2020.

8　Karen Weise, "Pushed by Pandemic, Amazon Goes on a Hiring Spree Without Equal," *The New York Times*, November 27, 2020.

9　Jennifer Steinhauer and Pete Wells, "As Restaurants Remain Shuttered, American Cities Fear the Future," *The New York Times*, May 7, 2020.

10　Eric Morath, Theo Francis, and Justin Baer, "Covid Economy Carves Deep Divide Between Haves and Have-Nots," *The Wall Street Journal*, October 6, 2020.

图书在版编目（CIP）数据

履单：无所不有与一无所有 / （美）亚历克·麦吉
利斯著；曾楚媛译. -- 上海：文汇出版社，2023.6
ISBN 978-7-5496-3915-1

Ⅰ.①履… Ⅱ.①亚… ②曾… Ⅲ.①纪实文学–美
国–现代 Ⅳ.① I712.55

中国版本图书馆 CIP 数据核字 (2022) 第 215433 号

FULFILLMENT: Winning and Losing In One Click America by Alec
MacGillis
Copyright © 2019 by Alec MacGillis
Published by arrangement with Farrar, Straus and Giroux, New York.

版权登记图字 09-2022-1051

履单：无所不有与一无所有

作　　者／　〔美〕亚历克·麦吉利斯
译　　者／　曾楚媛
出版统筹／　杨静武
责任编辑／　何　璟
特邀编辑／　唐　涛　郑科鹏
营销编辑／　陈　文　朱雨清　沈乐璇
装帧设计／　李照祥
内文制作／　王春雪
出　　版　　**文匯**出版社
　　　　　　上海市威海路 755 号
　　　　　　（邮政编码 200041）
发　　行／　新经典发行有限公司
电　　话／　010-68423599　邮　　箱／ editor@readinglife.com
印刷装订／　河北鹏润印刷有限公司
版　　次／　2023 年 6 月第 1 版
印　　次／　2023 年 6 月第 1 次印刷
开　　本／　880×1230 1/32
字　　数／　300 千
印　　张／　13

ISBN 978-7-5496-3915-1
定　　价／　69.00 元

敬启读者，如发现本书有印装质量问题，请与发行方联系。